U0104185

平水詩韻簡編及杜詩鏡銓

徐世澤、許清雲、薛雅文——合編

詩文叢集

目次

作者簡介

徐世澤簡介

江蘇東台（興化）人，一九二九年三月十三日生。國防醫學院醫學士、公共衛生學碩士，曾赴美、澳、紐等國考察研究，十四度代表出席世界詩人大會，足跡遍布六十四國。旅遊挪威北部時，親見「午夜太陽」。曾任醫院主任、秘書、副院長、院長，雜誌總編輯等。作品散見各報章雜誌，並列入世界詩人選集，出版中英對照《養生吟》詩集、《詩的五重奏》、《擁抱地球》（正字版、簡字版）、《翡翠詩帖》、《思邈詩草》、《新潮文伯》、《並蒂詩帖》、《健遊詠懷》（正字版、簡字版）、《新詩韻味濃》、《花開並蒂》（合著）、《並蒂詩花》（合著）、《並蒂詩風》（合著）、《並蒂詩情》（合著）、《並蒂詩香》及《並蒂詩林》等。

曾獲教育部詩教獎。現任中國詩人文化會副會長、中華詩學研究會理事、中國詩歌藝術學會理事、台灣瀛社詩學會常務監事、《乾坤詩刊》社副社長等。

許清雲簡介

許清雲字儷騰，號城前村人，外號數碼精靈，筆名愛文，臺灣省澎湖縣白沙鄉城前村人。一九四八年生，東吳大學中國文學系博士班畢業，獲得中華民國教育部國家文學博士學位。學術專業爲古典文學理論批評、古典詩歌理論與鑒賞、古籍整理學、電子書設計與製作、圖書文獻數位化研究。曾擔任澎湖縣立白沙國民中學教師、省立澎湖水產高級職業學校國文科教師、私立銘傳大學教授、私立東吳大學教授兼學系主任暨研究所所長。又曾任中華基督教衛理公會副董事長、衛理神學院董事、基督教論壇報社務委員、中華詩學會常務理事、東吳大學臺北校友會理事、考試院典試委員、國家文官學院講座。目前爲東吳大學兼任教授、東吳大學中國文學系數位內容及技術研究室召集人、楹聯研究室召集人、中華詩學會理事、衛理公會福音園管理委員會主席。主要著作，專書有：《現存唐人詩格著述初探》、《方虛谷詩及詩學理論》、《皎然詩式輯校新編》、《皎然詩式研究》、《增廣詩韻集成校訂》、《唐詩三百首新編》、《古典詩韻易檢》、《近體詩創作理論》、《唐人五絕百首選讀》、《唐人七絕百首選讀》、《台英離形數位輸入法》、《中文字離形數位化系統（常用字編）》、《三種ㄅㄆㄇ數位化系統（常用字編）》、《海雲英文數位化系統（六千英文常用單字編）》、《英文數位化系統及其應用》、《挑戰密碼》，電子書及光碟產品有：《海雲ㄅㄆㄇ數碼輸入法》、《台英離形數位輸入法》、《唐詩選編》、《唐詩三百首寫入系統》、《宋詞三百首寫入系統》、《千家詩寫入系統》、《唐詩詩牌遊戲》、《1000 英文單字遊戲》、《萬首唐人絕句檢索系統》、《唐詩三百首檢索系統》、《宋詞三百首檢索系統》、《元曲三百首檢索系統》、《文心雕龍全文檢索》、《世說新語全文檢索》、《樂府詩集全文檢索》、《昭明文選電子書》、《紅樓夢電子書》、《三國演義電子書》、《儒林外史電子書》、《西遊記電子書》、《水滸傳電子書》、《文心雕龍電子書》、《史記電子書》、《藝文類聚電子書》、《歷代詩話二十七種電子書》。古典詩、現代詩創作集有：並蒂詩情（合著）、並蒂詩香（合著）、並蒂詩林（合著）。此外，主持東吳大學「共通課程教學提升計畫」，架設「文學與藝術教學網站」；主持東吳大學教學卓越計畫——完成「國文能力檢定」線上測驗系統以及「除錯蟲」線上遊戲系統；主持共十二屆「全球徵聯活動」。專利有：中文字離形數位化系統及其應用、一種計算機漢字輸入方法、一種計算機英文輸入方法、英文數碼輸入法、發聲陀螺等五項。

作者簡介

薛雅文簡介

薛雅文，臺灣省澎湖縣人。東吳大學文學博士，學位論文《《陳眉公家藏祕笈續函》小說類作品之研究》，學術領域古典小說、文獻學。曾擔任明道大學文學院秘書、中國文學系主任，現爲明道大學專任副教授。求學期間，積極參與東吳大學教學卓越計畫，協助許清雲教授完成東吳大學「國文能力檢定」四年期重大計畫，製作「除錯蟲」線上遊戲，及合力編輯《世說新語》、《文心雕龍》、《樂府詩集》、《紅樓夢》、《三國演義》、《儒林外史》、《西遊記》、《水滸傳》、《藝文類聚》、《歷代詩話27種》等十餘部電子書籍。任職明道大學，有先期性計畫「《閱微草堂筆記》版本文獻之研究——以國家圖書館典藏爲例」等。學術論文有：〈《世說新語》圖書文獻與數位化觀察——以國家圖書館典藏爲例〉、〈古典小說文獻整理與另類思維模組——以《世說新語》與《閱微草堂筆記》兩類型文獻做範例〉、〈國家圖書館典藏《閱微草堂筆記》版本論述與視聽文獻初探〉、〈《閱微草堂筆記》愛情主題探究〉、〈近十年臺灣國家圖書館館藏唐代小說研究的回顧〉、〈《宋詩話全編・孫光憲詩話》訂補〉等十餘篇。專書有：《古典文獻研究輯刊》十五編《《陳眉公家藏祕笈續函》小說類作品之研究》、《《閱微草堂筆記》愛慾故事研究》。合著編輯有：《大學國文e點靈》、《文學與人生》、《文學與生命的交響樂章》、《文學與生命的五重奏》、《職場應用文》、《現代應用文》等。

平水詩韻簡編

（附《杜詩鏡銓》）

徐世澤、許清雲、薛雅文合編

緒言

由於今古語音聲變、韻變，因而古典詩的創作，在調聲和押韻上，仍必須參考韻書。現今詩人常用韻書，或據《佩文韻府》，或依《詩韻集成》、《詩韻合璧》。《詩韻集成》或《詩韻合璧》雖是節錄自《佩文韻府》，但無用的罕見字仍留存不少，坊間遂有「簡編」的出現；本編也是從前述書籍精簡而成，以方便初學習作之用。唯創作古典詩，除熟悉聲律外，還有鍊字、鍊句、鍊意以及篇章結構等技藝。自中、晚唐起詩人有幾家學杜，而宋代黃庭堅暨江西詩派作家更是大張旗鼓，群體尊杜甫爲宗師。平心而論，學詩師法杜甫，入門即正。司馬光《續詩話》以爲《詩》三百之後，杜子美最得詩人之體。尤其是杜詩七律，自可雄視百代，即李太白也不能及。黃子雲《野鴻詩的》云：「杜之五律、五七言古，三唐諸家亦各有一二篇可企及。七律則上下千百年無倫比。其意之精密，法之變化；句之沈雄，字之整練，氣之浩瀚，神之搖曳，非一時筆舌所能罄。」管世銘《讀雪山房唐詩鈔》亦云：「七言律詩至杜工部而曲盡其變。其氣盛，其言昌，格法、句法、字法、章法無美不備，無奇不臻。」茲爲方便後學參透，特地取楊倫《杜詩鏡銓》依韻重編。編末附加筆劃檢索。而換韻古體詩，則以首韻爲主編入，全詩不作割裂，特此說明。

上平：一東（古通冬轉江）

東同銅桐筒童僮瞳潼筩中（中間）衷忠盅沖忡蟲螽終戎絨崇嵩椶菘弓躬芎宮融雄熊穹窮馮風楓瘋豐充隆窿空悾公功工攻蒙濛矇蠓艨瞢籠朧櫳嚨聾瓏礱瀧洪烘紅虹葒鴻叢翁嗡匆怱蔥聰驄通蓬篷崆峒

贈李白：「秋來相顧尚飄蓬，未就丹砂愧葛洪。痛飲狂歌空度日，飛揚跋扈爲誰雄？」

奉寄河南韋尹丈人：「有客傳河尹，逢人問孔融。青囊仍隱逸，章甫尚西東。鼎石分門戶，詞場繼國風。尊榮瞻地絕，疏放憶途窮。濁酒尋陶令，丹砂訪葛洪。江湖漂短褐，霜雪滿飛蓬。牢落乾坤大，周流道術空。謬慚知薊子，眞怯笑揚雄。盤錯神明懼，謳歌德義豐。尸鄉餘土室，誰話祝雞翁？」

高都護驄行：「安西都護胡青驄，聲價欻然來向東。此馬臨陣久無敵，與人一心成大功。功成惠養隨所致，飄飄遠自流沙至。雄姿未受伏櫪恩，猛氣猶思戰場利。腕促蹄高如踣鐵，交河幾蹴曾冰裂。五花散作雲滿身，萬里方看汗流血。長安壯兒不敢騎，走過掣電傾城知。青絲絡頭爲君老，何由卻出橫門道？」

前出塞九首其九：「從軍十年餘，能無分寸功？眾人貴苟得，欲語羞雷同。中原有鬥爭，況在狄與戎？丈夫四方誌，安可辭固窮？」

送裴二虯作尉永嘉：「孤嶼亭何處？天涯水氣中。故人官就此，絕境與誰同？隱吏逢梅福，遊山憶謝公。扁舟吾已具，把釣待秋風。」

投贈哥舒開府翰二十韻：「今代麒麟閣，何人第一功？君王自神，駕馭必英雄。開府當朝傑，論兵邁古風。先鋒百勝在，略地兩隅空。青海無傳箭，天山早挂弓。廉頗仍走敵，魏絳已和戎。每惜河湟棄，新兼節製通。智謀垂睿想，出入冠諸公。日月低秦樹，乾坤繞漢宮。胡人愁逐北，宛馬又從東。受命逢沙遠，歸來御席同。軒墀曾寵鶴，畋獵舊非熊。茅土加名數，山河誓始終。策行遺戰伐，契合動昭融。勳業青冥上，交親氣概中。未爲珠履客，已見白頭翁。壯節初題柱，生涯獨轉蓬。幾年春草歇，今日暮途窮。軍事留孫楚，行間識呂蒙。防身一長劍，將欲倚崆峒。」

苦雨奉寄隴西公兼呈王徵士：「今秋乃淫雨，仲月來寒風。群木水光下，萬家雲氣中。所思礙行潦，九里信不通。悄悄素滻路，迢迢天漢東。願騰六尺馬，背若孤征鴻。劃見公子面，超然懽笑同。奮飛既胡越，局促傷樊籠。一飯四五起，憑軒心力窮。嘉蔬沒溷濁，時菊碎榛叢。鷹隼亦屈猛，烏鳶何所蒙。式瞻北鄰居，取適南巷翁。掛席釣川漲，焉知清興終。」

對雪：「戰哭多新鬼，愁吟獨老翁。亂雲低薄暮，急雪舞回風。瓢棄樽無綠，爐存火似紅。數州消息斷，愁坐正書空。」

奉答岑參補闕見贈：「窈窕清禁闥，罷朝歸不同。君隨丞相後，我往日華東。冉冉柳絲碧，娟娟花蘂紅。故人有佳句，獨贈白頭翁。」

酬孟雲卿：「樂極傷頭白，更長愛燭紅。相逢難袞袞，告別莫匆匆。但恐天河落，寧辭酒盞空？明朝牽世務，揮淚各西東。」

遣興三首其二：「蓬生非無根，漂蕩隨天風。天寒落萬里，不復歸本叢。客子念故宅，三年門巷空。悵望但烽火，戎車滿關東。生涯能幾何，常在羈旅中！」

閿鄉姜七少府設膾戲贈長歌：「姜侯設膾當嚴冬，昨日今日皆天風。河凍未漁不易得，鑿冰恐侵河伯宮。饔人受魚鮫人手，洗魚磨刀魚眼紅。無聲細下飛碎雪，有骨已剁觜春葱。偏勸腹腴愧年少，軟炊香飯緣老翁。落碪何曾白紙溼，放筯未覺金盤空。新歡便飽姜侯德，清觴異味情屢極。東歸貪路自覺難，欲別上馬身無力。可憐爲人好心事，於我見子眞顏色。不恨我衰子貴時，悵望且爲今相憶。」

洗兵馬：「中興諸將收山東，捷書夜報清晝同。河廣傳聞一葦過，胡危命在破竹中。祇殘鄴城不日得，獨任朔方無限功。京師皆騎汗血馬，回紇餧肉蒲萄宮。已喜皇威清海岱，常思仙仗過崆峒。三年笛裏關山月，萬國兵前草木風。成王功大心轉小，郭相謀深古來少。司徒清鑒懸明鏡，尙書氣與秋天杳。二三豪俊爲時出，整頓乾坤濟時了。東走無復憶鱸魚，南飛覺有安巢鳥。青春復隨冠冕入，紫禁正耐煙花繞。鶴駕通宵鳳輦備，雞鳴問寢龍樓曉。攀龍附鳳勢莫當，天下盡化爲侯王。汝等豈知蒙帝力？時來不得誇身強。關中既留蕭丞相，幕下復用張子房。張公一生江海客，身長九尺鬚眉蒼。徵起適遇風雲會，扶顚始知籌策良。青袍白馬更何有？後漢今周喜再昌。寸地尺天皆入貢，奇祥異瑞爭來送。不知何國致白環，復道諸山得銀甕。隱士休砍紫芝曲，詞人解撰清河頌。田家望望惜雨乾，布穀處處催春種。淇上健兒歸莫懶，城南思婦愁多夢。安得壯士挽天河，淨洗甲兵長不用！」

秦州雜詩二十首其二：「秦州城北寺，勝跡隗囂宮。苔蘚山門古，丹青野殿空。月明垂葉露，雲逐度溪風。清渭無情極，愁時獨向東。」

雨晴：「天際秋雲薄，從西萬里風。今朝好晴景，久雨不妨農。塞柳行疏翠，山梨結小紅。胡笳樓上發，一鴈入高空。」

泥功山：「朝行青泥上，暮在青泥中。泥濘非一時，版築勞人功。不畏道途永，乃將汨沒同？白馬爲鐵驪，小兒成老翁。哀猿透卻墜，死鹿力所窮。寄語北來人，後來莫怱怱。」

寄贈王十將軍承俊：「將軍膽氣雄。臂懸兩角弓。纏結青驄馬，出入錦城中。時危未授鉞，勢屈難爲功！賓客滿堂上，何人高義同？」

江畔獨步尋花七絕句其五：「黃師塔前江水東，春光懶困倚微風。桃花一簇開無主，可愛深紅愛淺紅？」

敬簡王明府：「葉縣郎官宰，周南太史公。神仙才有數，流落意無窮。驥病思偏秣，鷹愁怕苦籠。看君用高義，恥與萬人同。」

陪李七司馬皀江上觀造竹橋即日成往來之人免冬寒入水聊題短作簡李公：「伐竹爲橋結構同，褰裳不涉往來通。天寒白鶴歸華表，日落青龍見水中。顧我老非題柱客，知君才是濟川功。合觀卻笑千年事，驅石何時到海東？」

戲爲六絕句其四：「才力應難跨數公，凡今誰是出群雄。或看翡翠蘭苕上，未掣鯨魚碧海中。」

野人送朱櫻：「西蜀櫻桃也自紅，野人相贈滿筠籠。數回細寫愁仍破，萬顆勻圓訝許同。憶昨賜霑門下省，早朝擎出大明宮。金盤玉箸無消息，此日嘗新任轉蓬。」嚴公廳宴同詠蜀道地圖得空字：日臨公館靜，畫滿地圖雄。劍閣星橋北，松州雪嶺東。華夷山不斷，吳蜀水相通。興與烟霞會，清樽幸不空。」

客亭：「秋窗猶曙色，落木更天風。日出寒山外，江流宿霧中。聖朝無棄物，衰病已成翁。多少殘生事，飄零任轉蓬。」

九日登梓州城：「伊昔黃花酒，如今白髮翁。追歡筋力異，望遠歲時同。弟妹悲歌裏，乾坤醉眼中。兵戈與關塞，此日意無窮。」

登牛頭山亭子：「路出雙林外，亭窺萬井中。江城孤照日，春谷遠含風。兵革身將老，關河信不通。猶殘數行淚，忍對百花叢。」

陪章留後侍御宴南樓得風字：「絕域長夏晚，茲樓清宴同。朝廷燒棧北，鼓角漏天東。屢食將軍第，仍騎御史驄。本無丹竈術，那免白頭翁？寇盜狂砍外，形骸痛飲中。野雲低渡水，簷雨細隨風。出號江城黑，題詩蠟炬紅。此身醒復醉，不擬哭途窮。」

冬狩行：「君不見東川節度兵馬雄，校獵亦似觀成功。夜發猛士三千人，清晨合圍步驟同。禽獸已斃十七八，殺聲落日迴蒼穹。幕前生致九青兕，駱駝晶峞垂玄熊。東西南北百里間，髣髴蹴踏寒山空。有鳥名鸜鵒，力不能高飛逐走蓬。肉味不足登鼎俎，何爲見羈虞羅中？春蒐秋狩侯得同，使君五馬一馬驄。況今攝行大將權，號令頗有前賢風。飄然時危一老翁，十年厭見旌旗紅。喜君士卒甚整肅，爲我迴轡擒西戎。草中狐兔盡何益？天子不在咸陽宮。朝廷雖無幽王禍，得不哀痛塵再蒙。嗚呼！得不哀痛塵再蒙。」

收京：「復道收京邑，兼聞殺犬戎。衣冠卻扈從，車駕已還宮。尅復成如此，安危在數公。莫令回首地，慟哭起悲風。」

寄賀蘭銛：「朝野歡娛後，乾坤震蕩中。相隨萬里日，總作白頭翁。歲晚仍分袂，江邊更轉蓬。勿云俱異域，飲啄幾回同。」

寄司馬山人十二韻：「關內昔分袂，天邊今轉蓬。馳驅不可說，談笑偶然同。道術曾留意，先生早擊蒙。家家迎薊子，處處識壺公。長嘯峨嵋北，潛行玉壘東。有時騎猛虎，虛室使仙童。髮少何勞白，顏衰肯更紅。望雲悲轗軻，畢景羨沖融。喪亂形仍役，淒涼信不通。懸旌要路口，倚劍短亭中。永作殊方客，殘生一老翁。相哀骨可換，亦遣馭清風。」

遣悶奉呈嚴公二十韻：「白水魚竿客，清秋鶴髮翁。胡爲來幕下？衹合在舟中。黃卷真如律，青袍也自公。老妻憂坐痺，幼女問頭風。平地專欹倒，分曹失異同。禮甘衰力就，義忝上官通。疇昔論詩早，光輝仗鉞雄。寬容存性拙，翦拂念途窮。露裛思藤架，烟霏想桂叢。信然龜觸網，直作鳥窺籠。西嶺紆村北，南江遶舍東。竹板寒舊翠，椒實雨新紅。浪簸船應坼，杯乾甕即空。藩籬生野徑，斤斧任樵童。束縛酬知己，蹉跎效小忠。周防期稍稍，太簡遂忽忽。曉入朱扉啓，昏歸畫角終。不成尋別業，未敢息微躬。烏鵲愁銀漢，駑駘怕錦幪。會希全物色，時放倚梧桐。」

送舍弟頴赴齊州三首其三：「諸姑今海畔，兩弟亦山東。去傍干戈覓，來看道路通。短衣防戰地，匹馬逐秋風。莫作俱流落，長瞻碣石鴻。」

陪鄭公秋晚北池臨眺：「北池雲水闊，華館闢秋風。獨鶴元依渚，衰荷且映空。採菱寒刺上，踏藕野泥中。素檝分曹往，金盤小徑通。萋萋露草碧，片片晚旗紅。盃酒霑津吏，衣裳與釣翁。異方初豔菊，故里亦高桐。搖落關山思，淹留戰伐功。嚴城殊未掩，清宴已知終。何補參軍事，歡娛到薄躬。」

春日江村五首其三：「種竹交加翠，栽桃爛熳紅。經心石鏡月，到面雪山風。赤管隨王命，銀章付老翁。豈知牙齒落，名玷薦賢中。」

三韻三篇其二：「蕩蕩萬斛船，影若揚白虹。起檣必椎牛，掛席集眾功。自非風動天，莫置大水中。」

三絕句其三：「殿前兵馬雖驍雄，縱暴略與羌渾同。聞道殺人漢水上，婦女多在官軍中。」

牽牛織女：「牽牛出河西，織女處其東。萬古永相望，七夕誰見同？神光竟難候，此事終蒙朧。颯然精靈合，何必秋遂逢。亭亭新妝立，龍駕具曾空。世人亦爲爾，祈請走兒童。稱家隨豐儉，白屋達公宮。膳夫翊堂殿，鳴玉凄房櫳。曝衣遍天下，曳月揚微風。蛛絲小人態，曲綴瓜果中。初筵裛重露，日出甘所終。嗟汝未嫁女，秉心鬱忡忡。防身動如律，竭力機杼中。雖無舅姑事，敢昧織作功。明明君臣契，咫尺或未容。義無棄禮法，恩始夫婦恭。小大有佳期，戒之在至公。方圓苟齟齬，丈夫多英雄。」

夔州歌十絕句其七：「蜀麻吳鹽自古通，萬斛之舟行若風。長年三老長歌裏，白晝攤錢高浪中。」

秋興八首其七：「昆明池水漢時功，武帝旌旗在眼中。織女機絲虛月夜，石鯨鱗甲動秋風。波漂菰米沈雲黑，露冷蓮房墜粉紅。關塞極天唯鳥道，江湖滿地一漁翁。」

詠懷古跡五首其四：「蜀主窺吳幸三峽，崩年亦在永安宮。翠華想像空山裏，玉殿虛無野寺中。古廟杉松巢水鶴，歲時伏臘走村翁。武侯祠屋常鄰近，一體君臣祭祀同。」

奉漢中王手札報韋侍御蕭尊師亡：「秋日蕭韋逝，淮王報峽中。少年疑柱史，多術怪仙公。不但時人惜，祗應吾道窮！一哀侵疾病，相識自兒童。處處鄰家笛，飄飄客子蓬。強吟懷舊賦，已作白頭翁。」

往在：「往在西京日，胡來滿彤宮。中宵焚九廟，雲漢爲之紅。解瓦飛十里，繐帷紛曾空。疚心惜木主，一一灰悲風。合昏排鐵騎，清旭散錦幪。賊臣表逆節，相賀以成功。是時妃嬪戮，連爲糞土叢。當宁陷玉座，白間剝畫蟲。不知二聖處，私泣百歲翁。車駕既云還，楹桷欻穹崇。故老復涕泗，祠宮樹椅桐。宏壯不如初，已見帝力雄。前春禮郊廟，祀事親聖躬。微軀忝近臣，景從陪群公。登階捧玉冊，峨冕聆金鐘。侍祠恧先露，掖垣邇濯龍。天子惟孝孫，五雲起九重。鏡奩換粉黛，翠羽猶葱朧。前者厭羯胡，後來遭犬戎。俎豆腐羶肉，罘罳行角弓。安得自西極，申命空山東？盡驅詣闕下，士庶塞關中。主將曉逆順，元元歸始終。一朝自罪己，萬里車書通。鋒鏑供鋤犁，征戍聽所從。冗官各復業，土著還力農。君臣節儉足，朝野懽呼同。中興似國初，繼體同太宗。端拱納諫諍，和風日沖融。赤墀櫻桃枝，隱映銀絲籠。千春薦陵寢，永永垂無窮。京都不再火，涇渭開愁容。歸號故松柏，老去苦飄蓬。」

天池：「天池馬不到，嵐壁鳥纔通。百頃青雲杪，層波白石中。鬱紆騰秀氣，蕭瑟浸寒空。直對巫山峽，兼疑夏禹功。魚龍開闢有，菱芡古今同。聞道奔雷黑，初看浴日紅。飄雲神女雨，斷續楚王風。欲問支機石，如臨獻寶宮。九秋驚雁序，萬里狎漁翁。更是無人處，誅茅任薄躬。」

王十五前閣會：「楚岸收新雨，春臺引細風。情人來石上，鮮膾出江中。鄰舍煩書札，肩輿強老翁。病身虛俊味，何幸飫兒童。」

老病：「老病巫山裏，稽留楚客中。藥殘他日裏，花發去年叢。夜足霑沙雨，春多逆水風。合分雙賜筆，猶作一飄蓬。」

暮春：「臥病擁塞在峽中，瀟湘洞庭虛映空。楚天不斷四時雨，巫峽常吹萬里風。沙上草閣柳新暗，城邊野池蓮欲紅。暮春鴛鴦立洲渚，挾子翻飛還一叢。」

江雨有懷鄭典設：「春雨闇闇塞峽中，早晚來自楚王宮。亂波紛披已打岸，弱雲狼藉不禁風。寵光蕙葉與多碧，點注桃花舒小紅。谷口子眞正憶汝，岸高瀼滑限西東。」

君不見簡蘇徯：「君不見道邊廢棄池？君不見前者摧折桐？百年死樹中琴瑟，一斛舊水藏蛟龍。丈夫蓋棺事始定，君今幸未成老翁，何恨憔悴在山中？深山窮谷不可處，霹靂魍魎兼狂風。」

贈蘇四徯：「異縣昔同遊，各云厭轉蓬。別離已五年，尙在行李中。戎馬日衰息，乘輿安九重。有才何栖栖，將老委所窮。爲郎未爲賤，其奈疾病攻。子何面黧黑？焉得豁心胸。巴蜀倦剽劫，下愚成土風。幽薊已削平，荒徼尙彎弓。斯人脫身來，豈非吾道東。乾坤雖寬大，所適裝囊空。肉食哂菜色，少壯欺老翁。況乃主客間，古來偪側同。君今下荊揚，獨帆如飛鴻。二州豪俠場，人馬皆自雄。一請甘飢寒，再請甘養蒙。」

巫峽敝廬奉贈侍御四舅別之澧朗：「江城秋日落，山鬼閉門中。行李淹吾舅，誅茅問老翁。赤眉猶世亂，青眼只途窮。傳語桃源客，人今出處同。」

吾宗：「吾宗老孫子，質朴古人風。耕鑿安時論，衣冠與世同。在家常早起，憂國願年豐。語及君臣際，經書滿腹中。」

秋野五首其四：「遠岸秋沙白，連山晚照紅。潛鱗輸駭浪，歸翼會高風。砧響家家發，樵聲箇箇同。飛霜任青女，賜被隔南宮。」

解悶十二首其四：「沈范早知何水部，曹劉不待薛郎中。獨當省署開文苑，兼泛滄浪學釣翁。」

洞房：「洞房環珮冷，玉殿起秋風。秦地應新月，龍池滿舊宮。繫舟今夜遠，清漏往時同。萬里黃山北，園陵白露中。」

秋峽：「江濤萬古峽，肺病久衰翁。不寐防巴虎，全生狎楚童。衣裳垂素髮，門巷落丹楓。常怪商山老，兼存翊戴功。」

自瀼西荊扉且移居東屯茅屋四首其一：「白鹽危嶠北，赤甲古城東。平地一川穩，高山四面同。烟霜淒野日，粳稻熟天風。人事傷蓬轉，吾將守桂叢。」

社日兩篇其二：「陳平亦分肉，太史竟論功。今日江南老，他時渭北童。歡娛看絕塞，涕淚落秋風。鴛鷺迴金闕，誰憐病峽中。」

耳聾：「生年鶡冠子，歎世鹿皮翁。眼復幾時暗，耳從前月聾。猿鳴秋淚缺，雀噪晚愁空。黃落驚山樹，呼兒問朔風。」

獨坐二首其二：「白狗斜臨北，黃牛更在東。峽雲常照夜，江日會兼風。曬藥安垂老，應門試小童。亦知行不逮，苦恨耳多聾。」

暫往白帝復還東屯：「復作歸田去，猶殘穫稻功。築場憐穴蟻，拾穗許村童。落杵光輝白，除芒子粒紅。加餐可扶老，倉庾慰飄蓬。」

大曆二年九月三十日：「為客無時了，悲秋向夕終。瘴餘夔子國，霜薄楚王宮。草敵虛嵐翠，花禁冷蕊紅。年年小搖落，不與故園同。」

向夕：「畎畝孤城外，江村亂水中。深山催短景，喬木易高風。鶴下雲汀近，雞棲草屋同。琴書散明燭，長夜始堪終。」

上巳日徐司錄林園宴集：「鬢毛垂領白，花蕊亞枝紅。欹倒衰年廢，招尋令節同。薄衣臨積水，吹面受和風。有喜留攀桂，無勞問轉蓬。」

歲晏行：「歲云暮矣多北風，瀟湘洞庭白雪中。漁父天寒網罟凍，莫徭射雁鳴桑弓。去年米貴闕軍食，今年米賤大傷農。高馬達官厭酒肉，此輩杼軸茅茨空。楚人重魚不重鳥，汝休枉殺南飛鴻。況聞處處鬻男女，割恩忍愛還租庸。往日用錢捉私鑄，今許鉛鐵和青銅。刻泥為之最易得，好惡不合長相蒙。萬國城頭盡吹角，此曲哀悲何時終？」

清明二首其二：「此身飄泊苦西東，右臂偏枯半耳聾。寂寂繫舟雙下淚，悠悠伏枕左書空。十年蹴踘將雛遠，萬里鞦韆習俗同。旅雁上雲歸紫塞，家人鑽火用青楓。秦城樓閣烟花裏，漢主山河錦繡中。春去春來洞庭闊，白蘋愁殺白頭翁。」

白鳧行：「君不見黃鵠高於五尺童，化為白鳧似老翁。故畦遺穗已蕩盡，天寒歲暮波濤中。鱗介腥羶素不食，終日忍饑西復東。魯門鶢鶋亦蹭蹬，聞道於今猶避風。」

上平：二冬（古通東）

冬農儂穠濃膿醲宗淙悰琮鍾鐘龍蘢舂松淞蚣忪衝沖容榕蓉溶鎔庸傭慵鏞墉封葑凶兇匈洶胸訩忷邕雍壅饔噰灉癰重（重複）逢縫峰鋒蜂烽從（服從）縱（縱橫）蹤鏦茸蛩跫邛笻供（供給）鬆喁咚彤丰

李監宅二首其一：「尚覺王孫貴，豪家意頗濃。屏開金孔雀，褥隱繡芙蓉。且食雙魚美，誰看異味重。門闌多喜色，女婿近乘龍。」

元都壇歌寄元逸人：「故人昔隱東蒙峰，已佩含景蒼精龍。故人今居子午谷，獨在陰崖結茅屋。屋前太古元都壇，青石漠漠常風寒。子歸夜啼山竹裂，王母晝下雲旗翻。知君此計誠長往，芝草瑯玕日應長。鐵鎖高垂不可攀，致身福地何蕭爽。」

暮登四安寺鐘樓寄裴十迪：「暮倚高樓對雪峰，僧來不語自鳴鐘。孤城返照紅將斂，近市浮烟翠且重。多病獨愁常闃寂，故人相見未從容。知君苦思緣詩瘦，太向交遊萬事慵。」

巴西驛亭觀江漲呈竇十五使君：「宿雨南江漲，波濤亂遠峰。孤亭凌噴薄，萬井逼舂容。霄漢愁高鳥，泥沙困老龍。天邊同客舍，攜我豁心胸。」

惠義寺送王少尹赴成都：「苒苒谷中寺，娟娟林表峰。闌干上處遠，結搆坐來重。騎馬行春徑，衣冠起暮鐘。雲門青寂寂，此別惜相從。」

傷春五首其一：「天下兵雖滿，春光日自濃。西京疲百戰，北闕任群兇。關塞三千里，烟花一萬重。蒙塵清路急，御宿且誰供？殷復前王道，周遷舊國容。蓬萊足雲氣，應合總從龍。」

諸將五首其三：「洛陽宮殿化爲烽，休道秦關百二重！滄海未全歸禹貢，薊門何處盡堯封？朝廷袞職雖多預，天下軍儲不自供。稍喜臨邊王相國，肯銷金甲事春農。」

王兵馬使二角鷹：「悲臺蕭颯石巃嵸，哀壑杈枒浩呼洶。中有萬里之長江，迴風滔日孤光動。角鷹翻倒壯士臂，將軍玉帳軒翠氣。二鷹猛腦絛徐墜，目如愁胡視天地。杉雞竹兔不自惜，豥虎野羊俱辟易。韝上鋒稜十二翮，將軍勇銳與之敵。將軍樹勳起安西，崑崙虞泉入馬蹄。白羽曾肉三狻猊，敢決豈不與之齊？荊南芮公得將軍，亦如角鷹下翔雲。惡鳥飛飛啄金屋，安得爾輩開其群？驅出六合梟鸞分。」

庭草：「楚草經寒碧，逢春入眼濃。舊低收葉舉，新掩卷牙重。步履宜輕過，開筵得屢供。看花隨節序，不敢強爲容。」

謁眞諦寺禪師：「蘭若山高處，烟霞嶂幾重？凍泉依細石，晴雪落長松。問法看詩妄，觀身向酒慵。未能割妻子，卜宅近前峰。」

上平：三江（古通陽）

江杠矼釭扛缸豇窗牕樅鏦瑽邦降（降伏）逄雙瀧龐龐
尨撞幢腔梆椿惷淙

進艇：「南京久客耕南畝，北望傷神坐北牕。晝引老妻乘小艇，晴看稚子浴清江。俱飛蛺蝶元相逐，並蒂芙蓉本自雙。茗飲蔗漿攜所便，瓷罌無謝玉爲缸。」

季秋蘇五弟纓江樓夜宴崔十三評事韋少府姪三首其三：「對月那無酒，登樓況有江。聽歌驚白鬢，笑舞拓秋窗。尊蟻添相續，沙鷗並一雙。盡憐君醉倒，更覺片心降。」

上平：四支（古通微齊灰轉佳）

支枝肢移箷爲（施爲）垂陲吹陂碑奇宜儀皮兒離施知
馳池規危夷師姿遲龜眉悲之芝時詩棋旗辭詞期祠基疑
姬絲司葵醫帷思滋持隨癡維巵麾墀彌慈遺肌脂雌披嬉
尸狸炊湄籬茲差（參差）疲茨卑虧蕤騎（跨馬）歧岐
誰斯澌私窺熙欺疵貲笞羈彝髭頤資糜飢衰錐姨楣夔祇
涯伊蓍追緇萁箕椎羆釐萎匙澌脾坻治（治國）驪屍怡
貽尼纍匜飴而鴟推魑錘縭璃祁羸帔縻蘼芪畸犧羲曦欹

漪猗崎崖萎訾篩獅螄綏雖咨粢瓷嫠痍惟唯機耆逵鰟丕
毗枇貔徽輜蚩嗤媸颸塒蒔鰣鷥漓禧噫其琪祺騅騏麒嶷
螭梔鸝累踟琵嵋梔瀰

巳上人茅齋：「巳公茅屋下，可以賦新詩。枕簟入林僻，茶瓜留客遲。江蓮搖白羽，天棘蔓青絲。空忝許詢輩，難酬支遁詞。」

冬日有懷李白：「寂寞書齋裡，終朝獨爾思。更尋嘉樹傳，不忘角弓詩。短褐風霜入，還丹日月遲。未因乘興去，空有鹿門期。」

前出塞九首其二：「出門日已遠，不受徒旅欺。骨肉恩豈斷？男兒死無時。走馬脫轡頭，手中挑青絲。捷下萬仞岡，俯身試搴旗。」

送高三十五書記：「崆峒小麥熟，且願休王師。請公問主將：焉用窮荒為？飢鷹未飽肉，側翅隨人飛。高生跨鞍馬，有似幽并兒。脫身簿尉中，始與捶楚辭。借問今何官，觸熱向武威？答云一書記，所愧國士知。人實不易知，更須慎其儀。十年出幕府，自可持旌麾。此行既特達，足以慰所思。男兒功名遂，亦在老大時。常恨結歡淺，各在天一涯。又如參與商，慘慘中腸悲。驚風吹鴻鵠，不得相追隨。黃塵翳沙漠，念子何當歸。邊城有餘力，早寄從軍詩。」

陪鄭廣文游何將軍山林十首其三：「萬里戎王子，何年別月支？異花開絕域，滋蔓匝清池。漢使徒空到，神農竟不知。露翻兼雨打，開坼漸離披。」

陪鄭廣文游何將軍山林十首其八：「憶過楊柳渚，走馬定昆池。醉把青荷葉，狂遺白接䍦。刺船思郢客，解水乞吳兒。坐對秦山晚，江湖興頗隨。」

重游何氏五首其二：「山雨樽仍在，沙沈榻未移。犬迎曾宿客，鴉護落巢兒。雲薄翠微寺，天清皇子陂。向來幽興趣，步屧過東籬。」

重游何氏五首其三：「落日平臺上，春風啜茗時。石欄斜點筆，桐葉坐題詩。翡翠鳴衣桁，蜻蜓立釣絲。自今幽興熟，來往亦無期。」

陪諸貴公子丈八溝攜妓納涼晚際遇雨二首其一：「落日放船好，輕風生浪遲。竹深留客處，荷淨納涼時。公子調冰水，佳人雪藕絲。片雲頭上黑，應是雨催詩。」

九日曲江：「綴席茱萸好，浮舟菡萏衰。百年秋已半，九日意兼悲。江水清源曲，荊門此路疑。晚來高興盡，搖蕩菊花期。」

渼陂行：「岑參兄弟皆好奇，攜我遠來遊渼陂。天地黯慘忽異色，波濤萬里堆琉璃。璃琉汗漫泛舟入，事殊興極憂思集。鼉作鯨吞不復知，惡風白浪何嗟及。主人錦帆相爲開，舟子喜甚無氛埃。鳧鷖散亂棹謳發，絲管啁啾空翠來。沉竿續蔓深莫測，菱葉荷花淨如拭。宛在中流渤澥清，下歸無極終南黑。半陂以南純浸山，動影裊窕沖融間。船舷暝戛雲際寺，水面月出藍田關。此時驪龍亦吐珠，馮夷擊鼓群龍趨。湘妃漢女出歌舞，金支翠旗光有無。咫尺但愁雷雨至，蒼茫不曉神靈意。少壯幾時奈老何，向來哀樂何其多？」

九日楊奉先會白水崔明府：「今日潘懷縣，同時陸浚儀。坐開桑落酒，來把菊花枝。天宇清霜淨，公堂宿霧披。晚來留客醉，鳧舄共差池。」

元日寄韋氏妹：「近聞韋氏妹，迎在漢鍾離。郎伯殊方鎮，京華舊國移。秦城迴北斗，郢樹發南枝。不見朝正使，啼痕滿面垂。」

得舍弟消息二首其二：「汝懦歸無計，吾衰往未期。浪傳鳥鵲喜，深負鶺鴒詩。生理何顏面，憂端且歲時。兩京三十口，雖在命如絲。」

遣興：「驥子好男兒，前年學語時：問知人客姓，誦得老夫詩。世亂憐渠小，家貧仰母慈。鹿門攜不遂，雁足繫難期。天地軍麾滿，山河戰角悲。倘歸免相失，見日敢辭遲。」

大雲寺贊公房四首其一：「心在水精域，衣霑春雨時。洞門盡徐步，深院果幽期。到扉開復閉，撞鐘齋及茲。醍醐長發性，飲食過扶衰。把臂有多日，開懷無愧辭。黃鸝度結構，紫鴿下罘罳。愚意會所適，花邊行自遲。湯休起我病，微笑索題詩。」

徒步歸行：「明公壯年值時危，經濟實藉英雄姿。國之社稷今若是，武定禍亂非公誰？鳳翔千官且飽飯，衣馬不復能輕肥。青袍朝士最困者，白頭拾遺徒步歸。人生交契無老少，論心何必先同調。妻子山中哭向天，須公櫪上追風驃。」

送鄭十八虔貶台州司戶：「鄭公樗散鬢成絲，酒後常稱老畫師。萬里傷心嚴譴日，百年垂死中興時。倉皇已就長途往，邂逅無端出餞遲。便與先生成永訣，九重泉路盡交期！」

紫宸殿退朝口號：「戶外昭容紫袖垂，雙瞻御座引朝儀。香飄合殿春風轉，花覆千官淑景移。晝漏稀聞高閣報，天顏有喜近臣知。宮中每出歸東省，會送夔龍集鳳池。」

贈畢四曜：「才大今詩伯，家貧苦宦卑。饑寒奴僕賤，顏狀老翁爲。同調嗟誰惜，論文笑自知。流傳江鮑體，相顧免無兒。」

秦州雜詩二十首其四：「鼓角緣邊郡，川原欲夜時。秋聽殷地發，風散入雲悲。抱葉寒蟬靜，歸山獨鳥遲。萬方同一概，吾道竟何之！」

秦州雜詩二十首其二十：「唐堯眞自聖，野老復何知。曬藥能無婦？應門亦有兒。藏書聞禹穴，讀記憶仇池。爲報鴛行舊，鷦鷯寄一枝。」

苦竹：「青冥亦自守，軟弱強扶持。味苦夏蟲避，叢卑春鳥疑。軒墀曾不重，翦伐欲無辭。幸近幽人屋，霜根結在茲。」

佐還山後寄三首其二：「白露黃粱熟，分張素有期。已應舂得細，頗覺寄來遲。味豈同金菊，香宜配綠葵。老人他日愛，正想滑流匙。」

赤谷：「天寒霜雪繁，遊子有所之。豈但歲月暮？重來未有期。晨發赤谷亭，險艱方自茲。亂石無改轍，我車已載脂。山深苦多風，落日童稚饑。悄然村墟迥。煙火何由追？貧病轉零落，故鄉不可思。常恐死道路。永爲高人嗤。」

乾元中寓居同谷縣作歌七首其四：「有妹有妹在鍾離，良人早歿諸孤癡。長淮浪高蛟龍怒，十年不見來何時？扁舟欲往箭滿眼，杳杳南國多旌旗。嗚呼四歌兮歌四奏，林猿爲我啼清晝。」

遣興：「干戈猶未定，弟妹各何之！拭淚沾襟血，梳頭滿面絲。地卑荒野大，天遠暮江遲。衰疾那能久，應無見汝期。」

後遊：「寺憶曾遊處，橋憐再渡時。江山如有待，花柳更無私。野潤烟光簿，沙暄日色遲。客愁全爲減，舍此復何之？」

江亭：「坦腹江亭臥，長吟野望時。水流心不競，雲在意俱遲。寂寂春將晚，欣欣物自私。故林歸未得，排悶強裁詩。」

可惜：「花飛有底急？老去願春遲。可惜歡娛地，都非少壯時。寬心應是酒，遣興莫過詩。此意陶潛解，吾生後汝期。」

獨酌：「步屧深林晚，開樽獨酌遲。仰蜂粘落絮，行蟻上枯梨。簿劣慚眞隱，幽偏得自怡。本無軒冕意，不是傲當時。」

徐卿二子歌：「君不見徐卿二子生絕奇，感應吉夢相追隨。孔子釋氏親抱送，並是天上麒麟兒！大兒九齡色清澈，秋水為神玉為骨。小兒五歲氣食牛，滿堂賓客皆回頭。吾知徐公百不憂，積善袞袞生公侯。丈夫生兒有如此二雛者，名位豈肯悲微休！」

病橘：「群橘少生意，雖多亦奚為？惜哉結實小，酸澀如棠梨。剖之盡蠹蟲，采掇爽所宜。紛然不適口，豈止存其皮。蕭蕭半死葉，未忍別故枝。玄冬霜雪積，況乃迴風吹。嘗聞蓬萊殿，羅列瀟湘姿。此物歲不稔，玉食失光輝。寇盜尚憑陵，當君減膳時。汝病是天意，吾恐罪有司。憶昔南海使，奔騰獻荔枝。百馬死山谷，到今耆舊悲。」

觀作橋成月夜舟中有述還呈李司馬：「把燭橋成夜，迴舟客坐時。天高雲去盡，江迥月來遲。衰謝多扶病，招邀屢有期。異方乘此興，樂罷不無悲？」

絕句：「江邊踏青罷，迴首見旌旗。風起春城暮，高樓鼓角悲。」

中丞嚴公雨中垂寄見憶一絕奉答二絕其一：「雨映行宮辱贈詩，元戎肯赴野人期。江邊老病雖無力，強擬晴天理釣絲。」

戲為六絕句其六：「未及前賢更勿疑，遞相祖述復先誰？別裁偽體親風雅，轉益多師是汝師。」

去秋行：「去秋涪江木落時，臂槍走馬誰家兒？到今不知白骨處，部曲有去皆無歸。遂州城中漢節在，遂州城外巴人稀。戰場冤魂每夜哭，空令野營猛士悲。」

奉送崔都水翁下峽：「無數涪江筏，鳴橈總發時。別離終不久，宗族忍相遺？白狗黃牛峽，朝雲莫雨祠。所過頻問訊，到日自題詩。」

逑古三首其一：「赤驥頓長纓，非無萬里姿。悲鳴淚至地，為問馭者誰？鳳凰從東來，何意復高飛。竹花不結實，念子忍朝饑。古時君臣合，可以物理推。賢人識定分，進退固其宜。」

隨章留後新亭會送諸君：「新亭有高會，行子得良時。日動映江幕，風鳴排檻旗。絕葷終不改，勸酒欲無辭。已墮峴山淚，因題零雨詩。」

薄暮：「江水最深地，山雲薄暮時。寒花隱亂草，宿鳥擇深枝。故國見何日，高秋心苦悲。人生不再好，鬢髮自成絲。」

對雨：「莽莽天涯雨，江邊獨立時，不愁巴道路，恐溼漢旌旗。雪嶺防秋急，繩橋戰勝遲。西戎甥舅禮，未敢背恩私。」

傷春五首其二：「鶯入新年語，花開滿故枝。天清風捲幔，草碧水通池。牢落官軍遠，蕭條萬事危。鬢毛原自白，淚點向來垂。不是無兄弟，其如有別離！巴山春色靜，北望轉逶迤。」

有感五首其五：「胡滅人還亂，兵殘將自疑。登壇名絕假，報主爾何遲？領郡輒無色，之官皆有詞。願聞哀痛詔，端拱問瘡痍。」

水檻：「蒼江多風飆，雲雨晝夜飛。茅軒駕巨浪，焉得不低垂。遊子久在外，門戶無人持。高岸尚為谷，何傷浮柱攲。扶顛有勸誡，恐貽識者嗤。既殊大廈傾，可以一木支。臨川視萬里，何必欄檻為？人生感故物，慷慨有餘悲。」

過南鄰朱山人水亭：「相近竹參差，相過人不知。幽花攲滿樹，細水曲通池。歸客村非遠，殘樽席更移。看君多道氣，從此數追隨。」

王錄事許修草堂貲不到聊小詰：「為嗔王錄事，不寄草堂貲。昨屬愁春雨，能忘欲漏時？」

過故斛斯校書莊二首其二：「燕入非旁舍，鷗歸祗故池。斷橋無復板，臥柳自生枝。遂有山陽作，多慚鮑叔知。素交零落盡，白首淚雙垂。」

送王侍御往東川放生池祖席：「東川詩友合，此贈怯輕為。況復傳宗匠，空然惜別離。梅花交近野，草色向平池。儻憶江邊臥，歸期願早知。」

宴戎州楊使君東樓：「勝絕驚身老，情忘發興奇。座從歌妓密，樂任主人為。重碧拈春酒，輕紅擘荔枝。樓高欲愁思，橫笛未休吹。」

雲安九日鄭十八攜酒陪諸公宴：「寒花開已盡，菊蕊獨盈枝。舊摘人頻異，輕香酒暫隨。地偏初衣裌，山擁更登危。萬國皆戎馬，酣歌淚欲垂。」

答鄭十七郎一絕：「雨後過畦潤，花殘步屐遲。把文驚小陸，好客見當時。」

雨：「冥冥甲子雨，已度立春時。輕箑須相向，纖絺恐自疑。烟添纔有色，風引更如絲。直覺巫山暮，兼催宋玉悲。」

諸葛廟：「久遊巴子國，屢入武侯祠。竹日斜虛寢，溪風滿薄帷。君臣當共濟，賢聖亦同時。翊戴歸先主，并吞更出師。蟲蛇穿畫壁，巫覡醉蛛絲。欻憶吟梁父，躬耕也未遲。」

贈崔十三評事公輔：「飄飖西極馬，來自渥洼池。颯飁寒山桂，低徊風雨枝。我聞龍正直，道屈爾何爲？且有元戎命，悲歌識者知。官聯辭冗長，行路洗欹危。脫劍主人贈，去帆春色隨。陰沈鐵鳳闕，教練羽林兒。天子朝侵早，雲臺仗數移。分軍應供給，百姓日支離。黠吏因封己，公才或守雌。燕王買駿骨，渭老得熊羆。活國名公在，拜壇群寇疑。冰壺動瑤碧，野水失蛟螭。入幕諸彥集，渴賢高選宜。騫騰坐可致，九萬起於斯。復進出矛戟，昭然開鼎彝。會看之子貴，歎及老夫衰。豈但江曾決？還思霧一披。暗塵生古鏡，拂匣照西施。舅氏多人物，無慙困翮垂。」

送殿中楊監赴蜀見相公：「去水絕還波，洩雲無定姿。人生在世間，聚散亦暫時。離別重相逢，偶然豈足期？送子清秋暮，風物長年悲。豪俊貴勳業，邦家頻出師。相公鎮梁益，軍事無孑遺。解榻再見今，用材復擇誰。況子已高位，爲郡得固辭。難拒供給費，愼哀漁奪私。干戈未甚息，紀綱正所持。泛舟巨石橫，登陸草露滋。山門日易久，當念居者思。」

夔州歌十絕句其八：「憶借咸陽都市合，山水之圖張賣時。巫峽曾經寶屛見，楚宮猶對碧峰疑。」

秋興八首其四：「聞道長安似弈棋，百年世事不勝悲。王侯第宅皆新主，文武衣冠異昔時。直北關山金鼓振，征西車馬羽書馳。魚龍寂寞秋江冷，故國平居有所思。」

秋興八首其八：「昆吾御宿自逶迤，紫閣峰陰入渼陂。香稻啄餘鸚鵡粒，碧梧棲老鳳凰枝。佳人拾翠春相問，仙呂同舟晚更移。綵筆昔曾干氣象，白頭吟望苦低垂。」

詠懷古跡五首其二：「搖落深知宋玉悲，風流儒雅亦吾師。悵望千秋一灑淚，蕭條異代不同時。江山故宅空文藻，雲雨荒臺豈夢思。最是楚宮俱泯滅，舟人指點到今疑。」

存歿口號二首其一：「席謙不見近彈棋，畢曜仍傳舊小詩。玉局他年無限笑，白楊今日幾人悲？」

垂白：「垂白馮唐老，清秋宋玉悲。江喧長少睡，樓迥獨移時。多難身何補？無家病不辭。甘從千日醉，未許七哀詩。」

夔府書懷四十韻：「昔罷河西尉，初興薊北師。不才名位晚，敢恨省郎遲。扈聖崆峒日，端居灩澦時。萍流仍汲引，樗散尚恩慈。遂阻雲臺宿，常懷湛露詩。翠華森遠矣，白首颯凄其！拙被林泉滯，生逢酒賦欺。文園終寂寞，漢閣自磷緇。病隔君臣議，慙紆德澤私。揚鑣驚主辱，拔劍撥年衰。社稷經綸地，風雲際會期。血流紛在眼，涕灑亂交頤。四瀆樓船汎，中原鼓角悲。賊壕連白翟，戰瓦落丹墀。先帝嚴靈寢，宗臣切受遺。恆山猶突騎，遼海競張旗。田父嗟膠漆，行人避蒺藜。總戎存大體，降將飾卑詞。楚貢何年絕？堯封舊俗疑。長吁翻北寇，一望卷西夷。不必陪玄圃，超然待具茨。凶兵鑄農器，講殿闢書帷。廟算高難測，天憂實在茲。形容眞潦倒，答效莫支持。使者分王命，群公各典司。恐乖均賦斂，不似問瘡痍。萬里煩供給，孤城最怨思。綠林寧小患，雲夢欲難追。即事須嘗膽，蒼生可察眉。議堂猶集鳳，貞觀是元龜。處處喧飛檄，家家急競錐。蕭車安不定，蜀使下何之？釣瀨疏墳籍，耕巖進弈棋。地蒸餘破扇，冬煖更纖絺。豺遘哀登楶，麟傷泣象尼。衣冠迷適越，藻繪憶遊睢。賞月延秋桂，傾陽逐露葵。大庭終反樸，京觀且僵尸。高枕虛眠晝，哀歌欲和誰？南宮載勳業，凡百慎交綏。」

偶題：「文章千古事，得失寸心知。作者皆殊列，名聲豈浪垂？騷人嗟不見，漢道盛於斯。前輩飛騰入，餘波綺麗爲。後賢兼舊制，歷代各清規。法自儒家有，心從弱歲疲。永懷江左逸，多謝鄴中奇。騄驥皆良馬，騏驎帶好兒。車輪徒已斲，堂構惜仍虧。漫作潛夫論，虛傳幼婦碑。緣情慰漂蕩，抱疾屢遷移。經濟慙長策，飛棲假一枝。塵沙傍蜂蠆，江峽繞蛟螭。蕭瑟唐虞遠，聯翩楚漢危。聖朝兼盜賊，異俗更喧卑。鬱鬱星辰劍，蒼蒼雲雨池。兩都開幕府，萬宇插軍麾。南海殘銅柱，東風避月支。音書恨烏鵲，號怒怪熊羆。稼穡分詩興，柴荊學土宜。故山迷白閣，秋水憶皇陂。不敢要佳句，愁來賦別離。」

立春：「春日春盤細生菜，忽憶兩京梅發時。盤出高門行白玉，菜傳纖手送青絲。巫峽寒江那對眼，杜陵遠客不勝悲。此身未知歸定處？呼兒覓紙一題詩。」

暮春題瀼西新賃草屋五首其一：「久嗟三峽客，再與暮春期。百舌欲無語，繁花能幾時？谷虛雲氣薄，波亂日華遲。戰伐何由定，哀傷不在茲！」

承聞河北諸道節度入朝歡喜口號絕句十二首其十：「漁陽突騎邯鄲兒，酒酣並轡金鞭垂。意氣即歸雙闕舞，雄豪復遣五陵知。」

七月一日題終明府水樓二首其二：「宓子彈琴邑宰日，終軍棄繻英妙時。承家節操尚不泯，為政風流今在茲。可憐賓客盡傾蓋，何處老翁來賦詩。楚江巫峽半雲雨，清簟疏簾看弈棋。」

別崔潩因寄薛據孟雲卿：「志士惜妄動，知深難固辭。如何久磨礪，但取不磷緇。夙夜聽憂主，飛騰急濟時。荊州過薛孟，為報欲論詩。」

解悶十二首其五：「李陵蘇武是吾師，孟子論文更不疑。一飯未曾留俗客，數篇今見古人詩。」

解悶十二首其十：「憶過瀘戎摘荔枝，青峰隱映石透迤。京華應見無顏色，紅顆酸甜只自知。」

復愁十二首其十：「江上亦秋色，火雲終不移。巫山猶錦樹，南國且黃鸝。」

宿昔：「宿昔青門裏，蓬萊仗數移。花嬌迎雜樹，龍喜出平池。落日留王母，微風倚少兒。宮中行樂秘，少有外人知。」

鸚鵡：「鸚鵡含愁思，聰明憶別離。翠衿渾短盡，紅觜漫多知。未有開籠日，空殘舊宿枝。世人憐復損，何用羽毛奇。」

猿：「裊裊啼虛壁，蕭蕭挂冷枝。艱難人不免，隱見爾如知。慣習元從眾，全生或用奇。前林騰每及，父子莫相離。」

寄杜位：「寒日經檐短，窮猿失木悲。峽中爲客恨，江上憶君時。天地身何往，風塵病敢辭！封書兩行淚，霑灑裏新詩。」

雨四首其二：「江雨舊無時，天晴忽散絲。暮秋霑物冷，今日過雲遲。上馬回休出，看鷗坐不移。高軒當灩澦，潤色靜書帷。」

雨四首其四：「楚雨石苔滋，京華消息遲。山寒青兕叫，江晚白鷗饑。神女花鈿落，鮫人織杼悲。繁憂不自整，終日灑如絲。」

從驛次草堂復至東屯二首其一：「峽內歸田客，江邊借馬騎。非尋戴安道，似向習家池。山險風烟僻，天寒橘柚垂。築場看斂積，一學楚人爲。」

孟冬：「殊俗還多事，方冬變所爲。破甘霜落爪，嘗稻雪翻匙。巫峽寒都薄，黔溪瘴遠隨。終然減灘瀨，暫喜息蛟螭。」

人日二首其一：「元日至人日，未有不陰時。冰雪鶯難至，春寒花較遲。雲隨白水落，風振紫山悲。蓬鬢稀疏久，無勞比素絲。」

暮春江陵送馬大卿公恩命追赴闕下：「自古求忠孝，名家信有之。吾賢富才術，此道未磷緇。玉府標孤映，霜蹄去不疑。激揚音韻徹，籍甚眾多推。潘陸應同調，孫吳亦異時。北辰徵事業，南紀赴恩私。卿月昇金掌，王春度玉墀。薰風行應律，湛露即歌詩。天意高難問，人情老易悲。樽前江漢闊，後會且深期。」

和江陵宋大少府暮春雨後同諸公及舍弟宴書齋：「渥洼汗血種，天上麒麟兒。才士得神秀，書齋聞爾爲。棣華晴雨好，綵服暮春宜。朋酒日歡會，老夫今始知。」

哭李常侍嶧二首其二：「青瑣陪雙入，銅梁阻一辭。風塵逢我地，江漢哭君時。次第尋書札，呼兒檢贈詩。發揮王子表，不愧史臣詞。」

移居公安敬贈衛大郎：「衛侯不易得，予病汝知之。雅量涵高遠，清襟照等夷。平生感意氣，少小愛文辭。江海由來合，風雲若有期。形容勞宇宙，質樸謝軒墀。自古幽人泣，流年壯士悲。水烟通徑草，秋露接園葵。入邑豺狼鬬，傷弓鳥雀饑。白頭供宴語，烏几伴棲遲。交態遭輕薄，今朝豁所思。」

曉發公安：「北城擊柝復欲罷，東方明星亦不遲。鄰雞野哭如昨日，物色生態能幾時？舟楫眇然自此去，江湖遠適無前期。出門轉眄已陳跡，藥餌扶吾隨所之。」

詠懷二首其一：「人生貴是男，丈夫重天機。未達善一身，得志行所爲。嗟予竟轗軻，將老逢艱危！胡雛逼神器，逆節同所歸。河洛化爲血，公侯草間啼。西京復陷沒，翠蓋蒙塵飛。萬姓悲赤子，兩宮棄紫微。倏忽向二紀，奸雄多是非。本朝再樹立，未及貞觀時。日給在軍儲，上官督有司。高賢迫形勢，豈暇相扶持。疲苶苟懷策，棲屑無所施。先王實罪己，愁痛正爲茲。歲月不我與，蹉跎病於斯。夜看豐城氣，回首蛟龍池。齒髮已自料，意深陳苦詞。」

蘇大侍御訪江浦賦八韻記異：「龐公不浪出，蘇氏今有之。再聞誦新作，突過黃初詩。乾坤幾反覆，揚馬宜同時。今晨清鏡中，勝食齋房芝。余髮喜卻變，白間生黑絲。昨夜舟火滅，湘娥簾外悲。百靈未敢散，風破寒江遲。」

奉送魏六丈佑少府之交廣：「賢豪贊經綸，功成名空垂。子孫不振耀，歷代皆有之。鄭公四葉孫，長大常苦饑。眾中見毛骨，猶是麒麟兒。磊落貞觀事，致君樸直詞。家聲蓋六合，行色何其微？遇我蒼梧野，忽驚會面稀。議論有餘地，公侯來未遲。虛思黃金貴，自笑青雲期。長卿久病渴，武帝元同時。季子黑裘敝，得無妻嫂欺！尙爲諸侯客，獨屈州縣卑。南游炎海甸，浩蕩從此辭。窮途仗神道，世亂輕土宜。解帆歲云暮，可與春風歸。出入朱門家，華屋刻蛟螭。玉食亞王者，樂張游子悲。侍婢豔傾城，綃綺輕霧霏。掌中琥珀鍾，行酒雙逶迤。新歡繼明燭，梁棟星辰飛。兩情顧盼合，珠碧贈於斯。上貴見肝膽，下貴不相疑。心事披寫間，氣酣達所爲。指揮鐵如意，莫避珊瑚枝。始兼逸邁興，終愼賓主儀。戎馬闇天宇，嗚呼生別離！」

北風：「北風破南極，朱鳳日威垂。洞庭秋欲雪，鴻雁將安歸？十年殺氣盛，六合人烟稀。吾慕漢初老，時清猶茹芝。」

暮冬送蘇四郎徯兵曹適桂州：「飄飄蘇季子，六印佩何遲？早作諸侯客，兼工古體詩。爾賢埋照久，余病長年悲。盧綰須征日，樓蘭要斬時。歲陽初盛動，王化久磷淄。爲人蒼梧廟，看雲哭九疑。」

風雨看舟前落花戲爲新句：「江上人家桃樹枝，春寒細雨出疏籬。影遭碧水潛勾引，風妒紅花卻倒吹。吹花困懶傍舟楫，水光風力俱相怯。赤憎輕薄遮人懷，珍重分明不來接。溼久飛遲半欲高，縈沙惹草細於毛。蜜蜂蝴蝶生情性，偷眼蜻蜓避百勞。」

同盧豆峰貽主客李員外子棐知字韻：「鍊金歐冶子，噴玉大宛兒。符采高無敵，聰明達所爲。夢蘭他日應，折桂早年知。爛漫通經術，光芒刷羽儀。謝庭瞻不遠，潘省會於斯。倡和將雛曲，田翁號鹿皮。」

上平：五微（古通支）

微薇暉煇輝徽揮翬韋圍幃違闈霏菲（芳菲）妃騑緋飛非扉肥腓威祈畿機幾（見幾）譏磯璣饑稀希晞衣（衣服）依沂圻巍歸欷誹痱睎葳頎

重經昭陵：「草昧英雄起，謳歌歷數歸。風塵三尺劍，社稷一戎衣。翼亮貞文德，丕承戢武威。聖圖天廣大，宗祀日光輝。陵寢盤空曲，熊羆守翠微。再窺松柏路，還見五雲飛。」

曲江二首其二：「朝回日日典春衣，每日江頭盡醉歸。酒債尋常行處有，人生七十古來稀。穿花蛺蝶深深見，點水蜻蜓款款飛。傳語風光共流轉，暫時相賞莫相違。」

曲江對酒：「苑外江頭坐不歸，水精宮殿轉霏微。桃花細逐楊花落，黃鳥時兼白鳥飛。縱飲久判人共棄，懶朝真與世相違。吏情更覺滄洲遠，老大悲傷未拂衣。」

憶弟二首其二：「且喜河南定，不問鄴城圍。百戰今誰在？三年望汝歸。故園花自發，春日鳥還飛。斷絕人烟久，東西消息稀。」

重題鄭氏東亭：「華亭入翠微，秋日亂晴暉。崩石欹山樹，清漣曳水衣。紫鱗衝岸躍，蒼隼護巢歸。向晚尋征路，殘雲傍馬飛。」

秦州雜詩二十首其六：「城上胡笳奏，山邊漢節歸。防河赴滄海，奉詔發金微。士苦形骸黑，林疏鳥獸稀。那堪往來戍，恨解鄴城圍。」

秦州雜詩二十首其十八：「地僻秋將盡，山高客未歸。塞雲多斷續，邊日少光輝。警急烽常報，傳聞檄屢飛。西戎外甥國，何得迕天威。」

即事：「聞道花門破，和親事卻非。人憐漢公主，生得渡河歸。秋思拋雲髻，腰肢賸寶衣。群凶猶索戰，回首意多違。」

歸燕：「不獨避霜雪，其如儔侶稀。四時無失序，八月自知歸。春色豈相訪？眾雛還識機。故巢倘為毀，會傍主人飛。」

螢火：「幸因腐草出，敢近太陽飛。未足臨書卷，時能點客衣。隨風隔幔小，帶雨傍林微。十月清霜重，飄零何處歸。」

秋笛：「清商欲盡奏，奏苦血沾衣。他日傷心極，征人白骨歸。相逢恐恨過，故作發聲微。不見秋雲動，悲風稍稍飛。」

寒食：「寒食江村路，風花高下飛。汀烟輕冉冉，竹日淨暉暉。田父要皆去，鄰家問不違。地偏相識盡，雞犬亦忘歸。」

送韓十四江東省覲：「兵戈不見老萊衣，太息人間萬事非。我已無家尋弟妹，君今何處訪庭闈？黃牛峽靜灘聲轉，白馬江寒樹影稀。此別應須各努力，故鄉猶恐未同歸。」

范二員外邈吳十侍御特枉駕闕展待聊寄此作：「暫往比鄰去，空聞二妙歸。幽棲誠簡略，衰白已光輝。野外貧家遠，村中好客稀。論文或不愧，重肯款柴扉。」

三絕句其一：「楸樹馨香倚釣磯，斬新花蕊未應飛。不如醉裏風吹盡，可忍醒時雨打稀。」

送何侍御歸朝：「舟楫諸侯餞，車輿使者歸。山花相映發，水鳥自孤飛。春日垂霜鬢，天隅把繡衣。故人從此去，寥落寸心違。」

陪王漢州留杜綿州泛房公西湖：「舊相恩追後，春池賞不稀。闕庭分未到，舟楫有光輝。豉化蓴絲熟，刀鳴鱠縷飛。使君雙皁蓋，灘淺正相依。」

贈韋贊善別：「扶病送君發，自憐猶不歸。衹應盡客淚，復作掩荆扉。江漢故人少，音書從此稀。往還二十載，歲晚寸心違。」

戲作寄上漢中王二首其二：「謝安舟楫風還起，梁苑池臺雪欲飛。杳杳東山攜妓去，泠泠脩竹待王歸。」

警急：「才名舊楚將，妙略擁兵機。玉壘雖傳檄，松州會解圍。和親知拙計，公主漫無歸。青海今誰得，西戎實飽飛。」

西山三首其三：「子弟猶深入，關城未解圍。蠶崖鐵馬瘦，灌口米船稀。辯士安邊策，元戎決勝威。今朝烏鵲喜，欲報凱歌歸。」

傷春五首其三：「日月還相鬬，星辰屢合圍。不成誅執法，焉得變危機？大角纏兵氣，鉤陳出帝畿。烟塵昏御道，耆舊把天衣。行在諸軍闕，來朝大將稀。賢多隱屠釣，王肯載同歸？」

巴西聞收京闕送班司馬入京二首其一：「聞道收京邑，鳴鑾自陝歸。傾都看黃屋，正殿引朱衣。劍外春天遠，巴西敕使稀。念君經世亂，匹馬向王畿。」

閬水歌：「嘉陵江色何所似？石黛碧玉相因依。正憐日破浪花出，更復春從沙際歸。巴童蕩槳敧側過，水雞銜魚來去飛。閬中勝事可腸斷，閬州城南天下稀。」

將赴成都草堂途中有作先寄嚴鄭公五首其五：「錦官城西生事微，烏皮几在還思歸。昔去爲憂亂兵入，今來已恐鄰人非。側身天地更懷古，回首風塵甘息機。共說總戎雲鳥陣，不妨遊子芰荷衣。」

歸雁：「東來萬里客，亂定幾年歸？腸斷江城雁，高高向北飛。」

遣憤：「聞道花門將，論功未盡歸。自從收帝里，誰復總戎機？蜂蠆終懷毒，雷霆可震威。莫令鞭血地，再溼漢臣衣。」

十二月一日三首其三：「即看燕子入山扉，豈有黃鸝歷翠微？短短桃花臨水岸，輕輕柳絮點人衣。春來準擬開懷久，老去親知見面稀。他日一杯難強進，重嗟筋力故山違。」

雨不絕：「鳴雨既過漸細微，映空搖颺如絲飛。階前短草泥不亂，院裏長條風乍稀。舞石旋應將乳子，行雲莫自溼仙衣。眼邊江舸何匆促，未待安流逆浪歸。」

晚晴：「晚照斜初徹，浮雲薄未歸。江虹明遠飲，峽雨落餘飛。鳧鶴終高去，熊羆覺自肥。秋風客尚在，竹露夕微微。」

黃草：「黃草峽西船不歸，赤甲山下行人稀。秦中驛使無消息，蜀道兵戈有是非。萬里秋風吹錦水，誰家別淚溼羅衣？莫愁劍閣終堪據，聞道松州已被圍。」

秋興八首其三：「千家山郭靜朝暉，日日江樓坐翠微。信宿漁人還汎汎，清秋燕子故飛飛。匡衡抗疏功名簿，劉向傳經心事違。同學少年多不賤，五陵衣馬自輕肥。」

月圓：「孤月當樓滿，寒江動夜扉。委波金不定，照席綺逾依。未缺空山靜，高懸列宿稀。故園松桂發，萬里共清輝。」

九日諸人集於林：「九日明朝是，相要舊俗非。老翁難早出，賢客幸知歸。舊采黃花賸，新梳白髮微。漫看年少樂，忍淚已霑衣。」

夜宿西閣呈元二十一曹長：「城暗更籌急，樓高雨雪微。稍通綃幕霽，遠帶玉繩低。門鵲晨光起，檣烏宿處飛。寒江流甚細，有意待人歸。」

甘林：「捨舟越西岡，入林解我衣。青芻適馬性，好鳥知人歸。晨光映遠岫，夕露見日晞。遲暮少寢食，清曠喜荆扉。經過倦俗態，在野無所違。試問甘藜藿，未肯羨輕肥。

喧靜不同科，出處各天機。勿矜朱門是，陋此白屋非。明朝步鄰里，長老可以依。時危賦斂數，脫粟爲爾揮。相攜行荳田，秋花藹菲菲。子實不得喫，貨市送王畿。盡添軍旅用，迫此公家威。主人長跪問，戎馬何時稀？我衰易悲傷，屈指數賊圍。勸其死王命，慎莫遠奮飛。」

秋風二首其二：「秋風淅淅吹我衣，東流之外西日微。天清小城搗練急，石古細路行人稀。不知明月爲誰好？早晚孤舟他夜歸。會耐白髮倚庭樹，故園池臺今是非？」

見螢火：「巫山秋夜螢火飛，簾疏巧入坐人衣。忽驚屋裏琴書冷，復亂檐邊星宿稀。卻繞井闌添箇箇，偶經花蕊弄輝輝。蒼江白髮愁看汝，來歲如今歸未歸。」

秋野五首其二：「易識浮生理，難教一物違。水深魚極樂，林茂鳥知歸。衰老甘貧病，榮華有是非。秋風吹几杖，不厭此北山薇。」

復愁十二首其二：「釣艇收緡盡，昏鴉接翅稀。月生初學扇，雲細不成衣。」

復愁十二首其四：「身覺省郎在，家須農事歸。年深荒草徑，老恐失柴扉。」

社日兩篇：「九農成德業，百祀發光輝。報效神如在，馨香願不違。南翁巴曲醉，北雁塞聲微。尚想東方朔，詼諧割肉歸。」

夜：「絕岸風威動，寒房燭影微。嶺猿霜外宿，江鳥夜深飛。獨坐親雄劍，哀歌嘆短衣。煙塵繞閶闔，白首壯心違。」

傷秋：「村僻來人少，山長去鳥微。高秋藏羽扇，久客掩荆扉。懶慢頭時櫛，艱難帶減圍。將軍思汗馬，天子尚戎衣。白蔣風飆脆，殷檉曉夜稀。何年減豺虎，似有故園歸？」

雨四首其三：「物色歲云晏，天隅人未歸。朔風鳴淅淅，寒雨下霏霏。多病久加飯，衰容新授衣。時危覺凋喪，故舊短書稀。」

夜二首其二：「城郭悲笳暮，村墟過翼稀。甲兵年數久，賦斂夜深歸。暗樹依巖落，明河繞塞微。斗斜人更望，月細鵲休飛。」

巫山縣汾州唐使君十八弟宴別兼諸公攜酒樂相送率題小詩留於屋壁：「臥病巴東久，今年強作歸。故人猶遠謫，茲日倍多違。接宴身兼杖，聽歌淚滿衣。諸公不相棄，擁別惜光輝。」

宴胡侍御書堂：「江湖春欲暮，牆宇日猶微。闇闇書籍滿，輕輕花絮飛。翰林名有素，墨客興無違。今夜文星動，吾儕醉不歸。」

登舟將適漢陽：「春宅棄汝去，秋帆催客歸。庭蔬尚在眼，浦浪已吹衣。生理飄蕩拙，有心遲暮違。中原戎馬盛，遠道素書稀。塞雁與時集，檣烏終歲飛。鹿門自此往，永息漢陰機。」

送盧十四弟侍御護韋尚書靈櫬歸上都二十韻：「素幕渡

江遠，朱幡登陸微。悲鳴駟馬顧，失涕萬人揮。參佐哭辭畢，門闌誰送歸？從公伏事久，之子俊才稀。長路更執紼，此心猶倒衣。感恩義不小，懷舊禮無違。墓待龍驤詔，臺迎獬豸威。深衷見士則，雅論在兵機。戎狄乘妖氣，塵沙落禁闈。往年朝謁斷，他日掃除非。但促銅壺箭，休添玉帳旂。動詢黃閣老，肯慮白登圍。萬姓瘡痍合，群凶嗜慾肥。刺規多諫諍，端拱自光輝。儉約前王體，風流後代希。對揚期特達，衰朽再芳菲。空裏愁書字，山中疾采薇。撥杯要忽罷，抱被宿何依。眼冷看征蓋，兒扶立釣磯。清霜洞庭葉，故就別時飛。」

幽人：「孤雲亦群遊，神物有所歸。麟鳳在赤霄，何當一來儀。往與惠詢輩，中年滄洲期。天高無消息，棄我忽若遺。內懼非道流，幽人見瑕疵。洪濤隱笑語，鼓枻蓬萊池。崔嵬扶桑日，照耀珊瑚枝。風帆倚翠蓋，暮把東皇衣。咽漱元和津，所思烟霞微。知名未足稱，局促商山芝。五湖復浩蕩，歲暮有餘悲。」

歸雁二首其一：「萬里衡陽雁，今年又北歸。雙雙瞻客上，一一背人飛。雲裏相呼疾，沙邊自宿稀。繫書元浪語，愁絕故山薇。」

上平：六魚（古通虞）

魚漁初書舒居裾琚車渠蕖余予（我也）譽（動詞）輿

餘胥糈諝狙鋤疏疎蔬梳虛噓墟徐豬閭廬驢臚攄諸儲除滁蜍如與歟璵旟畬淤妤苴葅沮伹疽蛆咀藷茹櫚於淤袪祛胠蘧醵紓好橒躇据（拮据）

登兗州城樓：「東郡趨庭日，南樓縱目初。浮雲連海岱，平野入青徐。孤嶂秦碑在，荒城魯殿餘。從來多古意，臨眺獨躊躇。」

對雨書懷走邀許十一簿公：「東嶽雲峰起，溶溶滿太虛。震雷翻幕燕，驟雨落河魚。座對賢人酒，門聽長者車。相邀愧泥濘，騎馬到階除。」

重游何氏五首其一：「問訊東橋竹，將軍有報書。倒衣還命駕，高枕乃吾廬。花妥鶯捎蝶，溪喧獺趁魚。重來休沐地，眞作野人居。」

得家書：「去憑遊客寄，來爲附家書。今日知消息，他鄉且定居；熊兒幸無恙，驥子最憐渠。臨老羈孤極，傷時會合疏。二毛趨帳殿，一命待鸞輿。北闕妖氛滿，西郊白露初。涼風新過雁，秋雨欲生魚。農事空山裏，眷言終荷鋤。」

收京三首其一：「仙仗離丹極，妖星照玉除。須爲下殿走，不可好樓居。暫屈汾陽駕，聊飛燕將書。依然七廟略，更與萬方初。」

寄高三十五詹事：「安穩高詹事，兵戈久索居。時來知宦達，歲晚莫情疏。天上多鴻雁，池中足鯉魚。相看過半百，不寄一行書？」

潼關吏：「士卒何草草，築城潼關道。大城鐵不如，小城萬丈餘。借問潼關吏：修關還備胡。要我下馬行，為我指山隅。連雲列戰格，飛鳥不能踰。胡來但自守，豈復憂西都？丈人視要處，窄狹容單車。艱難奮長戟，千古用一夫。哀哉桃林戰，百萬化為魚！請囑防關將，慎勿學哥舒！」

除架：「束薪已零落，瓠葉轉蕭疏。幸結白花了，寧辭青蔓除。秋蟲聲不去，暮雀意何如？寒事今牢落，人生亦有初。」

五盤：「五盤雖云險，山色佳有餘。仰凌棧道細，俯映江木疏。地僻無網罟，水清反多魚。好鳥不妄飛，野人半巢居。喜見淳朴俗，坦然心神舒。東郊尚格鬭，巨猾何時除？故鄉有弟妹，流落隨丘墟。成都萬事好，豈若歸吾廬？」

酬高使君相贈：「古寺僧牢落，空房客寓居。故人分祿米，鄰舍與園蔬。雙樹容聽法，三車肯載書。草玄吾豈敢，賦或似相如。」

逢唐興劉主簿弟：「分手開元末，連年絕尺書。江山且相見，戎馬未安居。劍外官人冷，關中驛騎疎。扁舟下吳會，主簿意何如？」

奉酬嚴公寄題野亭之作：「拾遺曾奏數行書，懶性從來水竹居。奉引濫騎沙苑馬，幽棲真釣錦江魚。謝安不倦登臨賞，阮籍焉知禮法疏。枉沐旌麾出城府，草茅無徑欲教鋤。」

溪漲：「當時浣花橋，溪水纔尺餘。白石明可把，水中有行車。秋夏忽泛濫，豈惟入吾廬。蛟龍亦狼狽，況是鱉與魚。茲晨已半落，歸路跬步疏。馬嘶未敢動，前有深填淤。青青屋東麻，散亂牀上書。不意遠山雨，夜來復何如？我遊都市間，晚憩必村墟。乃知久行客，終日思其居。」

謁文公上方：「野寺隱喬木，山僧高下居。石門日色異，絳氣橫扶疏。窈窕入風磴，長蘿紛卷舒。庭前猛虎臥，遂得文公廬。俯視萬家邑，烟塵對階除。吾師雨花外，不下十年餘。長者自布金，禪龕只晏如。大珠脫玷翳，白月當空虛。甫也南北人，蕪蔓少耘鋤。久遭詩酒污，何事忝簪裾。王侯與螻蟻，同盡隨邱墟。願聞第一義，迴向心地初。金篦刮眼膜，價重百車渠。無生有汲引，茲理儻吹噓。」

投簡梓州幕府兼簡韋十郎官：「幕下郎官安穩無，從來不奉一行書。固知貧病人須棄，能使韋郎跡也疏。」

漢州王大錄事宅作：「南溪老病客，相見下肩輿。近髮看烏帽，催蓴煮白魚。宅中平岸水，身外滿牀書。憶爾才名叔，含淒意有餘。」

寄李十四員外布十二韻：「名參漢望苑，職述景題輿。巫峽將之郡，荊門好附書。遠行無自苦，內熱比何如？正是炎天闊，那堪野館疏。黃牛平駕浪，畫鷁上淩虛。試待盤渦歇，方期解纜初。悶能過小徑，自為摘嘉蔬。渚柳元幽僻，村花不掃除。宿陰繁素奈，過雨亂紅蕖。寂寂夏先晚，泠泠風有餘。江清心可瑩，竹冷髮堪梳。直作移巾几，秋帆發弊廬。」

寄岑嘉州：「不見故人十年餘，不道故人無素書。願逢顏色關塞遠，豈意出守江城居？外江三峽此相接，斗酒新詩終日自疏。謝朓每篇堪諷誦，馮唐已老聽吹噓。泊船秋夜經春草，伏枕青楓限玉除。眼前所寄選何物，贈子雲安雙鯉魚。」

中宵：「西閣百尋餘，中宵步綺疏。飛星過水白，落月動沙虛。擇木知幽鳥，潛波想巨魚。親朋滿天地，兵甲少來書。」

瀼西寒望：「水色含群動，朝光切太虛。年侵頻悵望，興遠一蕭疏。猿掛時相學，鷗行炯自如。瞿唐春欲至，定卜瀼西居。」

過客相尋：「窮老眞無事，江山已定居。地幽忘盥櫛，客至罷琴書。掛壁移筐果，呼兒間煮魚。時聞繫舟楫，及此問吾廬。」

贈李八秘書別三十韻：「往時中補右，扈蹕上元初。反氣凌行在，妖星下直廬。六龍瞻漢殿，萬騎略姚墟。元朔迴天步，神都憶帝車。一戎纔汗馬，百姓免爲魚。通籍蟠螭印，差肩列鳳輿。事殊迎代邸，喜異賞朱虛。寇盜方歸順，乾坤欲晏如。不才同補袞，奉詔許牽裾。鴛鷺叨雲閣，麒麟滯石渠。文園多病後，中散舊交疏。飄泊哀相見，平生意有餘。風烟巫峽遠，臺榭楚宮虛。觸目非論故，新文尚起予。清秋凋碧柳，別浦落紅蕖。消息多旗幟，經過嘆里閭。戰連唇齒國，軍急羽毛書。幕府籌頻問，山家藥正鋤。台星入朝謁，使節有吹噓。西蜀災長弭，南翁憤始攄。對揚抏士卒，乾沒費倉儲。勢藉兵須用，功無禮忽諸。御鞍金騕褭，宮硯玉蟾蜍。拜舞銀鉤落，恩波錦帕舒。此行非不濟，良友昔相於。去棹依顏色，沿流想疾徐。沈綿疲井臼，倚薄似樵漁。乞米煩佳客，鈔詩聽小胥。杜陵斜晚照，潏水帶寒淤。莫話清溪髮，蕭蕭白映梳！」

秋野五首其一：「秋野日疏蕪，寒江動碧虛。繫舟蠻井絡，卜宅楚村墟。棗熟從人打，葵荒欲自鋤。盤飧老夫食，分減及溪魚。」

解悶十二首其一：「草閣柴扉星散居，浪翻江黑雨飛初。山禽引子哺紅果，溪女得錢留白魚。」

復愁十二首其十二：「病減詩仍拙，吟多意有餘。莫看江總老，猶被賞時魚。」

白小：「白小群分命，天然二寸魚。細微霑水族，風俗當園蔬。入肆銀花亂，傾箱雪片虛。生成猶拾卵，盡取義何如。」

秋清：「高秋疏肺氣，白髮自能梳。藥餌憎加減，門庭悶掃除。杖藜還客拜，愛竹遣兒書。十月江平穩，輕舟進所如。」

柏學士茅屋：「碧山學士焚銀魚，白馬卻走身巖居。古人已用三冬足，年少今開萬卷餘。晴雲滿戶團傾蓋，秋水浮堦溜決渠。富貴必從勤苦得，男兒須讀五車書。」

戲作俳諧體遣悶二首其一：「異俗吁可怪，斯人難並居。家家養烏鬼，頓頓食黃魚。舊識能爲態，新知已暗疏。治生且耕鑿，只有不關渠。」

遠懷舍弟穎觀等：「陽翟空知處，荊南近得書。積年仍遠別，多難不安居。江漢春風起，冰霜昨夜除。雲天猶錯莫，花萼尙蕭疏。對酒多疑夢，吟詩正憶渠。舊時元日會，鄉黨羨吾廬。」

秋日荊南送石首薛明府辭滿告別奉寄薛尙書頌德敘懷斐然之作三十韻：「南征爲客久，西候別君初。歲滿歸鳧舄，秋來把雁書。荊門留美化，姜被就離居。聞道和親入，垂名報國餘。連枝不日並，八座幾時除。往者胡星孛，恭惟漢網疏。風塵相澒洞，天地一邱墟。殿瓦鴛鴦拆，宮簾翡翠虛。鉤陳摧徼道，槍櫐失儲胥。文物陪巡狩，親賢病拮据。公時呵猰貐，首唱卻鯨魚。勢愜宗蕭相，材非一范睢。屍塡太行道，血走浚儀渠。滏口師仍會，函關憤已攄。紫微臨大角，皇極正乘輿。賞從頻峨冕，殊恩再直廬。豈惟高衞霍，曾是接應徐。降集翻翔鳳，追攀絕眾狙。侍臣雙宋玉，戰策兩穰苴。鑒澈勞懸鏡，荒蕪已荷鋤。嚮來披述作，重此憶吹噓。白髮甘凋喪，青雲亦卷舒。經綸功不朽，跋涉體如何。應訝耽湖橘，常餐占野蔬。十年嬰藥餌，萬里狎樵漁。揚子淹投閣，鄒生惜曳裾。但驚飛熠燿，不記改蟾蜍。烟雨封巫峽，江淮略孟諸。湯池雖險固，遼海尙塡淤。努力輸肝膽，休煩獨起予。」

酬韋韶州見寄：「養拙江湖外，朝廷記憶疏。深慙長者轍，重得故人書。白髮絲難理，新詩錦不如。雖無南過雁，看取北來魚。」

別張十三建封：「嘗讀唐實錄，國家草昧初。劉裴建首義，龍見尚躊躇。秦王撥亂姿，一劍總兵符。汾晉爲豐沛，暴隋竟滌除。宗臣則廟食，後祀何疏蕪？彭城英雄種，宜膺將相圖。爾惟外曾孫，倜儻汗血駒。眼中萬少年，用意盡崎嶇。相逢長沙亭，乍問緒業餘。乃吾故人子，童丱聊居諸。揮手灑衰淚，仰看八尺軀。內外名家流，風神蕩江湖。范雲堪結友，嵇紹自不孤。擇材征南幕，潮落回鯨魚。載感賈生慟，復聞樂毅書。主憂急盜賊，師老荒京都。舊邱豈稅駕，大廈傾宜扶。君臣各有分，管葛本時須。雖當霰雪嚴，未覺栝柏枯。高義在雲臺，嘶鳴望天衢。羽人掃碧海，功業竟何如？」

上平：七虞（古通魚）

虞愚娛隅芻無蕪巫于盂臞衢氍瞿氍需儒襦濡嚅獳須鬚
朱珠株誅硃銖蛛殊茱侏姝洙俞瑜揄榆愉逾踰輸渝窬臾
萸諛腴區軀驅嶇樞趨雛鳧扶夫芙趺蚨鈇玞麩符苻敷麩
膚紆廚俱駒模謨膜搴鋪（鋪蓋）酺晡蒱蒲逋餔胡湖瑚
糊醐餬蝴葫猢乎呼壺狐弧孤呱觚菰徒途塗荼圖屠奴吾
梧吴租盧鱸鑪爐蘆顱壚瀘櫨艫轤鸕矑蘇酥烏鳴辜姑枯

沽酤鴣蛄骷麤粗殂都誣汙（污穢）迂竽吁芋拘劬朐禺
嵎喁躕幮孚莩桴俘郛滹瓠刳呼駑匍葡菟拏帑毋酴諏訏
闍枹

畫鷹：「素練風霜起，蒼鷹畫作殊。㩳身思狡兔，側目似愁胡。絛鏇光堪摘，軒楹勢可呼。何當擊凡鳥，毛血灑平蕪。」

今夕行：「今夕何夕歲云徂，更長燭明不可孤。咸陽客舍一事無，相與博塞爲歡娛。馮陵大叫呼五白，袒跣不肯成梟盧。英雄有時亦如此，邂逅豈即非良圖？君莫笑，劉毅從來布衣願，家無儋石輸百萬。」

贈韋左丞丈濟：「左轄頻虛位，今年得舊儒。相門韋氏在，經術漢臣須。時議歸前烈，天倫恨莫俱。鴒原荒宿草，鳳沼接亨衢。有客雖安命，衰落豈壯夫！家人憂几杖，甲子混泥途。不謂矜餘力，還來謁大巫。歲寒仍顧遇，日暮且踟躕。老驥思千里，饑鷹待一呼。君能微感激，亦足慰榛蕪。」

陪李金吾花下飲：「勝地初相引，徐行得自娛。見輕吹鳥毳，隨意數花鬚。細草偏稱坐，香醪懶再酤。醉歸應犯夜，可怕李金吾。」

送蔡希魯都尉還隴右因寄高三十五書記：「蔡子勇成癖，彎弓西射胡。健兒寧鬬死，壯士恥爲儒。官是先鋒得，材緣挑戰須。身輕一鳥過，槍急萬人呼！雲幕隨開府，春城赴上都。馬頭金匼匝，駝背錦模糊。咫尺雪山路，歸飛青海隅。上公猶寵錫，突將且前驅。漢使黃河遠，涼州白麥枯。因君問消息，好在阮元瑜？」

後出塞五首其四：「獻凱日繼踵，兩蕃靜無虞。漁陽豪俠地，擊鼓吹笙竽。雲帆轉遼海，粳稻來東吳。越羅與楚練，照耀輿臺軀。主將位益崇，氣驕凌上都。邊人不敢議，議者死路衢。」

哀王孫：「長安城頭頭白烏，夜飛延秋門上呼；又向人家啄大屋，屋底達官走避胡。金鞭斷折九馬死，骨肉不得同馳驅。腰下寶玦青珊瑚，可憐王孫泣路隅。問之一不肯道姓名，但道困苦乞爲奴。已經百日竄荆棘，身上無有完肌膚。高帝子孫盡隆準，龍種自與常人殊。豺狼在邑龍在野，王孫善保千金軀。不敢長語臨交衢，且爲王孫立斯須。昨夜春風吹血腥，東來橐駝滿舊都。朔方健兒好身手，昔何勇銳今何愚？竊聞天子已傳位，聖德北服南單于。花門剺面請雪恥，愼勿出口他人狙。哀哉王孫愼勿疏，五陵佳氣無時無。」

行次昭陵：「舊俗疲庸主，群雄問獨夫。讖歸龍鳳質，威定虎狼都。天屬尊堯典，神功協禹謨。風雲隨絕足，日月繼高衢。文物多師古，朝廷半老儒。直辭寧戮辱，賢路不崎嶇。往者災猶降，蒼生喘未蘇。指麾安率土，蕩滌撫洪爐。壯士悲陵邑，幽人拜鼎湖。玉衣晨自舉，石馬汗常趨。松柏瞻虛殿，塵沙立暝途。寂寥開國日，流恨滿山隅。」

杜鵑行：「君不見昔日蜀天子，化作杜鵑似老烏。寄巢生子不自啄，群鳥至今與哺雛。雖同君臣有舊禮，骨肉滿眼身羈孤。業工竄伏深樹裏，四月五月偏號呼。其聲哀痛口流血，所訴何事常區區。爾豈摧殘始發憤，羞帶羽翮傷形愚。蒼天變化誰料得，萬事反覆何所無。萬事反覆何所無，豈憶當殿群臣趨？」

徐步：「整履步青蕪，荒庭日欲晡。芹泥隨燕觜，花蕊上蜂鬚。把酒從衣溼，吟詩信杖扶。敢論才見忌？實有醉如愚。」

入奏行贈西山檢察使竇侍御：「竇侍御，驥之子，鳳之雛。年未三十忠義俱，骨鯁絕代無！炯如一段清冰出萬壑，置在迎風露寒之玉壺。蔗漿歸廚金盌凍，洗滌煩熱足以寧君軀。政用疏通合典則，戚聯豪貴耽文儒。兵革未息人未蘇，天子亦念西南隅。吐蕃憑陵氣頗麤，竇氏檢察應時須。運糧繩橋壯士喜，斬木火井窮猿呼。八州刺史思一戰，三城守邊皆可圖。此行入奏計未小，密奉聖旨恩宜殊。繡衣春當霄漢立，綵服日向庭闈趨。省郎京尹必俯拾，江花未落還成都，肯訪浣花老翁無？為君酤酒滿眼酤，與奴白飯馬青芻。」

戲贈友二首其一：「元年建巳月，郎有焦校書。自誇足膂力，能騎生馬駒。一朝被馬踏，脣裂版齒無。壯心不肯已，欲得東擒胡。」

江亭送眉州辛別駕昇之得蕪字：「柳影含雲幕，江波近酒壺。異方驚會面，終宴惜征途。沙晚低風蝶，天晴喜浴鳧。別離傷老大，意緒日荒蕪。」

倦夜：「竹涼侵臥內，野月滿庭隅。重露成涓滴，稀星乍有無。暗飛螢自照，水宿鳥相呼。萬事干戈裏，空悲清夜徂。」

自閬州領妻子卻赴蜀山行三首其三：「行色遞隱見，人烟時有無。僕夫穿竹語，稚子入雲呼。轉石驚魑魅，抨弓落狖鼯。眞供一笑樂，似欲慰窮途。」

將赴成都草堂途中有作先寄嚴鄭公五首其一：「得歸茅屋赴成都，直爲文翁再剖符。但使閭閻還揖讓，敢論松竹久荒蕪？魚知丙穴由來美。酒憶郫筒不用酤。五馬舊曾諳小徑，幾回書札待潛夫。」

草堂：「昔我去草堂，蠻夷塞成都。今我歸草堂，成都適無虞。請陳初亂時，反覆乃須臾。大將赴朝廷，群小起異圖。中宵斬白馬，盟歃氣已麤。西取邛南兵，北斷劍閣隅。布衣數十人，亦擁專城居。其勢不兩大，始聞蕃漢殊。西卒卻倒戈，賊臣互相誅。焉知肘腋禍，自及梟獍徒？義士皆痛憤，紀綱亂相踰。一國實三公，萬人欲爲魚。唱和作威福，孰肯辨無辜？眼前列杻械，背後吹笙竽。談笑行殺戮，濺血滿長衢。到今用鉞地，風雨聞號呼。鬼妾與鬼馬，色悲充爾娛。國家法令在，此又足驚吁。賤子且奔走，三年望東吳。弧矢暗江海，難爲遊五湖。不忍竟舍去，復來薙榛蕪。入門四松在，步屧萬竹疏。舊犬喜我歸，低徊入衣裾。鄰里喜我歸，酤酒攜胡盧。大官喜我來，遣騎問所須。城郭喜我來，賓客隘村墟。天下尚未寧，健兒勝腐儒。飄颻風塵際，何地置老夫？於時見疣贅，骨髓幸未枯。飲啄愧殘生，食薇不願餘。」

觀李固請司馬弟山水圖三首其一：「易簡高人意，匡牀竹火爐。寒天留遠客，碧海掛新圖。雖對連山好，貪看絕島孤。群仙不愁思，冉冉下蓬壺。」

哭台州鄭司戶蘇少監：「故舊誰憐我，平生鄭與蘇。存亡不重見，喪亂獨前途。豪俊何人在？文章掃地無。羈遊萬里闊，凶問一年俱。白日中原上，清秋大海隅。夜臺當北斗，泉路窅東吳。得罪台州去，時危棄碩儒。移官蓬閣後，穀貴沒潛夫。流慟嗟何及，銜冤有是夫！道消詩興廢，心息酒爲徒。許與才雖薄，追隨跡未拘。班揚名甚盛，嵇阮逸相須。會取君臣合，寧詮品命殊？賢良不必展，廊廟偶然趨。勝決風塵際，功安造化鑪。從容詢舊學，慘澹閟陰符。擺落嫌疑久，哀傷志力輸。俗依緜谷異，客對雪山孤。童稚思諸子，交朋列友于。情乖清酒送，望絕撫墳呼。瘧痢餐巴水，瘡痍老蜀都。飄零迷哭處，天地日榛蕪。」

寄韋有夏郎中：「省郎憂病士，書信有柴胡。飲子頻通汗，懷君想報珠。親知天畔少，藥餌峽中無。歸楫生衣臥，春鷗洗翅呼。猶聞上急水，早作取平途。萬里皇華使，爲僚記腐儒。」

八陣圖：「功蓋三分國，名成八陣圖。江流石不轉，遺恨失吞吳。」

熱三首其一：「雷霆空霹靂，雲雨竟虛無。炎赫衣流汗，低垂氣不蘇。乞爲寒水玉，願作冷秋菰。何似兒童歲，風涼出舞雩！」

夔州歌十絕句其十：「閬風玄圃與蓬壺，中有高唐天下無。借問夔州壓何處，峽門江腹擁城隅。」

遣懷：「昔我遊宋中，惟梁孝王都。名今陳留亞，劇則貝魏俱。邑中九萬家，高棟照通衢。舟車半天下，主客多歡娛。白刃讎不義，黃金傾有無。殺人紅塵裏，報答在斯須。憶與高李輩，論交入酒壚。兩公壯藻思，得我色敷腴。氣酣登吹臺，懷古視平蕪。芒碭雲一去，雁鶩空相呼。先帝正好武，寰海未凋枯。猛將收西域，長戟破林胡。百萬攻一城，獻捷不云輸。組練棄如泥，尺土負百夫。拓境功未已，元和辭大鑪。亂離朋友盡，合沓歲月徂。吾衰將焉託？存歿再嗚呼！蕭條病益甚，獨在天一隅。乘黃已去矣！凡馬徒區區。不復見顏鮑，繫舟臥荊巫。臨餐吐更食，常恐違撫孤。」

贈高式顏：「昔別是何處，相逢皆老夫。故人還寂寞，削跡共艱虞。自失論文友，空知賣酒壚。平生飛動意，見爾不能無？」

承聞河北諸道節度入朝歡喜口號絕句十二首其一：「祿山作逆降天誅，更有思明亦已無。洶洶人寰猶不定，時時鬭戰欲何須？」

槐葉冷淘：「青青高槐葉，采掇付中廚。新麪來近市，汁滓宛相俱。入鼎愁過熟，加餐愁欲無。碧鮮俱照箸，香飯兼苞蘆。經齒冷於雪，勸人投比珠。願隨金騕褭，走置錦屠蘇。路遠思恐泥，興深終不渝。獻芹則小小，薦藻明區區。萬里露寒殿，開冰清玉壺。君王納涼晚，此味亦時須。」

別蘇徯：「故人有遊子，棄擲傍天隅。他日憐才命，居然屈壯圖。十年猶塌翼，絕倒爲驚呼！消渴今如此，提攜愧老夫。豈知臺閣舊，先拂鳳凰雛。得食翻蒼竹，棲枝把翠梧。北辰當宇宙，南嶽據江湖。國帶烟塵色，兵張虎豹符。數論封內事，揮發府中趨。贈爾秦人策，莫鞭轅下駒。」

解悶十二首其十二：「側生野岸及江蒲，不熟丹宮滿玉壺。雲壑布衣駘背死，勞人害馬翠眉鬚。」

麂：「永與清溪別，蒙將玉饌俱。無才逐仙隱，不敢恨庖廚。亂世輕全物，微聲及禍樞。衣冠兼盜賊，饕餮用斯須。」

寒雨朝行視園樹：「柴門雜樹向千株，丹橘黃甘北地無。江上今朝寒雨歇，籬邊秀色畫屏紆。桃蹊李徑年雖古，梔子紅椒豔復殊。鎖石藤梢元自落，倚天松骨見來枯。林香出實垂將盡，葉蒂辭枝不重蘇。愛日恩光蒙借貸，清霜殺氣得憂虞。衰顏動覓藜牀坐，緩步仍須竹杖扶。散騎未知雲閣處，啼猿僻在楚山隅。」

返照：「返照開巫峽，寒空半有無。已低魚復暗，不盡白鹽孤。荻岸如秋水，松門似畫圖。牛羊識僮僕，既夕應傳呼。」

續得觀書迎就當陽居止正月中旬定出三峽：「自汝到荊府，書來數喚吾。頌椒添諷詠，焚火卜歡娛。舟楫因人動，形骸用杖扶。天旋夔子峽，春近岳陽湖。發日排南喜，傷神散北吁。飛鳴還接翅，行序密銜蘆。俗薄江山好，時危草木蘇。馮唐雖晚達，終覬在皇都。」

大曆三年春白帝城放船出瞿唐峽久居夔府將適江陵漂泊有詩凡四十韻：「老向巴人裏，今辭楚塞隅。入舟翻不樂，解纜獨長吁。窄轉深啼狖，虛隨亂浴鳧。石苔凌几杖，空翠撲肌膚。疊壁排霜劍，奔泉濺水珠。杳冥藤上下，濃澹樹榮枯。神女峰娟妙，昭君宅有無。曲留明怨惜，夢盡失歡娛。擺闔盤渦沸，欹斜激浪輸。風雷纏地脈，冰雪曜天衢。鹿角真走險，狼頭如跋胡。惡灘寧變色？高臥負微軀。書史全傾撓，裝囊半壓濡。生涯臨臬兀，死地脫斯須。不有平川決，焉知眾壑趨？乾坤霾漲海，雨露洗春蕪。鷗鳥牽絲颺，驪龍濯錦紆。落霞沈綠綺，殘月壞金樞。泥筍苞初荻，沙茸出小蒲。雁兒爭水馬，燕子逐檣烏。絕島容煙霧，環洲納曉晡。前聞辨陶牧，轉眄拂宜都。縣郭南畿好，津亭北望孤。勞心依憩息，朗詠劃昭蘇。意遣樂還笑，衰迷賢與愚。飄蕭將素髮，汩沒聽洪鑪。邱壑曾忘返，文章敢自誣？此生遭聖代，誰分哭窮途。臥疾淹爲客，蒙恩早廁儒。廷爭酬造化，樸直乞江湖。灩澦險相迫，滄浪深可逾。浮名尋已已，懶計卻區區。喜近天皇寺，先披古畫圖。應經帝子渚，同泣舜蒼梧。朝士兼戎服，君王按湛盧。旄頭初俶擾，鶉首麗泥塗。甲卒身雖貴，書生道固殊。出塵皆野鶴，歷塊匪轅駒。伊呂終難降，韓彭不易呼。五雲高太甲，六月曠摶扶。回首黎元病，爭權將帥誅。山林托疲苶，未必免崎嶇。」

又作此奉衛王：「西北樓成雄楚都，遠開山嶽散江湖。二儀清濁還高下，三伏炎蒸定有無。推轂幾年唯鎮靜，曳裾終日盛文儒。白頭受簡焉能賦，愧似相如為大夫。」

江漢：「江漢思歸客，乾坤一腐儒。片雲天共遠，永夜月同孤。落日心猶壯，秋風病欲蘇。古來存老馬，不必取長途。」

地隅：「江漢山重阻，風雲地一隅。年年非故物，處處是窮途。喪亂秦公子，悲涼楚大夫。平生心已折，行路日荒蕪。」

舟中出江陵南浦奉寄鄭少尹審：「更欲投何處，飄然去此都。形骸原土木，舟楫復江湖。社稷纏妖氣，干戈送老儒。百年同棄物，萬國盡窮途。雨洗平沙靜，天銜闊岸紆。鳴蟹隨汎梗，別燕起秋菰。棲託難安臥，饑寒迫向隅。寂寥相呴沫，浩蕩報恩珠。溟漲鯨波動，衡陽雁影徂。南征問懸榻，東逝想乘桴。濫竊商歌聽，時憂卞泣誅。經過憶鄭驛，斟酌旅情孤。」

纜船苦風戲題四韻奉簡鄭十三判官：「楚岸朔風疾，天寒鶬鴰呼。漲沙霾草樹，舞雪渡江湖。吹帽時時落，維舟日日孤。因聲置驛外，為覓酒家壚。」

過南岳入洞庭湖：「洪波忽爭道，岸轉異江湖。鄂渚分雲樹，衡山引舳艫。翠牙穿裛蔣，碧節吐寒蒲。病渴身何去，春生力更無。壤童犁雨雪，漁屋架泥塗。欹側風帆滿，微冥水驛孤。悠悠回赤壁，浩浩略蒼梧。帝子留遺憾，曹公屈壯圖。聖朝光御極，殘孽駐艱虞。才淑隨廝養，名賢隱鍛鑪。邵平元入漢，張翰後歸吳。莫怪啼痕數，危檣逐夜烏。」

岳麓山道林二寺行：「玉泉之南麓山殊，道林林壑爭盤紆。寺門高開洞庭野，殿腳插入赤沙湖。五月寒風冷佛骨，六時天樂朝香爐。地靈步步雪山草，僧寶人人滄海珠。塔劫宮牆壯麗敵，香廚松道清涼俱。蓮池交響共命鳥，金牓雙迴三足烏。方丈涉海費時節，玄圃尋河知有無？暮年且喜經行近，春日兼蒙暄暖扶。飄然斑白身奚適？傍此煙霞茅可誅。桃源人家易制度，橘洲田土仍膏腴。潭府邑中甚淳古，太守庭內不喧呼。昔遭衰世皆晦跡，今幸樂國養微軀。依止老宿亦未晚，富貴功名焉足圖。久爲謝客尋幽慣，細學周顒免興孤。一重一掩吾肺腑，山鳥山花吾友于。宋公放逐曾題壁，物色分留與老夫。」

北風：「春生南國瘴，氣待北風蘇。向晚霾殘日，初宵鼓大鑪。爽攜卑溼地，聲拔洞庭湖。萬里魚龍伏，三更鳥獸呼。滌除貪破浪，愁絕付摧枯。執熱沈沈在，凌寒往往須。且知寬病肺，不敢恨危途。再宿煩舟子，衰容問僕夫。今晨非盛怒，便道即長驅。隱几看帆席，雲山湧坐隅。」

惜別行送劉僕射判官：「聞道南行市駿馬，不限匹數軍中須。襄陽幕府天下異，主將儉省憂艱虞。祗收壯健勝鐵甲，豈因格鬭求龍駒。而今西北自反胡，騏驎蕩盡一匹無。

龍媒眞種在帝都，子孫未落東南隅。向非從事備征伐，君肯辛苦越江湖？江湖凡馬多顦顇，衣冠往往乘蹇驢。梁公富貴於身疏，號令明白人安居。俸錢時散士子盡，府庫不爲驕豪虛。以茲報主寸心赤，氣卻西戎迴北狄。羅網群馬藉馬多，意在驅馳出金帛。劉侯奉使光推擇，滔滔才略滄溟窄。杜陵老翁秋繫船，扶病相識長沙驛。強梳白髮提胡盧，手把菊花路旁摘。九州兵革浩茫茫，三歎聚散當重陽。當杯對客忍流涕，不覺老夫神內傷。」

客從：「客從南溟來，遺我泉客珠。珠中有隱字，欲辨不成書。緘之篋笥久，以俟公家須。開視化爲血，哀今徵斂無。」

上平：八齊（古通支）

齊蠐臍齎躋擠齏黎犁藜梨蠡瓈黧妻（夫妻）萋淒悽凄緀氐低詆羝隄堤題提鞮醍媞荑蹏蹄啼綈雞稽嵇奚溪蹊谿鷖兮倪霓輗西栖棲犀凘嘶撕梯鼙迷泥圭閨畦攜檇觿鑴醯鶃奎批砒睽聧篦猊鯢驪鸝

奉贈太常張卿垍二十韻：「方丈三韓外，崑崙萬國西。建標天地闊，詣絕古今迷。氣得神仙迥，恩承雨露低。相門清議眾，儒術大名齊。軒冕羅天闕，琳瑯識介圭。伶官詩必誦，夔樂典猶稽。健筆淩鸚鵡，銛鋒瑩鷿鵜。友于皆挺拔，公望各端倪。通籍踰青瑣，亨衢照紫泥。靈虬傳夕箭，歸馬散霜蹄。能事聞重譯，嘉謨及遠黎。弼諧方一展，班序更何躋。適越空顛躓，游梁竟慘悽。謬知終畫虎，微分是醯雞。萍泛無休日，桃陰想舊蹊。吹噓人所羨，騰躍事仍睽。碧海眞難涉，青雲不可梯。顧深慚鍛鍊，材小辱提攜。檻束哀猿叫，枝驚夜鵲棲。幾時陪羽獵，應指釣璜溪。」

晚出左掖：「晝刻傳呼淺，春旗簇仗齊。退朝花底散，歸院柳邊迷。樓雪融城濕，宮雲去殿低。避人焚諫草，騎馬欲雞棲。」

無家別：「寂寞天寶後，園廬但蒿藜。我里百餘家，世亂各東西。存者無消息，死者爲塵泥。賤子因陣敗，歸來尋舊蹊。久行見空巷，日瘦氣慘悽。但對狐與狸，豎毛怒我啼。四鄰何所有？一二老寡妻。宿鳥戀本枝，安辭且窮棲。方春獨荷鋤，日暮還灌畦。縣吏知我至，召令習鼓鞞。雖從本州役，內顧無所攜。近行止一身，遠去終轉迷。家鄉既蕩盡，遠近理亦齊。永痛長病母，五年委溝谿。生我不得力，終身兩酸嘶。人生無家別，何以爲蒸黎？」

秦州雜詩二十首其十一：「蕭蕭古塞冷，漠漠秋雲低。黃鵠翅垂雨，蒼鷹饑啄泥。薊門誰自北，漢將獨征西。不意書生耳，臨衰厭鼓鼙。」

佐還山後寄三首其一：「山晚黃雲合，歸時恐路迷。澗寒人欲到，林黑鳥應棲。野客茅茨小，田家樹木低。舊諳疏懶叔，須汝故相攜。」

石龕：「熊羆咆我東，虎豹號我西。我後鬼長嘯，我前狨又啼。天寒昏無日，山遠道路迷。驅車石龕下，仲冬見虹蜺。伐竹者誰子？悲歌上雲梯。爲官采美箭，五歲供梁齊。苦云直簳盡，無以充提攜。奈何漁陽騎，颯颯驚烝黎！」

泛溪：「落景下高堂，進舟泛迴溪。誰謂築居小？未盡喬木西。遠郊信荒僻，秋色有餘淒。練練峰上雪，纖纖雲表霓。童戲左右岸，罟弋畢提攜。翻倒荷芰亂，指揮徑路迷。得魚已割鱗，采藕不洗泥。人情逐鮮美，物賤事已睽。吾村藹暝姿，異舍雞亦棲。蕭條欲何適，出處庶可齊。衣上見新月，霜中登故畦。濁醪自初熟，東城多鼓鼙。」

出郭：「霜露晚淒淒，高天逐望低。遠烟臨井上，斜景雪峰西。故國猶兵馬，他鄉亦鼓鼙。江城今夜客，還與舊烏啼。」

散愁二首其二：「聞道并州鎮，尙書訓士齊。幾時通薊北？當日報關西。戀闕丹心破，沾衣皓首啼。老魂招不得，歸路恐長迷。」

江畔獨步尋花七絕句其六：「黃四娘家花滿蹊，千朵萬朵壓枝低。留連戲蝶時時舞，自在嬌鶯恰恰啼。」

畏人：「早花隨處發，春鳥異方啼。萬里清江上，三年落日低。畏人成小築，褊性合幽棲。門徑從榛草，無心待馬蹄。」

中丞嚴公雨中垂寄見憶一絕奉答二絕其二：「何日雨晴雲出溪，白沙青石洗無泥。只須伐竹開荒徑，倚杖穿花聽馬嘶。」

野望：「金華山北涪水西，仲冬風日始淒淒。山連越嶲蟠三蜀，水散巴渝下五溪。獨鶴不知何事舞？饑烏似欲向人啼。射洪春酒寒仍綠，目極傷神誰為攜。」

春日梓州登樓二首其一：「行路難如此，登樓望欲迷。身無卻少壯，跡有但羈棲。江水流城郭，春風入鼓鼙。雙雙新燕子，依舊已銜泥。」

自閬州領妻子卻赴蜀山行三首其二：「長林偃風色，迴復意猶迷。衫裛翠微潤，馬銜青草嘶。棧懸斜避石，橋斷卻尋溪。何日干戈盡？飄飄愧老妻。」

將赴成都草堂途中有作先寄嚴鄭公五首其三：「竹寒沙碧浣花溪，橘刺藤梢咫尺迷。過客徑須愁出入，居人不自解東西。書籤藥裹封蛛網，野店山橋送馬蹄。肯藉荒庭春草色，先判一飲醉如泥。」

到村：「碧澗雖多雨，秋沙亦少泥。蛟龍引子過，荷芰逐花低。老去參戎幕，歸來散馬蹄。稻粱須就列，榛草即相迷。蓄積思江漢，疏頑惑町畦。暫酬知己分，還入故林棲。」

送舍弟穎赴齊州三首其一：「岷嶺南蠻北，徐關東海西。此行何日到？送汝萬行啼。絕域惟高枕，清風獨杖藜。危時暫相見，衰白意都迷。」

晚秋陪嚴鄭公摩訶池泛舟得溪字：「湍駛風醒酒，船回霧起隄。高城秋自落，雜樹晚相迷。坐觸鴛鴦起，巢傾翡翠低。莫須驚白鷺，爲伴宿青溪。」

絕句六首其一：「日出籬東水，雲生舍北泥。竹高鳴翡翠，沙僻舞鵾雞。」

絕句三首其二：「水檻溫江口，茅堂石筍西。移船先主廟，洗藥浣沙溪。」

子規：「峽裏雲安縣，江樓翼瓦齊。兩邊山木合，終日子規啼。眇眇春風見，蕭蕭夜色淒。客愁那聽此，故作傍人低。」

卜居：「歸羨遼東鶴，吟同楚執珪。未成遊碧海，著處覓丹梯。雲嶂寬江北，春耕破瀼西。桃紅客若至，定似昔人迷。」

白露：「白露團甘子，清晨散馬蹄。圃開連石樹，船渡入江溪。憑几看魚樂，迴鞭急鳥棲。漸知秋實美，幽徑恐多蹊。」

課小豎鉏斫舍北果林枝蔓荒穢淨訖移牀三首其二：「眾壑生寒早，長林卷霧齊。青蟲懸就日，朱果落封泥。薄俗防人面，全身學馬蹄。吟詩重回首，隨意葛巾低。」

復愁十二首其一：「人煙生僻處，虎跡過新蹄。野鶻翻窺草，村船逆上溪。」

自瀼西荊扉且移居東屯茅屋四首其二：「東屯復瀼西，一種住青溪。來往兼茅屋，淹留爲稻畦。市喧宜近利，林僻此無蹊。若訪衰翁語，須令賸客迷。」

孟倉曹步趾領新酒醬二物滿器見遺老夫：「楚岸通秋

屐，胡牀面夕畦。藉糟分汁滓，甕醬落提攜。飯糲添香味，朋來有醉泥。理生那免俗，方法報山妻。」

寄從孫崇簡：「嵯峨白帝城東西，南有龍湫北虎溪。吾孫騎曹不記馬，業學尸鄉常養雞。龐公隱時盡室去，武陵春樹他人迷。與汝林居未相失，近身藥裹酒常攜。牧豎樵童亦無賴，莫令斬斷青雲梯。」

水宿遣興奉呈群公：「魯鈍乃多病，逢迎遠復迷。耳聾須畫字，髮短不勝篦。澤國雖勤雨，炎天竟淺泥。小江還積浪，弱纜且長隄。歸路非關北，行舟卻向西。暮年漂泊恨，今夕亂離啼。童稚頻書札，盤飧詎糝藜。我行何到此？物理直難齊。高枕翻星月，嚴城疊鼓鼙。風號聞虎豹，水宿伴鳧鷖。異縣驚虛往，同人惜解攜。蹉跎長汎鷁，展轉屢鳴雞。嶷嶷瑚璉器，陰陰桃李蹊。餘波期救涸，費日苦輕齎。杖策門闌邃，肩輿羽翮低。自傷甘賤役，誰愍強幽棲。巨海能無釣，浮雲亦有梯。勳庸思樹立，語默可端倪。贈粟囷應指，登橋柱必題。丹心老未折，時訪武陵溪。」

暮歸：「霜黃碧梧白鶴棲，城上擊柝復烏啼。客子入門月皎皎，誰家擣練風淒淒。南渡桂水闕舟楫，北歸秦川多鼓鞞。年過半百不稱意，明日看雲還杖藜。」

上平：九佳（古轉支）

佳街鞋牌柴釵𢺞差崖涯階堦偕諧皆喈揩楷骸荄排乖懷

淮豺儕埋霾齋堝蝸騧緺娃蛙哇鮭槐俳

夏日嘆：「夏日出東北，陵天經中街。朱光徹厚地，鬱蒸何由開？上天久無雷，無乃號令乖？雨降不濡物，良田起黃埃。飛鳥苦熱死，池魚涸其泥。萬人尚流冗，舉目唯蒿萊。至今大河北，化作虎與豺。浩蕩想幽薊，王師安在哉？對食不能餐，我心殊未諧。眇然貞觀初，難與數子偕！」

上平：十灰（古通支）

灰恢魁隈回迴徊洄茴槐梅莓枚玫媒煤瑰雷罍隤頹崔催
摧堆陪杯醅嵬推開哀臺擡埃唉台苔胎咍駘鮐孩該陔垓
荄峐才材財裁栽來徠萊崍哉災猜腮鰓顋毸詼盔裴培偎
煨椳追胚徘坯桅傀隗傴

龍門：「龍門橫野斷，驛樹出城來。氣色皇居近，金銀佛寺開。往還時屢改，川陸日悠哉！相閱征途上，生涯盡幾回？」

李監宅二首其二：「華館春風起，高城煙霧開。雜花分戶映，嬌燕入簾回。一見能傾座，虛懷只愛才。鹽官雖絆驥，名是漢廷來。」

陪鄭廣文游何將軍山林十首其五：「賸水滄江破，殘山碣石開。綠垂風折筍，紅綻雨肥梅。銀甲彈箏用，金魚換酒來。興移無灑掃，隨意坐莓苔。」

鄭駙馬池臺喜遇鄭廣文同飲：「不謂生戎馬，何知共酒杯。然臍郿塢敗，握節漢臣回。白髮千莖雪，丹心一寸灰。別離經死地，披寫忽登臺。重對秦簫發，俱過阮宅來。留連春夜舞，淚落強徘徊。」

喜達行在所三首其一：「西憶岐陽信，無人遂卻回。眼穿當落日，心死著寒灰。霧樹行相引，連山望忽開。所親驚老瘦，辛苦賊中來。」

送翰林張司馬南海勒碑：「冠冕通南極，文章落上台。詔從三層去，碑到百蠻開。野館濃花發，春帆細雨來。不知滄海上，天遣幾時迴？」

秦州雜詩二十首其八：「聞道尋源使，從天此路回。牽牛去幾許，宛馬至今來。一望幽燕隔，何時郡國開。東征健兒盡，羌笛暮吹哀。」

憑韋少府班覓松樹子：「落落出群非櫸柳，青青不朽豈楊梅？欲存老蓋千年意，爲覓霜根數寸栽。」

詣徐卿覓果栽：「草堂少花今欲栽，不問綠李與黃梅。石筍街中卻歸去，果園坊裏爲求來。」

梅雨：「南京犀浦道，四月熟黃梅。湛湛長江去，冥冥細雨來。茅茨疏易溼，雲霧密難開。竟日蛟龍喜，盤渦與岸回。」

野老：「野老籬邊江岸迴，柴門不正逐江開。漁人網集澄潭下，賈客船隨返照來。長路關心悲劍閣，片雲何意傍琴臺？王師未報收東郡，城闕秋生畫角哀。」

所思：「苦憶荊州醉司馬，謫官樽酒定常開。九江日落醒何處？一柱觀頭眠幾回。可憐懷抱向人盡，欲問平安無使來。故憑錦水將雙淚，好過瞿塘灩預堆。」

雲山：「京洛雲山外，音書靜不來。神交作賦客，力盡望鄉臺。衰疾江邊臥，親朋日暮迴。白鷗原水宿，何事有餘哀？」

客至：「舍南舍北皆春水，但見群鷗日日來。花徑不曾緣客掃，蓬門今始爲君開。盤飧市遠無兼味，樽酒家貧只舊醅。肯與鄰翁相對飲，隔籬呼取盡餘杯。」

江畔獨步尋花七絕句其七：「不是愛花即欲死，只恐花盡老相催。繁枝容易紛紛落，嫩蕊商量細細開。」

絕句漫興九首其四：「二月已破三月來，漸老逢春能幾回。莫思身外無窮事，且盡生前有限杯。」

野望因過常少仙：「野橋齊渡馬，秋望轉悠哉！竹覆青城合，江從灌口來。入村樵徑引，嘗果栗皺開。落盡高天日，幽人未遣回。」

百憂集行：「憶年十五心尚孩，健如黃犢走復來。庭前八月梨棗熟，一日上樹能千迴。即今倏忽已五十，坐臥只多少行立。強將笑語供主人，悲見生涯百憂集。入門依舊四壁空，老妻覩我顏色同。癡兒不知父子禮，叫怒索飯啼門東。」

不見：「不見李生久，佯狂眞可哀！世人皆欲殺，吾意獨憐才。敏捷詩千首，飄零酒一杯。匡山讀書處，頭白好歸來。」

徐九少尹見過：「晚景孤村僻，行軍數騎來。交新徒有喜，禮厚愧無才。賞靜憐雲竹，忘歸步月臺。何當看花蕊，欲發照江梅？」

王十七侍御掄許攜酒至草堂奉寄此詩便請邀高三十五使君同到：「老夫臥穩朝慵起，白屋寒多煖始開。江鸛巧當幽徑浴，鄰雞還過短牆來。繡衣屢許攜家醞，皀蓋能忘折野梅？戲假霜威促山簡，須成一醉習池迴。」

三絕句其二：「門外鸕鷀去不來，沙頭忽見眼相猜。自今已後知人意，一日須來一百迴。」

秋盡：「秋盡東行且未迴，茅齋寄在少城隈。籬邊老卻陶潛菊，江上徒逢袁紹杯。雪嶺獨看西日落，劍門猶阻北人來。不辭萬里長爲客，懷抱何時得好開。」

冬到金華山觀因得故拾遺陳公學堂遺跡：「涪右眾山內，金華紫崔嵬。上有蔚藍天，垂光抱瓊臺。繫舟接絕壁，杖策窮縈回。四顧俯層巖，淡然川谷開。雪嶺日色死，霜鴻有餘哀。焚香玉女跪，霧裏仙人來。陳公讀書堂，石柱仄青苔。悲風爲我起，激烈傷雄才。」

又送：「雙峰寂寂對春臺，萬竹青青照客杯。細草留連侵坐軟，殘花悵望近人開。同舟昨日何由得？並馬今朝未擬回。直到綿州始分首，江頭樹裏共誰來。」

述古三首其三：「漢光得天下，祚永固有開。豈惟高祖聖，功自蕭曹來。經綸中興業，何代無長才。吾慕寇鄧勳，濟時信良哉！耿賈亦宗臣，羽翼共徘徊。休運終四百，圖畫在雲臺。」

送王十五判官扶侍還黔中得開字：「大家東征逐子回，風生洲渚錦帆開。青青竹笋迎船出，白白江魚入饌來。離別不堪無限意，艱危深仗濟時才。黔陽信使應稀少，莫怪頻頻勸酒杯。」

放船：「送客蒼溪縣，山寒雨不開。直愁騎馬滑，故作泛舟回。青惜峰巒過，黃知橘柚來。江流大自在，坐穩興悠哉。」

早花：「西京安穩未？不見一人來。臘月巴江曲，山花已自開。盈盈當雪杏，豔豔待春梅。直苦風塵暗，誰憂客鬢催。」

巴山：「巴山遇中使，云自陝城來。盜賊還奔突，乘輿恐未迴？天寒邵伯樹，地闊望仙臺。狼狽風塵裏，群臣安在哉！」

山寺：「野寺根石壁，諸龕遍崔嵬。前佛不復辨，百身一莓苔。雖有古殿存，世尊亦塵埃。如聞龍象泣，足令信者哀。使君騎紫馬，捧擁從西來。樹羽靜千里，臨江久徘徊。山僧衣藍縷，告訴棟梁摧。公爲顧賓徒，咄嗟檀施開。吾知多羅樹，卻倚蓮花臺。諸天必歡喜，鬼物無嫌猜。以茲撫士卒，孰曰非周才。窮子失淨處，高人憂禍胎。歲晏風破肉，荒林寒可迴。思量入道苦，自哂同嬰孩。」

舍弟占歸草堂檢校聊示此詩：「久客應吾道，相隨獨爾來。孰知江路近，頻為草堂迴。鵝鴨宜長數，柴荊莫浪開。東林竹影薄，臘月更須栽。」

奉待嚴大夫：「殊方又喜故人來，重鎮還須濟世才。常怪偏裨終日待，不知旌節隔年迴。欲辭巴徼啼鶯合，遠下荊門去鷁催。身老時危思會面，一生襟抱向誰開？」

送舍弟穎赴齊州三首其二：「風塵暗不開，汝去幾時來？兄弟分離苦，形容老病催。江通一柱觀，日落望鄉臺。客意長東北，齊州安在哉？」

春日江村五首其四：「扶病垂朱紱，歸休步紫苔。郊扉存晚計，幕府愧群材。燕外晴絲卷，鷗邊水葉開。鄰家送魚鱉，問我數能來。」

上白帝城二首其二：「白帝空祠廟，孤雲自往來。江山城宛轉，棟宇客徘徊。勇略今何在？當年亦壯哉！後人將酒肉，虛殿日塵埃。谷鳥鳴還過，林花落又開。多慚病無力，騎馬入青苔。」

奉寄李十五秘書文嶷二首其一：「避暑雲安縣，秋風早下來。暫留魚復浦，同過楚王臺。猿鳥千崖窄，江湖萬里開。竹枝歌未好，畫舸莫遲回。」

熱三首其二：「瘴雲終不滅，瀘水復西來。閉戶人高臥，歸林鳥卻回。峽中都似火，江上只空雷。想見陰宮雪，風門颯沓開。」

雨：「峽雲行清曉，煙霧相徘徊。風吹蒼江去，雨灑石壁來。淒淒生餘寒，殷殷兼出雷。白谷變氣候，朱炎安在哉！高鳥溼不下，居人門未開。楚宮久已滅，幽佩爲誰哀。侍臣書王夢，賦有冠古才。冥冥翠龍駕，多自巫山臺。」

諸將五首其五：「錦江春色逐人來，巫峽清秋萬壑哀。正憶往時嚴僕射，共迎中使望鄉臺。主恩前後三持節，軍令分明數舉杯。西蜀地形天下險，安危須仗出群材！」

遣愁：「養拙蓬爲戶，茫茫何所開？江通神女館，地隔望鄉臺。漸惜容顏老，無由弟妹來。兵戈與人事，回首一悲哀！」

昔遊：「昔者與高李，晚登單父臺。寒蕪際碣石，萬里風雲來。桑柘葉如雨，飛藿共徘徊。清霜大澤凍，禽獸有餘哀。是時倉廩實，洞達寰區開。猛士思滅胡，將帥望三台。君王無所惜，駕馭英雄材。幽燕盛用武，供給亦勞哉。吳門轉粟帛，泛海陵蓬萊。肉食三十萬，獵射起黃埃。隔河憶長眺，青歲已摧頹。不及少年日，無復故人杯。賦詩獨流涕，亂世想賢才。有能市駿骨，莫恨少龍媒。商山議得失，蜀主脫嫌猜。呂尚封國邑，傅說已鹽梅。景晏楚山深，水鶴去低回。龐公任本性，攜子臥蒼苔。」

瞿唐懷古：「西南萬壑注，勍敵兩崖開。地與山根裂，江從月窟來。削成當白帝，空曲隱陽臺。疏鑿功雖美，陶鈞力大哉！」

見王監兵馬使說近山有白黑二鷹羅者久取竟未能得王以爲毛骨有異他鷹恐臘後春生騫飛避暖勁翮思秋之甚眇不可見

請余賦詩二首其二：「黑鷹不省人間有，渡海疑從北極來。正翮摶風超紫塞，玄冬幾夜宿陽臺。虞羅自覺虛施巧，春雁同歸必見猜。萬里寒空祗一日，金眸玉爪不凡材。」

雨：「始賀天休雨，還嗟地出雷。驟看浮峽過，密作渡江來。牛馬行無色，蛟龍鬬不開。干戈盛陰氣，未必自陽臺。」

承聞河北諸道節度入朝歡喜口號絕句十二首其四：「不道諸公無表來，茫然庶事遣人猜。擁兵相學干戈銳，使者徒勞萬里迴。」

雨：「萬木雲深隱，連山雨未開。風扉掩不定，水鳥過仍迴。鮫館如鳴杼，樵舟豈伐枚？清涼破炎毒，衰意欲登臺。」

舍弟觀歸藍田迎新婦送示兩首其一：「汝去迎妻子，高秋念卻回。即今螢已亂，好與雁同來。東望西江永，南遊北戶開。卜居期靜處，會有故人杯。」

送李八秘書赴杜相公幕：「青簾白舫益州來，巫峽秋濤天地迴。石出倒聽楓葉下，櫓搖背指菊花開。貪趨相府今晨發，恐失佳期後命催。南極一星朝北斗，五雲多處是三台。」

課小豎鉏斫舍北果林枝蔓荒穢淨訖移牀三首其三：「籬弱門何向，沙虛岸只摧。日斜魚更食，客散鳥還來。寒水光難定，秋山響易哀。天涯稍曛黑，倚杖獨徘徊。」

九日五首其一：「重陽獨酌杯中酒，抱病起登江上臺。

竹葉於人既無分，菊花從此不須開。殊方日落玄猿哭，故國霜前白雁來。」

九日五首其二：「舊日重陽酒，傳杯不放杯。即今蓬鬢改，但愧菊花開。北闕心常戀，西江首獨迴。茱萸賜朝士，難得一枝來。」

登高：「風急天高猿嘯哀，渚清沙白鳥飛迴。無邊落木蕭蕭下，不盡長江袞袞來。萬里悲秋常作客，百年多病獨登臺。艱難苦恨繁霜鬢，潦倒新停濁酒杯。」

晚晴吳郎見過北舍：「圃畦新雨潤，愧子廢鉏來。竹杖交頭拄，柴門隔徑開。欲棲群鳥亂，未去小童催。明日重陽酒，相迎自醱醅。」

雷：「巫峽中宵動，滄江十月雷。龍蛇不成蟄，天地劃爭迴。卻碾空山過，深蟠絕壁來。何須妬雲雨，霹靂楚王臺。」

朝二首其二：「浦帆晨初發，郊扉冷未開。林疏黃葉墜，野靜白鷗來。礎潤休全溼，雲晴欲半迴。巫山冬可怪，昨夜有奔雷。」

小至：「天時人事日相催，冬至陽生春又來。刺繡五紋添弱線，吹葭六琯動飛灰。岸容待臘將舒柳，山意衝寒欲放梅。云物不殊鄉國異，教兒且覆掌中杯。」

晚晴：「高唐暮冬雪壯哉！舊瘴無復似塵埃。崖沈谷沒白皚皚，江石缺裂青楓摧。南天三旬苦霧開，赤日照耀從西來，六龍寒急光裴回。照我衰顏忽落地，口雖吟詠心中哀。

未怪及時少年子，揚眉結義黃金臺。汨乎吾生何飄零？支離委絕同死灰。」

短歌行贈王郎司直：「王郎酒酣拔劍斫地歌莫哀，我能拔爾抑塞磊落之奇才。豫章翻風白日動，鯨魚跋浪滄溟開。且脫佩劍休裴回。西得諸侯棹錦水，欲向何門趿珠履。仲宣樓頭春色深，青眼高歌望吾子。眼中之人吾老矣！」

秋日荊南述懷三十韻：「昔承推獎分，愧匪挺生材。遲暮宮臣忝，艱危袞職陪。揚鑣隨日馭，折檻出雲臺。罪戾寬猶活，干戈塞未開。星霜玄鳥變，身世白駒催。伏枕因超忽，扁舟任往來。九鑽巴噀火，三蟄楚祠雷。望帝傳應實，昭王去不回。蛟螭深作橫，豺虎亂雄猜。素業行已矣，浮名安在哉！琴烏曲怨憤，庭鶴舞摧頹。秋水漫湘竹，陰風過嶺梅。苦搖求食尾，常曝報恩腮。結舌防讒柄，探腸有禍胎。蒼茫步兵哭，展轉仲宣哀。饑借家家米，愁徵處處杯。休為貧士歎，任受眾人咍。得喪初難識，榮枯劃易該。差池分組冕，合沓起蒿萊。不必伊周地，皆登屈宋才。漢庭和異域，晉史坼中台。霸業尋常體，忠臣忌諱災。群公紛戮力，聖慮窅裴回。數見銘鐘鼎，眞宜法斗魁。願聞鋒鏑鑄，莫使棟梁摧。盤石圭多翦，凶門轂少推。垂旒資穆穆，祝網但恢恢。赤雀翻然至，黃龍不假媒。賢非夢傅野，隱類鑿顏坯。自古江湖客，冥心苦死灰。」

發白馬潭：「水生春纜沒，日出野船開。宿鳥行猶去，叢花笑不來。人人傷白首，處處接金杯。莫道新知要，南征且未迴。」

雙楓浦：「輟棹青楓浦，雙楓舊已摧。自驚衰謝力，不道棟梁材。浪足浮紗帽，皮須截錦苔。江邊地有主，暫借上天迴。」

千秋節有感二首其一：「自罷千秋節，頻傷八月來。先朝嘗宴會，壯觀已塵埃。鳳紀編生日，龍池塹劫灰。湘川新涕淚，秦樹遠樓臺。寶鏡群臣得，金吾萬國迴。衢尊不重飲，白首獨餘哀。」

上平：十一真（古通庚青烝轉文元）

眞因茵辛新薪晨辰臣人仁神親申呻伸紳身賓濱檳繽嬪
鄰鱗麟珍瞋塵陳春津秦臻榛蓁頻蘋顰嚬瀕銀垠筠巾囷
民岷泯緡瑉貧蒓尊淳醇諄純脣唇倫綸輪淪掄勻旬巡逡
馴鈞均姻氤遵闉禋堙湮斱循甄宸寅夤椿鶉粼嶙轔磷璘
荀詢峋恂洵彬振娠闉紉肫塡皴踆竣菌豳莘嚚嗔

奉贈韋左丞丈二十二韻：「紈褲不餓死，儒冠多誤身。丈人試靜聽，賤子請具陳。甫昔少年日，早充觀國賓。讀書破萬卷，下筆如有神。賦料揚雄敵，詩看子建親。李邕求識面，王翰願卜鄰。自謂頗挺出，立登要路津。致君堯舜上，再使風俗淳。此意竟蕭條，行歌非隱淪。騎驢三十載，旅食京華春。朝扣富兒門，暮隨肥馬塵。殘杯與冷炙，到處潛悲辛。主上頃見徵，欻然欲求伸。青冥卻垂翅，蹭蹬無縱鱗。甚愧丈人厚，甚知丈人眞。每於百僚上，猥誦佳句新。竊效貢公喜，難甘原憲貧。焉能心怏怏？只是走踆踆。今欲東入海，即將西去秦。尙憐終南山，回首清渭濱。常擬報一飯，況懷辭大臣。白鷗沒浩蕩，萬里誰能馴？」

前出塞九首其四：「送徒既有長，遠戍亦有身。生死向前去，不勞吏怒嗔。路逢相識人，附書與六親。哀哉兩決絕，不復同苦辛！」

奉贈鮮于京兆二十韻：「王國稱多士，賢良復幾人？異才應間出，爽氣必殊倫。始見張京兆，宜居漢近臣。驊騮開道路，雕鶚離風塵。侯伯知何算，文章實致身。奮飛超等級，容易失沈淪。脫略磻溪釣，操持郢匠斤。雲霄今已逼，台袞更誰親？鳳穴雛皆好，龍門客又新。義聲紛感激，敗績自逡巡。途遠欲何向，天高難重陳。學詩猶孺子，鄉賦忝嘉賓。不得同晁錯，吁嗟後郤詵。計疏疑翰墨，時過憶松筠。獻納紆皇眷，中間謁紫宸。且隨諸彥集，方覬薄才伸。破膽遭前政，陰謀獨秉鈞。微生霑忌刻，萬事益酸辛。交合丹青地，恩傾雨露辰。有儒愁餓死早晚報平津。」

麗人行：「三月三日天氣新，長安水邊多麗人。態濃意遠淑且眞，肌理細膩骨肉勻。繡羅衣裳照暮春，蹙金孔雀銀麒麟。頭上何所有？翠爲㔩葉垂鬢脣。背後何所見？珠壓腰衱穩稱身。就中雲幕椒房親，賜名大國虢與秦。紫駝之峰出翠釜，水精之盤行素鱗。犀筋厭飫久未下，鸞刀縷切空紛綸。黃門飛鞚不動塵，御廚絡繹送八珍。簫鼓哀吟感鬼神，賓從雜沓實要津。後來鞍馬何逡巡！當軒下馬入錦茵。楊花雪落覆白蘋，青鳥飛去銜紅巾。炙手可熱勢絕倫，愼莫近前丞相嗔！」

上韋左相二十韻：「鳳歷軒轅紀，龍飛四十春。八荒開壽域，一氣轉洪鈞。霖雨思賢佐，丹青憶老臣。應圖求駿馬，驚代得麒麟。沙汰江河濁，調和鼎鼐新。韋賢初相漢，范叔已歸秦。盛業今如此，傳經固絕倫。豫章深出地，滄海闊無津。北斗司喉舌，東方領搢紳。持衡留藻鑑，聽履上星辰。獨步才超古，餘波德照鄰。聰明過管輅，尺牘倒陳遵。豈是池中物？由來席上珍。廟堂知至理，風俗盡還淳。才傑俱登用，愚蒙但隱淪。長卿多病久，子夏索居頻。回首驅流俗，生涯似眾人。巫咸不可問，鄒魯莫容身。感激時將晚，蒼茫興有神。爲公歌此曲，涕淚在衣巾。」

大雲寺贊公房四首其二：「細軟青絲履，光明白氎巾。深藏供老宿，取用及吾身。自顧轉無趣，交情何尙新。道林才不世，惠遠得過人。雨瀉暮簷竹，風吹春井芹。天陰對圖畫，最覺潤龍鱗。」

喜達行在所三首其二：「愁思胡笳夕，淒涼漢苑春。生還今日事，間道暫時人。司隸章初覩，南陽氣已新。喜心翻倒極，嗚咽淚霑巾。」

獨酌成詩：「燈花何太喜？酒綠正相親。醉裏從爲客，詩成覺有神。兵戈猶在眼，儒術豈謀身？苦被微官縛，低頭愧野人。」

曲江二首其一：「一片花飛減卻春，風飄萬點正愁人。且看欲盡花經眼，莫厭傷多酒入脣。江上小堂巢翡翠，花邊高塚臥麒麟。細推物理須行樂，何用浮名絆此身？」

奉陪鄭駙馬韋曲二首其一：「韋曲花無賴，家家惱殺人。綠樽須盡日，白髮好禁春。石角鉤衣破，藤梢刺眼新。何時占叢竹，頭戴小烏巾？」

題鄭縣亭子：「鄭縣亭子澗之濱，戶牖憑高發興新。雲斷岳蓮臨大路，天晴宮柳暗長春。巢邊野雀欺群燕，花底山蜂趁遠人。更欲題詩滿青竹，晚來幽獨恐傷神。」

觀安西兵過赴關中待命二首其一：「四鎮富精銳，摧鋒皆絕倫。還聞獻士卒，足以靜風塵。老馬夜知道，蒼鷹饑著人。臨危經久戰，用急始如神。」

崔氏東山草堂：「愛汝玉山草堂靜，高秋爽氣相鮮新。有時自發鐘磬響，落日更見漁樵人。盤剝白鴉谷口栗，飯煮青泥坊底蓴。何爲西莊王給事，柴門空閉鎖松筠？」

石壕吏：「暮投石壕村，有吏夜捉人。老翁踰牆走，老婦出門看。吏呼一何怒！婦啼一何苦！聽婦前致詞：三男鄴城戍。一男附書至，二男新戰死。存者且偷生，死者長已矣。室中更無人，惟有乳下孫。孫有母未去，出入無完裙。老嫗力雖衰，請從吏夜歸。急應河陽役，猶得備晨炊。夜久語聲絕，如聞泣幽咽。天明登前途，獨與老翁別。」

遣興五首其一：「蟄龍三冬臥，老鶴萬里心。昔時賢俊人，未遇猶視今。嵇康不得死，孔明有知音。又如隴坻松，用舍在所尋。大哉霜雪乾，歲久為枯林。」

促織：「促織甚微細，哀音何動人。草根吟不穩，床下意相親。久客得無淚？故妻難及晨。悲絲與急管，感激異天眞。」

寄張十二山人彪三十韻：「獨臥嵩陽客，三違潁水春。艱難隨老母，慘澹向時人。謝氏尋山屐，陶公漉酒巾。群凶彌宇宙，此物在風塵。歷下辭姜被，關西得孟鄰。早通交契密，晚接道流新。靜者心多妙，先生藝絕倫：草書何太古，詩興不無神。曹植休前輩，張芝更後身。數篇吟可老，一字賣堪貧。將恐曾防寇，深潛託所親。寧聞倚門夕，盡力潔飧晨。疏懶為名誤，驅馳喪我眞。索居尤寂寞，相遇益愁辛。流轉依邊徼，逢迎念席珍。時來故舊少，亂後別離頻。世祖修高廟，文公賞從臣。商山猶入楚，渭水不離秦。存想青龍祕，騎行白鹿馴。耕巖非谷口，結草即河濱。肘後符應驗，囊中藥未陳。旅懷殊不愜，良覿眇無因。自古多悲恨，浮生有屈伸。此邦今尚武，何處且依仁。鼓角凌天籟，關山倚月輪。官場羅鎮磧，賊火近洮岷。蕭索論兵地，蒼茫鬬將辰。大軍多處所，餘孽尚紛綸。高興知籠鳥，斯文起獲麟。窮秋正搖落，回首望松筠。」

寄李十二白二十韻：「昔年有狂客，號爾謫仙人。筆落驚風雨，詩成泣鬼神。聲名從此大，汩沒一朝伸。文彩承殊渥，流傳必絕倫。龍舟移棹晚，獸錦奪袍新。白日來深殿，青雲滿後塵。乞歸優詔許，遇我夙心親。未負幽棲志，兼全寵辱身。劇談憐野逸。嗜酒見天眞，醉舞梁園夜，行歌泗水春。才高心不展，道屈善無鄰。處士禰衡俊。諸生原憲貧，稻粱求未足，薏苡謗何頻？五嶺炎蒸地，三危放逐臣。幾年遭鵩鳥，獨泣向麒麟。蘇武元還漢，黃公豈事秦？楚筵辭醴日，梁獄上書辰。已用當時法，誰將此議陳？老吟秋月下，病起暮江濱。莫怪恩波隔，乘槎與問津。」

有客：「患氣經時久，臨江卜宅新。喧卑方避俗，疏快頗宜人。有客過茅宇，呼兒正葛巾，自鋤稀菜甲，小摘爲情親。」

南鄰：「錦里先生烏角巾，園收芋栗未全貧。慣看賓客兒童喜，得食階除鳥雀馴。秋水纔深四五尺，野航恰受兩三人。白沙翠竹江村暮，相送柴門月色新。」

奉簡高三十五使君：「當代論才子，如公復幾人。驊騮開道路，鷹隼出風塵。行色秋將晚，交情老更親。天涯喜相見，披豁道吾眞。」

奉酬李都督表丈早春作：「力疾坐清曉，來詩悲早春。轉添愁伴客，更覺老隨人。紅入桃花嫩，青歸柳葉新。望鄉應未已，四海尚風塵。」

漫成二首其二：「江皋已仲春，花下復清晨。仰面貪看鳥，回頭錯應人。讀書難字過，對酒滿壺頻。近識峨眉老，知予懶是眞。」

江畔獨步尋花七絕句其二：「稠花亂蕊裹江濱，行步欹危實怕春。詩酒尙堪驅使在，未須料理白頭人。」

絕句漫興九首其三：「熟知茅齋絕低小，江上燕子故來頻。銜泥點汙琴書內，更接飛蟲打著人。」

贈別何邕：「生死論交地，何由見一人？悲君隨燕雀，薄宦走風塵！綿谷元通漢，沱江不向秦。五陵花滿眼，傳語故鄉春。」

贈別鄭鏈赴襄陽：「戎馬交馳際，柴門老病身。把君詩過日，念此別驚神。地闊峨眉晚，天高峴首春。為於耆舊內，試覓姓龐人。」

重贈鄭鏈絕句：「鄭子將行罷使臣，囊無一物獻尊親。江山路遠羈離日，裘馬誰為感激人？」

奉和嚴中丞西城晚眺十韻：「汲黯匡君切，廉頗出將頻。直詞才不世，雄略動如神。政簡移風速，詩清立意新。層城臨暇景，絕域望餘春。旗尾蛟龍會，樓頭燕雀馴。地平江動蜀，天闊樹浮秦。帝念深分閫，軍須遠算緡。花羅封蛺蝶，瑞錦送麒麟。辭第輸高義，觀圖憶古人。征南多興緒，事業闇相親。」

戲為六絕句其五：「不薄今人愛古人，清詞麗句必為鄰。竊攀屈宋宜方駕，恐與齊梁作後塵。」

奉送嚴公入朝十韻：「鼎湖瞻望遠，象闕憲章新。四海猶多難，中原憶舊臣。與時安反側，自昔有經綸。感激張天步，從容靜塞塵。南圖迴羽翮，北極捧星辰。漏鼓還思晝，宮鶯罷囀春。空留玉帳術，愁殺錦城人。閣道通丹地，江潭隱白蘋。此身那老蜀，不死會歸秦。公若登台輔，臨危莫愛身。」

觀打魚歌：「綿州江水之東津，魴魚鱍鱍色勝銀。漁人漾舟沈大網，截江一擁數百鱗。眾魚常才盡卻棄，赤鯉騰出如有神。潛龍無聲老蛟怒，迴風颯颯吹沙塵。饔子左右揮雙刀，膾飛金盤白雪高。徐州禿尾不足憶，漢陰槎頭遠遁逃。魴魚肥美知第一，既飽歡娛亦蕭瑟。君不見朝來割素鬐，咫尺波濤永相失。」

通泉縣署屋壁後薛少保畫鶴：「薛公十一鶴，皆寫青田眞。畫色久欲盡，蒼然猶出塵。低昂各有意，磊落如長人。佳此志氣遠，豈惟粉墨新？萬里不以力，群遊森會神。威遲白鳳態，非是倉鶊鄰。高堂未傾覆，常得慰嘉賓。曝露牆壁外，終嗟風雨頻。赤霄有眞骨，恥飲洿池津。冥冥任所往，脫略誰能馴？」

柳邊：「只道梅花發，誰知柳亦新。枝枝總到地，葉葉自開春。紫燕時翻翼，黃鸝不露身。漢南應老盡，霸上遠愁人。」

鄭城西原送李判官兄武判官弟赴成都府：「憑高送所親，久坐惜芳辰。遠水非無浪，他山自有春。野花隨處發，官柳著行新。天際傷愁別，離筵何太頻？」

戲作寄上漢中王二首其一：「雲裏不聞雙雁過，掌中貪看一珠新。秋風嫋嫋吹江漢，只在他鄉何處人？」

送陵州路使君之任：「王室比多難，高官皆武臣。幽燕通使者，岳牧用詞人。國待賢良急，君當拔擢新。佩刀成氣象，行蓋出風塵。戰伐乾坤破，瘡痍府庫貧。眾僚宜潔白，萬役但平均。霄漢瞻佳士，泥塗任此身。秋天正搖落，迴首大江濱。」

九日：「去年登高郪縣北，今日重在涪江濱。苦遭白髮不相放，羞見黃花無數新。世亂鬱鬱久為客，路難悠悠常傍人。酒闌卻憶十年事，腸斷驪山清路塵。」

與嚴二郎奉禮別：「別君誰暖眼，將老病纏身。出涕同斜日，臨風看去塵。商歌還入夜，巴俗自為鄰。尚愧微軀在，遙聞盛禮新。山東群盜散，闕下受降頻。諸將歸應盡，題書報旅人。」

遣憂：「亂離知又甚，消息苦難真。受諫無今日，臨危憶古人。紛紛乘白馬，攘攘著黃巾。隋氏留宮室，焚燒何太頻？」

江陵望幸：「雄都元壯麗，望幸欻威神。地利西通蜀，天文北照秦。風烟含越鳥，舟楫控吳人。未枉周王駕，終期漢武巡。甲兵分聖旨，居守付宗臣。早發雲臺仗，恩波起涸鱗。」

百舌：「百舌來何處，重重祗報春。知音兼眾語，整翮豈多身？花密藏難見，枝高聽轉新。過時如發口，君側有讒人。」

傷春五首其四：「再有朝廷亂，難知消息眞。近傳王在洛，復道使歸秦。奪馬悲公主，登車泣貴嬪。蕭關迷北上，滄海欲東巡。敢料安危體，猶多老大臣？豈無嵇紹血，霑灑屬車塵？」

巴西聞收京闕送班司馬入京二首其二：「群盜至今日，先朝忝從臣。歎君能戀主，久客羨歸秦。黃閣長司諫，丹墀有故人。向來論社稷，爲話涕霑巾。」

贈別賀蘭銛：「黃雀飽野粟，群飛動荊榛。今君抱何恨？寂寞向時人。老驥倦驤首，蒼鷹愁易馴。高賢世未識，固合嬰饑貧。國步初返正，乾坤尚風塵！悲歌鬢髮白，遠赴湘吳春。我戀岷下芋，君思千里蓴。生離與死別，自古鼻酸章。」

有感五首其三：「洛下舟車入，天中貢賦均。日聞紅粟腐，寒待翠華春。莫取金湯固，長令宇宙新。不過行儉德，盜賊本王臣。」

奉寄章十侍御：「淮海維揚一俊人，金章紫綬照青春。指麾能事迴天地，訓練強兵動鬼神。湘西不得歸關羽，河內猶宜借寇恂。朝觀從容問幽仄，勿云江漢有垂綸。」

將赴成都草堂途中有作先寄嚴鄭公五首其二：「處處青江帶白蘋，故園猶得見殘春。雪山斥侯無兵馬，錦里逢迎有主人。休怪兒童延俗客，不教鵝鴨惱比鄰。習池未覺風流盡，況復荊州賞更新。」

贈王二十四侍御契四十韻：「往往雖相見，飄飄愧此身。不關輕紱冕，但是避風塵。一別星橋夜，三移斗柄春。敗亡非赤壁，奔走爲黃巾。子去何瀟灑，余藏異隱淪。書成無過雁，衣故有懸鶉。恐懼行裝數，伶俜臥疾頻。曉鶯工迸淚，秋月解傷神。會面嗟黧黑，含悽話苦辛。接輿還入楚，王粲不歸秦。錦里殘丹竈，花溪得釣綸。消中衹自惜，晚起索誰親？伏柱聞周史，承槎有漢臣。鵷鴻不易狎，龍虎未宜馴。客即掛冠至，交非傾蓋新。由來意氣合，直取性情眞。浪跡同生死，無心恥賤貧。偶然存蔗芋，幸各對松筠。麤飯依他日，窮愁怪此辰。女長裁褐穩，男大卷書勻。埘口江如練，蠶崖雪似銀。名園當翠巘，野棹沒青蘋。屢喜王侯宅，時邀江海人。追隨不覺晚，款曲動彌旬。但使芝蘭秀，何須棟宇鄰。山陽無俗物，鄭驛正留賓。出入並鞍馬，光輝參席珍。重遊先主廟，更歷少城闉。石鏡通幽魄，琴臺隱絳脣。送終惟糞土，結愛獨荊榛。置酒高林下，觀碁積水濱。區區甘累趼，稍稍息勞筋。網聚粘圓鯽，絲繁煮細蓴。長歌敲柳瘿，小睡憑藤輪。農月須知課，田家敢忘勤？浮生難去食，良會惜清晨。列國兵戈暗，今王德教淳。要聞除猰貐，休作畫麒麟。洗眼看輕薄，虛懷任屈伸。莫令膠漆地，萬古重雷陳。」

丹青引贈曹將軍霸：「將軍魏武之子孫，於今爲庶爲清門。英雄割據雖已矣，文彩風流今尙存。學書初學衛夫人，但恨無過王右軍。丹青不知老將至，富貴於我如浮雲。開元之中常引見，承恩數上南熏殿。凌烟功臣少顏色，將軍下筆開生面。良相頭上進賢冠，猛將腰間大羽箭。褒公鄂公毛髮動，英姿颯爽來酣戰。先帝御馬玉花驄，畫工如山貌不同。

是日牽來赤墀下，迥立閶闔生長風。詔謂將軍拂絹素，意匠慘澹經營中。須臾九重眞龍出，一洗萬古凡馬空。玉花卻在御榻上，榻上庭前屹相向。至尊含笑催賜金，圉人太僕皆惆悵。弟子韓幹早入室，亦能畫馬窮殊相。幹惟畫肉不畫骨，忍使驊騮氣凋喪。將軍善畫蓋有神，偶逢佳士亦寫眞。即今飄泊干戈際，屢貌尋常行路人。途窮反遭俗眼白，世上未有如公貧。但看古來盛名下，終日坎壈纏其身。」

三韻三篇其一：「高馬勿唾面，長魚無損鱗。辱馬馬毛焦，困魚魚有神。君看磊落士，不肯易其身。」

撥悶：「聞道雲安麴米春，纔傾一盞即醺人。乘舟取醉非難事，下峽銷愁定幾巡。長年三老遙憐汝，捩舵開頭捷有神。已辦青錢防雇直，當令美味入吾脣。」

別蔡十四著作：「賈生慟哭後，寥落無其人。安知蔡夫子，高義邁等倫！獻書謁皇帝，志已清風塵。流涕灑丹極，萬乘為酸辛。天地則瘡痍，朝廷多正臣。異才復間出，周道日惟新。使蜀見知己，別顏始一伸。主人薨城府，扶櫬歸咸秦。巴道此相逢，會我病江濱。憶念鳳翔都，聚散俄十春。我衰不足道，但願子意陳。稍令社稷安，自契魚水親。我雖消渴甚，敢忘帝力勤。尚思未朽骨，復覩耕桑民。積水駕三峽，浮龍倚長津。揚舲洪濤間，仗子濟物身。鞍馬下秦塞，王城通北辰。玄甲聚不散，兵久食恐貧。窮谷無粟帛，使者來相因。若逢南轅吏，書札到天垠。」

寄常徵君：「白水青山空復春，徵君晚節傍風塵。楚妃堂上色殊眾，海鶴階前鳴向人。萬事糾紛猶絕粒，一官羈絆實藏身。開州入夏知涼冷，不似雲安毒熱新。」上白帝城二首其一：「江城含變態，一上一回新。天欲今朝雨，山歸萬古春。英雄餘事業，衰邁久風塵。取醉他鄉客，相逢故國人。兵戈猶擁蜀，賦斂強輸秦。不是煩形勝，深慚愁畏損神。」

謁先主廟：「慘澹風雲會，乘時各有人。力侔分社稷，志屈偃經綸。復漢留長策，中原仗老臣。雜耕心未已，歐血事酸辛。霸氣西南歇，雄圖歷數屯。錦江原過楚，劍閣復通秦。舊俗存祠廟，空山立鬼神。虛簷交鳥道，枯木半龍鱗。竹送清溪月，苔移玉座春。閭閻兒女換，歌舞歲時新。絕域歸舟遠，荒城繫馬頻。如何對搖落，況乃久風塵。孰與關張並，功臨耿鄧親。應天才不小，得士契無鄰。遲暮堪帷幄，飄零且釣緡。向來憂國淚，寂寞灑衣巾。」

奉寄李十五秘書文嶷二首其二：「行李千金贈，衣冠八尺身。飛騰知有策，意度不無神？班秩兼通貴，公侯出異人。元成負文彩，世業豈沈淪。」

熱三首其三：「朱李沈不冷，彫胡炊屢新。將衰骨盡痛，被暍味空頻。欻翕炎蒸景，飄颻征戍人。十年可解甲，爲爾一霑巾。」

江月：「江月光於水，高樓思殺人。天邊長作客，老去一霑巾。玉露團清影，銀河沒半輪。誰家挑錦字？燭滅翠眉嚬。」

中夜：「中夜江山靜，危樓望北辰。長爲萬里客，有愧百年身。故國風雲氣，高堂戰伐塵。胡雛負恩澤，嗟爾太平人。」

雨晴：「雨晴山不改，晴罷峽如新。天路看殊俗，秋江思殺人。有猿揮淚盡，無犬附書頻。故國愁眉外，長歌欲損神。」

秋日寄題鄭監湖上亭三首其三：「暫阻蓬萊閣，終爲江海人。揮金應物理，拖玉豈吾身？羹煮秋蓴滑，杯凝露菊新。賦詩分氣象，佳句莫頻頻。」

八哀詩——贈太子太師汝陽郡王璡：「汝陽讓帝子，眉宇眞天人。虬髯似太宗，色映塞外春。往者開元中，主恩視遇頻。出入獨非時，禮異見群臣。愛其謹潔極，倍此骨肉親。從容聽朝後，或在風雪晨。忽思格猛獸，苑囿騰清塵。羽旗動若一，萬馬肅駪駪。詔王來射雁，拜命已挺身。箭出飛鞚內，上又回翠麟。翻然紫塞翮，下拂明月輪。胡人雖獲多，天笑不爲新。王每中一物，手自與金銀。袖中諫獵書，扣馬久上陳。竟無銜橛虞，聖聰矧多仁。官免供給費，水有在藻鱗。匪惟帝老大，皆是王忠勤。晚年務置醴，門引申白賓。道大容無能，永懷侍芳茵。好學尙貞烈，義形必霑巾。揮翰綺繡揚，篇什若有神。川廣不可泝，墓久孤兔鄰。宛彼漢中郡，文雅見天倫。何以開我悲，泛舟俱遠津。溫溫昔風味，少壯已書紳。舊遊易磨滅，衰謝增酸辛。」

不離西閣二首其一：「江柳非時發，江花冷色頻。地偏應有瘴，臘近已含春。失學從愚子，無家任老身。不知西閣意，肯別定留人？」

奉送蜀州柏二別駕將中丞命赴江陵起居衛尚書太夫人因示從弟行軍司馬位：「中丞問俗畫熊頻，愛弟傳書彩鷁新。遷轉五州防禦使，起居八座太夫人。楚宮臘送荊門水，白帝雲偷碧海春。報與惠連詩不惜，知吾斑鬢總如銀。」

月三首其一：「斷續巫山雨，天河此夜新。若無青嶂月，愁殺白頭人。魍魎移深樹，蝦蟆沒半輪。故園當北斗，直指照西秦。」

赤甲：「卜居赤甲遷居新，兩見巫山楚水春。炙背可以獻天子，美芹由來知野人。荊州鄭薛寄詩近，蜀客郗岑非我鄰。笑接郎中評事飲，病從深酌道吾眞。」

喜觀即到復題短篇二首其一：「巫峽千山暗，終南萬里春。病中吾見弟，見到汝爲人。意答兒童問，來經戰伐新。泊船悲喜後，款款話歸秦。」

送惠二歸故居：「惠子白駒瘦，歸溪唯病身。皇天無老眼，空谷滯斯人。崖蜜松花熟，山杯竹葉春。柴門了無事，黃綺未稱臣。」

寄薛三郎中據：「人生無賢愚，飄颻若埃塵。自非得神仙，誰免危其身？與子俱白頭，役役常苦辛。雖爲尙書郎，不及村野人。憶昔村野人，其樂難具陳。藹藹桑麻交，公侯爲等倫。天未厭戎馬，我輩本長貧。子尙客荊州，我亦滯江濱。峽中一臥病，瘧癘終冬春。春復加肺氣，此病蓋有因。

早歲與蘇鄭，痛飲情相親。二公化為土，嗜酒不失眞。余今委修短，豈得恨命屯？聞子心甚壯，所過信席珍。上馬不用扶，每扶必怒瞋。賦詩賓客間，揮灑動八垠。乃知蓋代手，才力老益神。青草洞庭湖，東浮滄海漘。君山可避暑，況足采白蘋。子豈無扁舟，往復江漢津？我未下瞿唐，空念禹功勤。聽說松門峽，吐藥攬衣巾。高秋卻束帶，鼓枻視青旻。鳳池日澄碧，濟濟多士新。余病不能起，健者勿逡巡。上有明哲君，下有行化臣。」

承聞河北諸道節度入朝歡喜口號絕句十二首其五：「鳴玉鏘金盡正臣，修文偃武不無人。興王會靜妖氛氣，聖壽宜過一萬春。」

承聞河北諸道節度入朝歡喜口號絕句十二首其六：「英雄見事若通神，聖哲為心小一身。燕趙休矜出佳麗，宮闈不擬選才人。」

季夏送鄉弟韶陪黃門從叔朝謁：「令弟尚為蒼水使，名家莫出杜陵人。比來相國兼安蜀，歸赴朝廷已入秦。捨舟策馬論兵地，拖玉腰金報主身。莫度清秋吟蟋蟀，早聞黃閣畫麒麟。」

暇日小園散病將種秋菜督勤耕牛兼書觸目：「不愛入州府，畏人嫌我眞。及乎歸茅宇，旁舍未曾嗔。老病忌拘束，應接喪精神。江村意自放，林木心所欣。秋耕屬地溼，山雨近甚勻。冬菁飯之半，牛力晚來新。深耕種數畝，未甚後四鄰。嘉蔬既不一，名數頗具陳。荊巫非苦寒，采擷接青春。

飛來兩白鶴，暮啄泥中芹。雄者左翮垂，損傷已露筋。一步再流血，尚驚矰繳勤。三步六號叫，志屈悲哀頻。鸞凰不相待，側頸訴高旻。杖藜俯沙渚，爲汝鼻酸辛。」

能畫：「能畫毛延壽，投壺郭舍人。每蒙天一笑，復似物皆春。政化平如水，皇明斷若神。時時用抵戲，亦未雜風塵。」

黃魚：「日見巴東峽，黃魚出浪新。脂膏兼飼犬，長大不容身。筒桶相沿久，風雷肯爲神？泥沙卷涎沫，回首怪龍鱗。」

十七夜對月：「秋月仍圓夜，江村獨老身。捲簾還照客，倚杖更隨人。光射潛虯動，明翻宿鳥頻。茅齋依桶柚，清切露華新。」

送孟十二倉曹赴東京選：「君行別老親，此去苦家貧。藻鏡留連客，江山憔悴人。秋風楚竹冷，夜雪鞏梅春。朝夕高堂念，應宜綵服新。」

又呈吳郎：「堂前撲棗任西鄰，無食無兒一婦人。不爲困窮寧有此？祇緣恐懼轉須親。即防遠客雖多事，使插疏籬卻甚眞。已訴徵求貧到骨，正思戎馬淚霑巾。」

奉賀陽城郡王太夫人恩命加鄧國太夫人：「衞幕銜恩重，潘輿送喜頻。濟時瞻上將，錫號戴慈親。富貴當如此，尊榮邁等倫。郡依封土舊，國與大名新。紫誥鸞迴紙，清朝燕賀人。遠傳冬筍味，更覺綵衣春。奕葉班姑史，芬芳孟母鄰。義方兼有訓，詞翰兩如神。委曲承顏體，騫飛報主身。

可憐忠與孝，雙美畫騏驎。」

東屯北崦：「盜賊浮生困，誅求異俗貧。空村惟見鳥，落日未逢人。步壑風吹面，看松露滴身。遠山回白首，戰地有黃塵。」

從驛次草堂復至東屯二首其二：「短景難高臥，衰年強此身。山家蒸栗暖，野飯射麋新。世路知交薄，門庭畏客頻。牧童斯在眼，田父實爲鄰。」

茅堂檢校收稻二首其二：「稻米炊能白，秋葵煮復新。誰云滑易飽，老藉軟俱勻。種幸房州熟，苗同伊闕春。無勞映渠盌，自有色如銀。」

冬至：「年年至日長爲客，忽忽窮愁泥殺人。江上形容吾獨老，天涯風俗自相親。杖藜雪後臨丹壑，鳴玉朝來散紫宸。心折此時無一寸，路迷何處是三秦？」

奉送韋中丞之晉赴湖南：「寵渥徵黃漸，權宜借寇頻。湖南安背水，峽內憶行春。王室仍多難，蒼生倚大臣。還將徐孺榻，處處待高人。」

奉送十七舅下邵桂：「絕域三冬暮，浮生一病身。感深辭舅氏，別後見何人？縹渺蒼梧帝，推遷孟母鄰。昏昏阻雲水，側望苦傷神。」

太歲日：「楚岸行將老，巫山坐復春。病多猶是客，謀拙竟何人？閶闔開黃道，衣冠拜紫宸。榮光懸日月，賜予出金銀。愁寂鴛行斷，參差虎穴鄰。西江元下蜀，北斗故臨秦。散地逾高枕，生涯脫要津。天邊梅柳樹，相見幾回新。」

喜聞盜賊蕃寇總退口號五首其二：「贊普多教使入秦，數通和好止烟塵。朝廷忽用哥舒將，殺伐虛悲公主親。」

敬寄族弟唐十八使君：「與君陶唐後，盛族多其人。聖賢冠史籍，枝派羅源津。在今氣磊落，巧僞莫敢親。介立實吾弟，濟時肯殺身。物白諱受玷，行高無污眞。得罪永泰末，放之五溪濱。鸞鳳有鎩翮，先儒曾抱麟。雷霆劈長松，骨大卻生筋。一失不足傷，念子孰自珍。泊舟楚宮岸，戀闕浩酸辛。除名配清江，厥土巫峽鄰。登陸將首途，筆札枉所申。歸朝跼病肺，敘舊思重陳。春風洪濤壯，谷轉頗彌旬。我能汎中流，搪突鼉獺瞋。長年已省柁，慰此貞良臣。」

留別公安太易沙門：「隱居欲就廬山遠，麗藻初逢休上人。數問舟航留製作，長開篋笥擬心神。沙村白雪仍含凍，江縣紅梅已放春。先蹋爐峰置蘭若，徐飛錫杖出風塵。」

湘夫人祠：「肅肅湘妃廟，空牆碧水春。蟲書玉珮蘚，燕舞翠帷塵。晚泊登汀樹，微馨借渚蘋。蒼梧恨不盡，染淚在叢筠。」

發潭州：「夜醉長沙酒，曉行湘水春。岸花飛送客，檣燕語留人。賈傅才未有，褚公書絕倫。高名前後事，回首一傷神。」

奉贈蕭十二使君：「昔在嚴公幕，俱為蜀使臣。艱危參大府，前後間清塵。起草鳴先路，乘槎動要津。王鳧聊暫出，蕭雉只相馴。終始任安義，荒蕪孟母鄰。聯翩匍匐禮，意氣死生親。張老存家事，嵇康有故人。食恩慙鹵莽，鏤骨抱酸辛。巢許山林志，夔龍廊廟珍。鵬圖乃矯翼，熊軾且移輪。磊落衣冠地，蒼茫土木身。塤篪鳴自合，金石瑩逾新。重憶羅江外，同遊錦水濱。結歡隨過隙，懷舊益霑巾。曠絕含香舍，稽留伏枕辰。停驂雙闕早，迴雁五湖春。不達長卿病，從來原憲貧。監河受貸粟，一起涸中鱗。」

送趙十七明府之縣：「連城爲寶重，茂宰得才新。山雉迎舟楫，江花報邑人。論交翻恨晚，臥病卻愁春。惠愛南翁悅，餘波及老身。」

燕子來舟中作：「湖南爲客動經春，燕子銜泥兩度新。舊入故園曾識主，如今社日遠看人。可憐處處巢君室，何異飄飄託此身。暫語船檣還起去，穿花落水益霑巾。」

上平：十二文（古通真）

文聞紋蚊蝨雲分（分離）氛紛芬焚墳群羣裙君軍勤斤筋勳熏薰曛醺云芸耘紜沄芹欣氳葷汶汾棼雰員欣芹昕殷雯賁濆縕熅

天寶初南曹小司寇舅於我太夫人堂下壘土爲山一匱盈尺以代彼朽木承諸焚香瓷甌甌甚安矣旁植慈竹蓋茲數峰（嶔）岑嬋娟宛有塵外格致乃不知興之所至而作是詩：「一匱功盈尺，三峰意出群。望中疑在野，幽處欲生雲。慈竹春陰覆，香爐曉勢分。惟南將獻壽，佳氣日氤氳。」

春日憶李白：「白也詩無敵，飄然思不群。清新庾開府，俊逸鮑參軍。渭北春天樹，江東日暮雲。何時一尊酒，重與細論文？」

前出塞九首其五：「迢迢萬里餘，領我赴三軍。軍中異苦樂，主將寧盡聞？隔河見胡騎，倏忽數百群。我始為奴僕，幾時樹功勳？」

醉歌行：「陸機二十作文賦，汝更小年能綴文。總角草書又神速，世上兒子徒紛紛。驊騮作駒已汗血，鷙鳥舉翮連青雲。詞源倒流三峽水，筆陣獨掃千人軍。只今年纔十六七，射策君門期第一。舊穿楊葉眞自知，暫蹶霜蹄未爲失。偶然擢秀非難取，會是排風有毛質。汝身已見唾成珠，汝伯何由髮如漆？春光潭沲秦東亭，渚蒲牙白水荇青。風吹客衣日杲杲，樹攪離思花冥冥。酒盡沙頭雙玉瓶，眾賓皆醉我獨醒。乃知貧賤別更苦，吞聲躑躅涕淚零。」

陪鄭廣文游何將軍山林十首其九：「床上書連屋，階前樹拂雲。將軍不好武，稚子總能文。醒酒微風入，聽詩靜夜分。絺衣挂蘿薜，涼月白紛紛。」

秋雨嘆三首其二：「闌風伏雨秋紛紛，四海八荒同一雲。去馬來牛不復辨，濁涇清渭何當分？禾頭生耳黍穗黑，農夫田父無消息。城中斗米換衾裯，相許寧論兩相直？」

後出塞五首其三：「古人重守邊，今人重高勳。豈知英雄主，出師亘長雲。六合已一家，四夷且孤軍。遂使貔虎士，奮身勇所聞。拔劍擊大荒，日收胡馬群。誓開玄冥北，持以奉吾君。」

留別賈嚴二閣老兩院補缺得雲字：「田園須暫往，戎馬惜離群。去遠留詩別，愁多任酒醺。一秋常苦雨，今日始無雲。山路晴吹角，那堪處處聞！」

秦州雜詩二十首其十六：「東柯好崖谷，不與眾峰群。落日邀雙鳥，晴天卷片雲。野人矜險絕，水竹會平分。采藥吾將老，兒童未遣聞。」

琴臺：「茂陵多病後，尚愛卓文君。酒肆人間世，琴臺日暮雲。野花留寶靨，蔓草見羅裙。歸鳳求凰意，寥寥不復聞。」

贈花卿：「錦城絲管日紛紛，半入江風半入雲。此曲只應天上有，人間能得幾回聞？」

李司馬橋成高使君自成都回：「向來江上手紛紛，三日功成事出群。已傳童子騎青竹，總擬橋東待使君。」

謝嚴中丞送青城山道士乳酒一瓶：「山瓶乳酒下青雲，氣味濃香幸見分。鳴鞭走送憐漁父，洗盞開嘗對馬軍。」

海棧行：「左綿公館清江濆，海棧一株高入雲。龍鱗犀甲相錯落，蒼稜白皮十抱文。自是眾木亂紛紛，海棧焉知身出群。移栽北辰不可得，時有西域胡僧識。」

得房公池鵝：「房相西亭鵝一群，眠沙泛浦白於雲。鳳凰池上應迴首，為報籠隨王右軍。」

官池春雁二首其一：「自古稻粱多不足，至今鸂鶒亂為群。且休悵望看春水，更恐歸飛隔暮雲。」

別房太尉墓：「他鄉復行役，駐馬別孤墳。近淚無乾土，低空有斷雲。對棋陪謝傅，把劍覓徐君。唯見林花落，鶯啼送客聞。」

黃河二首其一：「黃河北岸海西軍，椎鼓鳴鐘天下聞。鐵馬長鳴不知數，胡人高鼻動成群。」

觀李固請司馬弟山水圖三首其二：「方丈渾連水，天台總映雲。人間常見畫，老去恨空聞。范蠡舟偏小，王喬鶴不群。此生隨萬物，何路出塵氛？」

懷舊：「地下蘇司業，情親獨有君。那因喪亂後，便作死生分。老罷知明鏡，悲來望白雲。自從失詞伯，不復更論文。」

喜雨：「南國旱無雨，今朝江出雲。入空纔漠漠，灑迥已紛紛。巢燕高飛盡，林花潤色分。晚來聲不絕，應得夜深聞。」

南楚：「南楚青春異，寒暄早早分。無名江上草，隨意嶺頭雲。正月蜂相見，非時鳥共聞。杖藜妨躍馬，不是故離群。」

示獠奴阿段：「山木蒼蒼落日曛，竹竿裊裊細泉分。郡人入夜爭餘瀝，豎子尋源獨不聞。病渴三更迴白首，傳聲一注溼青雲。曾驚陶侃胡奴異，怪爾常穿虎豹群。」

李潮八分小篆歌：「蒼頡鳥跡既茫昧，字體變化如浮雲。陳倉石鼓又已訛，大小二篆生八分。秦有李斯漢蔡邕，中間作者絕不聞。嶧山之碑野火焚，棗木傳刻肥失眞。苦縣光和尙骨立，書貴瘦硬方通神。惜哉李蔡不復得，吾甥李潮下筆親。尙書韓擇木，騎曹蔡有鄰。開元已來數八分，潮也奄有二子成三人。況潮小篆逼秦相，快劍長戟森相向。八分一字直百金，蛟龍盤拏肉屈強。吳郡張顚誇草書，草書非古空雄壯。豈如吾甥不流宕，丞相中郎丈人行。巴東逢李潮，逾月求我歌。我今衰老才力薄，潮乎潮乎奈汝何！」

南極：「南極青山眾，西江白谷分。古城疏落木，荒戍密寒雲。歲月蛇常見，風飆虎或聞。近身皆鳥道，殊俗自人群。睥睨登哀柝，蝥弧照夕曛。亂離多醉尉，愁殺李將軍。」

晴二首其一：「久雨巫山暗，新晴錦繡文。碧知湖外草，紅見海東雲。竟日鶯相和，摩霄鶴數群。野花乾更落，風處急紛紛。」

晨雨：「小雨晨光內，初來葉上聞。霧交纔灑地，風折旋隨雲。暫起柴荆色，輕霑鳥獸群。麝香山一半，亭午未全分。」

暮春題瀼西新賃草屋五首其二：「此邦千樹橘，不見比封君。養拙干戈際，全生麋鹿群。畏人江北草，旅食瀼西雲。萬里巴渝曲，三年實飽聞。」

秋野五首其五：「身許麒麟畫，年衰鴛鷺群。大江秋易盛，空峽夜多聞。徑隱千重石，帆留一片雲。兒童解蠻語，不必作參軍。」

孤雁：「孤雁不飲啄，飛鳴聲念群。誰憐一片影，相失萬重雲。望盡似猶見，哀多如更聞。野鴉無意緒，鳴噪自紛紛。」

曉望：「白帝更聲盡，陽臺曙色分。高峰寒上日，疊嶺宿霾雲。地坼江帆穩，天清木葉聞。荆扉對麋鹿，應共爾爲群。」

九日五首其三：「舊與蘇司業，兼隨鄭廣文。采花香泛泛，坐客醉紛紛。野樹欹還倚，秋砧醒卻聞。歡娛兩冥漠，西北有孤雲。」

題柏大兄弟山居屋壁二首其二：「野屋流寒水，山籬帶薄雲。靜應連虎穴，喧已去人群。筆架霑窗雨，書籤映隙曛。蕭蕭千里足，箇箇五花文。」

戲寄崔評事表姪蘇五表弟韋大少府諸姪：「隱豹深愁雨，潛龍故起雲。泥多仍徑曲，心醉阻賢群。忍對江山麗，還披鮑謝文。高樓憶疏豁，秋興坐氛氳。」

上卿翁請修武侯廟遺像缺落時崔卿權夔州：「大賢爲政即多聞，刺史眞符不必分。尙有西郊諸葛廟，臥龍無首對江濆。」

喜聞盜賊蕃寇總退口號五首其一：「蕭關隴水入官軍，青海黃河卷塞雲。北極轉愁龍虎氣，西戎休縱犬羊群。」

舟中夜雪有懷盧十四侍御弟：「朔風吹桂水，大雪夜紛紛。暗度南樓月，寒深北渚雲。燭斜初近見，舟重竟無聞。不識山陰道，聽雞更憶君。」

歸雁二首其二：「欲雪違胡地，先花別楚雲。卻過清渭影，高起洞庭群。塞北春陰暮，江南日色曛。傷弓流落羽，行斷不堪聞。」

江南逢李龜年：「岐王宅裏尋常見，崔九堂前幾度聞。正是江南好風景，落花時節又逢君。」

江閣對雨有懷行營裴二端公：「南紀風濤壯，陰晴屢不分。野流行地日，江入度山雲。層閣憑雷殷，長空面水文。雨來銅柱北，應洗伏波軍。」

上平：十三元（古通真）

元原源沅黿園袁猿猨媛援轅諼湲爰垣煩蕃繁蘩樊番蕃藩翻旛幡璠燔蹯膰繙轓墦喧萱暄冤言軒魂渾褌溫孫蓀門尊樽罇蹲存敦墩暾屯芚飩豚村盆奔論掄坤昏婚閽惛痕根跟垠恩吞宛鴛蜿鵷鶤昆鯤琨崑縕掀捫圈袢鞶貆飧賁噴崙髠惇蹇騫臀

贈比部蕭郎中十兄：「有美生人傑，由來積德門。漢朝丞相系，梁日帝王孫。蘊藉爲郎久，魁梧秉哲尊。詞華傾後輩，風雅藹孤騫。宅相榮姻戚，兒童惠討論。見知眞自幼，謀拙愧諸昆。漂蕩雲天闊，沈埋日月奔。致君時已晚，懷古意空存。中散山陽鍛，愚公野谷村。寧紆長者轍，歸老任乾坤。」

示從孫濟：「平明跨驢出，未知適誰門。權門多噂沓，且復尋諸孫。諸孫貧無事，客舍如荒村。堂前自生竹，堂後自生萱。萱草秋已死，竹枝霜下蕃。淘米少汲水，汲多井水渾。刈葵莫放手，放手傷葵根。阿翁懶惰久，覺兒行步奔。所來爲宗族，亦不爲盤飧。小人利口實，薄俗難具論。勿受外嫌猜，同姓古所敦。」

前出塞九首其八：「單于寇我壘，百里風塵昏。雄劍四五動，彼軍爲我奔。虜其名王歸，繫頸授轅門。潛身備行列，一勝何足論？」

奉留贈集賢院崔于二學士：「昭代將垂白，途窮乃叫閽。氣沖星象表，詞感帝王尊。天老書題目，春宮驗討論。倚風遺鶂路，隨水到龍門。竟與蛟螭雜，徒聞燕雀喧。青冥猶契闊，陵厲不飛翻。儒術誠難起，家聲庶已存。故山多藥物，勝概憶桃源。欲整還鄉旆，長懷禁掖垣。謬稱三賦在，難述二公恩。」

後出塞五首其五：「我本良家子，出師亦多門。將驕益愁思，身貴不足論。躍馬二十年，恐孤明主恩。坐見幽州騎，長驅河洛昏。中夜間道歸，故里但空村。惡名幸脫免，窮老無兒孫。」

得舍弟消息二首其一：「近有平陰信，遙憐舍弟存。側身千里道，寄食一家村。烽舉新酣戰，啼垂舊血痕。不知臨老日，招得幾時魂。」

憶幼子：「驥子春猶隔，鶯歌暖正繁。別離驚節換，聰慧與誰論。澗水空山道，柴門老樹村。憶渠愁只睡，炙背俯晴軒。」

至德二載甫自京金光門出間道歸鳳翔乾元初從左拾遺移華州掾與親故別因出此門有悲往事：「此道昔歸順，西郊胡正煩。至今殘破膽，應有未招魂。近侍歸京邑，移官豈至尊。無才日衰老，駐馬望千門。」

望岳：「西岳崚嶒竦處尊，諸峰羅立似兒孫。安得仙人九節杖，拄到玉女洗頭盆？車箱入谷無歸路，箭栝通天有一門。稍待秋風涼冷後，高尋白帝問眞源。」

觀安西兵過赴關中待命二首其二：「奇兵不在眾，萬馬救中原。談笑無河北，心肝奉至尊。孤雲隨殺氣，飛鳥避轅門。竟日留歡樂，城池未覺喧。」

秦州雜詩二十首其十：「雲氣接崑崙，涔涔塞雨繁。羌童看渭水，使節向河源。烟火軍中幕，牛羊嶺上村。所居秋草靜，正閉小蓬門。」

東樓：「萬里流沙道，西行過此門。但添新戰骨，不返舊征魂。樓角凌風迥，城陰帶水昏。傳聲看驛使，送節向河源。」

木皮嶺：「首路栗亭西，尙想鳳凰村。季冬攜童稚，辛苦赴蜀門。南登木皮嶺，艱險不易論。汗流被我體，祁寒爲之喧。遠岫爭輔佐，千巖自崩奔。始知五嶽外，別有他山尊。仰干塞大明，俯入裂厚坤。再聞虎豹鬭，屢局風水昏。高有廢閣道，摧折如斷轅。下有冬青林，石上走長根。西崖特秀發，煥若靈芝繁。潤聚金碧氣，清無沙土痕。憶觀崑崙圖，目擊玄圃存。對此欲何適？默傷垂老魂。」

蕭八明府實處覓桃栽：「奉乞桃栽一百根，春前爲送浣花村。河陽縣裏雖無數，濯錦江邊未滿園。」

石笋行：「君不見益州城西門，陌上石笋雙高蹲。古來相傳是海眼，苔蘚蝕盡波濤痕。雨多往往得瑟瑟，此事恍惚難明論。恐是昔時卿相墓，立石爲表今仍存。惜哉俗態好蒙蔽，亦如小臣媚至尊。政化錯迕失大體，坐看傾危受厚恩。嗟爾石笋擅虛名，後來未識猶駿奔。安得壯士擲天外，使人不疑見本根。」

贈蜀僧閭邱師兄：「大師銅梁秀，籍籍名家孫。嗚呼先博士，炳靈精氣奔。惟昔武皇後，臨軒御乾坤。多士盡儒冠，墨客藹雲屯。當時上紫殿，不獨卿相尊。世傳閭邱筆，峻極逾崑崙。鳳藏丹霄暮，龍去白水渾。青熒雪嶺東，碑碣舊製存。晚看作者意，妙絕與誰論。吾祖詩冠古，同年蒙主恩。豫章夾日月，歲久空深根。小子思疏闊，豈能達詞門。窮秋一揮淚，相遇即諸昆。我住錦官城，兄居祇樹園。地近慰旅愁，往來當邱樊。天涯歇滯雨，粳稻臥不翻。漂然薄游倦，始與道侶敦。景晏步脩廊，而無車馬喧。夜闌接軟語，落月如金盆。漠漠世界黑，驅驅爭奪繁。惟有摩尼珠，可照濁水源。」

建都十二韻：「蒼生未蘇息，胡馬半乾坤。議在雲臺上，誰扶黃屋尊？建都分魏闕，下詔闢荊門。恐失東人望，其如西極存。時危當雪恥，計大豈輕論？雖倚三階正，終愁萬國翻。牽裾恨不死，漏網辱殊恩。永負漢庭哭，遙憐湘水魂。窮冬客江劍，隨事有田園。風斷青蒲節，霜埋翠竹根。衣冠空攘攘，關輔久昏昏。願枉長安日，光輝照北原。」

春水：「三月桃花浪，江流復舊痕。朝來沒沙尾，碧色動柴門。接縷垂芳餌，連筒灌小園。已添無數鳥，爭浴故相喧。」

絕句漫興九首其六：「懶慢無堪不出村，呼兒自在掩柴門。蒼苔濁酒林中靜，碧水春風野外昏。」

送裴五赴東川：「故人亦流落，高義動乾坤。何日通燕塞，相看老蜀門。東行應暫別，北望苦銷魂。凜凜悲秋意，非君誰與論？」

贈虞十五司馬：「遠師虞祕監，今喜得元孫。形象丹青逼，家聲器宇存。淒涼憐筆勢，浩蕩問詞源。爽氣金天豁，清談玉露繁。佇鳴南嶽鳳，欲化北溟鵾。交態知浮俗，儒流不異門。過逢連客位，日夜倒芳樽。沙岸風吹葉，雲江月上軒。百年嗟已半，四座敢辭喧。書籍終相與，青山隔故園。」

少年行二首其一：「莫笑田家老瓦盆，自從盛酒長兒孫。傾銀注玉驚人眼，共醉終同臥竹根。」

苦戰行：「苦戰身死馬將軍，自云伏波之子孫。干戈未定失壯士，使我歎恨傷精魂。去年江南討狂賊，臨江把臂難再得。別時孤雲今不飛，時獨看雲淚橫臆。」

寄高適：「楚隔乾坤遠，難招病客魂。詩名惟我共，世事與誰論！北闕更新主，南星落故園。定知相見日，爛漫倒芳樽。」

春日梓州登樓二首其二：「天畔登樓眼，隨春入故園。戰場今始定，移柳更能存？厭蜀交遊冷，思吳勝事繁。應須理舟楫，長嘯下荊門。」

望兜率寺：「樹密當山徑，江深隔寺門。霏霏雲氣重，閃閃浪花翻。不復知天大，空餘見佛尊。時應清盥罷，隨喜給孤園。」

甘園：「春日清江岸，千甘二頃園。青雲羞葉密，白雪避花繁。結子隨邊使，開筒近至尊。後於桃李熟，終得獻金門。」

閬州東樓筵奉送十一舅往青城得昏字：「曾城有高樓，制古丹雘存。迢迢百餘尺，豁達開四門。雖有車馬客，而無人世喧。遊目俯大江，列筵慰別魂。是時秋冬交，節往顏色昏。天寒鳥獸伏，霜露在草根。今我送舅氏，萬感集清罇。豈伊山川間，回首盜賊繁。高賢意不暇，王命久崩奔。臨風欲慟哭，聲出已復吞。」

愁坐：「高齋常見野，愁坐更臨門。十月山寒重，孤城水氣昏。葭萌氐種迥，左擔犬戎存。終日憂奔走，歸期未敢論。」

敝廬遣興奉寄嚴公：「野水平橋路，春沙映竹村。風輕粉蝶喜，花暖蜜蜂喧。把酒宜深酌，題詩好細論。府中瞻暇日，江上憶詞源。跡忝朝廷舊，情依節制尊。還思長者轍，恐避席爲門。」

絕句六首其三：「鑿井交椶葉，開渠斷竹根。扁舟輕㮰纜，小徑曲通村。」

絕句四首其一：「堂西長筍別開門，塹北行椒卻背村。梅熟許同朱老喫，松高擬對阮生論。」

題忠州龍興寺所居院壁：「忠州三峽內，井邑聚雲根。小市常爭米，孤城早閉門。空看過客淚，莫覓主人恩。淹泊仍愁虎，深居賴獨園。」

長江二首其一：「眾水會涪萬，瞿塘爭一門。朝宗人共挹，盜賊爾誰尊？孤石隱如馬，高蘿垂飲猿。歸心異波浪，何事即飛翻。」

客居：「客居所居堂，前江後山根。下塹萬尋岸，蒼濤鬱飛翻。葱青眾木梢，邪豎雜石痕。子規晝夜啼，壯士斂精魂。峽開四千里，水合數百源。人虎相半居，相傷終兩存。蜀麻久不來，吳鹽擁荊門。西南失大將，商旅自星奔。今又降元戎，已聞動行軒。舟子候利涉，亦憑節制尊。我在路中央，生理不得論。臥愁病腳廢，徐步視小園。短畦帶碧草，悵望思王孫。鳳隨其凰去，籬雀暮喧繁。覽物想故國，十年別鄉村。日暮歸幾翼，北林空自昏。安得覆八溟，爲君洗乾坤？稷契易爲力，犬戎安足吞。儒生老無成，臣子憂四藩。篋中有舊筆，情至時復援。」

貽華陽柳少府：「繫馬喬木間，問人野寺門。柳侯披衣笑，見我顏色溫。並坐石堂下，俯視大江奔。火雲洗月露，絕壁上朝暾。自非曉相訪，觸熱生病根。南方六七月，出入異中原。老少多暍死，汗踰水漿翻。俊才得之子，筋力不辭煩。指揮當世事，語及戎馬存。涕淚濺我裳，悲風排帝閽。鬱陶抱長策，義仗知者論。吾衰病江漢，但愧識璵璠。文章一小技，於道未爲尊。起予幸斑白，因是託子孫。俱客古信州，結廬依毀垣。相去四五里，徑微山葉繁。時危挹佳士，況免軍旅喧。醉從趙女舞，歌鼓秦人盆。子壯顧我傷，我驩兼淚痕。餘生如過鳥，故里今空村！」

白帝：「白帝城中雲出門，白帝城下雨翻盆。高江急峽雷霆鬭，古木蒼藤日月昏。戎馬不如歸馬逸，千家今有百家存。哀哀寡婦誅求盡，慟哭秋原何處村！」

詠懷古跡五首其三：「群山萬壑赴荊門，生長明妃尚有村。一去紫臺連朔漠，獨留青冢向黃昏。畫圖省識春風面，環珮空歸月夜魂。千載琵琶作胡語，分明怨恨曲中論。」

宿江邊閣：「暝色延山徑，高齋次水門。薄雲巖際宿，孤月浪中翻。鸛鶴追飛靜，豺狼得食喧。不眠憂戰伐，無力正乾坤。」

西閣夜：「恍惚寒山暮，逶迤白霧昏。山虛風落石，樓靜月侵門。擊柝可憐子，無衣何處村。時危關百慮，盜賊爾猶存。」

奉漢中王手札：「國有乾坤大，王今叔父尊。剖符來蜀道，歸蓋取荊門。峽險通舟過，江長注海奔。主人留上客，避暑得名園。前後緘書報，分明饌玉恩。天雲浮絕壁，風竹在華軒。已覺良宵永，何看駭浪翻？入期朱邸雪，朝傍紫微垣。枚乘文章老，河間禮樂存。悲秋宋玉宅，失路武陵源。淹泊俱崖口，東西異石根。夷音迷咫尺，鬼物傍黃昏。犬馬誠為戀，狐狸不足論。從容草奏罷，宿昔奉清樽。」

返照：「楚王宮北正黃昏，白帝城西過雨痕。返照入江翻石壁，歸雲擁樹失山村。衰年肺病唯高枕，絕塞愁時早閉門。不可久留豺虎亂，南方實有未招魂。」

瞿唐兩崖：「三峽傳何處？雙崖壯此門。入天猶石色，穿水忽雲根。猱玃鬚髯古，蛟龍窟宅尊。羲和冬馭近，愁畏日車翻。」

覽柏中丞兼子姪數人除官制詞因述父子兄弟四美載歌絲綸：「紛然喪亂際，見此忠孝門。蜀中寇亦甚，柏氏功彌存。深誠補王室，戮力自元昆。三止錦江沸，獨清玉壘昏。高名入竹帛，新渥照乾坤。子弟先卒伍，芝蘭疊璵璠。同心注師律，灑血在戎軒。絲綸實具載，紱冕已殊恩。奉公舉骨肉，誅叛經寒溫。金甲雪猶凍，朱旗塵不翻。每聞戰場說，欻激懦氣奔。聖主國多盜，賢臣官則尊。方當節鉞用，必絕祲沴根。吾病日迴首，雲臺誰再論？作歌挹盛事，推轂期孤鶱。」

承聞河北諸道節度入朝歡喜口號絕句十二首其十一：「李相將軍擁薊門，白頭惟有赤心存。竟能盡說諸侯入，知有從來天子尊。」

園：「仲夏流多水，清晨向小園。碧溪搖艇闊，朱果爛枝繁。始爲江山靜，終防市井喧。畦蔬繞茅屋，自足媚盤飧。」

園官送菜：「清晨送菜把，常荷地主恩。守者愆實數，略有其名存。苦苣刺如針，馬齒葉亦繁。青青嘉蔬色，埋沒在中園。園吏未足怪，世事因堪論。嗚呼戰伐久，荊棘暗長原！乃知苦苣輩，傾奪蕙草根。小人塞道路，爲態何喧喧？又如馬齒盛，氣擁葵荏昏。點染不易虞，絲麻雜羅紈。一經器物內，永挂麄刺痕。志士採紫芝，放歌避戎軒。畦丁負籠至，感動百慮端。」

孟氏：「孟氏好兄弟，養親唯小園。承顏胼手足，坐客強盤飧。負米夕葵外，讀書秋樹根。卜鄰慚近舍，訓子學先門。」

日暮：「牛羊下來久，各已閉柴門。風月自清夜，江山非故園。石泉流暗壁，草露滿秋原。頭白燈明裏，何須花燼繁。」

晚：「杖藜尋巷晚，炙背近牆暄。人見幽居僻，吾知拙養尊。朝廷問府主，耕稼學山村。歸翼飛棲定，寒燈亦閉門。」

九日五首其四：「故里樊川菊，登高素滻源。他時一笑後，今日幾人存？巫峽蟠江路，終南對國門。繫舟身萬里，伏枕淚雙痕。爲客裁烏帽，從兒具綠尊。佳辰對群盜，愁絕更堪論。」

東屯月夜：「抱疾漂萍老，防邊舊穀屯。春農親異俗，歲月在衡門。青女霜楓重，黃牛峽水喧。泥留虎鬬跡，月挂客愁村。喬木澄稀影，輕雲倚細根。數驚聞雀噪，暫睡想猿蹲。日轉東方白，風來北斗昏。天寒不成寢，無夢寄歸魂。」

刈稻了詠懷：「稻穫空雲水，川平對石門。寒風疏草木，旭日散雞豚。野哭初聞戰，樵歌稍出村。無家問消息，作客信乾坤。」

別李義：「神堯十八子，十七王其門。道國洎舒國，實唯親弟昆。中外貴賤殊，余亦忝諸孫。丈人嗣三葉，之子白玉溫。道國繼德業，請從丈人論。丈人領宗卿，肅穆古制敦。先朝納諫諍，直氣橫乾坤。子建文筆壯，河間經術存。爾克富詩禮，骨清慮不喧。洗然遇知己，談論淮湖奔。憶昔初見時，小襦繡芳蓀。長成忽會面，慰我久疾魂。三峽春冬交，江山雲霧昏。正宜且聚集，恨此當離樽。莫怪執盃遲，我衰涕唾煩。重問子何之？西上岷江源。願子少干謁，蜀都足戎軒。誤失將帥意，不如親故恩。少年早歸來，梅花已飛翻。努力慎風水，豈惟數盤飧。猛虎臥在岸，蛟螭出無痕。王子自愛惜，老夫困石根。生別古所嗟，發聲爲爾吞！」

送鮮于萬州遷巴州：「京兆先時傑，琳瑯照一門。朝廷偏注意，接近與名藩。祖帳維舟數，寒江觸石喧。看君妙爲政，他日有殊恩。」

喜聞盜賊蕃寇總退口號五首其三：「崆峒西極過崑崙。

駝馬由來擁國門，逆氣數年吹路斷。蕃人聞道漸星奔。」

喜聞盜賊蕃寇總退口號五首其五：「今春喜氣滿乾坤，南北東西拱至尊。大曆三年調玉燭，玄元皇帝聖雲孫。」

冬深：「花葉惟天意，江溪共石根。早霞隨類影，寒水各依痕。易下楊朱淚，難招楚客魂。風濤暮不穩，舍棹宿誰門？」

上平：十四寒（古轉先）

寒韓翰丹單殫安鞌鞍難（艱難）灘餐檀壇彈殘干肝竿杆玗邗汗（可汗）乾闌欄瀾蘭看刊丸紈完桓端湍酸團摶攢鑽官倌棺觀（觀看）冠（衣冠）鸞鑾巒欒歡懽寬般盤槃磐瘢蟠潘漫（彌漫）謾饅鰻鏝歎邯鄲攤攔珊跚姍狻鼾殫簞癉讕貛剜拌拚蹣瞞胖（體胖）

鄭駙馬宅宴洞中：「主家陰洞細煙霧，留客夏簟青瑯玕。春酒杯濃琥珀薄，冰漿碗碧瑪瑙寒。誤疑茅屋過江麓，已入風磴霾雲端。自是秦樓壓鄭谷，時聞雜佩聲珊珊。」

與鄠縣源大少府宴渼陂：「應為西陂好，金錢罄一餐。飯抄雲子白，瓜嚼水精寒。無計迴船下，空愁避酒難。主人情爛漫，持答翠瑯玕。」

月夜：「今夜鄜州月，閨中只獨看。遙憐小兒女，未解憶長安。香霧雲鬟濕，清輝玉臂寒。何時倚虛幌，雙照淚痕乾？」

送楊六判官使西蕃：「送遠秋風落，西征海氣寒。帝京氛祲滿，人世別離難。絕域遙懷怒，和親願結歡。敕書憐贊普，兵甲望長安。宣命前程急，惟良待士寬。子雲清自守，今日起爲官。垂淚方投筆，傷時即據鞍。儒衣山鳥怪，漢節野童看。邊酒排金盞，夷歌捧玉盤。草肥蕃馬健，雪重拂廬乾。慎爾參籌畫，從茲正羽翰。歸來權可取，九萬一朝摶。」

九日藍田崔氏莊：「老去悲秋強自寬，興來今日盡君歡。羞將短髮還吹帽，笑倩旁人爲正冠。藍水遠從千澗落，玉山高並兩峰寒。明年此會知誰健？醉把茱萸仔細看。」

垂老別：「四郊未寧靜，垂老不得安。子孫陣亡盡，焉用身獨完？投杖出門去，同行爲辛酸。幸有牙齒存，所悲骨髓乾。男兒既介胄，長揖別上官。老妻臥路啼，歲暮衣裳單。孰知是死別？且復傷其寒。此去必不歸，還聞勸加餐。土門壁甚堅，杏園度亦難。勢異鄴城下，縱死時猶寬。人生有離合，豈擇衰盛端。憶昔少壯日，遲迴竟長嘆。萬國盡征戍，烽火被岡巒。積屍草木腥，流血川原丹。何鄉爲樂土？安敢尚盤桓？棄絕蓬室居，塌然摧肺肝。」

秦州雜詩二十首其十九：「鳳林戈未息，魚海路常難。候火雲峰峻，懸軍幕井乾。風連西極動，月過北庭寒。故老思飛將，何時議築壇？」

初月：「光細弦欲上，影斜輪未安。微升古塞外，已隱暮雲端。河漢不改色，關山空自寒。庭前有白露，暗滿菊花團。」

廢畦：「秋蔬擁霜露，豈敢惜凋殘。暮景數枝葉，天風吹汝寒。綠霑泥滓盡，香與歲時闌。生意春如昨，悲君白玉盤。」

夕烽：「夕烽來不近，每日報平安。塞上傳光小，雲邊落點殘。照秦通警急，過隴自艱難。聞道蓬萊殿，千門立馬看。」

空囊：「翠柏苦猶食，明霞高可餐。世人共鹵莽，吾道屬艱難。不爨井晨凍，無衣牀夜寒。囊空恐羞澀，留得一錢看。」

寒峽：「行邁日悄悄，山谷勢多端。雲門轉絕岸，積阻霾天寒。寒峽不可度，我實衣裳單。況當仲冬交，泝沿增波瀾。野人尋烟語，行子傍水餐。此生免荷殳，未敢辭路難。」

水會渡：「山行有常程，中夜尙未安。微月沒已久，崖傾路何難！大江動我前，洶若溟渤寬。篙師暗理楫，歌笑輕波瀾。霜濃木石滑，風急手足寒。入舟已千憂，陟巘仍萬盤。迴眺積水外，始知眾星乾。遠遊令人瘦，衰疾慚加餐。」

賓至：「幽棲地僻經過少，老病人扶再拜難。豈有文章驚海內？漫勞車馬駐江干。竟日淹留佳客坐，百年粗糲腐儒餐。不嫌野外無供給，乘興還來看藥欄。」

因崔五侍御寄高彭州一絕：「百年已過半，秋至轉饑寒。爲問彭州牧：何時救急難？」

重簡王明府：「甲子西南異，冬來只薄寒。江雲何夜盡，蜀雨幾時乾？行李須相問，窮愁豈自寬？君聽鴻雁響，恐致稻粱難。」

王竟攜酒高亦同過共用寒字：「臥疾荒郊遠，通行小徑難。故人能領客，攜酒重相看。自愧無鮭菜，空煩卸馬鞍。移樽勸山簡，頭白恐風寒。」

嚴公仲夏枉駕草堂兼攜酒饌得寒字：「竹裏行廚洗玉盤，花邊立馬簇金鞍。非關使者徵求急，自識將軍禮數寬。百年地僻柴門迥，五月江深草閣寒。看弄漁舟移白日，老農何有罄交歡。」

王命：「漢北豺狼滿，巴西道路難。血埋諸將甲，骨斷使臣鞍。牢落新燒棧，蒼茫舊築壇。深懷喻蜀意，慟哭望王官。」

將赴成都草堂途中有作先寄嚴鄭公五首其四：「常苦沙崩損藥欄，也從江檻落風湍。新松恨不高千尺，惡竹應須斬萬竿。生理祗憑黃閣老，衰顏欲付紫金丹。三年奔走空皮骨，信有人間行路難。」

歸來：「客裏有所適，歸來知路難。開門野鼠走，散帙壁魚乾。洗杓開新醞，低頭著小冠。憑誰給麴櫱，細酌老江干？」

宿府：「清秋幕府井梧寒，獨宿江城蠟炬殘。永夜角聲悲自語，中天月色好誰看。風塵荏苒音書絕，關塞蕭條行路難。已忍伶俜十年事，強移棲息一枝安。」

營屋：「我有陰江竹，能令朱夏寒。陰通積水內，高入浮雲端。甚疑鬼物憑，不顧翦伐殘。東偏若面勢，戶牖永可安。愛惜已六載，茲晨去千竿。蕭蕭見白日，洶洶開奔湍。度堂匪華麗，養拙異考槃。草茅雖薙葺，衰病方少寬。洗然順所適，此足代加餐。寂無斤斧響，庶遂憩息歡。」

絕句四首其二：「欲作魚梁雲覆湍，因驚四月雨聲寒。青溪先有蛟龍窟，竹石如山不敢安。」

宴忠州使君姪宅：「出守吾家姪，殊方此日歡。自須遊阮舍，不是怕湖灘。樂助長歌送，杯饒旅思寬。昔曾如意舞，牽率強爲看。」

放船：「收帆下急水，卷幔逐回灘。江市戎戎暗，山雲淰淰寒。荒林無徑入，獨鳥怪人看。已泊城樓底，何曾夜色闌。」

引水：「月峽瞿塘雲作頂，亂石崢嶸俗無井。雲安沽水奴僕悲，魚復移居心力省。白帝城西萬竹蟠，接筒引水喉不乾。人生留滯生理難，斗水何值百憂寬。」

遣悶戲呈路十九曹長：「江浦雷聲喧昨夜，春城雨色動微寒。黃鸝並坐交愁溼，白鷺群飛大劇乾。晚節漸於詩律細，誰家數去酒杯寬？惟君最愛清狂客，百遍相過意未闌。」

承聞河北諸道節度入朝歡喜口號絕句十二首其二：「社稷蒼生計必安，蠻夷雜種錯相干。周宣漢武今王是，孝子忠臣後代看。」

第五弟豐獨在江左近三四載寂無消息覓使寄此二首其一：「亂後嗟吾在，羈棲見汝難。草黃騏驥病，沙晚鶺鴒寒。楚設關城險，吳吞水府寬。十年朝夕淚，衣袖不曾乾。」

解悶十二首其九：「先帝貴妃今寂寞，荔枝還復入長安。炎方每續朱櫻獻，玉座應悲白露團。」

復愁十二首其五：「金絲鏤箭鏃，皁尾製旗竿。一自風塵起，猶嗟行路難！」

十月一日：「有瘴非全歇，爲冬亦不難。夜郎溪日暖，白帝峽風寒。蒸裹如千室，焦糖幸一柈。茲辰南國重，舊俗自相歡。」

人日二首其二：「此日此時人共得，一談一笑俗相看。樽前柏葉休隨酒，勝裏金花巧耐寒。佩劍衝星聊暫拔，匣琴流水自須彈。早春重引江湖興，直道無憂行路難。」

移居公安山館：「南國晝多霧，北風天正寒。路危行木杪，身遠宿雲端。山鬼吹燈滅，廚人語夜闌。雞鳴問前館，世亂敢求安。」

宴王使君宅題二首其一：「漢主追韓信，蒼生起謝安。吾徒自漂泊，世事各艱難。逆旅招邀近，他鄉思緒寬。不材甘朽質，高臥豈泥蟠？」

別董頲：「窮冬急風水，逆浪開帆難。士子甘旨闕，不知道里寒。有求彼樂土，南適小長安。別我舟楫去，覺君衣裳單。素聞趙公節，兼盡賓主歡。已結門閭望，無令霜雪殘。老夫纜亦解，脫粟朝未餐。飄蕩兵甲際，幾時懷抱寬。漢陽頗寧靜，峴首試考槃。當念著皁帽，采薇青雲端。」

小寒食舟中作：「佳辰強飲食猶寒，隱几蕭條帶鶡冠。春水船如天上坐，老年花似霧中看。娟娟戲蝶過閒幔，片片輕鷗下急湍。雲白山青萬餘里，愁看直北是長安。」

上平：十五刪（古通覃咸轉先）

刪潸關彎灣還環鐶鬟闤癏寰擐圜班斑頒般蠻顏姦菅攀頑豻山鰥艱閑閒間（中間）嫺嫻蕑鷴慳孱潺湲鬘痁訕蝙斕殷（赤黑色）綸（綸巾）患跧

暫如臨邑至䳑山湖亭奉懷李員外率爾成興：「野亭逼湖水，歇馬高林間。鼉吼風奔浪，魚跳日映山。暫游阻詞伯，卻望臨青關。靄靄生雲霧，唯應促駕還。」

前出塞九首其七：「驅馬天雨雪，軍行入高山。逕危抱寒石，指落曾冰間。已去漢月遠，何時築城還？浮雲暮南徵，可望不可攀。」

彭衙行：「憶昔避賊初，北走經險艱。夜深彭衙道，月照白水山。盡室久徒步，逢人多厚顏。參差谷鳥吟，不見遊子還。癡女饑咬我，啼畏虎狼聞。懷中掩其口，反側聲愈嗔。小兒強解事，故索苦李餐。一旬半雷雨，泥濘相牽攀。既無禦雨備，徑滑衣又寒。有時經契闊，竟日數里間。野果充餱糧，卑枝成屋椽。早行石上水，暮宿天邊煙。少留同家窪，欲出蘆子關。故人有孫宰，高義薄曾雲。延客已曛黑，張燈啓重門。煖湯濯我足，翦紙招我魂。從此出妻孥，相視涕闌干。眾雛爛熳睡，喚起霑盤飧。誓將與夫子，永結為弟昆。遂空所坐堂，安居奉我歡。誰肯艱難際，豁達露心肝。別來歲月周，胡羯仍構患。何時有翅翎，飛去墮爾前？」

奉陪鄭駙馬韋曲二首其二：「野寺垂揚裏，春畦亂水間。美花多映竹，好鳥不歸山。城郭終何事？風塵豈駐顏？誰能共公子，薄暮欲俱還？」

遣興三首其三：「昔在洛陽時，親友相追攀。送客東郊道，遨遊宿南山。煙塵阻長河，樹羽成皋間。回首載酒地，豈無一日還？丈夫貴壯健，慘戚非朱顏。」

至日遣興奉寄北省舊閣老兩院故人二首其二：「憶昨逍遙供奉班，去年今日侍龍顏。麒麟不動爐煙上，孔雀徐開扇影還。玉几由來天北極，朱衣只在殿中間。孤城此日腸堪斷，愁對寒雲雪滿山。」

秦州雜詩二十首其七：「莽莽萬重山，孤城山谷間。無風雲出塞，不夜月臨關。屬國歸何晚？樓蘭斬未還。烟塵一長望，衰颯正摧顏。」

秦州雜詩二十首其十五：「未暇泛蒼海，悠悠兵馬間。

塞門風落木，客舍雨連山。阮籍行多興，龐公隱不還。東柯遂疏懶，休鑷鬢毛斑。」

早起：「春來常早起，幽事頗相關。帖石防隤岸，開林出遠山。一邱藏曲折，緩步有躋攀。童僕來城市，瓶中得酒還。」

石鏡：「蜀王將此鏡，送死置空山。冥寞憐香骨，提攜近玉顏。眾妃無復歎，千騎亦虛還。獨有傷心石，埋輪月宇間。」

九日奉寄嚴大夫：「九日應愁思，經時冒險艱。不眠持漢節，何路出巴山。小驛香醪嫩，重巖細菊斑。遙知簇鞍馬，迴首白雲間。」

滕王亭子二首其一：「君王臺榭枕巴山，萬丈丹梯尚可攀。春日鶯啼修竹裏，仙家犬吠白雲間。清江錦石傷心麗，嫩蕊濃花滿目班。人到於今歌出牧，來遊此地不知還。」

承聞故房相公靈櫬自閬州啓殯歸葬東都有作二首其一：「遠聞房太尉，歸葬陸渾山。一德興王後，孤魂久客間。孔明多故事，安石竟崇班。他日嘉陵淚，仍霑楚水還。」

將曉二首其一：「石城除擊柝，鐵鎖欲開關。鼓角愁荒塞，星河落曙山。巴人常小梗，蜀使獨無還。垂它孤帆色，飄飄犯百蠻。」

夔州歌十絕句其一：「中巴之東巴東山，江水開闢流其間。白帝高為三峽鎮，瞿唐險過百牢關。」

諸將五首其一：「漢朝陵墓對南山，胡虜千秋尚入關。

昨日玉魚蒙葬地，早時金盌出人間。見愁汗馬西戎逼，曾閃朱旗北斗殷。多少材官守涇渭，將軍且莫破愁顏。」

秋興八首其五：「蓬萊宮闕對南山，承露金莖霄漢間。西望瑤池降王母，東來紫氣滿函關。雲移雉尾開宮扇，日繞龍鱗識聖顏。一臥滄江驚歲晚，幾回青瑣點朝班。」

詠懷古跡五首其一：「支離東北風塵際，漂泊西南天地間。三峽樓臺淹日月，五溪衣服共雲山。羯胡事主終無賴，詞客哀時且未還。庾信平生最蕭瑟，暮年詩賦動江關。」

遠遊：「江闊浮高棟，雲長出斷山。塵沙連越嶲，風雨暗荊蠻。雁矯銜蘆內，猿啼失木間。弊裘蘇季子，歷國未知還。」

草閣：「草閣臨無地，柴扉永不關。魚龍迴夜水，星月動秋山。久露晴初溼，高雲薄未還。汎舟慙小婦，飄泊損紅顏。」

峽口二首其一：「峽口大江間，西南控百蠻。城欹連粉堞，岸斷更青山。開闢當天險，防隅一水關。亂離聞鼓角，秋氣動衰顏。」

入宅三首其二：「亂後居難定，春歸客未還。水生魚復浦，雲暖麝香山。半頂梳頭白，過眉拄杖斑。相看多使者，一一問函關。」

秋風二首其一：「秋風淅淅吹巫山，上牢下牢修水關。吳檣楚柁牽百丈，暖向成都寒未還。要路何日罷長戟，戰自青羌連白蠻。中巴不得消息好，暝傳戍鼓長雲間。」

洛陽：「洛陽昔陷沒，胡馬犯潼關。天子初愁思，都人慘別顏。清笳去宮闕，翠蓋出關山。故老仍流涕，龍髯幸再攀。」

自瀼西荊扉且移居東屯茅屋四首其四：「牢落西江外，參差北戶間。久遊巴子國，臥病楚人山。幽獨移佳境，清深隔遠關。寒空見鴛鷺，回首憶朝班。」

茅堂檢校收稻二首其一：「香稻三秋末，平疇百頃間。喜無多屋宇，幸不礙雲山。御裌侵寒氣，嘗新破旅顏。紅鮮終日有，玉粒未吾慳。」

悶：「瘴癘浮三蜀，風雲暗百蠻。卷簾唯白水，隱几亦青山。猿捷長難見，鷗輕故不還。無錢從滯客，有鏡巧催顏。」

有歎：「壯心久零落，白首寄人間。天下兵常鬬，江東客未還。窮猿號雨雪，老馬怯關山。武德開元際，蒼生豈重攀？」

宴王使君宅題二首其二：「汎愛容霜鬢，留歡上夜關。自吟詩送老，相勸酒開顏。戎馬今何地？鄉園獨在山。江湖墮清月，酩酊任扶還。」

銅官渚守風：「不夜楚帆落，避風湘渚間。水耕先浸草，春火更燒山。早泊雲物晦，逆行波浪慳。飛來雙白鶴，過去杳難攀。」

下平：一先（古通鹽轉寒刪）

先前千阡箋牋天堅肩賢弦絃煙烟燕（地名）憐田塡巔顛鈿年牽妍研（研究）眠淵涓捐娟狷蠲歡邊籩編篇偏縣（倒縣）懸泉遷仙鮮（新鮮）錢煎然燃延筵氈旃鱣羶禪蟬纏廛躔連蓮漣璉聯緜綿棉宣鐫穿川緣鳶旋沿鉛船涎鞭專磚甎圓員乾（乾坤）虔愆騫權拳椽傳焉嫣鞬褰搴舷躚鵑全銓筌拴荃牷痊詮悛邅禪嬋顓便（安也）翩胼駢軿癲闐蜒胭咽芊滇佃畋湮蔫膻扇私攣還（通旋）儇璿卷（曲也）扁（扁舟）鯿單（單于）濺（濺濺）犍鬈

與任城許主簿游南池：「秋水通鉤洫，城隅進小船。晚涼看洗馬，森木亂鳴蟬。菱熟經時雨，蒲荒八月天。晨朝降白露，遙憶舊青氈。」

飲中八仙歌：「知章騎馬似乘船，眼花落井水底眠。汝陽三斗始朝天，道逢麴車口流涎，恨不移封向酒泉。左相日興費萬錢，飲如長鯨吸百川，銜杯樂聖稱避賢。宗之瀟灑美少年，舉觴白眼望青天，皎如玉樹臨風前。蘇晉長齋繡佛前，醉中往往愛逃禪。李白一詩百篇，長安市上酒家眠，天子呼來不上船，自稱臣是酒中仙。張旭三杯草聖傳，脫帽露頂王公前，揮毫落紙如雲煙。焦遂五斗方卓然，高談雄辨驚四筵。」

曲江三章章五句其三：「自斷此生休問天，杜曲幸有桑麻田，故將移住南山邊。短衣匹馬隨李廣，看射猛虎終殘年。」

送韋書記赴安西：「夫子欻通貴，雲泥相望懸。白頭無藉在，朱紱有哀憐。書記赴三捷，公車留二年。欲浮江海去，此別意茫然。」

陪鄭廣文游何將軍山林十首其六：「風磴吹陰雪，雲門吼瀑泉。酒醒思臥簟，衣冷欲裝緜。野老來看客，河魚不取錢。只疑淳樸處，自有一山川。」

重游何氏五首其五：「到此應常宿，相留可判年。蹉跎暮容色，悵望好林泉。何日霑微祿，歸山買薄田？斯遊恐不遂，把酒意茫然。」

贈獻納使起居田舍人澄：「獻納司存雨露邊，地分清切任才賢。舍人退食收封事，宮女開函近御筵。曉漏追趨青瑣闥，晴窗檢點白雲篇。揚雄更有河東賦，唯待吹噓送上天。」

城西陂泛舟：「青蛾皓齒在樓船，橫笛短簫悲遠天。春風自信牙檣動，遲日徐看錦纜牽。魚吹細浪搖歌扇，燕蹴飛花落舞筵。不有小舟能蕩槳，百壺那送酒如泉？」

秋雨嘆三首其三：「雨中百草秋爛死，階下決明顏色鮮。著葉滿枝翠羽蓋，開花無數黃金錢。涼風蕭蕭吹汝急，恐汝後時難獨立。堂上書生空白頭，臨風三嗅馨香泣。」

喜達行在所三首其三：「死去憑誰報，歸來始自憐。猶瞻太白雪，喜遇武功天。影靜千官裏，心蘇七校前。今朝漢社稷，新數中興年。」

奉贈嚴八閣老：「扈聖登黃閣，明公獨妙年。蛟龍得雲雨，鵰鶚在秋天。客禮容疏放，官曹可接聯。新詩句句好，應任老夫傳。」

因許八奉寄江寧旻上人：「不見旻公三十年，封書寄與淚潺湲。舊來好事今能否，老去新詩誰爲傳？棋局動隨幽澗竹，袈裟憶上泛湖船。聞君話我爲官在，頭白昏昏只醉眠。」

義鶻行：「陰崖有蒼鷹，養子黑柏顚。白蛇登其巢，吞噬恣朝餐。雄飛遠求食，雌者鳴辛酸。力強不可制，黃口無半存。其父從西歸，翻身入長煙。斯須領健鶻，痛憤寄所宣。斗上捩孤影，噭哮來九天。修鱗脫遠枝，巨顙坼老拳。高空得蹭蹬，短草辭蜿蜒。折尾能一掉，飽腸皆已穿。生雖滅眾雛，死亦垂千年。物情可報復，快意貴目前。茲實鷙鳥最，急難心炯然。功成失所往，用舍何其賢！近經潏水湄，此事樵夫傳。飄蕭覺素髮，凜欲衝儒冠。人生許與分，只在顧盼間。聊爲義鶻行，永激壯士肝。」

遣興三首其一：「下馬古戰場，四顧但茫然。風悲浮雲去，黃葉墮我前。朽骨穴螻蟻，又爲蔓草纏。故老行嘆息，今人尙開邊。漢虜互勝負，封疆不常全。安得廉頗將，三軍同晏眠？」

遣興五首其三：「漆有用而割，膏以明自煎；蘭摧白露下，桂折秋風前。府中羅舊尹，沙道故依然。赫赫蕭京兆，今爲人所憐。」

秦州雜詩二十首其十二：「山頭南郭寺，水號北流泉。老樹空庭得，清渠一邑傳。秋花危石底，晚景臥鐘邊。俯仰悲身世，溪風爲颯然。」

秦州雜詩二十首其十四：「萬古仇池穴，潛通小有天。神魚今不見，福地語眞傳。近接西南境，長懷十九泉。何當一茅屋，送老白雲邊。」

宿贊公房：「杖錫何來此，秋風已颯然。雨荒深院菊，霜倒半池蓮。放逐寧違性？虛空不離禪。相逢成夜宿，隴月向人圓。」

送人從軍：「弱水應無地，陽關已近天。今君度沙磧，累月斷人煙。好武寧論命，封侯不計年。馬寒防失道，雪沒錦鞍韉。」

示侄佐：「多病秋風落，君來慰眼前。自聞茅屋趣，只想竹林眠。滿谷山雲起，侵籬澗水懸。嗣宗諸子侄，早覺仲容賢。」

從人覓小胡孫許寄：「人說南州路，山猿樹樹懸。舉家聞若咳，爲寄小如拳。預哂愁胡面，初調見馬鞭。許求聰慧者，童稚捧應癲。」

寄岳州賈司馬六丈巴州嚴八使君兩閣老五十韻：「衡岳猿啼裏，巴州鳥道邊。故人俱不利，謫宦兩悠然。開闢乾坤正，榮枯雨露偏。長沙才子遠，釣瀨客星懸。憶昨趨行殿，殷憂捧御筵。討胡愁李廣，奉使待張騫。無復雲臺仗，虛修水戰船。蒼茫城七十，流落劍三千。畫角吹秦晉，旄頭俯澗瀍。小儒輕董卓，有識笑苻堅。浪作禽填海，那將血射天。萬方思助順，一鼓氣無前。陰散陳倉北，晴熏太白巔。亂麻屍積衛，破竹勢臨燕。法駕還雙闕，王師下八川。此時霑奉引，佳氣拂周旋。貔虎開金甲，麒麟受玉鞭。侍臣諳入仗，廄馬解登仙。花動朱樓雪，城凝碧樹煙。衣冠心慘愴，故老淚潺湲。哭廟悲風急，朝正霽景鮮。月分梁漢米，春給水衡錢。內蕊繁於纈，宮莎軟勝綿。恩榮同拜手，出入最隨肩。晚著華堂醉，寒重繡被眠。轡齊兼秉燭，書枉滿懷牋。每覺昇元輔，深期列大賢。秉鈞方咫尺，鎩翮再聯翩。禁掖朋從改，微班性命全。青蒲甘受戮，白髮竟誰憐？弟子貧原憲，諸生老伏虔。師資謙未達，鄉黨敬何先？舊好腸堪斷，新愁眼欲穿。翠乾危棧竹，紅膩小湖蓮。賈筆論孤憤，嚴詩賦幾篇。定知深意苦，莫使眾人傳。貝錦無停織，朱絲有斷弦。浦鷗防碎首，霜鶻不空拳。地僻昏炎瘴，山稠隘石泉。且將棊度日，應用酒爲年。典郡終微眇。治中實棄捐。安排求傲吏，比興展歸田。去去才難得，蒼蒼理又玄。古人稱逝矣，吾道卜終焉。隴外翻投跡，漁陽復控弦。笑爲妻子累，甘與歲時遷。親故行稀少，兵戈動接聯。他鄉饒夢寐，失侶自迍邅多病加淹泊，長吟阻靜便。如公盡雄俊，志在必騰騫。」

鹽井：「鹵中草木白，青者官鹽烟。官作既有程，煮鹽烟在川。汲井歲搰搰，出車日連連。自公斗三百，轉致斛六千。君子慎止足，小人苦喧闐。我何良歎嗟，物理固自然。」

又於韋處乞大邑瓷盌：「大邑燒瓷輕且堅，扣如哀玉錦城傳。君家白盌勝霜雪，急送茅齋也可憐。」

恨別：「洛城一別四千里，胡騎長驅五六年。草木變衰行劍外，兵戈阻絕老江邊。思家步月清宵立，憶弟看雲白日眠。聞道河陽近乘勝，司徒急為破幽燕。」

江畔獨步尋花七絕句其四：「東望少城花滿烟，百花高樓更可憐。誰能載酒開金盞，喚取佳人舞繡筵？」

絕句漫興九首其七：「糝徑楊花鋪白氈，點溪荷葉疊青錢。筍根雉子無人見，沙上鳧雛傍母眠。」

一室：「一室他鄉遠，空林暮景懸。正愁聞塞笛，獨立見江船。巴蜀來多病，荆蠻去幾年？應同王粲宅，留井峴山前。」

聞斛斯六官未歸：「故人南郡去，去索作碑錢。本賣文為活，翻令室倒懸。荆扉深蔓草，土銼冷寒烟。老罷休無賴，歸來省醉眠。」

柟樹為風雨所拔歎：「倚江柟樹草堂前，故老相傳二百年。誅茅卜居總為此，五月髣髴聞寒蟬。東南飄風動地至，江翻石走流雲氣。幹排雷雨猶力爭，根斷泉源豈天意？滄波老樹性所愛，浦上亭亭一青蓋。野客頻留懼雪霜，行人不過聽竽籟。虎倒龍顛委荆棘，淚痕血點垂胸臆。我有新詩何處吟，草堂自此無顏色。」

所思：「鄭老身仍竄，台州信始傳。爲農山澗曲，臥病海雲邊。世已疏儒素，人猶乞酒錢。徒勞望牛斗，無計斸龍泉。」

廣州段功曹到得楊五長史書功曹卻歸聊寄此詩：「衛青開幕府，楊僕將樓船。漢節梅花外，春城海水邊。銅梁書遠及，珠浦使將旋。貧病他鄉老，煩君萬里傳。」

得廣州張判官叔卿書使還以詩代意：「鄉關胡騎滿，宇宙蜀城偏。忽得炎州信，遙從月峽傳。雲深驃騎幕，夜隔孝廉船。卻寄雙愁眼，相思淚點懸。」

送梓州李使君之任：「籍甚黃丞相，能名自潁川。近看除刺史，還喜得吾賢。五馬何時到，雙魚會早傳。老思筇竹杖，冬要錦衾眠。不作臨岐別，惟聽舉最先。火雲揮汗日，山驛醒心泉。遇害陳公殞，於今蜀道憐。君行射洪縣，爲我一潸然。」

陳拾遺故宅：「拾遺平昔居，大屋尚脩椽。悠揚荒山日，慘澹故園烟。位下曷足傷？所貴者聖賢。有才繼騷雅，哲匠不比肩。公生揚馬後，名與日月懸。同遊英俊人，多秉輔佐權。彥昭超玉價，郭振起通泉。到今素壁滑，灑翰銀鉤連。盛事會一時，此堂豈千年。終古立忠義，感遇有遺編。」

觀薛稷少保書畫壁：「少保有古風，得之陝郊篇。惜哉功名忤，但見書畫傳。我遊梓州東，遺跡涪江邊。畫藏青蓮界，書入金牓懸。仰看垂露姿，不崩亦不騫。鬱鬱三大字，蛟龍岌相纏。又揮西方變，發地扶屋椽。慘澹壁飛動，到今色未塡。此行疊壯觀，郭薛俱才賢。不知百載後，誰復來通泉？」

題郪縣郭三十二明府茅屋壁：「江頭且繫船，爲爾獨相憐。雲散灌壇雨，春青彭澤田。頻驚適小國，一擬問高天。別後巴東路，逢人問幾賢。」

泛江送魏十八倉曹還京因寄岑中允參范郎中季明：「遲日深江水，輕舟送別筵。帝鄉愁緒外，春色淚痕邊。見酒須相憶，將詩莫浪傳。若逢岑與范，爲報各衰年。」

送路六侍御入朝：「童稚情親四十年，中間消息兩茫然。更爲後會知何地，忽漫相逢是別筵。不分桃花紅勝錦，生憎柳絮白於綿。劍南春色還無賴，觸忤愁人到酒邊。」

陪李梓州王閬州蘇遂州李果州四使君登惠義寺：「春日無人境，虛空不住天。鶯花隨世界，樓閣寄山巔。遲暮身何得，登臨意惘然。誰能解金印，瀟灑共安禪。」

數陪李梓州泛江有女樂在諸舫戲爲豔曲二首贈李其一：「上客迴空騎，佳人滿近船。江清歌扇底，野曠舞衣前。玉袖凌風並，金壺隱浪偏。競將明媚色，偷眼豔陽天。」

倚杖：「看花雖郭內，倚杖即溪邊。山縣早休市，江橋春聚船。狎鷗輕白浪，歸雁喜青天。物色兼生意，淒涼憶去年。」

惠義寺送辛員外：「朱櫻此日垂朱實，郭外誰家負郭田？萬里相逢貪握手，高才仰望足離筵。」

寄題江外草堂：「我生性放誕，雅欲逃自然。嗜酒愛風竹，卜居必林泉。遭亂到蜀江，臥痾遣所便。誅茅初一畝，廣地方連延。經營上元始，斷手寶應年。敢謀土木麗，自覺面勢堅。臺亭隨高下，敞豁當清川。惟有會心侶，數能同釣船。干戈未偃息，安得酣歌眠？蛟龍無定窟，黃鵠摩蒼天。古來賢達士，寧受外物牽？顧惟魯鈍姿，豈識悔吝先？偶攜老妻去，慘澹凌風烟。事跡無固必，幽貞愧雙全。尙念四小松，蔓草易拘纏。霜骨不堪長，永爲鄰里憐。」

閬州奉送二十四舅使自京赴任青城：「聞道王喬舄，名因太史傳。如何碧雞使，把詔紫微天。秦嶺愁回馬，涪江醉泛船。青城漫污雜，吾舅意凄然。」

西山三首其一：「夷界荒山頂，蕃州積雪邊。築城依白帝，轉粟上青天。蜀將分旗鼓，羌兵助鎧鋋。西戎背和好，殺氣日相纏。」

有感五首其一：「將帥蒙恩澤，兵戈有歲年。至今勞聖主，何以報皇天。白骨新交戰，雲臺舊拓邊。乘槎斷消息，無處覓張騫？」

游子：「巴蜀愁誰語，吳門興杳然。九江春草外，三峽暮帆前。厭就成都卜，休爲吏部眠。蓬萊如可到，衰白問群仙。」

自閬州領妻子卻赴蜀山行三首其一：「汨汨避群盜，悠悠經十年。不成向南國，復作遊西川。物役水虛照，魂傷山寂然。我生無倚著，盡室畏途邊。」

絕句二首其二：「江碧鳥逾白，山青花欲燃。今春看又過，何日是歸年。」

春日江村五首其二：「迢遞來三蜀，蹉跎又六年。客身逢故舊，發興自林泉。過懶從衣結，頻遊任履穿。藩籬頗無限，恣意向江天。」

絕句四首其三：「兩箇黃鸝鳴翠柳，一行白鷺上青天。窗含西嶺千秋雪，門泊東吳萬里船。」

絕句三首其三：「漫道春來好，狂風大放顛。吹花隨水去，翻卻釣魚船。」

十二月一日三首其一：「今朝臘月春意動，雲安縣前江可憐。一聲何處送書雁？百丈誰家上瀨船？未將梅蕊驚愁眼，要取椒花媚遠天。明光起草人所羨，肺病幾時朝日邊。」

杜鵑：「西川有杜鵑，東川無杜鵑。涪萬無杜鵑，雲安有杜鵑。我昔遊錦城，結廬錦水邊。有竹一頃餘，喬木上參天。杜鵑暮春至，哀哀叫其間。我見常再拜，重是古帝魂。生子百鳥巢，百鳥不敢嗔。仍爲餧其子，有若奉至尊。鴻雁及羔羊，有禮太古前。行飛與跪乳，識序如知恩。聖賢古法則，付與後世傳。君看禽鳥情，猶解事杜鵑。今忽暮春間，值我病經年。身病不能拜，淚下如迸泉。」

船下夔州郭宿雨溼不得上岸別王十二判官：「依沙宿舸船，石瀨月娟娟。風起春燈亂，江鳴夜雨懸。晨鐘雲岸溼，勝地石堂烟。柔櫓輕鷗外，含悽覺汝賢。」

贈李十五丈別：「峽人鳥獸居，其室附層巔。下臨不測江，中有萬里船。多病紛倚薄，少留改歲年。絕域誰慰懷，開顏喜名賢。孤陋忝未親，等級敢比肩。人生意氣合，相與襟袂連。一日兩遣僕，三日一共筵。揚論展寸心，壯筆過飛泉。玄成美價存，子山舊業傳。不聞八尺軀，常受眾目憐。且為辛苦行，蓋被生事牽。北迴白帝棹，南入黔陽天。汧公制方隅，迥出諸侯先。封內如太古，時危獨蕭然。清高金莖露，正直朱絲絃。昔在堯四岳，今之黃潁川。于邁恨不同，所思無由宣。山深水增波，解榻秋露懸。客遊雖云久，主要月再圓。晨集風渚亭，醉操雲嶠篇。丈夫貴知己，歡罷念歸旋。」

白鹽山：「卓立群峰外，蟠根積水邊。他皆任厚地，爾獨近高天。白牓千家邑，清秋萬估船。詞人取佳句，刻畫竟誰傳？」

夔州歌十絕句其四：「赤甲白鹽俱刺天，閭閻繚繞接山巔。楓林橘樹丹青合，複道重樓錦繡懸。」

覆舟二首其二：「竹宮時望拜，桂館或求仙。姹女臨波日，神光照夜年。徒聞斬蛟劍，無復爨犀船。使者隨秋色，迢迢獨上天。」

覽鏡呈柏中丞：「渭水流關內，終南在日邊。膽銷豺虎窟，淚入犬羊天。起晚堪從事，行遲更學仙。鏡中衰謝色，萬一故人憐。」

晝夢：「二月饒睡昏昏然，不獨夜短晝分眠。桃花氣暖眼自醉，春渚日落夢相牽。故鄉門巷荊棘底，中原君臣豺虎邊。安得務農息戰鬭，普天無吏橫索錢？」

月三首其三：「萬里瞿唐月，春來六上弦。時時開暗室，故故滿青天。爽合風襟靜，高當淚臉懸。南飛有烏鵲，夜久落江邊。」

歸：「束帶還騎馬，東西卻渡船。林中纔有地，峽外絕無天。虛白高人靜，喧卑俗累牽。他鄉悅遲暮，不敢廢詩篇。」

送十五弟侍御使蜀：「喜弟文章進，添余別興牽。數杯巫峽酒，百丈內江船。未息豺狼鬬，空催犬馬年。歸朝多便道，搏擊望秋天。」

秋日夔府詠懷奉寄鄭監（審）李賓客（之芳）一百韻：「絕塞烏蠻北，孤城白帝邊。飄零仍百里，消渴已三年。雄劍鳴開匣，群書滿繫船。亂離心不展，衰謝日蕭然。筋力妻孥問，菁華歲月遷。登臨多物色，陶冶賴詩篇。峽束滄江起，巖排古樹圓。拂雲霾楚氣，朝海蹴吳天。煮井為鹽速，燒畬度地偏。有時驚疊嶂，何處覓平川。鸂鶒雙雙舞，獼猿壘壘懸。碧蘿長似帶，錦石小如錢。春草何曾歇，寒花亦可憐。獵人吹戍火，野店引山泉。喚起搔頭急，扶行幾屐穿。兩京猶薄產，四海絕隨肩。幕府初交辟，郎官幸備員。瓜時仍旅寓，萍泛苦貪緣。藥餌虛狼藉，秋風灑靜便。開襟驅瘴癘，明目掃雲烟。高宴諸侯禮，佳人上客前。哀箏傷老大，華屋豔神仙。南內開元曲，常時弟子傳。法歌聲變轉，滿座涕潺湲。弔影夔州僻，回腸杜曲煎。即今龍廄水，莫帶犬戎羶。耿賈扶王室，蕭曹拱御筵。乘威滅蜂蠆，戮力效鷹鸇。舊物森猶在，凶徒惡未悛。國須行戰伐，人憶止戈鋋。奴僕何知禮，恩榮錯與權。胡星一彗孛，黔首遂拘攣。哀痛絲綸切，煩苛法令蠲。業成陳始王，兆喜出于畋。宮禁經綸密，台階翊戴全。熊羆載呂望，鴻雁美周宣。側聽中興主，長吟不世賢。音徽一柱數，道里下牢千。鄭李光時論，文章並我先。陰何尚清省，沈宋欻連翩。律比崑崙竹，音知燥溼絃。風流俱善價，愜當久忘筌。置驛常如此，登龍蓋有焉。雖云隔禮數，不敢墜周旋。高視收人表，虛心味道玄。馬來皆汗血，鶴唳必青田。羽翼商山起，蓬萊漢閣連。管寧紗帽淨，江令錦袍鮮。東郡時題壁，南湖日扣舷。遠遊凌絕境，佳句染華牋。每欲孤飛去，徒爲百慮牽。生涯已寥落，國步尚迍邅。衾枕成蕪沒，池塘作棄捐。別離憂怛怛，伏臘涕漣漣。露菊斑豐鎬，秋蔬影澗瀍。共誰論昔事，幾處有新阡？富貴空回首，喧爭懶著鞭。兵戈塵漠漠，江漢月娟娟。局促看秋燕，蕭疏聽晚蟬。雕蟲蒙記憶，烹鯉問沈綿。卜羨君平杖，偷存子敬氈。囊虛把釵釧，米盡拆花鈿。甘子陰涼葉，茅齋八九椽。陣圖沙北岸，市暨瀼西巔。羈絆心常折，棲遲病即痊。紫收岷嶺芋，白種陸池蓮。色好梨勝頰，穰多栗過拳。敕廚唯一味，求飽或三鱣。兒去看魚笱，朋來坐馬韉，縛柴門窄窄，通竹溜涓涓。塹抵公畦稜，村依野廟壖。缺籬將棘拒，倒石賴藤纏。借問頻朝謁，何如穩醉眠。誰云行不達，自覺坐能堅。霧雨銀章澀，馨香粉署妍。紫鸞無近遠，黃雀任翩翾。困學違從眾，明公各勉旃。聲華夾宸極，早晚到星躔。懇諫留匡鼎，諸儒引服虔。不過輸鯁直，會是正陶甄。宵旰憂虞軫，黎元疾苦駢。雲臺終日畫，青簡為誰編？行路難何有，招尋興已專。由來具飛楫，暫擬控鳴弦。身許雙峰寺，門求七祖禪。落帆追宿昔，衣褐向眞詮。安石名高晉，昭王客赴燕。途中非阮籍，查上似張騫。披豁雲寧在？淹留景不延。風期終破浪，水怪莫飛涎。他日辭神女，傷春怯杜鵑。澹交隨聚散，澤國繞迴旋。本自依迦葉，何曾藉偓佺。鑪峰生轉盼，橘井尙高褰。東走窮歸鶴，南征盡跕鳶。晚聞多妙教，卒踐塞前愆。顧凱丹青列，頭陀琬琰鐫。眾香深黯黯，幾地肅芊芊。勇猛為心極，清羸任體孱。金篦空刮眼，鏡象未離銓。」

解悶十二首其六：「復憶襄陽孟浩然，清詩句句盡堪傳。即今耆舊無新語，漫釣槎頭縮項鯿。」

歷歷：「歷歷開元事，分明在眼前。無端盜賊起，忽已歲時遷！巫峽西江外，秦城北斗邊。為郎從白首，臥病數秋天。」

自瀼西荊扉且移居東屯茅屋四首其三：「道北馮都使，高齋見一川。子能渠細石，吾亦沼清泉。枕帶還相似，柴荊即有焉。斫畬應費日，解纜不知年。」

九月一日過孟十二倉曹十四主簿兄弟：「藜杖侵寒露，蓬門啓曙烟。力稀經樹歇，老困撥書眠。秋覺追隨盡，來因孝友偏。清談見滋味，爾輩可忘年。」

季秋江村：「喬木村墟古，疏籬野蔓懸。素琴將暇日，白首望霜天。登俎黃柑重，支牀錦石圓。遠遊雖寂寞，難見此山川。」

夜二首其一：「白夜月休弦，燈花半委眠。號山無定鹿，落樹有驚蟬。暫憶江東鱠，兼懷雪下船。蠻歌犯星起，重覺在天邊。」

峽隘：「聞說江陵府，雲沙靜眇然。白魚如切玉，朱橘不論錢。水有遠湖樹，人今何處船？青山各在眼，卻望峽中天。」

春夜峽州田侍御長史津亭留宴得筵字：「北斗三更席，西江萬里船。杖藜登水榭，揮翰宿春天。白髮煩多酒，明星惜此筵。始知雲雨峽，忽盡下牢邊。」

行次古城店汎江作不揆鄙拙奉呈江陵幕府諸公：「老年常道路，遲日復山川。白屋花開裏，孤城麥秀邊。濟江元自闊，下水不勞牽。風蝶動依槳，春鷗懶避船。王門高德業，幕府盛才賢。行色兼多病，蒼茫汎愛前。」

奉送蘇州李二十五長史丈之任：「星坼台衡地，曾爲人所憐。公侯終必復，經術竟相傳。食德見從事，克家何妙年。一毛生鳳穴，三尺獻龍泉。赤壁浮春暮，姑蘇落海邊。客間頭最白，惆悵此離筵！」

宇文晁崔彧重汎鄭監前湖：「郊扉俗遠長幽寂，野水春來更接連。錦席淹留還出浦，葛巾欹側未迴船。樽當霞綺輕初散，棹拂荷珠碎卻圓。不但習池歸酩酊，君看鄭谷去貪緣。」

江邊星月二首其二：「江月辭風纜，江星別霧船。雞鳴還曙色，鷺浴自晴川。歷歷竟誰種，悠悠何處圓？客秋殊未已，他夕始相鮮。」

舟月對驛近寺：「更深不假燭，月朗自明船。金刹清楓外，朱樓白水邊。城烏啼眇眇，野鷺宿娟娟。皓首江湖客，鉤簾獨未眠。」

舟中：「風餐江柳下，雨臥驛樓邊。結纜排魚網，連檣並米船。今朝雲細薄，昨夜月清圓。飄泊南庭老，祇應學水仙。」

哭李尚書：「漳濱與蒿里，逝水竟同年。欲挂留徐劍，猶迴憶戴船。相知成白首，此別間黃泉。風雨嗟何及，江湖涕泫然！修文將管輅，奉使失張騫。史閣行人在，詩家秀句傳。客亭鞍馬絕，旅櫬網蟲懸。復魄昭邱遠，招魂素滻偏。樵蘇封葬地，喉舌罷朝天。秋色凋春草，王孫若箇邊。」

公安送韋二少府匡贊：「逍遙公後世多賢，送爾維舟惜此筵。念我能書數字至，將詩不必萬人傳。時危兵甲黃塵裏，日短江湖白髮前。古往今來皆涕淚，斷腸分手各風烟。」

清明二首其一：「朝來新火起新烟，湖色春光淨客船。繡羽銜花他自得，紅顏騎竹我無緣。胡童結束還難有，楚女腰肢亦可憐。不見定王城舊處，長懷賈傅井依然。虛霑周舉爲寒食，實藉嚴君賣卜錢。鐘鼎山林各天性，濁醪麤飯任吾年。」

湘江宴餞裴二端公赴道州：「白日照舟師，朱旗散廣川。群公餞南伯，肅肅秩初筵。鄙人奉末眷，佩服自早年。義均骨肉地，懷抱罄所宣。盛名富事業，無取愧高賢。不以喪亂嬰，保愛金石堅。計拙百僚下，氣蘇君子前。會合苦不久，哀樂本相纏。交遊颯向盡，宿昔浩茫然。促觴激百慮，掩抑淚潺湲。熱雲集曛黑，缺月未生天。白團爲我破，華燭蟠長烟。鴰鶡催明星，解袂從此旋。上請減兵甲，下請安井田。永念病渴老，附書遠山巔。」

回棹：「宿昔試安命，自私猶畏天。勞生繫一物，爲客費多年。衡岳江湖大，蒸池疫癘偏。散才嬰薄俗，有跡負前賢。巾拂那關眼，瓶罍易滿船。火雲滋垢膩，凍雨裛沈綿。強飯蓴添滑，端居茗續煎。清思漢水上，涼憶峴山巔。順浪翻堪倚，迴帆又省牽。吾家碑不昧，王氏井依然。几杖將衰齒，茅茨寄短椽。灌園曾取適，遊寺可終焉。遂性同漁父，成名異魯連。篙師煩爾送，朱夏及寒泉。」

哭韋大夫之晉：「悽愴郇瑕邑，差池弱冠年。丈人叨禮數，文律早周旋。臺閣黃圖裏，簪裾紫蓋邊。尊榮真不忝，端雅獨翛然。貢喜音容間，馮招疾病纏。南過駭倉卒，北思悄聯綿。鵩鳥長沙諱，犀牛蜀郡憐。素車猶慟哭，寶劍欲高懸。漢道中興盛，韋經亞相傳。沖融標世業，磊落映時賢。城府深朱夏，江湖眇霽天。綺樓關樹頂，飛旐泛堂前。帟幕旋風燕，笳簫咽暮蟬。興殘虛白室，跡斷孝廉船。童孺交遊盡，喧卑俗事牽。老來多涕淚，情在強詩篇。誰寄方隅理，朝難將帥權。春秋褒貶例，名器重雙全。」

贈韋七贊善：「鄉里衣冠不乏賢，杜陵韋曲未央前。爾家最近魁三象，時論同歸尺五天。北走關山開雨雪，南遊花柳塞雲烟。洞庭春色悲公子，蝦菜忘歸范蠡船。」

酬寇十侍御錫見寄四韻復寄寇：「往別郇瑕地，於今四十年。來簪御史筆，故泊洞庭船。詩憶傷心處，春深把臂前。南瞻按百越，黃帽待君偏。」

下平：二蕭（古通肴豪）

蕭簫挑刁條髫凋彫雕調（調和）蜩梟澆聊寥堯宵消霄綃銷超朝潮邀要（要求）嚻驕嬌橋喬僑蕉焦噍椒饒嬈嘵橈驍嶢蹺礁僥樵譙憔翹燒（焚燒）硝遙傜搖謠瑤鷂窯窰韶迢昭招貂齠苕岧軺鑣苗貓描腰逍瀟鴞跳祧佻姚銚鷦鷯遼撩寮僚瞭（明瞭）繚獠嘹妖夭（夭夭）么飄標飆嫖漂（漂浮）瓢剽魈釗枵杓硝

兵車行：「車轔轔，馬蕭蕭，行人弓箭各在腰。耶娘妻子走相送，塵埃不見咸陽橋。牽衣頓足闌攔道哭，哭聲直上干雲霄。道旁過者問行人，行人但云點行頻。或從十五北防河，便至四十西營田。去時里正與裹頭，歸來頭白還戍邊。

邊廷流血成海水，武皇開邊意未已。君不聞漢家山東二百州，千村萬落生荆杞。縱有健婦把鋤犁，禾生隴畝無東西。況復秦兵耐苦戰，被驅不異犬與雞。長者雖有問，役夫敢伸恨？且如今年冬，未休關西卒。縣官急索租，租稅從何出？信知生男惡，反是生女好。生女猶得嫁比鄰，生男埋沒隨百草。君不見青海頭，古來白骨無人收。新鬼煩冤舊鬼哭，天陰雨濕聲啾啾。」

故武衛將軍輓詞三首其三：「哀輓青門去，新阡絳水遙。路人紛雨泣，天意颯風飄。部曲精仍銳，何奴氣不驕。無由睹雄略，大樹日蕭蕭！」

陪鄭廣文游何將軍山林十首其一：「不識南塘路，今知第五橋。名園依綠水，野竹上青霄。谷口舊相得，濠梁同見招。平生爲幽興，未惜馬蹄遙。」

贈田九判官梁邱：「崆峒使節上青霄，河隴降王款聖朝。宛馬總肥美苜蓿，將軍只數漢嫖姚。陳留阮瑀誰爭長，京兆田郎早見招。麾下賴君才並美，獨能無意向漁樵。」

官定後戲贈：「不作河西尉，淒涼爲折腰。老夫怕趨走，率府且逍遙。耽酒須微祿，狂歌托聖朝。故山歸興盡，回首向風飈。」

後出塞五首其二：「朝進東門營，暮上河陽橋。落日照大旗，馬鳴風蕭蕭。平沙列萬幕，部伍各見招。中天懸明月，令嚴夜寂寥。悲笳數聲動，壯士慘不驕。借問大將誰，恐是霍嫖姚。」

收京三首其二：「生意甘衰白，天涯正寂寥。忽聞哀痛詔，又下聖明朝。羽翼懷商老，文思憶帝堯。叨逢罪己日，霑灑望青霄。」

臘日：「臘日常年暖尚遙，今年臘日凍全消。侵陵雪色還萱草，漏泄春光有柳條。縱酒欲謀良夜醉，還家初散紫宸朝。口脂面藥隨恩澤，翠管銀罌下九霄。」

桔柏渡：「青冥寒江渡，駕竹為長橋。竿溼煙漠漠，江永風蕭蕭。連笮動裊娜，征衣颯飄颻。急流鴇鷁散，絕岸黿鼉驕。西轅自茲異，東逝不可要。高通荊門路，闊會滄海潮。孤光隱顧盼，遊子悵寂寥。無以洗心胸，前登但山椒。」

王十五司馬弟出郭相訪兼遺營草堂資：「客裏何遷次？江邊正寂寥。肯來尋一老，愁破是今朝。憂我營茅棟，攜錢過野橋。他鄉惟表弟，還往莫辭遙。」

朝雨：「涼氣曉蕭蕭，江雲亂眼飄。風鴛藏近渚，雨燕集深條。黃綺終辭漢，巢由不見堯。草堂樽酒在，幸得過清朝。」

絕句漫興九首其九：「隔戶楊柳弱嫋嫋，恰似十五女兒腰。誰謂朝來不作意？狂風挽斷最長條。」

野望：「西山白雪三城戍，南浦清江萬里橋。海內風塵諸弟隔，天涯涕淚一身遙。惟將遲暮供多病，未有涓埃答聖朝。跨馬出郊時極目，不堪人事日蕭條！」

嚴氏溪放歌行：「天下兵馬未盡銷，豈免溝壑常漂漂？

劍南歲月不可度，邊頭公卿仍獨驕。費心姑息是一役，肥肉大酒徒相要。嗚呼古人已糞土，獨覺志士甘漁樵。況我飄蓬無定所，終日戚戚忍羈旅。秋宿霜溪素月高，喜得與子長夜語。東遊西還力實倦，從此將身更何許？知子松根長茯苓，遲暮有意來同煮。」

有感五首其四：「丹桂風霜急，青梧日夜凋。由來強幹地，未有不臣朝。受鉞親賢往，卑宮制詔遙。終依古封建，豈獨聽簫韶。」

玉臺觀二首其一：「中天積翠玉臺遙，上帝高居絳節朝。遂有馮夷來擊鼓，始知嬴女善吹簫。江光隱見黿鼉窟，石勢參差烏鵲橋。更肯紅顏生羽翼，便應黃髮老漁樵。」

寄董卿嘉榮十韻：「聞道君牙帳，防秋近赤霄。下臨千仞雪，卻背五繩橋。海內久戎服，京師今晏朝。犬羊曾爛漫，宮闕尚蕭條。猛將宜嘗膽，龍泉必在腰。黃圖遭污辱，月窟可焚燒。會取干戈利，無令斥候驕。居然雙捕虜，自是一嫖姚。落日思輕騎，高天憶射雕。雲臺畫形像，皆爲掃氛妖。」

絕句六首其四：「急雨捎溪足，斜暉轉樹腰。隔巢黃鳥並，翻藻白魚跳。」

又雪：「南雪不到地，青崖霑未消。微微向日薄，脈脈去人遙。冬熱鴛鴦病，峽深豺虎驕。愁邊有江水，焉得北之朝？」

夔州歌十絕句其三：「群雄競起問前朝，王者無外見今朝。比訝漁陽結怨恨，元聽舜日舊簫韶。」

夔州歌十絕句其六：「東屯稻畦一百頃，北有澗水通青苗。晴浴狎鷗分處處，雨隨神女下朝朝。」

諸將五首其四：「迴首扶桑銅柱標，冥冥氛祲未全銷。越裳翡翠無消息，南海明珠久寂寥。殊錫曾爲大司馬，總戎皆插侍中貂。炎風朔雪天王地，只在忠良翊聖朝。」

西閣三度期大昌嚴明府同宿不到：「問子能來宿，今疑索故要。匣琴虛夜夜，手板自朝朝。金吼霜鐘徹，花催臘炬銷。早鳧江檻底，雙影漫飄颻。」

哭王彭州掄：「執友嗟淪沒，斯人已寂寥。新文生沈謝，異骨降松喬。北部初高選，東牀早見招。蛟龍纏倚劍，鸞鳳夾吹簫。歷職漢庭久，中年胡馬驕。兵戈闇兩觀，寵辱事三朝。蜀路江干窄，彭門地里遙。解龜生碧草，諫獵阻清霄。頃壯戎麾出，叨陪幕府要。將軍臨氣候，猛士塞風飆。井漈泉誰汲，烽疏火不燒。前籌自多暇，隱几接終朝。翠石俄雙表，寒松竟後凋。贈詩焉敢墜？染翰欲無聊。再哭經過罷，離魂去住銷。之官方玉折，寄葬與萍漂。曠望渥洼道，霏微河漢橋。夫人先即世，令子各清標。巫峽長雲雨，秦城近斗杓。馮唐毛髮白，歸興日蕭蕭。」

閣夜：「歲暮陰陽催短景，天涯霜雪霽寒宵。五更鼓角聲悲壯，三峽星河影動搖。野哭千家聞戰伐，夷歌是處起漁樵。臥龍躍馬終黃土，人事音書漫寂寥。」

陪柏中丞觀宴將士二首其二：「繡段裝檐額，金花貼鼓腰。一夫先舞劍，百戲後歌樵。江樹城孤遠，雲臺使寂寥。漢朝頻選將，應拜霍嫖姚。」

承聞河北諸道節度入朝歡喜口號絕句十二首其三：「喧喧道路多歌謠，河北將軍盡入朝。始是乾坤王室正，卻教江漢客魂銷！」

鷗：「江浦寒鷗戲，無他亦自饒。卻思翻玉羽，隨意點春苗。雪暗還須落，風生一任飄。幾群滄海上，清影日蕭蕭。」

醉歌行贈公安顏少府請顧八題壁：「神仙中人不易得，顏氏之子才孤標。天馬長鳴待駕馭，秋鷹整翮當雲霄。君不見東吳顧文學，君不見西漢杜陵老，詩家筆勢君不嫌，詞翰升堂爲君掃。是日霜風凍七澤，烏蠻落照銜赤壁。酒酣耳熱忘頭白，感君意氣無所惜；一爲歌行歌主客！」

歸夢：「道路時通塞，江山日寂寥。偷生唯一老，伐叛已三朝。雨急青楓暮，雲深黑水遙。夢魂歸未得，不用楚辭招。」

野望：「納納乾坤大，行行郡國遙。雲山兼五嶺，風壤帶三苗。野樹侵江闊，春蒲長雪消。扁舟空老去，無補聖明朝。」

奉贈盧五丈參謀琚：「恭惟同自出，妙選異高標。入幕知孫楚，披襟得鄭僑。丈人藉才地，門閥冠雲霄。老矣逢迎拙，相於契託饒。賜錢傾府待，爭米駐船遙。鄰好艱難薄，吒心杼柚焦。客星空伴使，寒水不成潮。素髮乾垂領，銀章破在腰。說詩能累夜，醉酒或連朝。藻翰惟牽率，湖山合動搖。時清非造次，興盡卻蕭條。天子多恩澤，蒼生轉寂寥。休傳鹿是馬，莫信鵩如鴞。未解依依袂，還斟泛泛瓢。流年疲蟋蟀，體物幸鷦鷯。孤負滄洲願，誰云晚見招？」

下平：三肴（古通蕭）

肴巢交郊茅嘲鈔膠爻梢蛟姣茭筊坳敲包苞庖匏胞（炮製）泡炮刨鉋跑拋鮫骹鵁崤淆鐃譊抄咆哮呶凹教（使也）鞘艄捎筲蛸鞘咬（鳥聲）

堂成：「背郭堂成蔭白茅，緣江路熟俯青郊。榿林礙日吟風葉，籠竹和煙滴露梢。暫止飛烏將數子，頻來語燕定新巢。旁人錯比揚雄宅，懶惰無心作解嘲。」

題新津北橋樓得郊字：「望極春城上，開筵近鳥巢。白花簷外朵，青柳檻前梢。池水觀為政，廚煙覺遠庖。西川供客眼，惟有此江郊。」

茅屋為秋風所破歌：「八月秋高風怒號，卷我屋上三重茅。茅飛渡江灑江郊，高者掛罥長林梢，下者飄轉沉塘坳。南村群童欺我老無力，忍能對面為盜賊。公然抱茅入竹去，脣焦口燥呼不得，歸來倚杖自嘆息。俄頃風定雲墨色，秋天漠漠向昏黑。布衾多年冷似鐵，驕兒惡臥踏裏裂。床頭屋漏無乾處，雨腳如麻未斷絕。自經喪亂少睡眠，長夜霑濕何由徹？安得廣廈千萬間，大庇天下寒士俱歡顏，風雨不動安如山？嗚呼！何時眼前突兀見此屋，吾廬獨破受凍死亦足！」

陪諸公上白帝城頭宴越公堂之作：「此堂存古製，城上俯江郊。落構垂雲雨，荒階蔓草茅。柱穿蜂溜蜜，棧缺燕添巢。坐接春盃氣，心傷豔蘂梢。英靈如過隙，宴衎願投膠。莫問東流水，生涯未即拋。」

下平：四豪（古通蕭）

豪毫髦操（操持）絛幍刀叨萄猱褒袍撓高篙蒿濤皋號（呼號）翺曹遭糟漕嘈槽羔糕餻搔騷勞嘮澇撈癆毛芼旄艘滔韜繅膏牢醪桃逃洮濠壕饕陶淘掏啕敖熬遨螯鼇嗷獒犛臊嗥尻鏖

臨邑舍弟書至苦雨黃河泛溢堤防之患簿領所憂因寄此詩用寬其意：「二儀積風雨，百谷漏波濤。聞道洪何坼，遙連滄海高。職司憂悄悄，郡國訴嗷嗷。舍弟卑棲邑，防川領簿曹。尺書前日至，版築不時操。難假黿鼉力，空瞻烏鵲毛。燕南吹畎畝，濟上沒蓬蒿。螺蚌滿近郭，蛟螭乘九皋。徐關深水府，碣石小秋毫。白屋留孤樹，青天失萬艘。吾衰同泛梗，利涉想蟠桃。賴倚天涯釣，猶能掣巨鰲。」

曲江三章章五句其一：「曲江蕭條秋氣高，菱荷枯折隨風濤。遊子空嗟垂二毛，白石素沙亦相蕩，哀鴻獨叫求其曹。」

崔駙馬山亭宴集：「簫史幽棲地，林間踏鳳毛。洑流何處入，亂石閉門高。客醉揮金椀，詩成得繡袍。清秋多宴會，終日困香醪。」

避地：「避地歲時晚，竄身筋骨勞。詩書遂牆壁，奴僕且旌旄。行在僅聞信，此生隨所遭。神堯舊天下，會見出腥臊。」

喜聞官軍已臨賊境二十韻：「胡虜潛京縣，官軍擁賊壕。鼎魚猶假息，穴蟻欲何逃。帳殿羅玄冕，轅門照白袍。秦山當警蹕，漢苑入旌旄。路失羊腸險，雲橫雉尾高。五原空壁壘，八水散風濤。今日看天意，遊魂貸爾曹。乞降那更得，尙詐莫徒勞。元帥歸龍種，司空握豹韜。前軍蘇武節，左將呂虔刀。兵氣迴飛鳥，威聲沒巨鰲。戈鋋開雪色，弓矢向秋毫。天步艱方盡，時和運更遭。誰云遺毒螫，已是沃腥臊。睿想丹墀近，神行羽衛牢。花門勝絕漠，拓羯渡臨洮。此輩感恩至，羸俘何足操。鋒先衣染血，騎突劍吹毛。喜覺都城動，悲連子女號。家家賣釵釧，只待獻春醪。」

收京三首其三：「汗馬收宮闕，春城鏟賊壕。賞應歌杕杜，歸及薦櫻桃。雜虜橫戈數，功臣甲第高。萬方頻送喜，毋乃聖躬勞。」

奉和賈至舍人早朝大明宮：「五夜漏聲催曉箭，九重春色醉仙桃。旌旗日暖龍蛇動，宮殿風微燕雀高。朝罷香煙攜滿袖，詩成珠玉在揮毫。欲知世掌絲綸美。池上於今有鳳毛。」

山寺：「野寺殘僧少，山園細路高。麝香眠石竹，鸚鵡啄金桃。亂水通人過，懸崖置屋牢。上方重閣晚，百里見秋毫。」

飛仙閣：「土門山行窄，微徑緣秋毫。棧雲闌干峻，梯石結構牢。萬壑欹疏林，積陰帶奔濤。寒日外澹泊，長風中怒號。歇鞍在地底，始覺所歷高。往來雜坐臥，人馬同疲勞。浮生有定分，饑飽豈可逃。歎息謂妻子，我何隨汝曹？」

從韋二明府續處覓綿竹：「華軒藹藹他年到，綿竹亭亭出縣高。江上舍前無此物，幸分蒼翠拂波濤。」

北鄰：「明府豈辭滿，藏身方告勞。青錢買野竹，白幘岸江皋。愛酒晉山簡，能詩何水曹。時來訪老疾，步屧到蓬蒿。」

赴青城縣出成都寄陶王二少尹：「老被樊籠役，貧嗟出入勞。客情投異縣，詩態憶吾曹。東郭滄江合，西山白雪高。文章差底病，回首興滔滔。」

江頭四詠鸂鶒：「故使籠寬織，須知動損毛。看雲莫悵望，失水任呼號。六翮曾經翦，孤飛卒未高。且無鷹隼慮，留滯莫辭勞。」

戲爲六絕句其三：「縱使盧王操翰墨，劣於漢魏近風騷。龍文虎脊皆君馭，歷塊過都見爾曹。」

大雨：「西蜀冬不雪，春農尚嗷嗷。上天回哀眷，朱夏雲鬱陶。執熱乃沸鼎，纖絺成縕袍。風雷颯萬里，沛澤施蓬蒿。敢辭茅葦漏？已喜黍豆高。三日無行人，二江聲怒號。流惡邑里清，矧茲遠江皋。空庭步鸛鶴，隱几望波濤。沈痾聚藥餌，頓忘所進勞。則知潤物功，可以貸不毛。陰色靜隴畝，勸耕自官曹。四鄰有耒耜，何必吾家操。」

述古三首其二：「市人日中集，於利競錐刀。置膏烈火上，哀哀自煎熬。農人望歲稔，相率除蓬蒿。所務穀為本，邪贏無乃勞。舜舉十六相，身尊道何高。秦時任商鞅，法令如牛毛。」

王閬州筵奉酬十一舅惜別之作：「萬壑樹聲滿，千崖秋氣高。浮舟出郡郭，別酒寄江濤。良會不復久，此生何太勞？窮愁但有骨，群盜尚如毛。吾舅惜分手，使君寒贈袍。沙頭暮黃鵠，失侶亦哀號。」

渡江：「春江不可渡，二月已風濤。舟楫敧斜疾，魚龍偃臥高。渚花張素錦，汀草亂青袍。戲問垂綸客，悠悠見汝曹。」

近聞：「近聞犬戎遠遁逃，牧馬不敢侵臨洮。渭水逶迤白日淨，隴山蕭瑟秋雲高。崆峒五原亦無事，北庭數有關中使。似聞贊普更求親，舅甥和好應難棄。」

詠懷古跡五首其五：「諸葛大名垂宇宙，宗臣遺像肅清高。三分割據紆籌策，萬古雲霄一羽毛。伯仲之間見伊呂，指揮若定失蕭曹。運移漢祚終難復，志決身殲軍務勞。」

荊南兵馬使太常卿趙公大食刀歌：「太常樓船聲嗷嘈，

問兵刮寇趨下牢。牧出令奔飛百艘，猛蛟突獸紛騰逃。白帝寒城駐錦袍，玄冬示我胡國刀。壯士短衣頭虎毛，憑軒拔鞘天爲高。翻風轉日木怒號，冰翼雲澹傷哀猱。鐫錯碧甖鸊鵜膏，鋩鍔已瑩虛秋濤。鬼物撇捩辭坑壕，蒼水使者捫赤條。龍伯國人罷釣鰲，芮公回首顏色勞。分閫救世用賢豪，趙公玉立高歌起。攬環結佩相終始，萬歲持之護天子。得君亂絲與君理，蜀江如線如針水。荊岑彈丸心未已，賊臣惡子休干紀。魑魅魍魎徒爲耳！妖腰亂領敢欣喜。用之不高亦不痺，不似長劍須天倚。吁嗟光祿英雄弭！大食寶刀聊可比。丹青宛轉麒麟裏，光芒六合無泥滓。」

八月十五夜月二首其一：「滿目飛明鏡，歸心折大刀。轉蓬行地遠，攀桂仰天高。水路疑霜雪，林棲見羽毛。此時瞻白兔，直欲數秋毫。」

題柏大兄弟山居屋壁二首其一：「叔父朱門貴，郎君玉樹高。山居精典籍，文雅涉風騷。江漢終吾老，雲林得爾曹。哀絃繞白雪，未與俗人操。」

遣遇：「磬折辭主人，開帆駕洪濤。春水滿南國，朱崖雲日高。舟子廢寢食，飄風爭所操。我行匪利涉，謝爾從者勞。石間采蕨女，鬻市輸官曹。丈夫死百役，暮返空村號。聞見事略同，刻剝及錐刀。貴人豈不仁，視汝如莠蒿！索錢多門戶，喪亂紛嗷嗷。奈何黠吏徒，漁奪成逋逃。自喜遂生理，花時甘緼袍。」

千秋節有感二首其二：「御氣雲樓敞，含風綵仗高。仙人張內樂，王母獻宮桃。羅襪紅蕖豔，金羈白雪毛。舞階銜壽酒，走索背秋毫。聖主他年貴，邊心此日勞。桂江流向北，滿眼送波濤。」

朱鳳行：「君不見瀟湘之山衡山高，山巔朱鳳聲嗷嗷。側身長顧求其曹，翅垂口噤心甚勞。下愍百鳥在羅網，黃雀最小猶難逃。願分竹實及螻蟻，盡使鴟梟相怒號。」

下平：五歌（古通麻）

歌多戈和（和平）波坡陂科蝌娥蛾鵝蘿河阿柯荷（荷花）何苛珂呵訶軻過（經過）磨（琢磨）摩魔麼螺禾窠髁蓑哥歌鼉陀拖駝跎沱佗（他字）酡拕頗（偏頗）莪峨俄哦莪婆娑莎抄迦茄搓蹉蹉嵯羅籮邏鑼那哪挪鍋渦窩倭訛吪韡靴鄱皤梭唆騾馱挼痾瘥痾

過宋員外之問舊莊：「宋公舊池館，零落首陽阿。枉道祇從入，吟詩許更過？淹留問耆老，寂寞向山河。更識將軍樹，悲風日暮多。」

陪李北海宴歷下亭：「東藩駐皀蓋，北渚臨清河。海右此亭古，濟南名士多。雲山已發興，玉佩仍當歌。修竹不受暑，交流空湧波。蘊眞愜所遇，落日將如何！貴賤俱物役，從公難重過。」

前出塞九首其一：「戚戚去故里，悠悠赴交河。公家有程期，亡命嬰禍羅。君已富士境，開邊一何多？棄絕父母恩，呑聲行負戈。」

寄高三十五書記：「嘆惜高生老，新詩日又多。美名人不及，佳句法如何？主將收才子，崆峒足凱歌。聞君已朱紱，且得慰蹉跎。」

陪鄭廣文游何將軍山林十首其十：「幽意忽不愜，歸期無奈何。出門流水住，回首白雲多。自笑燈前舞，誰憐醉後歌。只應與朋好，風雨亦來過。」

白水明府舅宅喜雨得過字：「吾舅政如此，古人誰復過。碧山晴又濕，白水雨偏多。精禱既不昧，歡娛將謂何？湯年旱頗甚，今日醉弦歌。」

一百五日夜對月：「無家對寒食，有淚如金波。斫卻月中桂，清光應更多。仳離放紅蕊，想像顰青蛾。牛女漫愁思。秋期猶渡河。」

春宿左省：「花隱掖垣暮，啾啾棲鳥過。星臨萬戶動，月傍九霄多。不寢聽金鑰，因風想玉珂。明朝有封事，數問夜如何？」

觀兵：「北庭送壯士，貔虎數尤多。精銳舊無敵，邊隅今若何？妖氛擁白馬，元帥待琱戈。莫守鄴城下，斬鯨遼海波。」

天末懷李白：「涼風起天末，君子意如何？鴻雁幾時到，江湖秋水多。文章憎命達，魑魅喜人過。應共冤魂語，投詩贈汨羅。」

寓目：「一縣蒲萄熟，秋山苜蓿多。關雲常帶雨，塞水不成河。羌女輕烽燧，胡兒制駱駝。自傷遲暮眼，喪亂飽經過。」

蒹葭：「摧折不自守，秋風吹若何？暫時花戴雪，幾處葉沈波。體弱春苗早，叢長夜露多。江湖後搖落，亦恐歲蹉跎。」

日暮：「日落風亦起，城頭烏尾訛。黃雲高未動，白水已興波。羌婦語還笑，胡兒行且歌。將軍別換馬，夜出擁雕戈。」

佐還山後寄三首其三：「幾道泉澆圃，交橫幔落坡。葳蕤秋葉少，隱映野雲多。隔沼連香芰，通林帶女蘿。甚聞霜薤白，重惠意如何。」

散愁二首其一：「久客宜旋旆，興王未息戈。蜀星陰見少，江雨夜聞多。百萬傳深入，寰區望匪他。司徒下燕趙，收取舊山河。」

惡樹：「獨繞虛齋裏，常持小斧柯。幽陰成頗雜，惡木翦還多。枸杞因吾有，雞栖奈汝何？方知不材者，生長漫婆娑。」

江頭四詠梔子：「梔子比眾木，人間誠未多。於身色有用，與道氣傷和。紅取風霜實，青看雨露柯。無情移得汝，貴在映江波。」

少年行二首其二：「巢燕養雛渾去盡，紅花結子已無多。黃衫年少來宜數，不見堂前東逝波。」

舟前小鵝兒：「鵝兒黃似酒，對酒愛新鵝。引頸嗔船逼，無行亂眼多。翅開遭宿雨，力小困滄波。客散層城暮，狐狸奈若何。」

章梓州水亭：「城晚通雲霧，亭深到芰荷。吏人橋外少，秋水席邊多。近屬淮王至，高門薊子過。荆州愛山簡，吾醉亦長歌。」

征夫：「十室幾人在？千山空自多。路衢唯見哭，城市不聞歌。漂梗無安地，銜枚有荷戈。官軍未通蜀，吾道竟如何！」

傷春五首其五：「聞說初東幸，孤兒卻走多。難分太倉粟，競棄魯陽戈。胡虜登前殿，王公出御河。得毋中夜舞，誰憶大風歌？春色生烽燧，幽人泣薜蘿。君臣重修德，猶足見時和。」

泛江：「方舟不用楫，極目總無波。長日容杯酒，深江淨綺羅。亂離還奏樂，飄泊且聽歌。故國流清渭，如今花正多。」

暮寒：「霧隱平郊樹，風含廣岸波。沈沈春色靜，慘慘暮寒多。戍鼓猶長擊，林鶯遂不歌。忽思高宴會，朱袖拂雲和。」

奉寄別馬巴州：「勳業終歸馬伏波，功曹非復漢蕭何。扁舟繫纜沙邊久，南國浮雲水上多。獨把魚竿終遠去，難隨鳥翼一相過。知君未愛春湖色，興在驪駒白玉珂。」

奉寄高常侍：「汶上相逢年頗多，飛騰無那故人何。總戎楚蜀猶全未，方駕曹劉不啻過。今日朝廷須汲黯，中原將帥憶廉頗。天涯春色催遲暮，別淚遙添錦水波。」

送唐十五誡因寄禮部賈侍郎：「九載一相逢，百年能幾何？復爲萬里別，送子山之阿。白鶴久同林，潛魚本同河。未知棲息期，衰老強高歌。歌罷兩悽惻，六龍忽蹉跎。相視髮皓白，況難駐羲和。胡星墜燕地，漢將仍橫戈。蕭條九洲內，人少豺虎多。少人慎莫投，多虎信所過。饑有易子食，獸猶畏虞羅。子負經濟才，天門鬱嵯峨。飄颻適東周，來往若崩波。南宮吾故人，白馬金盤陀。雄筆映千古，見賢心靡他。念子善師事，歲寒守舊柯。爲吾謝賈公，病肺臥江沱。」

絕句六首其二：「藹藹花蕊亂，飛飛蜂蝶多。幽棲身懶動，客至欲如何？」

將曉二首其二：「軍吏回官燭，舟人自楚歌。寒沙蒙薄霧，落月去清波。壯惜身名晚，衰慙應接多。歸朝日簪笏，筋力定如何？」

懷錦水居止二首其一：「軍旅西征僻，風塵戰伐多。猶聞蜀父老，不忘舜謳歌。天險終難立，柴門豈重過。朝朝巫峽水，遠逗錦江波。」

峽中覽物：「曾爲掾吏趨三輔，憶在潼關詩興多。巫峽忽如瞻華嶽，蜀江猶似見黃河。舟中得病移衾枕，洞口經春長薜蘿。形勝有餘風土惡，幾時回首一高歌？」

秋日寄題鄭監湖上亭三首其二：「新作湖邊宅，還聞賓客過。自須開竹逕，誰道避雲蘿。官序潘生拙，才名賈傅多。捨舟應卜地，鄰接意如何？」

江梅：「梅蕊臘前破，梅花年後多。絕知春意好，最奈客愁何？雪樹元同色，江風亦自波。故園不可見，巫岫鬱嵯峨。」

承聞河北諸道節度入朝歡喜口號絕句十二首其九：「東逾遼水北滹沱，星象風雲氣共和。紫氣關臨天地闊，黃金臺貯俊賢多。」

復愁十二首其三：「萬國尚戎馬，故園今若何？昔歸相識少，早已戰場多。」

寄柏學士林居：「自胡之反持干戈，天下學士亦奔波。歎彼幽棲載典籍，蕭然暴露依山阿！青山萬重靜散地，白雨一洗空垂蘿。亂代飄零予到此，古今成敗子如何？荆揚冬春異風土，巫峽日夜多雲雨。赤葉楓林百舌鳴，黃泥野岸天雞舞。盜賊縱橫甚密邇，形神寂莫甘辛苦。幾時高議排金門，各使蒼生有環堵。」

喜聞盜賊蕃寇總退口號五首其四：「勃律天西采玉河，堅昆碧盌最來多。舊隨漢使千堆寶，少答胡王萬匹羅。」

暮春陪李尚書李中丞過鄭監湖亭泛舟得過字：「海內文章伯，湖邊意緒多。玉樽移晚興，桂楫帶酣歌。春日繁魚鳥，江天足芰荷。鄭莊賓客地，衰白遠來過。」

湖南送敬十使君適廣陵：「相見各頭白，其如離別何？幾年一會面，今日復悲歌！少長樂難得，歲寒心匪他。氣纏霜匣滿，冰置玉壺多。遭亂實漂泊，濟時曾琢磨。形容吾較老，膽力爾誰過。秋晚岳增翠，風高湖湧波。騫騰訪知己，淮海莫蹉跎。」

下平：六麻（古通歌）

麻花霞家茶華沙砂車牙蛇瓜斜邪耶芽呀嘉紗鴉鴉遮叉奢涯巴嗟加笳痂茄珈跏枷迦槎差（差錯）蟆蛙娃窪爺爹譁嘩瑕遐蝦葭袈裟衙葩琶耙芭杷笆疤爬些（少也）佘賒鯊查楂渣撾椰椏丫啞劃誇胯抓呱吒拿

杜位宅守歲：「守歲阿戎家，椒盤已頌花。盍簪喧櫪馬，列炬散林鴉。四十明朝過，飛騰暮景斜。誰能更拘束？爛醉是生涯。」

陪鄭廣文游何將軍山林十首其四：「旁舍連高竹，疏籬帶晚花。碾渦深沒馬，藤蔓曲藏蛇。詞賦工無益，山林跡未賒。盡捻書籍賣，來問爾東家。」

喜晴：「皇天久不雨，既雨晴亦佳。出郭眺四郊，蕭蕭增春華。青熒陵陂麥，窈窕桃李花。春夏各有實，我饑豈無涯。干戈雖橫放，慘澹鬭龍蛇。甘澤不猶愈，且耕今未賒。丈夫則帶甲，婦女終在家。力難及黍稷，得種菜與麻。千載商山芝，往者東門瓜。其人骨已朽，此道誰疵瑕？英賢遇轗軻，遠引蟠泥沙。顧慚昧所適，回首白日斜。漢陰有鹿門，滄海有靈査。焉能學眾口，咄咄空咨嗟！」

曲江陪鄭八丈南史飲：「雀啄江頭黃柳花，鵁鶄鸂鶒滿晴沙。自知白髮非春事，且盡芳樽戀物華。近侍即今難浪跡，此身那得更無家？丈人才力猶強健，豈傍青門學種瓜？」

秦州雜詩二十首其三：「州圖領同谷，驛道出流沙。降虜兼千帳，居人有萬家。馬驕朱汗落，胡舞白題斜。年少臨洮子，西來亦自誇。」

秦州雜詩二十首其十三：「傳道東柯谷，深藏數十家。對門藤蓋瓦，映竹水穿沙。瘦地翻宜粟，陽坡可種瓜。船人近相報，但恐失桃花。」

遣懷：「愁眼看霜露，寒城菊自花。天風隨斷柳，客淚墮清笳。水靜樓陰直，山昏塞日斜。夜來歸鳥盡，啼殺後棲鴉。」

爲農：「錦里煙塵外，江村八九家。圓荷浮小葉，細麥落輕花。卜宅從茲老，爲農去國賒。遠慚勾漏令，不得問丹砂。」

遣意二首其二：「簷影微微落，津流脈脈斜。野船明細火，宿鷺起圓沙。雲掩初弦月，香傳小樹花。鄰人有美酒，稚子也能賒。」

水檻遣心二首其一：「去郭軒楹敞，無村眺望賒。澄江平少岸，幽樹晚多花。細雨魚兒出，微風燕子斜。城中十萬戶。此地兩三家。」

江畔獨步尋花七絕句其三：「江深竹靜兩三家，多事紅花映白花。報答春光知有處，應須美酒送生涯。」

絕句漫興九首其二：「手種桃李非無主，野老牆低還是家。恰似春風相欺得，夜來吹折數枝花。」

草堂即事：「荒村建子月，獨樹老夫家。雪裡江船渡，風前竹徑斜。寒魚依密藻，宿雁起圓沙。蜀酒禁愁得，無錢何處賒？」

陪王侍御宴通泉東山野亭：「江水東流去，清樽日復斜。異方同宴賞，何處是京華？亭景臨山水，村烟對浦沙。狂歌遇形勝，得醉即爲家。」

遠遊：「賤子何人記，迷方著處家。竹風連野色，江沫擁春沙。種藥扶衰病，吟詩解歎嗟。似聞胡騎走，失喜問京華。」

花底：「紫萼扶千蕊，黃鬚照萬花。忽疑行暮雨，何事入朝霞？恐是潘安縣，堪留衛玠車。深知好顏色，莫作委泥沙。」

春歸：「苔徑臨江竹，茅簷覆地花。別來頻甲子，歸到忽春華。倚杖看孤石，傾壺就淺沙。遠鷗浮水靜，輕燕受風斜。世路雖多梗，吾生亦有涯。此身醒復醉，乘興即爲家。」

題桃樹：「小徑升堂舊不斜，五株桃樹亦從遮。高秋總餽貧人實，來歲還舒滿眼花。簾戶每宜通乳燕，兒童莫信打慈鴉。寡妻群盜非今日，天下車書正一家。」

絕句六首其六：「江動月移石，溪虛雲傍花。鳥棲知故道，帆過宿誰家？」

禹廟：「禹廟空山裏，秋風落日斜。荒庭垂橘柚，古屋畫龍蛇。雲氣生虛壁，江聲走白沙。早知乘四載，疏鑿控三巴。」

負薪行：「夔州處女髮半華，四十五十無夫家。更遭喪亂嫁不售，一生抱恨長咨嗟。土風坐男使女立，應當門戶女出入。十猶八九負薪歸，賣薪得錢應供給。至老雙鬟只垂頸，野花山葉銀釵並。筋力登危集市門，死生射利兼鹽井。面妝首飾雜啼痕，地褊衣寒困石根。若道巫山女麄醜，何得此有昭君村？」

夔州歌十絕句其五：「瀼東瀼西一萬家，江南江北春冬花。背飛鶴子遺瓊蕊，相趁鳧雛入蔣牙。」

秋興八首其二：「夔府孤城落日斜，每依北斗望京華。聽猿實下三聲淚，奉使虛隨八月槎。畫省香爐違伏枕，山樓粉堞隱悲笳。請看石上藤蘿月，已映洲前蘆荻花。」

暮春題瀼西新賃草屋五首其四：「壯年學書劍，他日委泥沙。事主非無祿，浮生即有涯。高齋依藥餌，絕域改春華。喪亂丹心破，王臣未一家。」

柴門：「泛舟登瀼西，回首望兩崖。東城乾旱天，其氣如焚柴。長影沒窈窕，餘光散谽谺。大江蟠嵌根，歸海成一家。下衝割坤軸，竦壁攢鏌鋣。蕭颯灑秋色，氛昏霾日車。峽門自茲始，最窄容浮查。禹功翊造化，疏鑿就欹斜。巴渠決太古，眾水爲長蛇。風煙渺吳蜀，舟楫通鹽麻。我今遠遊子，飄轉混泥沙。萬物附本性，約身不願奢。茅棟蓋一牀，清池有餘花。濁醪與脫粟，在眼無咨嗟。山荒人民少，地僻日夕佳。貧窮固其常，富貴任生涯。老於干戈際，宅幸蓬蓽遮。石亂上雲氣，杉清延月華。賞妍又分外，理愜夫何誇？足了垂白年，敢居高士差。書此豁平昔，回首猶暮霞。」

溪上：「峽內淹留客，溪邊四五家。古苔生迮地，秋竹隱疏花。塞俗人無井，山田飯有沙。西江使船至，時復問京華。」

復愁十二首其八：「今日翔麟馬，先宜駕鼓車。無勞問河北，諸將角榮華！」

復愁十二首其十一：「每恨陶彭澤，無錢對菊花。如今九日至，自覺酒須賒。」

季秋蘇五弟纓江樓夜宴崔十三評事韋少府姪三首其二：「明月生長好，浮雲薄漸遮。悠悠照邊塞，悄悄憶京華。清動杯中物，高隨海上查。不眠瞻白兔，百過落烏紗。」

小園：「由來巫峽水，本自楚人家。客病留因藥，春深買爲花。秋庭風落果，瀼岸雨頹沙。問俗營寒事，將詩待物華。」

舍弟觀自藍田取妻子到江陵喜寄三首其三：「庾信羅含俱有宅，春來秋去作誰家？短牆若在從殘草，喬木如存可假花。卜築應同蔣詡徑，爲園須似邵平瓜。比年病酒開涓滴，弟勸兄酬何怨嗟？」

官亭夕坐戲簡顏十少府：「南國調寒杵，西江浸日車。客愁連蟋蟀，亭古帶蒹葭。不返青絲鞚，虛燒夜燭花。老翁須地主，細細酌流霞。」

祠南夕望：「百丈牽江色，孤舟泛日斜。興來猶杖屨，目斷更雲沙。山鬼迷春竹，湘娥倚暮花。湖南清絕地，萬古一長嗟！」

入喬口：「漠漠舊京遠，遲遲歸路賒。殘年傍水國，落日對春華。樹蜜早蜂亂，江泥輕燕斜。賈生骨已朽，悽惻近長沙。」

對雪：「北雪犯長沙，胡雲冷萬家。隨風且間葉，帶雨不成花。金錯囊垂罄，銀壺酒易賒。無人竭浮蟻，有待至昏鴉。」

過洞庭湖：「蛟室圍青草，龍堆隱白沙。護堤盤古木，迎櫂舞神鴉。破浪南風正，回檣畏日斜。浮光與天遠，直欲泛仙槎。」

下平：七陽（古通江轉庚）

陽楊揚香鄉光昌堂章張王房芳長（長短）塘妝粧常涼霜藏（收藏）場央泱鴦秧嬙狼床牀方漿觴梁娘莊黃倉皇裝殤襄驤相（相互）湘緗廂箱創忘芒望（瞭望）嘗償檣槍坊囊郎唐狂強（剛強）腸康岡蒼匡荒遑行（行列）妨棠翔良航颺倡倀羌慶姜薑僵韁韁疆萇糧穰將

（持送）牆桑剛祥詳洋徉佯粱量（測量）羊暘傷湯魴樟彰漳璋麞猖鋩商防妨坊防肪房亡忙茫奘鑲鄉襄驤糖裳殃廊榔硠浪（滄浪）惶徨煌艙滄幫創（創傷）瘡嬙薔慷（慷慨）糠鋼綱筐慌杭桁庠獐凰卬臧贓昂喪（喪葬）閶鏘搶（突也）蜣蹌篁簧璜潢攘鄺亢吭旁傍（側也）孀驦當（應當）襠璫鐺泱煬蝗隍怏肓汪鞅滂螂愴緗琅頏倀螳螃

夜宴左氏莊：「風林纖月落，衣露淨琴張。暗水流花徑，春星帶草堂。檢書燒燭短，看劍引杯長。詩罷聞吳詠，扁舟意不忘。」

冬日洛城北謁玄元皇帝廟：「配極元都閟，憑高禁籞長。守祧嚴具禮，掌節鎮非常。碧瓦初寒外，金莖一氣旁。山河扶繡戶，日月近雕粱。仙李蟠根大，猗蘭奕葉光。世家遺舊史，道德付今王。畫手看前輩，吳生遠擅場。森羅移地軸，妙絕動宮牆。五聖聯龍袞，千官列雁行。冕旒皆秀發，旌旆盡飛揚。翠柏深留景，紅梨迥得霜。風箏吹玉柱，露井凍銀床。身退卑周室，經傳拱漢皇。谷神如不死，養拙更何鄉？」

前出塞九首其六：「挽弓當挽強，用箭當用長；射人先射馬，擒賊先擒王。殺人亦有限，列國自有疆。苟能制侵陵，豈在多殺傷？」

陪鄭廣文游何將軍山林十首其七：「棘樹寒雲色，茵蔯春藕香。脆添生菜美，陰益食單涼。野鶴清晨出，山精白日藏。石林蟠水府，百里獨蒼蒼。」

重游何氏五首其四：「頗怪朝參懶，應耽野趣長。雨抛金鎖甲，苔臥綠沈槍。手自移蒲柳，家纔足稻粱。看君用幽意，白日到羲皇。」

承沈八丈東美除膳部員外阻雨未遂馳賀奉寄此詩：「今日西京掾，多除南省郎。通家惟沈氏，謁帝似馮唐。詩律群公問，儒門舊史長。清秋便寓直，列宿頓輝光。未暇申安慰，含情空激揚。司存何所比，膳部默悽傷。貧賤人事略，經過霖潦妨。禮同諸父長，恩豈布衣忘？天路牽騏驥，雲臺引棟梁。徒懷貢公喜，颯颯鬢毛蒼。」

大雲寺贊公房四首其三：「燈影照無睡，心清聞妙香。夜深殿突兀，風動金瑯璫。天黑閉春院，地清棲暗芳。玉繩迥斷絕，鐵鳳森翱翔。梵放時出寺，鐘殘仍殷床。明朝在沃野，苦見塵沙黃。」

送靈州李判官：「羯胡腥四海，回首一茫茫。血戰乾坤赤，氛迷日月黃。將軍專策略，幕府盛才良。近賀中興主，神兵動朔方。」

曲江對雨：「城上春雲覆苑牆，江亭晚色靜年芳。林花著雨燕支濕，水荇牽風翠帶長。龍武新軍深駐輦，芙蓉別殿謾焚香。何時詔此金錢會，暫醉佳人錦瑟旁？」

送許八拾遺歸江寧覲省：「天語辭中禁，慈顏拜北堂。聖朝新孝理，祖席倍輝光。內帛擎偏重，宮衣著更香。淮陰清夜驛，京口渡江航。春隔雞人晝，秋期燕子涼。賜書誇父老，壽酒樂城隍。看畫曾饑渴，追踪恨淼茫。虎頭金粟影，神妙獨難忘。」

瘦馬行：「東郊瘦馬使我傷，骨骼硉兀如堵牆。絆之欲動轉欹側，此豈有意仍騰驤？細看六印帶官字，眾道三軍遺路旁。皮乾剝落雜泥滓，毛暗蕭條連雪霜。去歲奔波逐餘寇，驊騮不慣不得將。士卒多騎內廄馬，惆悵恐是病乘黃。當時歷塊誤一蹶，委棄非汝能周防。見人慘澹若哀訴，失主錯莫無晶光。天寒遠放鴈為伴，日暮不收烏啄瘡。誰家且養願終惠，更試明年春草長。」

遣興三首其一：「我今日夜憂，諸弟各異方。不知死與生，何況道路長。避寇一分散，饑寒永相望。豈無柴門歸？欲出畏虎狼。仰看雲中鴈，禽鳥亦有行。」

至日遣興奉寄北省舊閣老兩院故人二首其一：「去歲茲辰捧御床，五更三點入鵷行。欲知趨走傷心地，正想氤氳滿眼香。無路從容陪語笑，有時顛倒著衣裳。何人卻憶窮愁日，日日愁隨一線長。」

贈衛八處士：「人生不相見，動如參與商。今夕是何夕，共此燈燭光？少壯能幾時？鬢髮各已蒼。訪舊半為鬼，驚呼熱中腸。焉知二十載，重上君子堂？昔別君未婚，男女忽成行。怡然敬父執，問我來何方。問答未及已，兒女羅酒漿。夜雨剪春韭，新炊間黃粱。主稱會面難，一舉累十觴。十觴亦不醉，感子故意長。明日隔山岳，世事兩茫茫！」

得舍弟消息：「亂後誰歸得，他鄉勝故鄉。直爲心厄苦，久念與存亡。汝書猶在壁，汝妾已辭房。舊犬知愁恨，垂頭傍我牀。」

新婚別：「兔絲附蓬麻，引蔓故不長。嫁女與征夫，不如棄路旁。結髮爲君妻，席不煖君床。暮婚晨告別，無乃太匆忙。君行雖不遠，守邊赴河陽。妾身未分明，何以拜姑嫜？父母養我時，日夜令我藏。生女有所歸，雞狗亦得將。君今往死地，沈痛迫中腸。誓欲隨君去，形勢反蒼黃。勿爲新婚念，努力事戎行。婦人在軍中，兵氣恐不揚。自嗟貧家女，久致羅襦裳。羅襦不復施，對君洗紅妝。仰視百鳥飛，大小必雙翔。人事多錯迕，與君永相望。」

夏夜嘆：「永日不可暮，炎蒸毒中腸。安得萬里風，飄飖吹我裳？昊天出華月，茂林延疏光。仲夏苦夜短，開軒納微涼。虛明見纖毫，羽蟲亦飛揚。物情無巨細，自適固其常。念彼荷戈士，窮年守邊疆。何由一洗濯，執熱互相望？竟夕擊刁斗，喧聲連萬方。青紫雖被體，不如早還鄉。北城悲笳發，鸛鶴號且翔。況復煩促倦，激烈思時康。」

遣興五首其四：「賀公雅吳語，在位常清狂。上疏乞骸骨，黃冠歸故鄉。爽氣不可致，斯人今則亡。山陰一茅宇，江海日淒涼。」

遣興二首其一：「天用莫如龍，有時繫扶桑。頓轡海徒湧，神人身更長。性命苟不存，英雄徒自強。吞聲勿復道，眞宰意茫茫。」

遣興五首其五：「朝逢富家葬，前後皆輝光。共指親戚大，緦麻百夫行。送者各有死，不須羨其強。君看束縛去，亦得歸山岡。」

秦州雜詩二十首其五：「南使宜天馬，由來萬匹強。浮雲連陣沒，秋草遍山長。聞說眞龍種，仍殘老驌驦。哀鳴思戰鬬，迥立向蒼蒼。」

秦州雜詩二十首其十七：「邊秋陰易夕，不復辨晨光。簷雨亂淋幔，山雲低度牆。鸕鷀窺淺井，蚯蚓上深堂。車馬何蕭索，門前百草長。」

蕃劍：「致此自僻遠，又非珠玉裝。如何有奇怪，每夜吐光芒。虎氣必騰上，龍身寧久藏。風塵苦未息，持汝奉明王。」

寄彭州高三十五使君適虢州岑二十七長史參三十韻：「故人何寂寞？今我獨淒涼。老去才難盡，秋來興甚長。物情尤可見，詞客未能忘。海內知名士，雲端各異方。高岑殊緩步，沈鮑得同行。意愜關飛動，篇終接混茫。舉天悲富駱，近代惜盧王。似爾官仍貴，前賢命可傷。諸侯非棄擲，半刺已翺翔。詩好幾時見，書成無使將。男兒行處是，客子鬬身強。羈旅推賢聖，沈綿抵咎殃。三年猶瘧疾，一鬼不消亡。隔日搜脂髓，增寒抱雪霜。徒然潛隙地，有靦屢鮮妝。何太龍鍾極，於今出處妨。無錢居帝里，盡室在邊疆。劉表雖遺恨，龐公至死藏。心微傍魚鳥，肉瘦怯豺狼。隴草蕭蕭白，洮雲片片黃。彭門劍閣外，虢略鼎湖旁。荆玉簪頭冷，巴箋染翰光。烏麻蒸續曬，丹橘露應嘗。豈異神仙宅？俱兼山水鄉。竹齋燒藥竈，花嶼讀書堂。更得清新否？遙知對屬忙。舊宮寧改漢，淳俗本歸唐。濟世宜公等，安貧亦士常。蚩尤終戮辱，胡羯漫倡狂。會待妖氛靜，論文暫裹糧。」

乾元中寓居同谷縣作歌七首其三：「有弟有弟在遠方，三人各瘦何人強？生別展轉不相見，胡塵暗天道路長。前飛駕鵝後鶖鶬，安得送我置汝旁？嗚呼三歌兮歌三發，汝歸何處收兄骨？」

成都府：「翳翳桑榆日，照我征衣裳。我行山川異，忽在天一方。但逢新人民，未卜見故鄉。大江東流去，遊子日月長。曾城填華屋，季冬樹木蒼。喧然名都會，吹簫間笙簧。信美無與適，側身望川梁。鳥雀夜各歸，中原杳茫茫。初月出不高，眾星尚爭光。自古有羈旅，我何苦哀傷！」

狂夫：「萬里橋西一草堂，百花潭水即滄浪。風含翠篠娟娟淨，雨裛紅蕖冉冉香。厚祿故人書斷絕，恆饑稚子色淒涼。欲填溝壑唯疏放，自笑狂夫老更狂。」

田舍：「田舍清江曲，柴門古道旁。草深迷市井，地僻懶衣裳。櫸柳枝枝弱，枇杷樹樹香。鸕鷀西日照，曬翅滿漁梁。」

和裴迪登新津寺寄王侍郎：「何恨倚山木，吟詩秋葉黃。蟬聲集古寺，鳥影度寒塘。風物悲遊子，登臨憶侍郎。老夫貪佛日，隨意宿僧房。」

西郊：「時出碧雞坊，西郊向草堂。市橋官柳細，江路野梅香。傍架齊書帙，看題減藥囊。無人覺來往，疏懶意何長。」

春水生二絕其二：「一夜水高二尺強，數日不可更禁當。南市津頭有船賣，無錢即買繫籬旁。」

江畔獨步尋花七絕句其一：「江上被花惱不徹，無處告訴只顛狂。走覓南鄰愛酒伴，經旬出飲獨空床。」

魏十四侍御就敝廬相別：「有客騎驄馬，江邊問草堂。遠尋留藥價，惜別倒文場。入幕旌旗動，歸軒錦繡香。時應念衰疾，書疏及滄浪。」

少年行：「馬上誰家白面郎，臨階下馬坐人床。不通姓字麤豪甚，指點銀瓶索酒嘗。」

大麥行：「大麥乾枯小麥黃，婦女行泣夫走藏。東至集壁西梁洋，問誰腰鐮胡與羌。豈無蜀兵三千人，部領辛苦江山長。安得如鳥有羽翅，托身白雲還故鄉。」

戲題寄上漢中王三首其三：「群盜無歸路，衰顏會遠方。尚憐詩警策，猶記酒顛狂。魯衛彌尊重，徐陳略喪亡。空餘枚叟在，應念早升堂。」

聞官軍收河南河北：「劍外忽傳收薊北，初聞涕淚滿衣裳。卻看妻子愁何在？漫卷詩書喜欲狂。白日放歌須縱酒，青春作伴好還鄉。即從巴峽穿巫峽，便下襄陽向洛陽。」

上兜率寺：「兜率知名寺，眞如會法堂。江山有巴蜀，棟宇自齊梁。庾信哀雖久，周顒好不忘。白牛車遠近，且欲上慈航。」

數陪李梓州泛江有女樂在諸舫戲爲豔曲二首贈李其二：「白日移歌袠，清霄近笛床。翠眉縈度曲，雲鬢儼分行。立馬千山暮，迴舟一水香。使君自有婦，莫學野鴛鴦。」

官池春雁二首其二：「青春欲盡急還鄉，紫塞寧論尙有霜？翅在雲天終不遠，力微矰繳絕須防。」

送韋郎司直歸成都：「竄身來蜀地，同病得韋郎。天下干戈滿，江邊歲月長。別筵花欲暮，春日鬢俱蒼。爲問南溪竹，抽梢合過牆。」

臺上得涼字：「改席臺能迥，留門月復光。雲霄遺暑溼，山谷進風涼。老去一杯足，誰憐屢舞長。何須把官燭，似惱鬢毛蒼。」

章梓州橘亭餞成都竇少尹得涼字：「秋日野亭千橘香，玉杯錦席高雲涼。主人送客何所作，行酒賦詩殊未央。衰老應爲難離別，賢聲此去有輝光。預傳籍籍新京尹，青史無勞數趙張。」

薄遊：「淅淅風生砌，團團日隱牆。遙空秋雁滅，半嶺暮雲長。病葉多先墜，寒花只暫香。巴城添淚眼，今夜復清光。」

城上：「草滿巴西綠，空城白日長。風吹花片片，春動水茫茫。八駿隨天子，群臣從武皇。遙聞出巡守，早晚遍遐荒。」

雙燕：「旅食驚雙燕，銜泥入此堂。應同避燥溼，且復過炎涼。養子風塵際，來時道路長。今秋天地在，吾亦離殊方。」

有感五首其二：「幽薊餘蛇豕，乾坤尙虎狼。諸侯春不貢，使者日相望。愼勿吞青海，無勞問越裳。大君先息戰，歸馬華山陽。」

憶昔二首其一：「憶昔先帝巡朔方，千乘萬騎入咸陽。陰山驕子汗血馬，長驅東胡胡走藏。鄴城反覆不足怪，關中小兒壞紀綱。張后不樂上爲忙，至今今上猶撥亂，勞身焦思補四方。我昔近侍叨奉引，出兵整肅不可當。爲留猛士守未央，致使岐雍防西羌。犬戎直來坐御牀，百官跣足隨天王。願見北地傅介子，老儒不用尙書郎。」

江亭王閬州筵餞蕭遂州：「離亭非舊國，春色是他鄉。老畏歌聲斷，愁隨舞曲長。二天開寵錫，五馬爛生光。川路風烟接，俱宜下鳳皇。」

陪王使君晦日泛江就黃家亭子二首其二：「有徑金沙軟，無人碧草芳。野畦連蛺蝶，江檻俯鴛鴦。日晚煙花亂，風生錦繡香。不須吹急管，衰老易悲傷。」

四松：「四松初移時，大抵三尺強。別來忽三歲，離立如人長。會看根不拔，莫計枝凋傷。幽色幸秀發，疏柯亦昂藏。所插小藩籬，本亦有隄防。終然棖撥損，得愧千葉黃？敢爲故林主，黎庶猶未康。避賊今始歸，春草滿空堂。覽物歎衰謝，及茲慰淒涼。清風爲我起，灑面若微霜。足爲送老資，聊待偃蓋張。我生無根蒂，配爾亦茫茫。有情且賦詩，事跡可兩忘。勿矜千載後，慘澹蟠穹蒼。」

寄邛州崔錄事：「邛州崔錄事，聞在果園坊。久待無消息，終朝有底忙。應愁江樹遠，怯見野亭荒。浩蕩風塵外，誰知酒熟香？」

絕句二首其一：「遲日江山麗，春風花草香。泥融飛燕子，沙暖睡鴛鴦。」

韋諷錄事宅觀曹將軍畫馬圖歌：「國初已來畫鞍馬，神妙獨數江都王。將軍得名三十載，人間又見眞乘黃。曾貌先帝照夜白，龍池十日飛霹靂。內府殷紅馬腦盤，倢妤傳詔才人索。盤賜將軍拜舞歸，輕紈細綺相追飛。貴戚權門得筆跡，始覺屏障生光輝。昔日太宗拳毛騧，近時郭家師子花。今之新圖有二馬，復令識者久歎嗟。此皆戰騎一敵萬，縞素漠漠開風沙。其餘七匹亦殊絕，迥若寒空動烟雪。霜蹄蹴踏長楸間，馬官廝養森成列。可憐九馬爭神駿，顧視清高氣深穩。借問苦心愛者誰，後有韋諷前支遁。憶昔巡幸新豐宮，翠華拂天來向東。騰驤磊落三萬匹，皆與此圖筋骨同。自從獻寶朝河宗，無復射蛟江水中。君不見金粟堆前松柏裏，龍媒去盡鳥呼風。」

嚴鄭公宅同詠竹得香字：「綠竹半含籜，新梢纔出牆。色侵書帙晚，陰過酒樽涼。雨洗娟娟淨，風吹細細香。但令無翦伐，會見拂雲長。」

奉觀嚴鄭公廳事岷山沱江畫圖十韻得忘字：「沱水流中座，岷山到北堂。白波吹粉壁，青嶂插雕梁。直訝杉松冷，兼疑菱荇香。雪雲虛點綴，沙草得微茫。嶺雁隨毫末，川蜺飲練光。霏紅洲蕊亂，拂黛石蘿長。暗谷非關雨，丹楓不為霜。秋成玄圃外，景物洞庭旁。繪事功殊絕，幽襟興激昂。從來謝太傅，丘壑道難忘。」

觀李固請司馬弟山水圖三首其三：「高浪垂翻屋，崩崖欲壓牀。野橋分子細，沙岸繞微茫。紅浸珊瑚短，青懸薜荔長。浮查並坐得，仙老暫相將。」

至後：「冬至至後日初長，遠在劍南思洛陽。青袍白馬有何意？金谷銅駝非故鄉。梅花欲開不自覺，棣萼一別永相望。愁極本憑詩遣興，詩成吟詠轉淒涼。」

聞高常侍亡：「歸朝不相見，蜀使忽傳亡。虛歷金華省，何殊地下郎！致君丹檻折，哭友白雪長。獨步詩名在，衹令故舊傷。」

別常徵君：「兒扶猶杖策，臥病一秋強。白髮少新洗，寒衣寬總長。故人憂見及，此別淚相忘。各逐萍流轉，來書細作行。」

懷錦水居止二首其二：「萬里橋西宅，百花潭北莊。層軒皆面水，老樹飽經霜。雪嶺界天白，錦城曛日黃。惜哉形勝地，回首一茫茫。」

十二月一日三首其二：「寒輕市上山煙碧，日滿堂前江霧黃。負鹽出井此谿女，打鼓發船何郡郎？新亭舉目風景切，茂陵著書消渴長。春花不愁不爛漫，楚客唯聽棹相將。」

上白帝城：「城峻隨天壁，樓高望女牆。江流思夏后，風至憶襄王。老去聞悲角，人扶報夕陽。公孫初恃險，躍馬意何長？」

武侯廟：「遺廟丹青古，空山草木長。猶聞辭後主，不復臥南陽。」

灩澦堆：「巨石水中央，江寒山水長。沈牛答雲雨，如馬戒舟航。天意存傾覆，神功接混茫。干戈連解纜，行止憶垂堂。」

夔州歌十絕句其九：「武侯祠堂不可忘，中有松柏參天長。干戈滿地客愁破，雲日如火炎天涼。」

壯遊：「往昔十四五，出遊翰墨場。斯文崔魏徒，以我似班揚。七齡思即壯，開口詠鳳皇。九齡書大字，有作成一囊。性豪業嗜酒，嫉惡懷剛腸。脫略小時輩，結交皆老蒼。飲酣視八極，俗物都茫茫。東下姑蘇臺，已具浮海航。到今有遺恨，不得窮扶桑。王謝風流遠，闔閭邱墓荒。劍池石壁仄，長洲荷芰香。嵯峨閶門北，清廟映迴塘。每趨吳太伯，撫事淚浪浪。枕戈憶句踐，渡浙想秦皇。蒸魚聞匕首，除道哂要章。越女天下白，鏡湖五月涼。剡溪蘊秀異，欲罷不能忘。歸帆拂天姥，中歲貢舊鄉。氣劘屈賈壘，目短曹劉牆。忤下考功第，獨辭京尹堂。放蕩齊趙間，裘馬頗清狂。春歌叢臺上，冬獵青邱旁。呼鷹皁櫪林，逐獸雲雪岡。射飛曾縱鞚，引臂落鶖鶬。蘇侯據鞍喜，忽如攜葛彊。快意八九年，西歸到咸陽。許與必詞伯，賞遊實賢王。曳裾置醴地，奏賦入明光。天子廢食召，群公會軒裳。脫身無所愛，痛飲信行藏。黑貂寧免敝，斑鬢兀稱觴。杜曲換耆舊，四郊多白楊。坐深鄉黨敬，日覺死生忙。朱門務傾奪，赤族迭罹殃。國馬竭粟豆，官雞輸稻粱。舉隅見煩費，引古惜興亡。河朔風塵起，岷山行幸長。兩宮各警蹕，萬里遙相望。崆峒殺氣黑，少海旌旗黃。禹功亦命子，涿鹿親戎行。翠華擁吳岳，螭虎噉豺狼。爪牙一不中，胡兵更陸梁。大軍載草草，凋瘵滿膏肓。備員竊補袞，憂憤心飛揚。上感九廟焚，下憫萬民瘡。斯時伏青蒲，廷諍守御床。君辱敢愛死？赫怒幸無傷。聖哲體仁恕，宇縣復小康。哭廟灰燼中，鼻酸朝未央。小臣議論絕，老病客殊方。鬱鬱苦不展，羽翮困低昂。秋風動哀壑，碧蕙捐微芳。之推避賞從，漁父濯滄浪。榮華敵勳業，歲暮有嚴霜。吾觀鴟夷子，才格出尋常。群凶逆未定，側佇英俊翔。」

陪柏中丞觀宴將士二首其一：「極樂三軍士，誰知百戰場。無私齊綺饌，久坐密金章。醉客霑鸚鵡，佳人指鳳凰。幾時來翠節，特地引紅妝。」

即事：「暮春三月巫峽長，皛皛行雲浮日光。雷聲忽送千峰雨，花氣渾如百和香。黃鶯過水翻迴去，燕子銜泥溼不妨。飛閣卷簾圖畫裏，虛無只少對瀟湘。」

暮春題瀼西新賃草屋五首其五：「欲陳濟世策，已老尚書郎。未息豺虎鬬，空慚鴛鷺行。時危人事急，風逆羽毛傷。落日悲江漢，中宵淚滿床。」

承聞河北諸道節度入朝歡喜口號絕句十二首其七：「抱

病江天白首郎，空山樓閣暮春光。衣冠是日朝天子，草奏何時入帝鄉。」

承聞河北諸道節度入朝歡喜口號絕句十二首其十二：「十二年來多戰場，天威已息陣堂堂。神靈漢代中興主，功業汾陽異姓王。」

豎子至：「樝梨纔綴碧，梅杏半傳黃。小子幽園至，輕籠熟奈香。山風猶滿把，野露及新嘗。欹枕江湖客，提攜日月長。」

七月一日題終明府水樓二首其一：「高棟曾軒已自涼，秋風此日灑衣裳。翛然欲下陰山雪，不去非無漢署香。絕壁過雲開錦繡，疏松隔水奏笙簧。看君宜著王喬履，眞賜還疑出尙方。」

秋行官張望督促東渚耗稻向畢清晨遣女奴阿稽豎子阿段往問：「東渚雨今足，佇聞粳稻香。上天無偏頗，蒲稗各自長。人情見非類，田家戒其荒。功夫競搰搰，除草置岸旁。穀者命之本，客居安可忘。青春具所務，勤墾免亂常。吳牛力容易，並驅紛遊場。豐苗亦已穊，雲水照方塘。有生固蔓延，靜一資隄防。督領不無人，提攜頗在綱。荊揚風土暖，肅肅候微霜。尙恐主守疏，用心未甚臧。清朝遣婢僕，寄語踰崇岡。西成聚必散，不獨陵我倉。豈要仁里譽，感此亂世忙。北風吹蒹葭，蟋蟀近中堂。荏苒百工休，鬱紆遲暮傷。」

又上後園山腳：「昔我遊山東，憶戲東嶽陽。窮秋立日觀，矯首望八荒。朱崖著毫髮，碧海吹衣裳。蓐收困用事，玄冥蔚強梁。逝水自朝宗，鎮石各其方。平原獨憔悴，農力廢耕桑。非關風露凋，曾是戍役傷。於時國用富，足以守邊疆。朝廷任猛將，遠奪戎馬場。到今事反覆，故老淚萬行。龜蒙不復見，況乃懷舊鄉？肺萎屬久戰，骨出熱中腸。憂來杖匣劍，更上林北岡。瘴毒猿鳥落，峽乾南日黃。秋風亦以起，江漢已如湯。登高欲有往，蕩析川無梁。哀彼遠征人，去家死路旁。不及祖父塋，纍纍冢相望。」

樹間：「岑寂雙柑樹，婆娑一院香。交柯低几杖，垂實礙衣裳。滿歲如松碧，同時待菊黃。幾迴霑葉露，乘月坐胡牀。」

寄韓諫議注：「今我不樂思岳陽，身欲奮飛病在牀。美人娟娟隔秋水，濯足洞庭望八荒。鴻飛冥冥日月白，青楓葉赤天雨霜。玉京群帝集北斗，或騎騏驎翳鳳凰。芙蓉旌旗煙霧落，影動倒景搖瀟湘。星宮之君醉瓊漿，羽人稀少不在旁。似聞昨者赤松子，恐是漢代韓張良。昔隨劉氏定長安，帷幄未改神慘傷。國家成敗吾豈敢？色難腥腐餐楓香。周南留滯古所惜，南極老人應壽昌。美人胡為隔秋水？焉得置之貢玉堂。」

秋野五首其三：「禮樂攻吾短，山林引興長。掉頭紗帽側，曝背竹書光。風落收松子，天寒割蜜房。稀疏小紅翠，駐屐近微香。」

復愁十二首其七：「貞觀銅牙弩，開元錦獸張。花門小箭好，此物棄沙場。」

鬥雞：「鬥雞初賜錦，舞馬解登牀。簾下宮人出，樓前御柳長。仙遊終一閟，女樂久無香。寂寞驪山道，清秋草木黃。」

送田四弟將軍將夔州柏中丞命起居江陵節度陽城郡王衛公幕：「離筵罷多酒，起柁發寒塘。迴首中丞座，馳牋異姓王。燕辭楓樹日，雁度麥城霜。定醉山翁酒，遙憐似葛強。」

觀公孫大娘弟子舞劍器行：「昔有佳人公孫氏，一舞劍氣動四方。觀者如山色沮喪，天地爲之久低昂。㸌如羿射九日落，矯如群帝驂龍翔。來如雷霆收震怒，罷如江海凝清光。絳脣珠袖兩寂寞，晚有弟子傳芬芳。臨潁美人在白帝，妙舞此曲神揚揚。與予問答既有以，感時撫事增惋傷。先帝侍女八千人，公孫劍器初第一。五十年間似反掌，風塵澒洞昏王室。梨園子弟散如烟，女樂餘姿映寒日。金粟堆南木已拱，瞿唐石城草蕭瑟。玳筵急管曲復終，樂極哀來月東出。老夫不知其所往，足繭荒山轉愁疾。」

元日示宗武：「汝啼吾手戰，吾笑汝身長。處處逢正月，迢迢滯遠方。飄零還柏酒，衰病只藜牀。訓諭青衿子，名慙白首郎。賦詩猶落筆，獻壽更稱觴。不見江東弟，高歌淚數行。」

又示宗武：「覓句新知律，攤書解滿牀。試吟青玉案，莫羨帶紫羅囊。假日從時飲，明年共我長。應須飽經術，已似愛文章。十五男兒志，三千弟子行。曾參與游夏，達者得升堂。」

送大理封主簿五郎親事不合卻赴通州主簿前閬州賢子余與主簿平章鄭氏女子垂欲納采鄭氏伯父京書至女子已許他族親事遂停：「禁臠去東牀，趨庭赴北堂。風波空遠涉，琴瑟幾虛張。渥水出騏驥，崑山生鳳凰。兩家誠款款，中道許蒼蒼。頗謂秦晉匹，從來王謝郎。青春動才調，白首缺輝光。玉潤終孤立，珠明得闇藏。餘寒折花卉，恨別滿江鄉。」

乘雨入行軍六弟宅：「曙角凌雲亂，春城帶雨長。水花分塹弱，巢燕得泥忙。令弟雄軍佐，凡才污省郎。萍漂忍流涕，衰颯近中堂。」

遣悶：「地閟平沙岸，舟虛小洞房。使塵來驛道，城日避烏檣。暑雨留蒸溼，江風借夕涼。行雲星隱見，疊浪月光芒。螢鑒緣帷徹，蛛絲罥鬢長。哀箏猶憑几，鳴笛竟霑裳。倚著如秦贅，過逢類楚狂。氣衝看劍匣，穎脫撫錐囊。妖孽關東臭，兵戈隴右瘡。時清疑武略，世亂跼文場。餘力浮於海，端憂問彼蒼。百年從萬事，故國耿難忘。」

望岳：「南岳配朱鳥，秩禮自百王。欻吸領地靈，鴻洞半炎方。邦家用祀典，在德非馨香。巡守何寂寥！有虞今則亡。汨吾隘世網，行邁越瀟湘。渴日絕壁出，漾舟清光旁。祝融五峰尊，峰峰次低昂。紫蓋獨不朝，爭長業相望。恭聞魏夫人，群仙夾翺翔。有時五峰氣，散風如飛霜。牽迫限修途，未暇杖崇岡。歸來覬命駕，沐浴休玉堂。三歎問府主，曷以贊我皇。牲璧忽衰俗，神其思降祥。」

潭州送韋員外牧韶州：「炎海韶州牧，風流漢署郎。分符先令望，同舍有輝光。白首多年疾，秋天昨夜涼。洞庭無過雁，書疏莫相忘。」

冬晚送長孫漸舍人歸州：「參卿休坐幄，蕩子不歸鄉。南客瀟湘外，西戎鄠杜旁。衰年傾蓋晚，費日繫舟長。會面思來札，銷魂逐去檣。雲晴鷗更舞，風逆雁無行。匣裏雌雄劍，吹毛任選將。」

送魏二十四司直充嶺南掌選崔郎中判官兼寄韋韶州：「選曹分五嶺，使者歷三湘。才美膺推薦，君行佐紀綱。佳聲期共遠，雅節在周防。明白山濤鑒，嫌疑陸賈裝。故人湖外少，春日嶺南長。憑報韶州牧，新詩昨寄將。」

入衡州：「兵革自久遠，興衰看帝王。漢儀甚照耀，胡馬何猖狂。老將一失律，清邊生戰場。君臣忍瑕垢，河岳空金湯。重鎮如割據，輕權絕紀綱。軍州體不一，寬猛性所將。嗟彼苦節士，素於圓鑿方。寡妻從爲郡，兀者安堵牆。凋弊惜邦本，哀矜存事常。旌麾非其任，府庫實過防。恕己獨在此，多憂增內傷。偏裨限酒肉，卒伍單衣裳。元惡迷是似，聚謀洩康莊。竟流帳下血，大降湖南殃。烈火發中夜，高烟焦上蒼。至今分粟帛，殺氣吹沅湘。福善理顛倒，明徵天莽茫。銷魂避飛鏑，累足穿豺狼。隱忍枳棘刺，遷延胝趼瘡。遠歸兒侍側，猶乳女在旁。久客倖脫免，暮年慙激昂。蕭條向水陸，汨沒隨漁商。報主身已老，入朝見病妨。悠悠委薄俗，鬱鬱回剛腸。參錯走洲渚，舂容轉林篁。片帆左郴岸，通郭前衡陽。華表雲鳥陣，名園花草香。旗亭壯邑屋，烽櫓蟠城隍。中有古刺史，盛才冠巖廊。扶顛待柱石，獨坐飛風霜。昨者間瓊樹，高談隨羽觴。無論再繾綣，已是安蒼黃。劇孟七國畏，馬卿四賦良。門闌蘇生在，勇銳白起強。問罪富形勢，凱歌懸否臧。氛埃期必掃，蚊蚋焉能當？橘井舊地宅，仙山引舟航。此行厭暑雨，厥土聞清涼。諸舅剖符近，開緘書札光。頻煩命屢及，磊落字百行。江總外家養，謝安乘興長。下流匪珠玉，擇木羞鸞凰。我師嵇叔夜，世賢張子房。柴荊寄樂土，鵬路觀翱翔。」

下平：八庚（古通真）

庚更（更改）羹秔稉梗阬盲橫（縱橫）觥彭棚亨鎗英瑛烹平評枰京驚荊明盟鳴榮瑩兵兄卿生甥笙牲檠擎鯨黥迎行（行走）衡耕萌氓甍紘宏閎莖鸎罌甇鶯櫻泓橙爭箏清情晴精睛菁晶旌盈楹瀛嬴贏營嬰纓貞成盛（盛受）城誠呈程酲聲征正（正月）輕名令（使令）并（并州）傾縈錫（飴錫）瓊鶊賡撐崢嶸丁粳坑鏗攖鸚蘅澎膨浜坪蘋鉦傖嚶轟錚猙寧狌獰瞠繃怦瓔砰鯖偵檉蟶塋赬甇鸎瞠瞪

房兵曹胡馬：「胡馬大宛名，鋒稜瘦骨成。竹批雙耳峻，風入四蹄輕。所向無空闊，眞堪托死生。驍騰有如此，萬里可橫行。」

與李十二白同尋范十隱居：「李侯有佳句，往往似陰鏗。余亦東蒙客，憐君如弟兄。醉眠秋共被，攜手日同行。更想幽期處，還尋北郭生。入門高興發，侍立小童清。落景聞寒杵，屯雲對古城。向來吟橘頌，誰欲討蓴羹？不願論簪笏，悠悠滄海情。」

贈陳二補闕：「世儒多汨沒，夫子獨聲名。獻納開東觀，君王問長卿。皂雕寒始急，天馬老能行。自到青冥裡，休看白髮生。」

敬贈鄭諫議十韻：「諫官非不達，詩義早知名。破的由來事，先鋒孰敢爭！思飄雲物動，律中鬼神驚。毫髮無遺憾，波瀾獨老成。野人寧得所，天意薄浮生。多病休儒服，冥搜信客旌。築居仙縹緲，旅食歲崢嶸。使者求顏闔，諸公厭禰衡。將期一諾重，欻使寸心傾。君見途窮哭，宜憂阮步兵。」

陪鄭廣文游何將軍山林十首其二：「百頃風潭上，千章夏木清。卑枝低結子，接葉暗巢鶯。鮮鯽銀絲膾，香芹碧澗羹。翻疑柂樓底，晚飯越中行。」

奉送郭中丞兼太僕卿充隴右節度使三十韻：「詔發山西將，秋屯隴右兵。淒涼餘部曲，燀赫舊家聲。雕鶚乘時去，驊騮顧主鳴。艱難須上策，容易即前程。斜日當軒蓋，高風卷旆旌。松悲天水冷，沙亂雪山清。和虜猶懷惠，防邊詎敢驚。古來於異域，鎮靜示專征。燕薊奔封豕，周秦觸駭鯨。中原何慘黷，遺孽尚縱橫。箭入昭陽殿，笳吹細柳營。內人紅袖泣，王子白衣行。宸極妖星動，園陵殺氣平。空餘金盌出，無復繐帷輕。毀廟天飛雨，焚宮火徹明。罘罳朝共落，榆桷夜同傾。三月師逾整，群凶勢就烹。瘡痍親接戰，勇決冠垂成。妙譽期元宰，殊恩且列卿。幾時迴節鉞，戮力掃欃槍？圭竇三千士，雲梯七十城。恥非齊說客，愧似魯諸生。通籍微班忝，周行獨坐榮。隨肩趨漏刻，短髮寄簪纓。徑欲依劉表，還疑厭禰衡。漸衰那此別，忍淚獨含情。廢邑狐狸語，空村虎豹爭。人頻墜塗炭，公豈忘精誠。元帥調新律，前軍壓舊京。安邊仍扈從。莫作後功名。」

月：「天上秋期近，人間月影清。入河蟾不沒，搗藥兔長生。只益丹心苦，能添白髮明。干戈知滿地，休照國西營。」

羌村三首其三：「群雞正亂叫，客至雞鬭爭。驅雞上樹木，始聞叩柴荊。父老四五人，問我久遠行。手中各有攜，傾榼濁復清。苦辭酒味薄，黍地無人耕。兵革既未息，兒童盡東征。請為父老歌，艱難愧深情。歌罷仰天嘆，四座淚縱橫。」

端午日賜衣：「宮衣亦有名，端午被恩榮。細葛含風軟，香羅疊雪輕。自天題處濕，當暑著來清。意內稱長短，終身荷聖情。」

不歸：「河間尚征伐，汝骨在空城。從弟人皆有，終身恨不平。數金憐俊邁，總角愛聰明。面上三年土，春風草又生。」

新安吏：「客行新安道，喧呼聞點兵。借問新安吏：縣小更無丁？府帖昨夜下，次選中男行。中男絕短小，何以守王城？肥男有母送，瘦男獨伶俜。白水暮東流，青山猶哭聲。莫自使眼枯，收汝淚縱橫。眼枯即見骨，天地終無情。我軍取相州，日夕望其平。豈意賊難料，歸軍星散營。就糧近故壘，練卒依舊京。掘壕不到水，牧馬役亦輕。況乃王師順，撫養甚分明。送行勿泣血，僕射如父兄。」

月夜憶舍弟：「戍鼓斷人行，秋邊一雁聲。露從今夜白，月是故鄉明。有弟皆分散，無家問死生。寄書長不達，況乃未休兵。」

天河：「當時任顯晦，秋至轉分明。縱被浮雲掩，猶能永夜清。含星動雙闕，半月落邊城。牛女年年渡，何曾風浪生。」

送遠：「帶甲滿天地，胡為君遠行？親朋盡一哭，鞍馬去孤城。草木歲月晚，關河霜雪清。別離已昨日，因見古人情。」

村夜：「風色蕭蕭暮，江頭人不行。村舂雨外急，鄰火夜深明。胡羯何多難？漁樵寄此生。中原有兄弟，萬里正含情。」

遣意二首其一：「囀枝黃鳥近，泛渚白鷗輕。一徑野花落，孤村春水生。衰年催釀黍，細雨更移橙。漸喜交遊絕，幽居不用名。」

漫成二首其一：「野日荒荒白，春流泯泯清。渚蒲隨地有，村徑逐門成。只作披衣慣，常從漉酒生。眼邊無俗物。多病也身輕。」

春夜喜雨：「好雨知時節，當春乃發生。隨風潛入夜，潤物細無聲。野徑雲俱黑，江船火獨明。曉看紅濕處，花重錦官城。」

春水生二絕其一：「二月六夜春水生，門前小灘渾欲平。鸕鷀鸂鶒莫漫喜。吾與汝曹俱眼明。」

水檻遣心二首其二：「蜀天常夜雨，江檻已朝晴。葉潤林塘密，衣乾枕席清。不堪秪老病，何得尙浮名？淺把涓涓酒，深憑送此生。」

戲作花卿歌：「成都猛將有花卿，學語小兒知姓名。用如快鶻風火生，見賊惟多身始輕。綿州副使著柘黃，我卿掃除即日平。子璋髑髏血模糊，手提擲還崔大夫。李侯重有此節度，人道我卿絕世無！既稱絕世無，天子何不喚取守東都？」

送段功曹歸廣州：「南海青天外，功曹幾月程。峽雲籠樹小，湖日蕩船明。交趾丹砂重，韶州白葛輕。幸君因旅客，時寄錦官城。」

江頭四詠花鴨：「花鴨無泥滓，階前每緩行。羽毛知獨立，黑白太分明。不覺群心妒，休牽眾眼驚。稻粱霑汝在，作意莫先鳴。」

屏跡三首其二：「用拙存吾道，幽居近物情。桑麻深雨露，燕雀半生成。村鼓時時急，漁舟箇箇輕。杖藜從白首，心跡喜雙清。」

三絕句其三：「無數春筍滿林生，柴門密掩斷人行。會須上番看成竹，客至從嗔不出迎。」

戲爲六絕句其一：「庾信文章老更成，凌雲健筆意縱橫。今人嗤點流傳賦，不覺前賢畏後生。」

奉濟驛重送嚴公四韻：「遠送從此別，青山空復情。幾時杯重把，昨夜月同行。列郡謳歌惜，三朝出入榮。江村獨歸處，寂寞養殘生。」

宗武生日：「小子何時見？高秋此日生。自從都邑語，已伴老夫名。詩是吾家事，人傳世上情。熟精文選理，休覓綵衣輕。彫瘵筵初秩，攲斜坐不成。流霞分片片，涓滴就徐傾。」

客夜：「客睡何曾著，秋天不肯明。入簾殘月影，高枕遠江聲。計拙無衣食，途窮仗友生。老妻書數紙，應悉未歸情。」

悲秋：「涼風動萬里，群盜尚縱橫。家遠傳書日，秋來爲客情。秋窺高鳥過，老逐眾人行。始欲投三峽，何由見兩京。」

玩月呈漢中王：「夜深露氣清，江月滿江城。浮客轉危坐，歸舟應獨行。關山同一照，烏鵲自多驚。欲得淮王術，風吹暈已生。」

泛江送客：「二月頻送客，東津江欲平。烟花山際重，舟楫浪前輕。淚逐勸杯下，愁連吹笛生。離筵不隔日，那得易爲情。」

送元二適江左：「亂後今相見，秋深復遠行。風塵爲客日，江海送君情。晉室丹陽尹，公孫白帝城。經過自愛惜，取次莫論兵。」

送竇九赴成都：「文章亦不盡，竇子才縱橫。非爾更苦節，何人符大名？讀書雲閣觀，問絹錦官城。我有浣花竹，題詩須一行。」

歲暮：「歲暮遠爲客，邊隅還用兵。烟塵犯雪嶺，鼓角動江城。天地日流血，朝廷誰請纓？濟時敢愛死，寂寞壯心驚。」

送李卿曄：「王子思歸日，長安已亂兵。霑衣問行在，走馬向承明。暮景巴蜀僻，春風江漢清。晉山雖自棄，魏闕尚含情。」

釋悶：「四海十年不解兵，犬戎也復臨咸京。失道非關山襄野，揚鞭忽是過湖城。豺狼塞路人斷絕，烽火照夜屍縱橫。天子亦應厭奔走，群公固合思昇平。但恐誅求不改轍，聞道嬖孽能全生。江邊老翁錯料事，眼暗不見風塵清。」

滕王亭子二首其二：「寂寞春山路，君王不復行。古牆猶竹色，虛閣自松聲。鳥雀荒村暮，雲霞過客情。尚思歌吹入，千騎擁霓旌。」

揚旗：「江風颯長夏，府中有餘清。我公會賓客，肅肅有異聲。初筵閱軍裝，羅列照廣庭。庭空六馬入，駛騣揚旗旌。迴迴偃飛蓋，熠熠迸流星。來纏風飆急，去擘山嶽傾。材歸俯身盡，妙取略地平。虹蜺就掌握，舒卷隨人輕。三州陷犬戎，但見西嶺青。公來練猛士，欲奪天邊城。此堂不易升，庸蜀日已寧。吾徒且加餐，休適蠻與荊。」

太子張舍人遺織成褥段：「客從西北來，遺我翠織成。開緘風濤湧，中有掉尾鯨。逶迤羅水族，瑣細不足名。客云充君褥，承君終宴榮。空堂魑魅走，高枕形神清。領客珍重意，顧我非公卿。留之懼不祥，施之混柴荊。服飾定尊卑，大哉萬古程。今我一賤老，短褐更無營。煌煌珠宮物，寢處禍所嬰。歎息當路子，干戈尚縱橫。掌握有權柄，衣馬自肥輕。李鼎死岐陽，實以驕貴盈。來瑱賜自盡，氣豪直阻兵。皆聞黃金多，坐見悔吝生。奈何田舍翁，受此厚貺情？錦鯨卷還客，始覺心和平。振我麤席塵，愧客茹藜羹。」

奉和嚴大夫軍城早秋：「秋風嫋嫋動高旌，玉帳分弓射虜營。已收滴博雲間戍，欲奪蓬婆雪外城。」

院中晚晴懷西郭茅舍：「幕府秋風日夜清，澹雲疏雨過高城。葉心朱實看時落，階面青苔先自生。復有樓臺銜暮景，不勞鐘鼓報新晴。浣花溪裏花饒笑，肯信吾兼吏隱名。」

正月三日歸溪上有作簡院內諸公：「野外堂依竹，籬邊水向城。蟻浮仍臘味，鷗泛已春聲。藥許鄰人斸，書從稚子擎。白頭趨幕府，深覺負平生。」

春日江村五首其五：「群盜哀王粲，中年召賈生。登樓初有作，前席竟爲榮。宅入先賢傳，才高處士名。異時懷二子，春日復含情。」

春遠：「肅肅花絮晚，菲菲紅素輕。日長惟鳥雀，春遠獨柴荆。數有關中亂，何曾劍外清？故鄉歸不得，地入亞夫營。」

絕句三首其一：「聞道巴山裏，春船正好行。都將百年興，一望九江城。」

哭嚴僕射歸櫬：「素幔隨流水，歸舟返舊京。老親如宿昔，部曲異平生。風送蛟龍匣，天長驃騎營。一哀三峽暮，遺後見君情。」

移居夔州作：「伏枕雲安縣，遷居白帝城。春知催柳別，江與放船清。農事聞人說，山光見鳥情。禹功饒斷石，且就土微平。」

漫成一首：「江月去人只數尺，風燈照夜欲三更。沙頭宿鷺聯拳靜，船尾跳魚撥剌鳴。」

同元使君舂陵行：「遭亂髮盡白，轉衰病相嬰。沈綿盜賊際，狼狽江漢行。歎時藥力薄，爲客羸瘵成。吾人詩家秀，博采世上名。粲粲元道州，前聖畏後生。觀乎舂陵作，欻見俊哲情。復覽賊退篇，結也實國楨。賈誼昔流慟，匡衡嘗引經。道州憂黎庶，詞氣浩縱橫。兩章對秋月，一字偕華星。致君唐虞際，淳樸憶大庭。何時降璽書，用爾爲丹青？獄訟永衰息，豈唯偃甲兵！悽惻念誅求，薄斂近休明。乃知正人意，不苟飛長纓。涼飆振南嶽，之子寵若驚。色沮金印大，興含滄浪清。我多長卿病，日夕思朝廷。肺枯渴太甚，漂泊公孫城。呼兒具紙筆，隱几臨軒楹。作詩呻吟內，墨澹字欹傾。感彼危苦詞，庶幾知者聽。」

夔州歌十絕句其二：「白帝夔州各異城，蜀江楚峽混殊名。英雄割據非天意，霸王并吞在物情。」

諸將五首其二：「韓公本意築三城，擬絕天驕拔漢旌。豈謂盡煩回紇馬，翻然遠救朔方兵。胡來不覺潼關隘，龍起猶聞晉水清。獨使至尊憂社稷，諸君何以答昇平。」

西閣雨望：「樓雨霑雲幔，山寒著水城。徑添沙面出，湍減石稜生。菊蕊淒疏放，松林駐遠情。滂沱朱檻溼，萬慮傍簷楹。」

夜：「露下天高秋氣清，空山獨夜旅魂驚。疏燈自照孤帆宿，新月猶懸雙杵鳴。南菊再逢人臥病，北書不至雁無情。步簷倚杖看牛斗，銀漢遙應接鳳城。」

吹笛：「吹笛秋山風月清，誰家巧作斷腸聲？風飄律呂相和切，月傍關山幾處明？胡騎中宵堪北走，武陵一曲想南征。故園楊柳今搖落，何得愁中卻盡生。」

八哀詩——贈左僕射鄭國公嚴公武：「鄭公瑚璉器，華岳金天晶。昔在童子日，已聞老成名。嶷然大賢後，復見秀骨清。開口取將相，小心事友生。閱書百紙盡，落筆四座驚。歷職匪父任，嫉邪常力爭。漢儀尚整肅，胡騎忽縱橫。飛傳自河隴，逢人問公卿。不知萬乘出，雪涕風悲鳴。受詞劍閣道，謁帝蕭關城。寂寞雲臺仗，飄颻沙塞旌。江山少使者，笳鼓凝皇情。壯士血相視，忠臣氣不平。密論貞觀體，揮發岐陽征。感激動四極，聯翩收二京。西郊牛酒再，原廟丹青明。匡汲俄寵辱，衛霍竟哀榮。四登會府地，三掌華陽兵。京兆空柳色，尚書無履聲。群烏自朝夕，白馬休橫行。諸葛蜀人愛，文翁儒化成。公來雪山重，公去雪山輕。記室得何遜，韜鈐延子荊。四郊失壁壘，虛館開逢迎。堂上指圖畫，軍中吹玉笙。豈無成都酒？憂國只細傾。時觀錦水釣，問俗終相并。意待犬戎滅，人藏紅粟盈。以茲報主願，庶或裨世程。炯炯一心在，沈沈二豎嬰。顏回竟短折，賈誼徒忠貞。飛旐出江漢，孤舟轉荊衡。虛無馬融笛，悵望龍驤塋。空餘老賓客，身上愧簪纓。」

縛雞行：「小奴縛雞向市賣，雞被縛急相喧爭。家中厭雞食蟲蟻，不知雞賣還遭烹。蟲雞於人何厚薄？吾叱奴人解其縛。雞蟲得失無了時，注目寒江倚山閣。」

崔評事弟許相迎不到應慮老夫見泥雨怯出必愆佳期走筆戲簡：「江閣要賓許馬迎，午時起坐自天明。浮雲不負青春色，細雨何孤白帝城？身過花間霑溼好，醉於馬上往來輕。虛疑皓首衝泥怯，實少銀鞍傍晚行。」

愁（原注：強戲爲吳體）：「江草日日喚愁生，春峽泠泠非世情。盤渦鷺浴底心性？獨樹花發自分明。十年戎馬暗南國，異域賓客老孤城。渭水秦山得見否？人今疲病虎縱橫。」

月三首其二：「併照巫山出，新窺楚水清。羈棲愁裏見，二十四迴明。必驗升沈體，如知進退情。不違銀漢落，亦伴玉繩橫。」

入宅三首其三：「宋玉歸州宅，雲通白帝城。吾人淹老病，旅食豈才名！峽口風常急，江流氣不平。只應與兒子，飄轉任浮生。」

熟食日示宗文宗武：「消渴遊江漢，羈棲尙甲兵。幾年逢熟食，萬里逼清明。松柏邙山路，風花白帝城。汝曹催我老，回首淚縱橫。」

解悶十二首其十一：「翠瓜碧李沈玉甃，赤梨葡萄寒露成。可憐先不異枝蔓，此物娟娟長遠生。」

復愁十二首其九：「任轉江淮粟，休添苑囿兵。由來貔虎士，不滿鳳凰城。」

八月十五夜月二首其二：「稍下巫山峽，猶銜白帝城。氣沈全浦暗，輪仄半樓明。刁斗皆催曉，蟾蜍且自傾。張弓倚殘魄，不獨漢家營。」

季秋蘇五弟纓江樓夜宴崔十三評事韋少府姪三首其一：「峽險江驚急，樓高月迴明。一時今夕會，萬里故鄉情。星落黃姑渚，秋辭白帝城。老人因酒病，堅坐看君傾。」

雨四首其一：「微雨不滑道，斷雲疏復行。紫崖奔處黑，白鳥去邊明。秋日新霑影，寒江舊落聲。柴扉臨野碓，半溼擣香粳。」

戲作俳諧體遣悶二首其二：「西歷青羌板，南留白帝城。於菟侵客恨，粔籹作人情。瓦卜傳神語，畬田費火耕。是非何處定，高枕笑浮生。」

奉送卿二翁統節度鎮軍還江陵：「火旗還錦纜，白馬出江城。嘹唳吟笳發，蕭條別浦清。寒空巫峽曙，落日渭陽情。留滯嗟衰疾，何時見息兵？」

柳司馬至：「有客歸三峽，相過問兩京。函關猶出將，渭水更屯兵。設備邯鄲道，和親邏沙城。幽燕唯鳥去，商洛少人行。衰謝身何補，蕭條病轉嬰。霜天到宮闕，戀主寸心明。」

書堂飲既夜復邀李尚書下馬月下賦絕句：「湖月林風相與清，殘樽下馬復同傾。久拚野鶴如霜鬢，遮莫鄰雞下五更。」

惜別行送向卿進奉端午御衣之上都：「肅宗昔在靈武城，指揮猛將收咸京。向公泣血灑行殿，佐佑卿相乾坤平。逆胡冥寞隨烟燼，卿家兄弟功名震。麒麟圖畫鴻雁行，紫極出入黃金印。尚書勳業超千古，雄鎮荊州繼吾祖。裁縫雲霧成御衣，拜跪題封賀端午。向卿將命寸心赤，青山落日江潮白。卿到朝廷說老翁，漂零已是滄浪客。」

江陵節度陽城郡王新樓成王請嚴侍御判官賦七字句同作：「樓上炎天冰雪生，高飛燕雀賀新成。碧窗宿霧濛濛溼，朱栱浮雲細細輕。杖鉞褰帷瞻具美，投壺散帙有餘清。自公多暇延參佐，江漢風流萬古情。」

獨坐：「悲秋迴白首，倚杖背孤城。江斂洲渚出，天虛風物清。滄溟恨衰謝，朱紱負平生。仰羨黃昏鳥，投林羽翮輕。」

公安縣懷古：「野曠呂蒙營，江深劉備城。寒天催日短，風浪與雲平。灑落君臣契，飛騰戰伐名。維舟倚前浦，長嘯一含情。」

公安送李二十九弟晉肅入蜀余下沔鄂：「正解柴桑纜，乃看蜀道行。檣烏相背發，塞雁一行鳴。南紀連銅柱，西江接錦城。憑將百錢卜，飄泊問君平。」

送覃二判官：「先帝弓劍遠，小臣餘此生。蹉跎病江漢，不復謁承明。餞爾白頭日，永懷丹鳳城。遲遲戀屈宋，渺渺臥荆衡。魂斷航舸失，天寒沙水清。肺肝若稍愈，亦上赤霄行。」

久客：「羈旅知交態，淹留見俗情。衰顏聊自哂，小吏最相輕。去國哀王粲，傷時哭賈生。狐狸何足道，豺虎正縱橫。」

陪裴使君登岳陽樓：「湖闊兼雲霧，樓孤屬晚晴。禮加徐孺子，詩接謝宣城。雪岸叢梅發，春泥百草生。敢違漁父問，從此更南征。」

宿青草湖：「洞庭猶在目，青草續爲名。宿槳依農事，郵籤報水程。寒冰爭倚薄，雲月遞微明。湖雁雙雙起，人來故北征。」

早行：「歌哭俱在曉，行邁有期程。孤舟似昨日，聞見同一聲。飛鳥散求食，潛魚何獨驚？前王作網罟，設法害生成。碧藻非不茂，高帆終日征。干戈異揖讓，崩迫關其情。」

酬郭十五受判官：「才微歲老尚虛名，臥病江湖春復生。藥裹關心詩總廢，花枝照眼句還成。只同燕石能星隕，自得隋珠覺夜明。喬口橘洲風浪促，繫帆何惜片時程。」

江閣臥病走筆寄呈崔盧兩侍御：「客子庖廚薄，江樓枕席清。衰年病祗瘦，長夏想爲情。滑喜彫胡飯，香聞錦帶羹。溜匙兼暖腹，誰欲致杯罌。」

蠶穀行：「天下郡國向萬城，無有一城無甲兵。焉得鑄甲作農器，一寸荒田牛得耕。牛盡耕田蠶亦成。不勞烈士淚滂沱，男穀女絲行復歌。」

奉送二十三舅錄事之攝郴州：「賢良歸盛族，吾舅盡知名。徐庶高交友，劉牢出外甥。泥塗豈珠玉，環堵但柴荊。衰老悲人世，驅馳厭甲兵。氣春江上別，淚血渭陽情。舟鷁排風影，林烏反哺聲。永嘉多北至，句漏且南征。必見公侯復，終聞盜賊平。郴州頗涼冷，橘井尚淒清。從事何蠻貊？居官志在行。」

下平：九青（古通真）

青經涇形刑邢硎陘型亭庭廷霆蜓停寧丁玎仃釘馨星腥醒（醉醒）惺俜娉靈欞櫺齡玲鈴苓伶泠零囹翎聆聽汀冥溟螟銘瓶屏軿萍熒螢滎扃蜻瓴婷暝瞑坰疔叮廳町羚

蛉嚀

贈翰林張四學士：「翰林逼華蓋，鯨力破滄溟。天上張公子，宮中漢客星。賦詩拾翠殿，佐酒望雲亭。紫誥仍兼綰，黃麻似六經。內頒金帶赤，恩與荔枝青。無復隨高鳳，空餘泣聚螢。此生任春草，垂老獨漂萍。倘憶山陽會，悲歌在一聽。」

故武衛將軍輓詞三首其一：「嚴警當寒夜，前軍落大星。壯夫思果決，哀詔惜精靈。王者今無戰，書生已勒銘。封侯意疏闊，編簡爲誰青？」

橋陵詩三十韻因呈縣內諸官：「先帝昔晏駕，茲山朝百靈。崇岡擁象設，沃野開天庭。即事壯重險，論功超五丁。坡陀因厚地，卻略羅峻屏。雲闕虛冉冉，松風肅泠泠。石門霜露白，玉殿莓苔青。宮女晚知曙，祠官朝見星。空梁簇畫戟，陰井敲銅瓶。中使日相繼，惟王心不寧。豈徒恤備享，尙謂求無形。孝理敦國政，神凝推道經。瑞芝產廟柱，好鳥鳴嚴扃。高嶽前嵂崒，洪河左瀅瀠。金城蓄峻趾，沙苑交迴汀。永與奧區固，川原紛眇冥。居然赤縣立，臺榭爭岧亭。官屬果稱是，聲華眞可聽。王劉美竹潤，裴李春蘭馨。鄭氏才振古，啖侯筆不停。遣詞必中律，利物常發硎。綺繡相展轉，琳瑯愈青熒。側聞魯恭化。秉德崔瑗銘。太使候鳧影，王喬隨鶴翎。朝儀限霄漢，客思迴林坰。轗軻辭下杜，飄颻淩濁涇。諸生舊短褐，旅泛一浮萍。荒歲兒女瘦，暮途涕淚零。主人念老馬，廨宇容秋螢。流寓理豈愜，窮愁醉不醒。何當擺俗累，浩蕩乘滄溟？」

題鄭十八著作丈：「台州地闊海冥冥，雲水長和島嶼青。亂後故人雙別淚，春深逐客一浮萍。酒酣懶舞誰相拽，詩罷能吟不復聽。第五橋邊流恨水，皇陂岸北結愁亭。賈生對鵩傷王傅，蘇武看羊陷賊庭。可念此翁懷直道，也霑新國用輕刑。禰衡實恐遭江夏，方朔虛傳是歲星。窮巷悄然車馬絕，案頭乾死讀書螢。」

路逢襄揚楊少府入城戲呈楊四員外綰：「寄語楊員外，山寒少茯苓。歸來稍暄暖，當爲斸青冥。翻動神仙窟，封題鳥獸形。兼將老藤杖，扶汝醉初醒。」

秦州雜詩二十首其九：「今日明人眼，臨池好驛亭。叢篁低地碧，高柳半天青。稠疊多幽事，喧呼閱使星。老夫如有此，不異在郊坰。」

秦州見勅目薛三璩授司議郎畢四曜除監察與二子有故遠喜遷官兼述索居凡三十韻：「大雅何寥闊，斯人尙典刑。交期余潦倒，才力爾精靈。二子聲同日，諸生困一經。文章開窔奧，遷擢潤朝廷。舊好何由展，新詩更憶聽。別來頭併白，相見眼終青。伊昔貧皆甚，同憂歲不寧。棲遑分半菽，浩蕩逐流萍。俗態猶猜忌，妖氛忽杳冥。獨慙投漢閣，俱議哭秦庭。還蜀祇無補，囚梁亦固扃。華夷相混合，宇宙一羶腥！帝力收三統，天威總四溟。舊都俄望幸，清廟肅維馨。雜種雖高壘，長驅甚建瓴。焚香淑景殿，漲水望雲亭。法駕初還日，群公若會星。宮臣仍點染，柱史正零丁。官忝趨棲鳳，朝回歎聚螢。喚人看腰褭，不嫁惜娉婷。掘劍知埋獄，提刀見發硎。侏儒應共飽，漁父忌偏醒。旅泊窮清渭，長吟望濁涇。羽書還似急，烽火未全停。師老資殘寇，戎生及近坰。忠臣詞憤激，烈士涕飄零。上將盈邊鄙，元勳溢鼎銘。仰思調玉燭，誰定握青萍。隴俗輕鸚鵡，原情類鶺鴒。秋風動關塞，高臥想儀形。」

高楠：「楠樹色冥冥，江邊一蓋青。近根開藥圃，接葉製茅亭。落景陰猶合，微風韻可聽。尋常絕醉困，臥此片時醒。」

絕句漫興九首其一：「眼見客愁愁不醒，無賴春色到江亭。即遣花開深造次，便教鶯語太丁寧。」

嚴中丞枉駕見過：「元戎小隊出郊坰，問柳尋花到野亭。川合東西瞻使節，地分南北任流萍。扁舟不獨如張翰，皀帽應兼似管寧。寂寞江天雲霧裏，何人道有少微星？」

巴西驛亭觀江漲呈竇使君二首其二：「向晚波微綠，連空岸腳青。日兼春有暮，愁與醉無醒。漂泊猶杯酒，躊躇此驛亭。相看萬里外，同是一浮萍。」

戲題寄上漢中王三首其一：「西漢親王子，成都老客星。百年雙白鬢，一別五秋螢。忍斷杯中物，祗看座右銘。不能隨皀蓋，自醉逐浮萍。」

行次鹽亭縣聊題四韻奉簡嚴遂州蓬州兩使君諮議諸昆季：「馬首見鹽亭，高山擁縣青。雲溪花淡淡，春郭水泠泠。全蜀多名士，嚴家聚德星。長歌意無極，好爲老夫聽。」

客舊館：「陳跡隨人事，初秋別此亭。重來梨葉赤，依舊竹林青。風幔何時卷，寒砧昨夜聽。無由出江漢，愁緒日冥冥。」

絕句四首其四：「藥條藥甲潤青青，色過棕亭入草亭。苗滿空山慙取譽，根居隙地怯成形。」

不離西閣二首其二：「西閣從人別，人今亦故亭。江雲飄素練，石壁斷空青。滄海先迎日，銀河倒列星。平生耽勝事，吁駭始初經。」

暮春題瀼西新賃草屋五首其三：「綵雲陰復白，錦樹曉來青。身世雙蓬鬢，乾坤一草亭。哀歌時自惜，醉舞爲誰醒？細雨荷鋤立，江猿吟翠屛。」

喜觀即到復題短篇二首其二：「待爾嗔烏鵲，抛書示鶺鴒。枝間喜不去，原上急曾經。江閣嫌津柳，風帆數驛亭。應論十年事，撚絕始星星。」

奉酬薛十二丈判官見贈：「忽忽峽中睡，悲風方一醒。西來有好鳥，爲我下青冥。羽毛淨白雪，慘澹飛雲汀。既蒙主人顧，舉翮唳孤亭。持以比佳士，及此慰揚舲。清文動哀玉，見道發新硎。欲學鴟夷子，待勒燕山銘。誰重斷蛇劍，致君君未聽。志在麒麟閣，無心雲母屛。卓氏近新寡，豪家朱門扃。相如才調逸，銀漢會雙星。客來洗粉黛，日暮拾流螢。不是無膏火，勸郎勤六經。老夫自汲澗，野水日泠泠。

我歎黑頭白，君看銀印青。臥病識山鬼，爲農知地形。誰矜坐錦帳？苦厭食魚腥。東西兩岸坼，橫水注滄溟。碧色忽惆悵，風雷搜百靈。空中右白虎，赤節引娉婷。自云帝季女，噀雨鳳凰翎。襄王薄行跡，莫學冷威丁。千秋一拭淚，夢覺有餘馨。人生相感動，金石兩青熒。丈人但安坐，休辨渭與涇。龍蛇尙格鬭，灑血暗郊坰。吾聞聰明主，活國用輕刑。銷兵鑄農器，今古歲方寧。文王日儉德，俊乂始盈庭。榮華貴少壯，豈食楚江萍。」

覃山人隱居：「南極老人自有星，北山移文誰勒銘？徵君已去獨松菊，哀壑無光留戶庭。予見亂離不得已，子知出處必須經。高車駟馬帶傾覆，悵望秋天虛翠屏。」

即事：「天畔群山孤草亭，江中風浪雨冥冥。一雙白魚不受釣，三寸黃甘猶自青。多病馬卿無日起，窮途阮籍幾時醒？未聞細柳散金甲，腸斷秦川流濁涇。」

獨坐二首其一：「竟日雨冥冥，雙崖洗更青。水花寒落岸，山鳥暮過庭。煖老須燕玉，充飢憶楚萍。胡笳在樓上，哀怨不堪聽。」

泊松滋江亭：「紗帽隨鷗鳥，扁舟繫此亭。江湖更深白，松竹遠微青。一柱全應近，高唐莫再經。今宵南極外，甘作老人星。」

宿白沙驛：「水宿仍餘照，人烟復此亭。驛邊沙舊白，湖外草新青。萬象皆春氣，孤槎自客星。隨波無限月，的的近南溟。」

衡州送李大夫七丈勉赴廣州：「斧鉞下青冥，樓船過洞庭。北風隨爽氣，南斗避文星。日月籠中鳥，乾坤水上萍。王孫丈人行，垂老見飄零。」

下平：十蒸（古通真）

蒸烝承丞懲澂澄陵凌綾菱冰膺鷹應（應當）蠅繩乘（駕乘）昇升勝（勝任）興（興起）繒憑仍兢矜徵（徵求）凝稱（稱讚）登燈僧增曾憎矰層能棱朋鵬弘肱薨騰藤恒罾崩滕謄崚嶒姮縢馮症簦瞢楞淩（歷也）

贈特進汝陽王二十韻：「特進群公表，天人夙德升。霜蹄千里駿，風翮九霄鵬。服禮求毫髮，推思忘寢興。聖情常有眷，朝退若無憑。仙醴來浮蟻，奇毛或賜鷹。清關塵不雜，中使日相乘。晚節嬉游簡，平居孝義稱。自多親棣萼，誰敢問山陵？學業醇儒富，詞華哲匠能。筆飛鸞聳立，章罷鳳騫騰。精理通談笑，忘形向友朋。寸長堪繾綣，一諾豈驕矜？已忝歸曹植，何知對李膺。招要恩屢至，崇重力難勝。披霧初歡夕，高秋爽氣澄。尊罍臨極浦，鳧雁宿張燈。花月窮遊宴，炎天避鬱蒸。硯寒金井水，簷動玉壺冰。瓢飲唯三徑，岩棲在百層。謬持蠡測海，況邑酒如澠。鴻寶寧全秘，丹梯庶可淩。淮王門有客，終不愧孫登。」

故武衛將軍輓詞三首其二：「舞劍過人絕，鳴弓射獸能。銛鋒行愜順，猛噬失蹻騰。赤羽千夫膳，黃河十月冰。橫行沙漠外，神速自今稱。」

早秋苦熱堆案相仍：「七月六日苦炎蒸，對食暫餐還不能。每愁夜中自足蠍，況乃秋後轉多蠅。束帶發狂欲大叫，簿書何急來相仍。南望青松架短壑，安得赤腳踏層冰？」

陪章留後惠義寺餞嘉州崔都督赴州：「中軍待上客，令肅事有恆。前驅入寶地，祖帳飄金繩。南陌既留歡，茲山亦深登。清聞樹杪磬，遠謁雲端僧。迴策匪新岸，所攀仍舊藤。耳激洞門飆，目存寒谷冰。出塵閟軌躅，畢景遺炎蒸。永願坐長夏，將衰棲大乘。羈旅惜宴會，艱難懷友朋。勞生共幾何？離恨兼相仍。」

椶拂子：「椶拂且薄陋，豈知身效能。不堪代白羽，有足除蒼蠅。熒熒金錯刀，擢擢朱絲蠅。非獨顏色好，亦由顧盼稱。吾老抱疾病，家貧臥炎蒸。咂膚倦撲滅，賴爾甘服膺。物微世競棄，義在誰肯徵？三歲清秋至，未敢闕緘縢。」

寄劉峽州伯華使君四十韻：「峽內多雲雨，秋來尙鬱蒸。遠山朝白帝，深水謁夷陵。遲暮嗟爲客，西南喜得朋。哀猿更起坐，落雁失飛騰。伏枕思瓊樹，臨軒對玉繩。青松寒不落，碧海闊逾澄。昔歲文爲理，群公價盡增。家聲同令聞，時論以儒稱。太后當朝肅，多才接跡昇。翠虛捎魍魎，丹極上鯤鵬。宴引春壺酒，恩分夏簟冰。彫章五色筆，紫殿九華燈。學並盧王敏，書兼褚薛能。老兄眞不墜，小子獨無承。近有風流作，聊從月峽徵。放蹄知赤驥，捩翅服蒼鷹。卷軸來何晚？襟懷庶可憑。會期吟諷數，益破旅愁凝。雕刻初誰料，纖毫欲自矜。神融躡飛動，戰勝洗侵淩。妙取筌蹄棄，高宜百萬層。白頭遺恨在，青竹幾人登。回首追談笑，勞歌跼寢興。年華紛已矣！世故莽相仍。刺史諸侯貴，郎官列宿應。潘安雲閣遠，黃霸璽書增。乳竇號攀石，飢鼯訴落藤。藥囊親道士，灰劫問胡僧。憑久烏皮拆，簪稀白帽稜。林居看蟻穴，野食待魚罾。筋力交凋喪，飄零免戰兢。皆為百里宰，正似六安丞。姹女縈新裹，丹砂冷舊秤。但求椿壽永，莫慮杞天崩。鍊骨調情性，張兵撓棘矜。養生終自惜，伐叛必全懲。政術甘疏誕，詞場愧服膺。展懷詩頌魯，割愛酒如澠。咄咄寧書字，冥冥欲避矰。江湖多白鳥，天地有青蠅。」

解悶十二首其八：「不見高人王右丞，藍田丘壑蔓寒藤。最傳秀句寰區滿，未絕風流相國能。」

多病執熱奉懷李尚書：「衰年正苦病侵淩，首夏何須氣鬱蒸。大水淼茫炎海接，奇峰硉兀火雲升。思霑道暍黃梅雨，敢望宮恩玉井冰。不是尚書期不顧，山陰野雪興難乘。」

江邊星月二首其一：「驟雨清秋夜，金波耿玉繩。天河元自白，江浦向來澄。映物連珠斷，緣空一鏡升。餘光隱更漏，況乃露華凝。」

泊岳陽城下：「江國踰千里，山城近百層。岸風翻夕浪，舟雪灑寒燈。留滯才難盡，艱危氣益增。圖南未可料，變化有鯤鵬。」

下平：十一尤（古獨用）

尤郵優憂流旒留榴騮劉由油游遊猷悠攸牛修脩羞秋楸周州洲舟酬酧讎柔儔疇籌稠丘邱抽瘳湫遒收鳩不（通否）搜騶愁休囚求裘毬仇浮謀牟眸侔矛侯猴喉謳漚鷗甌樓婁陬偷頭投鉤溝幽虯糾彪疣訧遛瀏啾蚯躊綢惆勾琉猶鄒兜呦咻庥貅球逑蜉蝣鞧幬鬮瘤硫泅酋賙啁售蒐叟颼鍪篌餱摳篝謅搊骰僂漚·（水泡）摳嘔螻髏摟歐掊揉蹂抔瓿媮嫪（綢繆）諏枹

題張氏隱居二首其一：「春山無伴獨相求，伐木丁丁山更幽。澗道餘寒歷冰雪，石門斜日到林丘。不貪夜識金銀氣，遠害朝看麋鹿遊。乘興杳然迷出處，對君疑是泛虛舟。」

題張氏隱居二首其二：「之子時相見，邀人晚興留。霽潭鱣發發，春草鹿呦呦。杜酒偏勞勸，張梨不外求。前村山路險，歸醉每無愁。」

同諸公登慈恩寺塔：「高標跨蒼穹，烈風無時休。自非曠士懷，登茲翻百憂。方知象教力，足可追冥搜。仰穿龍蛇窟，始出枝撐幽。七星在北戶，河漢聲西流。羲和鞭白日，少昊行清秋。秦山忽破碎，涇渭不可求。俯視但一氣，焉能辨皇州？回首叫虞舜，蒼梧雲正愁。惜哉瑤池飲，日晏昆侖邱。黃鵠去不息，哀鳴何所投。君看隨陽雁，各有稻粱謀。」

陪諸貴公子丈八溝攜妓納涼晚際遇雨二首其二：「雨來霑席上，風急打船頭。越女紅妝濕，燕姬翠黛愁。纜侵堤柳繫，幔卷浪花浮。歸路翻蕭颯，陂塘五月秋。」

夏日李公見訪：「遠林暑氣薄，公子過我遊。貧居類村塢，僻近城南樓。傍舍頗淳朴，所須亦易求。隔屋喚西家，借問有酒不？牆頭過濁醪，展席俯長流。清風左右至，客意已驚秋。巢多眾鳥鬭，葉密鳴蟬稠。苦遭此物聒，孰謂吾廬幽？水花晚色淨，庶足充淹留。預恐樽中盡，更起為君謀。」

後出塞五首其一：「男兒生世間。及壯當封侯。戰伐有功業。焉能守舊丘？召募赴薊門，軍動不可留。千金買馬鞍，百金裝刀頭。閭里送我行，親戚擁道周。斑白居上列，酒酣進庶羞。少年別有贈，含笑看吳鉤。」

奉同郭給事湯東靈湫作：「東山氣鴻蒙，宮殿居上頭。君來必十月，樹羽臨九州。陰火煮玉泉，噴薄漲巖幽。有時浴赤日，光抱空中樓。閬風入轍迹，曠原延冥搜。沸天萬乘動，觀水百丈湫。幽靈斯可佳，王命官屬休。初聞龍用壯，擘石摧林丘。中夜窟宅改，移因風雨秋。倒懸瑤池影，屈注滄江流。味如甘露漿，揮弄滑且柔。翠旗澹偃蹇，雲車紛少留。簫鼓蕩四溟，異香泱漭浮。鮫人獻微綃，曾祝沉豪牛。百祥奔盛明，古先莫能儔。坡陀金蝦蟆，出見蓋有由。至尊顧之笑，王母不肯收。復歸虛無底，化作長黃虯。飄颻青瑣郎，文采珊瑚鉤。浩歌淥水曲，清絕聽者愁。」

晦日尋崔戢李封：「朝光入甕牖，尸寢驚弊裘。起行視天宇，春氣漸和柔。興來不暇懶，今晨梳我頭。出門無所待，徒步覺自由。杖藜復恣意，免値公與侯。晚定崔李交，會心眞罕儔。每過得酒傾，二宅可淹留。喜結仁里懽，況因令節求。李生園欲荒，舊竹頗脩脩。引客看掃除，隨時成獻酬。崔侯初筵色，已畏空樽愁。未知天下士，至性有此不？草芽既青出，蜂聲亦煖遊。思見農器陳，何當甲兵休？上古葛天氏，不貽黃屋憂。至今阮籍等，熟醉爲身謀。威鳳高其翔，長鯨吞九洲。地軸爲之翻，百川皆亂流。當歌欲一放，淚下恐莫收。濁醪有妙理，庶用慰沉浮。」

送韋十六評事充同谷郡防禦判官：「昔沒賊中時，潛與子同遊。今歸行在所，王事有去留。偪側兵馬間，主憂急良籌。子雖軀幹小，老氣橫九州。挺身艱難際，張目視寇仇。朝廷壯其節，奉詔令參謀。鑾輿駐鳳翔，同谷爲咽喉。西扼弱水道，南鎮枹罕陬。此邦承平日，剽劫吏所羞。況乃胡未滅，控帶莽悠悠。府中韋使君，道足示懷柔。令侄才俊茂，二美又何求？受詞太白腳，走馬仇池頭。古邑沙土裂，積陰雲雪稠。羌父豪豬鞾，羌兒青兕裘。吹角向月窟，蒼山旌旆愁。鳥驚出死樹，龍怒拔老湫。古來無人境，今伐橫戈矛。

傷哉文儒士，憤激馳林邱！中原正格鬭，後會何緣由。百年賦命定，豈料沈與浮。且復戀良友，握手步道周。論兵遠壑靜，亦可縱冥搜。題詩得秀句，札翰時相投。」

晚行口號：「三川不可到，歸路晚山稠。落鴈浮寒水，饑烏集戍樓。市朝今日異，喪亂幾時休？遠愧梁江總，還家尚黑頭。」

李鄠縣丈人胡馬行：「丈人駿馬名胡騮，前年避胡過金牛。迴鞭卻走見天子，朝飲漢水暮靈州。自矜胡騮奇絕代，乘出千人萬人愛。一聞說盡急難才，轉益愁向駑駘輩。頭上銳耳批秋竹，腳下高蹄削寒玉。始知神龍別有種，不比凡馬空多肉。洛陽大道時再清，累日喜得俱東行。鳳臆麟鬐未易識，側身注目長風生。」

憶弟二首其一：「喪亂聞吾弟，饑寒傍濟州。人稀書不到，兵在見何由。憶昨狂催走，無時病去憂。即今千種恨，惟共水東流。」

獨立：「空外一鷙鳥，河間雙白鷗。飄颻搏擊便，容易往來遊。草露亦多溼，蛛絲仍未收。天機近人事，獨立萬端憂。」

遣興三首其二：「高秋登塞山，南望馬邑州。降虜東擊胡，壯健盡不留。穹廬莽牢落，上有行雲愁，老弱哭道路，願聞甲兵休。鄴中事反覆，死人積如邱。諸將已茅土，載驅誰與謀？」

秦州雜詩二十首其一：「滿目悲生事，因人作遠遊。遲迴度隴怯，浩蕩及關愁。水落魚龍夜，山空鳥鼠秋。西征問烽火，心折此淹留。」

寄贊上人：「一昨陪錫杖，卜鄰南山幽。年侵腰腳衰，未便陰崖秋。重岡北面起，竟日陽光留。茅屋買兼土，斯焉心所求。近聞西枝西，有谷衫漆稠。亭午頗和暖，石田又足收。當期塞雨乾，宿昔齒疾瘳。徘徊虎穴上，面勢龍泓頭。柴荊具茶茗，逕路通林邱。與子成二老，來往亦風流。」

秋日阮隱居致薤三十束：「隱者柴門內，畦蔬繞舍秋。盈筐承露薤，不待致書求。束比青芻色，圓齊玉箸頭。衰年關鬲冷，味暖並無憂。」

發秦州：「我衰更懶拙，生事不自謀。無食問樂土，無衣思南州。漢源十月交，天氣涼如秋。草木未黃落，況聞山水幽。栗亭名更嘉，下有良田疇。充腸多薯蕷，崖蜜亦易求。密竹復冬筍，清池可方舟。雖傷旅寓遠，庶遂平生遊。此邦俯要衝，實恐人事稠。應接非本性，登臨未銷憂。谿谷無異名，塞田始微收。豈復慰老夫？惘然難久留。日色隱孤樹，烏啼滿城頭。中宵驅車去，飲馬寒塘流。磊落星月亮，蒼茫雲霧浮。大哉乾坤內，吾道長悠悠！」

鳳凰臺：「亭亭鳳凰臺，北對西康州。西伯今寂寞，鳳聲亦悠悠。山峻路絕蹤，石林氣高浮。安得萬丈梯，為君上上頭？恐有母無雛，饑寒日啾啾。我能剖心血，飲啄慰孤愁。心以當竹實，炯然無外求。血以當醴泉，豈徒比清流？所重王者瑞，敢辭微命休。坐看彩翮長，舉意八極周。自天銜瑞圖，飛下十二樓。圖以奉至尊，鳳以垂鴻猷。再光中興業，一洗蒼生憂。深衷正爲此，群盜何淹留。」

乾元中寓居同谷縣作歌七首其六：「南有龍兮在山湫，古木巃嵸枝相樛。木葉黃落龍正蟄，蝮蛇東來水上游。我行怪此安敢出，拔劍欲斬且復休。嗚呼六歌兮歌思遲，溪壑爲我迴春姿。」

卜居：「浣花溪水水西頭，主人爲卜林塘幽。已知出郭少塵事，更有澄江銷客愁。無數蜻蜓齊上下，一雙鸂鶒對沈浮。東行萬里堪乘興，須向上陰上小舟。」

江村：「清江一曲抱村流，長夏江村事事幽。自去自來梁上燕，相親相近水中鷗。老妻畫紙爲棊局，稚子敲針作釣鈎。多病所須惟藥物，微軀此外更何求？」

江漲：「江漲柴門外，兒童報急流。下牀高數尺，倚杖沒中洲。細動迎風燕，輕搖逐浪鷗。漁人縈小楫，容易拔船頭。」

石犀行：「君不見秦時蜀太守，刻石立作三犀牛。自古雖有厭勝法，天生江水向東流。蜀人矜誇一千載，泛溢不近張儀樓。今年灌口損戶口，此事或恐爲神羞！修築隄防出眾力，高擁木石當清秋。先王作法皆正道，詭怪何得參人謀。嗟爾三犀不經濟，缺訛只與長川逝。但見元氣常調和，自免洪濤恣彫瘵。安得壯士提天綱，再平水土犀奔茫。」

和裴迪登蜀州東亭送客逢早梅相憶見寄：「東閣官梅動詩興，還如何遜在揚州。此時對雪遙相憶，送客逢春可自由？幸不折來傷歲暮，若爲看去亂鄉愁。江邊一樹垂垂發，朝夕催人自白頭。」

江上植水如海勢聊短述：「爲人性僻耽佳句，語不驚人死不休。老去詩篇渾漫與，春來花鳥莫深愁。新添水檻供垂釣，故著浮槎替入舟。焉得思如陶謝手，令渠述作與同遊。」

游脩覺寺：「野寺江天豁，山扉花竹幽。詩應有神助，吾得及春遊。徑石相縈帶，川雲自去留。禪枝宿眾鳥，漂轉暮歸愁。」

落日：「落日在簾鉤，溪邊春事幽。芳菲緣岸圃，樵爨倚灘舟。啅雀爭枝墜，飛蟲滿院遊。濁醪誰造女？一酌散千愁。」

絕句漫興九首其五：「腸斷春江欲盡頭，杖藜徐步立芳洲。顛狂柳絮隨風舞，輕薄桃花逐水流。」

寄杜位：「近聞寬法離新州，想見懷歸尙百憂。逐客雖皆萬里去，悲君已是十年流！干戈況復塵隨眼，鬢髮還應雪滿頭。玉壘題書心緒亂，何時更得曲江遊？」

屏跡三首其三：「晚起家何事，無營地轉幽。竹光團野色，舍影漾江流。失學從兒懶，長貧任婦愁。百年渾得醉，一月不梳頭。」

即事：「百寶裝腰帶，眞珠絡臂韝。笑時花近眼，舞罷錦纏頭。」

戲爲六絕句其二：「王楊盧駱當時體，輕薄爲文哂未休。爾曹身與名俱滅，不廢江河萬古流。」

巴西驛亭觀江漲呈竇使君二首其一：「轉驚波作怒，即恐岸隨流。賴有杯中物，還同海上鷗。關心小剡縣，傍眼見揚州。為接情人飲，朝來減半愁。」

題玄武禪師屋壁：「何年顧虎頭，滿壁畫滄州。赤日石林氣，青天江水流。錫飛常近鶴，杯度不驚鷗。似得廬山路，眞隨惠遠游。」

戲題寄上漢中王三首其二：「策杖時能出，王門異昔遊。已知嗟不起，未許醉相留。蜀酒濃無敵，江魚美可求。終思一酩酊，淨掃雁池頭。」

陪王侍御同登東山最高頂宴姚通泉晚攜酒泛江：「姚公美政誰與儔？不減昔時陳太邱。邑中上客有杜史，多暇日陪驄馬游。東山高頂羅珍羞，下顧城郭銷我憂。清江白日落欲盡，復攜美人登綵舟。笛聲憤怨哀中流，妙舞逶迤夜未休。燈前往往大魚出，聽曲低昂如有求。三更風起寒浪湧，取樂喧呼覺船重。滿空星河光破碎，四座賓客色不動。請公臨深莫相違，迴船罷酒上馬歸。人生歡會豈有極！無使霜露霑人衣。」

春日戲題惱郝使君兄：「使君意氣凌青霄，憶昨歡娛常見招。細馬時鳴金騕褭，佳人屢出董嬌饒。東流江水西飛燕，可惜春光不相見。願攜王趙兩紅顏，再騁肌膚如雪練。通泉百里近梓州，請公一來開我愁。舞處重看花滿面，樽前還有錦纏頭。」

涪城縣香積寺官閣：「寺下春江深不流，山腰官閣迥添愁。含風翠壁孤雲細，背日丹楓萬木稠。小院迴廊春寂寂，浴鳧飛鷺晚悠悠。諸天合在藤蘿外，昏黑應須到上頭。」

上牛頭寺：「青山意不盡，袞袞上牛頭。無復能拘礙，眞成浪出遊。花濃春寺靜，竹細野池幽。何處啼鶯切，移時獨未休。」

答楊梓州：「悶到房公池水頭，坐逢楊子鎭東州。卻向青溪不相見，迴船應載阿戎遊。」

短歌行送祁錄事歸合州因寄蘇使君：「前者途中一相見，人事經年記君面。後生相動何寂寥！君有長才不貧賤。君今起柂春江流，余亦沙邊具小舟。幸爲達書賢府主，江花未盡會江樓。」

西山三首其二：「辛苦三城戍，長防萬里秋。烟塵侵火井，雨雪閉松州。風動將軍幕，天寒使者裘。漫山賊營壘，迴首得無憂？」

陪王使君晦日泛江就黃家亭子二首其一：「山豁何時斷，江平不肯流。稍知花改岸，始驗鳥隨舟。結束多紅粉，歡娛恨白頭！非君愛人客，晦日更添愁。」

玉臺觀二首其二：「浩劫因王造，平臺訪古遊。綵雲蕭史駐，文字魯恭留。宮闕通群帝，乾坤到十洲。人傳有笙鶴，時過此山頭。」

將赴荊南寄別李劍州：「使君高義驅今古，寥落三年坐劍州。但見文翁能化俗，焉知李廣未封侯。路經灩澦雙蓬鬢，天入滄浪一釣舟。戎馬相逢更何日？春風迴首仲宣樓。」

破船：「平生江海心，宿昔具扁舟。豈惟青溪上，日傍柴門遊？蒼皇避亂兵，緬邈懷舊邱。鄰人亦已非，野竹獨脩脩。船舷不重扣，埋沒已經秋。仰看西飛翼，下愧東逝流。故者或可掘，新者亦易求。所悲數奔竄，白屋難久留。」

過故斛斯校書莊二首其一：「此老已云歿，鄰人嗟未休。竟無宣室召，徒有茂陵求。妻子寄他食，園林非昔遊。空餘穗帷在，淅淅野風秋。」

立秋雨院中有作：「山雲行絕塞，大火復西流。飛雨動華屋，蕭蕭梁棟秋。窮途愧知己，暮齒借前籌。已費清晨謁，那成長者謀。解衣開北戶，高枕對南樓。樹溼風涼進，江喧水氣浮。禮寬心有適，節爽病微瘳。主將歸調鼎，五還訪舊邸。」

村雨：「雨聲傳兩夜，寒事颯高秋。挈帶看朱紱，開箱睹黑裘。世情只益睡，盜賊敢忘憂。松菊新霑洗，茅齋慰遠遊。」

除草：「草有害於人，曾何生阻修。其毒甚蜂蠆，其多彌道周。清晨步前林，江色未散憂。芒刺在我眼，焉能待高秋？霜露一霑凝，蕙葉亦難留。荷鋤先童稚，日入仍討求。轉致水中央，豈無雙釣舟。頑根易滋蔓，敢使依舊邱。自茲藩籬曠，更覺松竹幽。芟荑不可闕，疾惡信如讎。」

去蜀：「五載客蜀郡，一年居梓州。如何關塞阻，轉作瀟湘游？世事已黃髮，殘生隨白鷗。安危大臣在，何必淚長流。」

旅夜書懷：「細草微風岸，危檣獨夜舟。星垂平野闊，月湧大江流。名豈文章著，官應老病休。飄飄何所似，天地一沙鷗。」

承聞故房相公靈櫬自閬州啓殯歸葬東都有作二首其二：「丹旐飛飛日，初傳發閬州。風塵終不解，江漢忽同流。劍動親身匣，書歸故國樓。盡哀知有處，爲客恐長休。」

白帝城最高樓：「城尖徑仄旌旆愁，獨立縹緲之飛樓。峽坼雲霾龍虎睡，江清日抱黿鼉遊。扶桑西枝對斷石，弱水東影隨長流。杖藜歎世者誰子，泣血迸空迴白頭。」

毒熱寄簡崔評事十六弟：「大火運金氣，荊揚不知秋。林下有塌翼，水中無行舟。千室但掃地，閉關人事休。老夫轉不樂，旅次兼百憂。蝮蛇暮偃蹇，空牀難暗投。炎宵惡明燭，況乃懷舊邱。開襟仰內弟，執熱露白頭。束帶負芒刺，接居成阻修。何當清霜飛，會子臨江樓。載聞大易義，諷詠詩家流。蘊藉異時輩，檢身非苟求。皇皇使臣體，信是德業優。楚材擇杞梓，漢苑歸驊騮。短章達我心，理待識者籌。」

秋興八首其六：「瞿唐峽口曲江頭，萬里風烟接素秋。花萼夾城通御氣，芙蓉小苑入邊愁。朱簾繡柱圍黃鵠，錦纜牙檣起白鷗。回首可憐歌舞地，秦中自古帝王州。」

西閣二首其二：「懶心似江水，日夜向滄洲。不道含香賤，其如鑷白休。經過凋碧柳，蕭瑟倚朱樓。畢娶何時竟？消中得自由。豪華看古往，服食寄冥搜。詩盡人間興，兼須入海求。」

覆舟二首其一：「巫峽盤渦曉，黔陽貢物秋。丹砂同隕石，翠羽共沈舟。羈使空斜影，龍宮閟積流。篙工幸不溺，俄頃逐輕鷗。」

存歿口號二首其二：「鄭公粉繪隨長夜，曹霸丹青已白頭。天下何曾有山水？人間不解重驊騮。」

不寐：「瞿塘夜水黑，城內改更籌。翳翳月沈霧，輝輝星近樓。氣衰甘少寐，心弱恨容愁。多壘滿山谷，桃源無處求？」

江上：「江上日多病，蕭蕭荊楚秋。高風下木葉，永夜攬貂裘。勳業頻看鏡，行藏獨倚樓。時危思報主，衰謝不能休。」

搖落：「搖落巫山暮，寒江東北流。烟塵多戰鼓，風浪少行舟。鵝費羲之墨，貂餘季子裘。長懷報明主，臥病復高秋。」

秋日寄題鄭監湖上亭三首其一：「碧草違春意，沅湘萬里秋。池要山簡馬，月淨庾公樓。磨滅餘篇翰，平生一釣舟。高唐寒浪減，髣髴識昭邱。」

西閣口號呈元二十一：「山木抱雲稠，寒江繞上頭。雪崖纔變石，風幔不依樓。社稷堪流涕，安危在運籌。看君話王室，感動幾銷憂。」

白帝城樓：「江度寒山閣，城高絕塞樓。翠屏宜晚對，白谷會深遊。急急能鳴雁，輕輕不下鷗。夷陵春色起，漸擬放扁舟。」

曉望白帝城鹽山：「徐步攜班杖，看山仰白頭。翠深開斷壁，紅遠結飛樓。日出清江望，暄和散旅愁。春城見松雪，始擬進歸舟。」

見王監兵馬使說近山有白黑二鷹羅者久取竟未能得王以爲毛骨有異他鷹恐臘後春生騫飛避暖勁翮思秋之甚眇不可見請余賦詩二首其一：「雪飛玉立盡清秋，不惜奇毛恣遠遊。在野只教心力破，於人何事網羅求？一生自獵知無敵，百中爭能恥下鞲。鵬礙九天須卻避，兔藏三窟莫深憂。」

懷灞上游：「悵望東陵道，平生灞上游。春濃停野騎，夜宿敞雲樓。離別人誰在？經過老自休。眼前今古意，江漢一歸舟。」

得舍弟觀書自中都已達江陵今茲暮春月末行李合到夔州悲喜相兼團圓可待賦詩即事情見乎詞：「爾到江陵府，何時到峽州？亂離生有別，聚集病應瘳。颯颯開啼眼，朝朝上水樓。老身須付託，白骨更何憂？」

承聞河北諸道節度入朝歡喜口號絕句十二首其八：「澶漫山東一百州，削成如桉抱青丘。苞茅重入歸關內，王祭還供盡海頭。」

奉送王信州崟北歸：「朝廷防盜賊，供給愍誅求。下詔選郎署，傳聲典信州。蒼生今日困，天子嚮時憂。井屋有煙起，瘡痍無血流。壤歌唯海甸，畫角自山樓。白髮寐常早，荒榛農復秋。解龜踰臥轍，遣騎覓扁舟。徐榻不知倦，潁川何以酬？塵生彤管筆，寒膩黑貂裘。高義終焉在，斯文去矣休！別離同雨散，行止各雲浮。林熱鳥開口，江渾魚掉頭。尉佗雖北拜，太史尚南留。軍旅應都息，寰區要盡收。九重思諫諍，八極念懷柔。徒倚瞻王室，從容仰廟謀。故人持雅論，絕塞豁窮愁。復見陶唐理，甘爲汗漫遊。」

夜雨：「山雨夜復密，迴風吹早秋。野涼侵閉戶，江滿帶維舟。通籍恨多病，爲郎忝薄遊。天寒出巫峽，醉別仲宣樓。」

更題：「只應踏初雪，騎馬發荊州。直怕巫山雨，眞傷白帝秋。群公蒼玉珮，天子翠雲裘。同舍晨趨侍，胡爲此滯留。」

舍弟觀歸藍田迎新婦送示兩首其二：「楚塞難爲路，藍田莫滯留。衣裳判白露，鞍馬信清秋。滿峽重江水，開帆八月舟。此時同一醉，應在仲宣樓。」

第五弟豐獨在江左近三四載寂無消息覓使寄此二首其二：「聞汝依山寺，杭州定越州？風塵淹別日，江漢失清秋。影著啼猿樹，魂飄結蜃樓。明年下春水，東盡白雲求。」

送李功曹之荊州充鄭侍御判官重贈：「曾聞宋玉宅，每欲到荊州。此地生涯晚，遙悲水國秋。孤城一柱觀，落日九江流。使者雖光彩，青楓遠自愁。」

送王十六判官：「客下荊南盡，君今復入舟。買薪猶白帝，鳴櫓已沙頭。衡霍生春早，瀟湘共海浮。荒林庾信宅，爲仗主人留。」

解悶十二首其二：「商胡離別下揚州，憶上西陵故驛樓。爲問淮南米貴賤，老夫乘興欲東遊。」

解悶十二首其三：「一辭故國十經秋，每見秋瓜憶故邱。今日南湖采薇蕨，何人爲覓鄭瓜州。」

復愁十二首其六：「胡虜何曾盛，干戈不肯休？閭閻聽小子，談笑覓封侯。」

十六夜玩月：「舊挹金波爽，皆傳玉露秋。關山隨地闊，河漢近人流。谷口樵歸唱，孤城笛起愁。巴童渾不寐，半夜有行舟。」

簡吳郎司法：「有客乘舸自忠州，遣騎安置瀼西頭。古堂本買藉疏豁，借汝遷居停宴遊。雲石熒熒高葉曙，風江颯颯亂帆秋。卻爲姻婭過逢地，許坐曾軒數散愁。」

玉腕騮：「聞說荊南馬，尙書玉腕騮。駿驔飄赤汗，跼蹐顧長楸。胡虜三年入，乾坤一戰收。舉鞭如有問，欲伴習池遊。」

月：「四更山吐月，殘夜水明樓。塵匣元開鏡，風簾自上鉤。兔應疑鶴髮，蟾亦戀貂裘。斟酌姮娥寡，天寒奈九秋。」

錦樹行：「今日苦短昨日休，歲云暮矣增離憂。霜凋碧樹作錦樹，萬壑東逝無停留。荒戍之城石色古，東郭老人住青邱。飛書白帝營斗粟，琴瑟几杖柴門幽。青草萋萋盡枯死，天馬跛足隨氂牛。自古聖賢多薄命，姦雄惡少皆封侯。故國三年一消息，終南渭水寒悠悠。五陵豪貴反顛倒，鄉里小兒狐白裘。生男墮地要膂力，一生富貴傾邦國。莫愁父母少黃金，天下風塵兒亦得。」

寄裴施州：「廊廟之具裴施州，宿昔一逢無比流。金鐘大鏞在東序，冰壺玉衡懸清秋。自從相遇減多病，三歲為客寬邊愁。堯有四岳明至理，漢二千石眞分憂。幾度寄書白鹽北，苦寒贈我青羔裘。霜雪迴光避錦袖，龍蛇動篋蟠銀鉤。紫衣使者辭復命，再拜故人謝佳政。將老已失子孫憂，後來況接才華盛！」

舍弟觀自藍田取妻子到江陵喜寄三首其一：「汝迎妻子達荊州，消息眞傳解我憂。鴻雁影來連峽內，鶺鴒飛急到沙頭。嶢關險路今虛遠，禹鑿寒江正穩流。朱紱即當隨彩鷁，青春不假報黃牛。」

江漲：「江發蠻夷漲，山添雨雪流。大聲吹地轉，高浪蹴天浮。魚鱉為人得，蛟龍不自謀。輕帆好去便，吾道付滄洲。」

歸雁：「聞道今春雁，南歸自廣州。見花辭漲海，避雪到羅浮。是物關兵氣，何時免客愁？年年霜露隔，不過五湖秋。」

重題：「涕泗不能收，哭君余白頭。兒童相識盡，宇宙此生浮。江雨銘旌溼，湖風井徑秋。還瞻魏太子，賓客減應劉。」

登岳陽樓：「昔聞洞庭水，今上岳陽樓。吳楚東南坼，乾坤日夜浮。親朋無一字，老病有孤舟。戎馬關山北，憑軒涕泗流。」

重送劉十弟判官：「分源豕韋派，別浦雁賓秋。年事推兄忝，人才覺弟優。經過辨豐劍，意氣逐吳鉤。垂翅徒衰老，先鞭不滯留。本枝淩歲晚，高義豁窮愁。他日臨江待，長沙舊驛樓。」

晚秋長沙蔡五侍御飲筵送殷六參軍歸澧州覲省：「佳士欣相識，慈顏慰遠遊。甘從投轄飲，肯作置書郵。高鳥黃雲暮，寒蟬碧樹秋。湖南冬不雪，吾病得淹留。」

暮秋將歸秦留別湖南幕府親友：「水闊蒼梧野，天高白帝秋。途窮那免哭，身老不禁愁。大府才能會，諸公德業優。北歸衝雨雪，誰憫敝貂裘？」

長沙送李十一：「與子避地西康州，洞庭相逢十二秋。遠愧尚方曾賜履，竟非吾土倦登樓。久存膠漆應難並，一辱泥塗遂晚收。李杜齊名眞忝竊，朔雲寒菊倍離憂。」

下平：十二侵（古通真）

侵尋潯林霖臨鍼針箴斟沈沉碪砧深淫心琴禽擒欽衾吟今襟（衿）金音陰岑簪駸琳琛椹忱壬任（負荷）紝霪愔黔嶔歆森禁（勝任）瘖祲喑涔參（參差）淋妊摻參

（人參）郴岑欞蟫

劉九法曹鄭瑕邱石門宴集：「秋水清無底，蕭然靜客心。椽曹乘逸興，鞍馬到荒林。能吏逢聯璧，華筵直一金。晚來橫吹好，泓下亦龍吟。」

同李太守登歷下古城員外新亭：「新亭結構罷，隱見清湖陰。跡籍臺觀舊，氣冥海嶽深。圓荷想自昔，遺堞感至今。芳宴此時具，哀絲千古心。主稱壽尊客，筵秩宴北林。不阻蓬蓽興，得兼梁甫吟。」

春望：「國破山河在，城春草木深。感時花濺淚，恨別鳥驚心。烽火連三月，家書抵萬金。白頭搔更短，渾欲不勝簪。」

題省中院壁：「掖垣竹埤梧十尋，洞門對霤常陰陰。落花游絲白日靜，鳴鳩乳燕青春深。腐儒衰晚謬通籍，退食遲迴違寸心。袞職曾無一字補，許身愧比雙南金。」

送賈閣老出汝州：「西掖梧桐樹，空留一院陰。艱難歸故里，去住損春心。宮殿青門隔，雲山紫邏深。人生五馬貴，莫受二毛侵。」

奉贈王中允維：「中允聲名久，如今契闊深。共傳收庾信，不比得陳琳。一病緣明主，三年獨此心。窮愁應有作，試誦白頭吟。」

搗衣：「亦知戍不返，秋至拭清砧。已近苦寒月，況經長別心。寧辭搗衣倦，一寄塞垣深。用盡閨中力，君聽空外音。」

野望：「清秋望不極，迢遞起層陰。遠水兼天淨，孤城隱霧深。葉稀風更落，山迴日初沈。獨鶴歸何晚？昏鴉已滿林。」

病馬：「乘爾亦已久，天寒關塞深。塵中老盡力，歲晚病傷心。毛骨豈殊眾？馴良猶至今。物微意不淺，感動一沉吟！」

銅瓶：「亂後碧井廢，時清瑤殿深。銅瓶未失水，百丈有哀音。側想美人意，應悲寒甃沈。蛟龍半缺落，猶得折黃金。」

憑何十一少府邕覓榿木栽：「草堂塹西無樹林，非子誰復見幽心？飽聞榿木三年大。與致溪邊十畝陰。」

蜀相：「丞相祠堂何處尋？錦官城外柏森森。映階碧草自春色，隔葉黃鸝空好音。三顧頻煩天下計，兩朝開濟老臣心。出師未捷身先死，長使英雄淚滿襟！」

寄楊五桂州譚：「五嶺皆炎熱，宜人獨桂林。梅花萬里外，雪片一冬深。聞此寬相憶，爲邦復好音。江邊送孫楚，遠附白頭吟。」

送嚴侍郎到綿州同登杜使君江樓宴得心字：「野興每難盡，江樓延賞心。歸朝送使節，落景惜登臨。稍稍烟集渚，微微風動襟。重船依淺瀨，輕鳥度層陰。檻峻背幽谷，牕虛交茂林。燈光散遠近，月彩靜高深。城擁朝來客，天橫醉後參。窮途衰謝意，苦調短長吟。此會共能幾，諸孫賢至今。

不勞朱戶閉，自待白河沈。」

望牛頭寺：「牛頭見鶴林，梯徑繞幽深。春色浮山外，天河宿殿陰。傳燈無白日，布地有黃金。休作狂歌老，迴看不住心。」

贈裴南部：「塵滿萊蕪甑，堂橫單父琴。人皆知飲水，公輩不偷金。梁獄書應上，秦臺鏡欲臨。獨醒時所嫉，群小謗能深。即出黃沙在，何須白髮侵。使君傳舊德，已見直繩心。」

登樓：「花近高樓傷客心，萬方多難此登臨。錦江春色來天地，玉壘浮雲變古今。北極朝廷終不改，西山寇盜莫相侵。可憐後主還祠廟，日暮聊爲梁甫吟。」

初冬：「垂老戎衣窄，歸休寒色深。漁舟上急水，獵火著高林。日有習池醉，愁來梁甫吟。干戈未偃息，出處遂何心？」

春日江村五首其一：「農務村村急，春流岸岸深。乾坤萬里眼，時序百年心。茅屋還堪賦，桃源自可尋。艱難昧生理，飄泊到如今。」

長吟：「江渚翻鷗戲，官橋帶柳陰。花飛競渡日，草見踏青心。已撥形骸累，眞爲爛熳深。賦詩新句穩，不覺自長吟。」

渝州候嚴六侍御不到先下峽：「聞道乘驄發，沙邊待至今。不知雲雨散，虛費短長吟。山帶烏蠻闊，江連白帝深。船經一柱觀，留眼共登臨。」

長江二首其二：「浩浩終不息，乃知東極臨。眾流歸海意，萬國奉君心。色借瀟湘闊，聲驅灩澦深。未辭添霧雨，接上過衣襟。」

憶鄭南：「鄭南伏毒寺，瀟灑到江心。石影銜珠閣，泉聲帶玉琴。風杉曾曙倚，雲嶠憶春臨。萬里蒼茫外，龍蛇只自深。」

秋興八首其一：「玉露凋傷楓樹林，巫山巫峽氣蕭森。江間波浪兼天湧，塞上風雲接地陰。叢菊兩開他日淚，孤舟一繫故園心。寒衣處處催刀尺，白帝城高急暮砧。」

西閣二首其一：「巫山小搖落，碧色見松林。百鳥各相命，孤雲無自心。層軒俯江壁，要路亦高深。朱紱猶紗帽，新詩近玉琴。功名不早立，衰病謝知音。哀世非王粲，終然學越吟。」

峽口二首其二：「時清關失險，世亂戟如林。去矣英雄事，荒哉割據心！蘆花留客晚，楓樹坐猿深。疲苶煩親故，諸侯數賜金。」

白帝樓：「漠漠虛無裏，連連睥睨侵。樓光去日遠，峽影入江深。臘破思端綺，春歸待一金。去年梅柳意，還欲攪邊心。」

晴二首其二：「啼烏爭引子，鳴鶴不歸林。下食遭泥去，高飛恨久陰。雨聲衝塞盡，日氣射江深。迴首周南客，驅馳魏闕心。」

又示兩兒：「令節成吾老，他時見汝心。浮生看物變，爲恨與年深。長葛書難得，江州涕不禁。團圓思弟妹，行坐白頭吟。」

上後園山腳：「未夏熱所嬰，清旭步北林。小園背高岡，挽葛上崎崟。曠望延駐目，飄颻散疏襟。潛鱗恨水壯，去翼依雲深。勿謂地無疆，劣於山有陰。石櫆遍天下，水陸兼浮沈。自我登隴首，十年經碧今。劍門來巫峽，倚薄浩至今。故園暗戎馬，骨肉失追尋。時危無消息，老去多歸心。志士惜白日，久客藉黃金。敢爲蘇門嘯，庶作梁父吟。」

灩澦：「灩澦既沒孤根深，西來水多愁太陰。江天漠漠鳥雙去，風雨時時龍一吟。舟人漁子歌回首，估客胡商淚滿襟。寄語舟航惡年少，休翻鹽井擲黃金。」

阻雨不得歸瀼西甘林：「三伏適已過，驕陽化爲霖。欲歸瀼西宅，阻此江浦深。壞舟百版坼，峻岸復萬尋。篙工初一棄，恐泥勞寸心。佇立東城隅，悵望高飛禽。草堂亂玄圃，不隔崑崙岑。昏渾衣裳外，曠絕同層陰。園甘長成時，三寸如黃金。諸侯舊上計，厥貢傾千林。邦人不足重，所迫豪吏侵。客居暫封殖，日夜偶瑤琴。虛徐五株態，側塞煩胸襟。焉得輟雨足，杖藜出嶇嶔。條流數翠實，偃息歸碧潯。拂拭烏皮几，喜聞樵牧音。令兒快搔背，脫我頭上簪。」

課小豎鉏斫舍北果林枝蔓荒穢淨訖移牀三首其一：「病枕依茅棟，荒鉏淨果林。背堂資僻遠，在野興清深。山雉防求敵，江猿應獨吟。洩雲高不去，隱几亦無心。」

解悶十二首其七：「陶冶性靈存底物，新詩改罷自長吟。孰知二謝將能事，頗學陰何苦用心。」

驪山：「驪山絕望幸，花萼罷登臨。地下無朝燭，人間有賜金。鼎湖龍去遠，銀海雁飛深。萬歲蓬萊日，長懸舊羽林。」

提封：「提封漢天下，萬國尙同心。借問懸車守，何如儉德臨？時徵俊乂入，莫慮犬羊侵。願戒兵猶火，恩加四海深。」

暝：「日下四山陰，山庭嵐氣侵。牛羊歸徑險，鳥雀聚枝深。正枕當星劍，收書動玉琴。半扉開燭影，欲掩見淸砧。」

憑孟倉曹將書覓土樓舊莊：「平居喪亂後，不到洛陽岑。爲歷雲山問，無辭荆棘深。北風黃葉下，南浦白頭吟。十載江湖客，茫茫遲暮心。」

雲：「龍以瞿唐會，江依白帝深。終年常起峽，每夜必通林。收穫辭霜渚，分明在夕岑。高齋非一處，秀氣豁煩襟。」

舍弟觀自藍田取妻子到江陵喜寄三首其二：「馬度秦山雪正深，北來肌骨苦寒侵。他鄉就我生春色，故國移居見客心。𦡆欲提攜如意舞，喜多行坐白頭吟。巡檐索共梅花笑，冷蕊疏枝半不禁。」

夏日楊長寧宅送崔侍御常正字入京得深字：「醉酒揚雄宅，升堂子賤琴。不堪垂老鬢，還對欲分襟。天地西江遠，星辰北斗深。烏臺俯麟閣，長夏白頭吟。」

哭李常侍嶧二首其一：「一代風流盡，修文地下深。斯人不重見，將老失知音。短日行梅嶺，寒山落桂林。長安若箇伴，猶想映貂金。」

南征：「春岸桃花水，雲帆楓樹林。偷生長避地，適遠更霑襟。老病南征日，君恩北望心。百年歌自苦，未見有知音。」

過津口：「南岳自茲近，湘流東逝深。和風引桂楫，春日漲雲岑。回首過津口，而多楓樹林。白魚困密網，黃鳥喧嘉音。物微限通塞，惻隱仁者心。甕餘不盡酒，膝有無聲琴。聖賢兩寂寞，眇眇獨開襟。」

風疾舟中伏枕書懷三十六韻奉呈湖南親友：「軒轅休製律，虞舜罷彈琴。尚錯雄鳴管，猶傷半死心。聖賢名古邈，羇旅病年侵。舟泊常依震，湖平早見參。如聞馬融笛，若倚仲宣襟。故國悲寒望，群雲慘歲陰。水鄉霾白屋，楓岸疊青岑。鬱鬱冬炎瘴，濛濛雨滯淫。鼓迎非祭鬼，彈落似鴞禽。興盡纔無悶，愁來遽不禁。生涯相汨沒，時物正蕭森。疑惑樽中弩，淹留冠上簪。牽裾驚魏帝，投閣爲劉歆。狂走終奚適，微才謝所欽。吾安藜不糝，汝貴玉爲琛。烏几重重縛，鶉衣寸寸針。哀傷同庾信，述作異陳琳。十暑岷山葛，三霜楚戶砧。叨陪錦帳座，久放白頭吟。反樸時難遇，忘機陸易沈。應過數粒食，得近四知金？春草封歸恨，源花費獨尋。轉蓬憂悄悄，行藥病涔涔。瘞夭追潘岳，持危覓鄧林。蹉跎翻學步，感激在知音。卻假蘇張舌，高誇周宋鐔。納流迷浩汗，峻址得嶔崟。城府開清旭，松筠起碧潯。披顏爭倩倩，逸足競駸駸。朗鑒存愚直，皇天實照臨。公孫仍恃險，侯景未生擒。書信中原闊，干戈北斗深。畏人千里井，問俗九州箴。戰血流依舊，軍聲動至今。葛洪尸定解，許靖力還任。家事丹砂訣，無成涕作霖。」

下平：十三覃（古獨用）

覃潭譚曇參（參考）驂南枏楠男諳庵含涵函（包函）
嵐蠶蚕探貪眈耽龕堪戡談惔甘三酣籃柑慚聃藍錟擔簪
壇棼頷痰襤蚶憨泔邯憨蟫醰

雞：「紀德名標五，初鳴度必三。殊方聽有異，失次曉無慙。問俗人情似，充庖爾輩堪。氣交亭育際，巫峽漏司南。」

朝二首其一：「清旭楚宮南，霜空萬嶺含。野人時獨往，雲木曉相參。俊鶻無聲過，飢烏下食貪。病身終不動，搖落任江潭。」

樓上：「天地空搔首，頻抽白玉簪。皇輿三極北，身事五湖南。戀闕勞肝肺，論材愧杞柟。亂離難自救，終是老湘潭。」

下平：十四鹽（古通先）

鹽檐簷廉簾嫌嚴占（占卜）髯謙奩纖籤簽瞻蟾炎添兼縑霑沾尖潛閻鐮黏粘淹箝鉗甜恬拈砭詹漸（沒也）蒹殲黔鈐猒鮎僉覘苫崦鶼醃襜閹

送張十二參軍赴蜀州因呈楊五侍御：「好去張公子，通家別恨添。兩行秦樹直，萬點蜀山尖。御史新驄馬，參軍舊紫髯。皇華吾善處，於汝定無嫌。」

晚晴：「村晚驚風度，庭幽過雨霑。夕陽薰細草，江色映疏簾。書亂誰能帙，杯乾可自添。時聞有餘論，未怪老夫潛。」

絕句漫興九首其八：「舍西柔桑葉可拈，江畔細麥復纖纖。人生幾何春已夏，不放香醪如蜜甜。」

東津送韋諷攝閬州錄事：「聞說江山好，憐君吏隱兼。寵行舟遠泛，惜別酒頻添。推薦非承乏，操持必去嫌。他時如按縣，不得慢陶潛。」

嚴鄭公階下新松得霑字：「弱質豈自負，移根方爾瞻。細聲聞玉帳，疏翠近珠簾。未見紫烟集，虛蒙清露霑。何當一百丈，敧蓋擁高簷。」

絕句六首其五：「舍下筍穿壁，庭中藤刺簷。地晴絲冉冉，江白草纖纖。」

入宅三首其一：「奔峭背赤甲，斷崖當白鹽。客居愧遷次，春色漸多添。花亞欲移竹，鳥窺新捲簾。衰年不敢恨，勝概欲相兼。」

下平：十五咸（古通刪）

咸鹹函（書函）緘岩巖讒銜帆衫杉監（監察）凡饞巉鑱芟攙喃嵌摻劖

魏將軍歌：「將軍昔著從事衫，鐵馬馳突重兩銜。被堅執銳略西極，崑崙月窟東嶄巖。君門羽林萬猛士，惡若哮虎子所監。五年起家列霜戟，一日過海收風帆。平生流輩徒蠢蠢，長安少年氣欲盡。魏侯骨聳精爽緊，華嶽峰尖見秋隼。星纏寶校金盤陀，夜騎天駟超天河。攙槍熒惑不敢動，翠蕤雲旓相蕩摩。吾為子起歌都護；酒闌插劍肝膽露，鉤陳蒼蒼玄武暮。萬歲千秋奉聖明，臨江節士安足數！」

上聲：一董（古通腫轉講）

董懂動孔總籠攏桶捅滃蓊曚蠓汞

上聲：二腫（古通董）

腫種（種子）踵寵壟隴擁冗茸重（輕重）冢塚奉捧勇

涌湧踊甬踴俑蛹恐拱珙竦悚聳鞏慫詾

驄馬行：「鄧公馬癖人共知，初得花驄大宛種。夙昔傳聞思一見，牽來左右神皆竦。雄姿逸態何崷崒，顧影驕嘶自衿寵。隅目青熒夾鏡懸，肉騣碨礧連錢動。朝來少試華軒下，未覺千金滿高價。赤汗微生白雪毛，銀鞍卻覆香羅帕。卿家舊賜公取之，天廄真龍此其亞。晝洗須騰涇渭深，夕趨可刷幽并夜。吾聞良驥老始成，此馬數年人更驚。豈有四蹄疾於鳥，不與八駿俱先鳴。時俗造次那得致，雲霧晦冥方降精。近聞下詔喧都邑，肯使騏驎地上行。」

晚登瀼上堂：「故躋瀼岸高，頗免崖石擁。開襟野堂豁，繫馬林花動。雉堞粉似雲，山田麥無壟。春氣晚更生，江流靜猶湧。四序嬰我懷，群盜久相踵。黎民困逆節，天子渴垂拱。所思注東北，深峽轉修聳。衰老自成病，郎官未爲冗。淒其望呂葛，不復夢周孔！濟世數嚮時，斯人各枯冢。楚星南天黑，蜀月西霧重。安得隨鳥翎，迫此懼將恐。」

上聲：三講（古通養）

講港棒蚌項耩䂂

上聲：四紙（古通尾薺賂轉蟹）

紙只咫諟是軹枳砥抵靡彼毀燬委詭傀髓累妓掎綺觜此
泚蕊褫徙屣蓰髀爾邇弭瀰婢侈弛豕紫捶揣企旨指視美
訾否（否泰）痞兕几机姊比妣軌水止市恃徵喜已紀跪
技螘蟻迤俾鄙晷匭宄子梓矢鮪雉死履壘誄揆癸沚趾址
芷以已苡似耜祀史使駛耳里裡裏理李起杞圯跂士仕俟
始齒矣恥廌峙鯉氏璽巳（辰巳）滓倚匕邐旖旎艤玭秕
擬你棰豸祉恃被（衣被）底

天育驃騎歌：「吾聞天子之馬走千里，今之畫圖無乃是？是何意態雄且傑，駿尾蕭梢朔風起。毛爲綠縹兩耳黃，眼有紫焰雙瞳方。矯矯龍性含變化，卓立天骨森開張。伊昔太樸張景順，監牧攻駒閱清峻。遂令大奴守天育，別養驥子憐神駿。當時四十萬匹馬，張公嘆其材盡下。故獨寫眞傳世人，見之座右久更新。年多物化空行影，嗚呼健步無由騁！如今豈無騕褭與驊騮，時無不良伯樂死即休！」

沙苑行：「君不見左輔白沙如白水，繚以周牆百餘里。龍媒昔是渥窪生，汗血今稱獻於此。苑中騋牝三千匹，豐草青青寒不死。食之豪健西域無，每歲攻駒冠邊鄙。王有虎臣司苑門，入門天廄皆雲屯。驌驦一骨獨當御，春秋二時歸至尊。至尊內外馬盈億。伏櫪在坰空大存。逸群絕足信殊傑。倜儻權奇難具論。纍纍塠阜藏奔突，往往坡陀縱超越。角壯翻同麋鹿遊，浮深簸蕩黿鼉窟。泉出巨魚長比人，丹砂作尾黃金鱗。豈知異物同精氣，雖未成龍亦有神。」

悲陳陶：「孟冬十郡良家子，血作陳陶澤中水。野曠天清無戰聲，四萬義軍同日死。群胡歸來血洗箭，仍唱胡歌飲都市。都人迴面向北啼，日夜更望官軍至。」

塞蘆子：「五城何迢迢？迢迢隔河水。邊兵盡東征，城內空荊杞。思明割懷衛，秀巖西未已。迴略大荒來，崤函蓋虛爾。延州秦北戶，關防猶可倚。焉得一萬人，疾驅塞蘆子。岐有薛大夫，旁製山賊起。近聞昆戎徒，爲退三百里。蘆關扼兩寇，深意實在此。誰能叫帝閽，胡行速如鬼！」

乾元中寓居同谷縣作歌七首其一：「有客有客字子美，白頭亂髮垂過耳。歲拾橡栗隨狙公，天寒日暮山谷裏。中原無書歸不得，手腳凍皴皮肉死。嗚呼一歌兮歌已哀，悲風爲我從天來。」

青絲：「青絲白馬誰家子，麄豪且逐風塵起。不聞漢主放妃嬪，近靜潼關掃蜂蟻？殿前兵馬破汝時，十月即爲齏粉期。不如面縛歸金闕，萬一皇恩下玉墀。」

三絕句其一：「前年渝州殺刺史，今年開州殺刺史。群盜相隨劇虎狼，食人更肯留妻子？」

最能行：「峽中丈夫絕輕死，少在公門多在水。富豪有錢駕大舸，貧窮取給行艓子。小兒學問止論語，大兒結束隨商旅。欹帆側柂入波濤，撇漩捎濆無險阻。朝發白帝暮江陵，頃來目擊信有徵。瞿塘漫天虎鬚怒，歸州長年行最能。

此鄉之人器量窄，誤競南風疏北客。若道士無英俊才，何得山有屈原宅。」

種萵苣：「陰陽一錯亂，驕蹇不復理。枯旱於其中，炎方慘如燬。植物半蹉跎，嘉生將已矣！雲雷忽奔命，師伯集所使。指麾赤白日，澒洞青光起。雨聲先以風，散足盡西靡。山泉落滄江，霹靂猶在耳。終朝紆颯沓，信宿罷瀟灑。堂下可以畦，呼童對經始。苣兮蔬之常，隨事蓺其子。破塊數席間，荷鋤功易止。兩旬不甲拆，空惜埋泥滓。野莧迷汝來，宗生實於此。此輩豈無秋？亦蒙寒露委。翻然出地速，滋蔓戶庭毀。因知邪干正，掩抑至沒齒。賢良雖得祿，守道不封己。擁塞敗芝蘭，眾多盛荊杞。中園陷蕭艾，老圃永為恥。登於白玉盤，藉以如霞綺。莧也無所施，胡顏入筐篚。」

聽楊氏歌：「佳人絕代歌，獨立發皓齒。滿堂慘不樂，響下清虛裏。江城帶素月，況乃清夜起。老夫悲暮年，壯士淚如水。玉杯久寂寞，金管迷宮徵。勿云聽者疲，愚智心盡死。古來傑出士，豈特一知己。吾聞昔秦青，傾側天下耳。」

上聲：五尾（古通紙）

尾鬼葦扆螘卉虺幾（幾多）偉斐菲（菲薄）匪篚娓悱

誹豈榧韙煒瑋蟣

上聲：六語（古通麌）

語（語言）圉圄禦齬呂侶旅紵苧杼佇與（給予）予（賜予）渚煮汝茹暑鼠黍杵處（居住、處理）貯褚楮稰諝女許拒炬距秬所楚礎阻俎沮舉莒筥敘緒序嶼墅巨去（除也）苣潊滸醑咀詛

宿青溪驛奉懷張員外十五兄之緒：「漾舟千山內，日入泊枉渚。我生本飄飄，今復在何許？石根青楓林，猿鳥聚儔侶。月明游子靜，畏虎不得語。中夜懷友朋，乾坤此深阻。浩蕩前後間，佳期付荊楚。」

上聲：七麌（古通語）

麌雨羽禹宇寓舞父府鼓虎古股賈（商賈）蠱土吐圃庾户樹（種植）煦怙滷努肚嫵輔組乳弩補魯櫓睹豎腐鹵數（動詞）簿姥普拊侮五廡斧聚午伍釜縷部柱矩武苦取撫浦主杜鴟塢祖堵愈扈甫黼估詁怒腑拊俯罟賭鵡拄莽栩窶脯否（是否）塵褸簍僂酤牡譜蝺虜拏瞽牯祜羖滬雇仵缶母某畝詡剖琥

曲江三章章五句其二：「即事非今亦非古，長歌激夜梢林莽，比屋豪華固難數。吾人甘作心似灰，弟侄何傷淚如

雨？」

貧交行：「翻手作雲覆手雨，紛紛輕薄何須數？君不見管鮑貧時交，此道今人棄如土。」

秋雨嘆三首其三：「長安布衣誰比數，反鎖衡門守環堵。老夫不出長蓬蒿，稚子無憂走風雨。雨聲颼颼催早寒，胡雁翅濕高飛難。秋來未曾見白日，泥汙后土何時乾？」

貽阮隱居：「陳留風俗衰，人物世不數。塞上得阮生，迥繼先父祖。貧知靜者性，白益毛髮古。車馬入鄰家，蓬蒿翳環堵。清詩近道要，識子用心苦。尋我草徑微，褰裳踏寒雨。更議居遠村，避喧甘猛虎。足明箕潁客，榮貴如糞土。」

遣興五首其二：「昔者龐德公，未曾入州府。襄陽耆舊間，處士節獨苦。豈無濟時策？終竟畏網罟。林茂鳥有歸，水深魚知聚。舉家隱鹿門，劉表焉得取。」

太平寺泉眼：「招提憑高岡，疏散連草莽。出泉枯柳根，汲引歲月古。石間見海眼，天畔縈水府。廣深丈尺間，宴息敢輕侮。青白二小蛇，幽姿可時覩。如絲氣或上，爛漫為雲雨。山頭到山下，鑿井不盡土。取供十方僧，香美勝牛乳。北風起寒文，弱藻舒翠縷。明涵客衣淨，細蕩林影趣。何當宅下流，餘潤通藥圃。三春溼黃精，一食生毛羽。」

法鏡寺：「身危適他州，勉強終勞苦。神傷山行深，愁破崖寺古。嬋娟碧蘚淨，蕭摵寒籜聚。回回山根水，冉冉松上雨。洩雲蒙清晨，初日翳復吐。朱甍半光炯，戶牖粲可數。拄策忘前期，出蘿已亭午。冥冥子規叫，微徑不復取。」

龍門閣：「清江下龍門，絕壁無尺土。長風駕高浪，浩浩自太古。危途中縈盤，仰望垂線縷。滑石攲誰鑿，浮梁裊相拄。目眩隕雜花，頭風吹過雨。百年不敢料，一墜那復取！飽聞經瞿塘，足見度大庾。終身歷艱險，恐懼從此數！」

發閬中：「前有毒蛇後猛虎，溪行盡日無村塢。江風蕭蕭雲拂地，山木慘慘天欲雨。女病妻憂歸意速，秋花錦石誰復數？別家三月一得書，避地何時免愁苦？」

雷：「大旱山嶽燋，密雲復無雨。南方瘴癘地，罹此農事苦。封內必舞雩，峽中喧擊鼓。眞龍竟寂寞，土梗空傴俯。吁嗟公私病，稅斂缺不補。故老仰面啼，瘡痍向誰數？暴尪或前聞，鞭巫非稽古。請先偃甲兵，處分聽人主。萬邦但各業，一物休盡取。水旱其數然，堯湯免親覩。上天鑠金石，群盜亂豺虎。二者存一端，愆陽不猶愈？昨宵殷其雷，風過齊萬弩。復吹霾翳散，虛覺神靈聚。氣喝腸胃融，汗滋衣裳污。吾衰尤計拙，失望築場圃。」

火：「楚山經月火，大旱則斯舉。舊俗燒蛟龍，驚惶致雷雨。爆嵌魑魅泣，崩凍嵐陰昈。羅落沸百泓，根源皆萬古。青林一灰燼，雲氣無處所。入夜殊赫然，新秋照牛女。風吹巨燄作，河掉騰烟柱。勢欲焚崑崙，光彌焮洲渚。腥至焦長蛇，聲吼纏猛虎。神物已高飛，不見石與土。爾寧要謗讟，憑此近熒侮。薄關長吏憂，甚昧至精主。遠遷誰撲滅，將恐及環堵。流汗臥江亭，更深氣如縷。」

雨二首其一：「青山澹無姿，白露誰能數。片片水上雲，蕭蕭沙中雨。殊俗狀巢居，曾臺俯風渚。佳客適萬里，沈思情延佇。掛帆遠色外，驚浪滿吳楚。久陰蛟螭出，寇盜復幾許？」

發劉郎浦：「掛帆早發劉郎浦，疾風颯颯昏亭午。舟中無日不沙塵，岸上空村盡豺虎。十日北風風未迴，客行歲晚尤相催。白頭厭伴漁人宿，黃帽青鞋歸去來。」

上聲：八薺（古通紙）

> 薺禮體米啓醴陛洗邸底詆抵牴柢弟坻涕悌遞濟（水名）澧眯娣棨髀瀰醍眤睨蠡

寄狄明府博濟：「梁公曾孫我姨弟，不見十年官濟濟。大賢之後竟陵遲！浩蕩古今同一體。比看叔伯四十人，有才無命百寮底，今者兄弟一百人，幾人卓絕秉周禮？在汝更用文章爲，長兄白眉復天啓。汝門請從曾翁說，太后當朝多巧詆。狄公執政在末年，濁河終不污清濟。國嗣初將付諸武，公獨廷諍守丹陛。禁中決冊請房陵，前朝長老皆流涕。太宗社稷一朝正，漢宮威儀重昭洗。時危始識不世才，誰謂荼苦甘如薺。汝曹又宜列鼎食，身使門戶多旌棨。胡爲漂泊岷漢間！干謁王侯頗歷抵？況乃山高山有波，秋風蕭蕭露泥泥。虎之飢，下巉嵒。蛟之橫，出清泚。早歸來，黃土污衣眼易眯。」

上聲：九蟹（古通紙）

蟹解駭買灑楷鍇擺罷拐矮夥

上聲：十賄（古通紙）

賄悔改采彩海在罪宰醢醯載餒愷凱待怠殆倍猥魂嵬磥蕾傀磊腿腇塊寀茝始蓓頦駘琲匯（匯合）猥璀每乃

上聲：十一軫（古通吻阮旱潸銑梗迥寢）

軫敏允引尹盡忍準隼筍盾楯閔憫泯菌箘蚓靷診眕畛胗哂腎脤臏牝賑窘蜃隕殞蠢緊縝疹愍眣黽吮

贈鄭十八賁：「溫溫士君子，令我懷抱盡。靈芝冠眾芳，安得闕親近？遭亂意不歸，竄身跡非隱。細人尙姑息，吾子色愈謹。高懷見物理，識者安肯哂？卑飛欲何待，捷徑應未忍。示我百篇文，詩家一標準。羈離交屈宋，牢落值顏閔。水陸迷畏途，藥餌駐修軫。古人日以遠，青史字不泯。

步趾詠唐虞，追隨飯葵堇。數杯資好事，異味煩縣尹。心雖在朝謁，力與願矛盾。抱病排金門，衰容豈爲敏？」

上聲：十二吻（古通軫）

吻粉蘊憤隱謹近惲忿槿堇坋墳畚听齔刎抆搵韞縕

上聲：十三阮（古通銑）

阮遠（遠近）本晚苑返反阪損飯（動詞）偃堰衮遯穩蹇幰巘楗揵婉菀蜿宛琬畹閫梱緜悃捆輥撙懇墾畚綣混渾沌蝘娩烜焜

大覺高僧蘭若：「巫山不見廬山遠，松林蘭若秋風晚。一老猶鳴日暮鐘，諸僧尚乞齋時飯。香爐峰色隱晴湖，種杏仙家近白榆。飛錫去年啼邑子，獻花何日許門徒？」

上聲：十四旱（古通銑）

旱煖暖管琯滿短館緩盥盌椀碗款嬾懶繖傘伴卵散（散佈）伴誕罕澣（通浣）瓚斷（斷絕）侃算（動詞）纘暵但脘坦袒稈窾悍澸纂

上聲：十五潸（古通軫吻阮旱銑）

潸眼簡版板阪棧盞產限睅撰譔棧綰赧嵼醆剗羼柬揀莞鈑汕鏟

上聲：十六銑（古通阮琰豏轉旱潸感）

銑善（善惡）遣（遣送）淺典轉衍犬選冕輦免展繭辯辨篆勉剪卷顯餞踐眄喘蘚軟輭蹇謇演峴棧舛扁讞闡兗孌跣腆鮮（少也）吮辮件筧蝡撚泫畎褊惼蜓殄覸蜆俛緬鍵碾輾愐匾燹雋變癬狷顫膳鱔娩邅臠宴

八哀詩一故秘書少監武功蘇公源明：「武功少也孤，徒步客徐兗。讀書東岳中，十載考墳典。時下萊蕪郭，忍饑浮雲巘。負米晚爲身，每食臉必泫。夜字照爇薪，垢衣生碧蘚。庶以勤苦志，報茲劬勞願。學蔚醇儒姿，文包舊史善。灑落辭幽人，歸來潛京輦。射君東堂策，宗匠集精選。制可題未乾，乙科已大闡。文章日自負，吏祿亦累踐。晨趨閶闔內，足蹋宿昔趼。一麾出守還，黃屋朔風卷。不暇陪八駿，虜庭悲所遣。平生滿樽酒，斷此朋知展。憂憤病二秋，有恨石可轉。肅宗復社稷，得無逆順辨。范曄顧其兒，李斯憶黃犬。秘書茂松色，再扈祠壇墠。前後百卷文，枕藉皆禁臠。篆刻揚雄流，溟漲本末淺。制作揚雄流。溟漲本末淺。青熒芙蓉劍，犀兕豈獨剸。反爲後輩褻，予實苦懷緬。煌煌齋房芝，事絕萬手搴。垂之示來者，正始徵勸勉。不要懸黃金，胡爲投乳贙。結交三十載，吾與誰游衍？滎陽復冥寞，罪罟已橫罥。嗚呼子逝日，始泰則終蹇！長安米萬錢，凋喪盡餘喘。戰伐何當解，歸帆阻清沔。尙纏漳水疾，永負蒿里餞。」

上聲：十七篠（古通巧皓）

篠小表鳥了（未了）曉少（多少）擾繞遶嬈紹杪秒沼眇矯蓼皦皎瞭寮杳窅窈窕嫋裊皛挑（挑撥）掉肇摽縹緲渺淼撟譑殍蔦趙兆繳佻繚僚燎夭（夭折）悄舀剿晁藐

望嶽：「岱宗夫如何，齊魯青未了。造化鐘神秀，陰陽割昏曉。蕩胸生層雲，決眥入歸鳥。會當淩絕頂，一覽眾山小。」

聶耒陽以僕阻水書致酒肉療饑荒江詩得代懷興盡本韻至縣呈聶令陸路去方田驛四十里舟行一日時屬江漲泊於方田：「耒陽馳尺素，見訪荒江渺。義士烈女家，風流吾賢紹。昨見狄相孫，許公人倫表。前朝翰林後，屈跡縣邑小。知我礙湍濤，半旬獲浩溔。麾下殺元戎，湖邊有飛旐。孤舟增鬱鬱，僻路殊悄悄。側驚猿猱捷，仰羨鸛鶴矯。禮過宰肥羊，愁當置清醥。人非西喻蜀，興在北坑趙。方行郴岸靜，未話長沙擾。崔師乞已至，澧卒用矜少。問罪消息眞，開顏憩亭沼。」

上聲：十八巧（古通篠）

巧飽卯狡爪鮑撓攪絞拗佼姣咬齩昴茆獠餃筊

上聲：十九皓（古通篠）

皓顥寶藻早棗老好道稻造（再造）腦惱島倒（傾倒）
禱擣搗抱討考燥掃嫂槁潦保葆堡褓鴇稿草昊浩鎬杲縞
懆皀瑙媼燠襖懊芼澡套澇蚤拷栲栳

贈李白：「二年客東都，所歷厭機巧。野人對腥羶，蔬食常不抱。豈無青精飯，使我顏色好？苦乏大藥資，山林跡如掃。李侯金閨彥，脫身事幽討。亦有梁宋游，方期拾瑤草。」

薛端薛復筵簡薛華醉歌：「文章有神交有道，端復得之名譽早。愛客滿堂盡豪傑，開筵上日思芳草。安得健步移遠梅，亂插繁花向晴昊？千里猶殘舊冰雪，百壺且試開懷抱。垂老惡聞戰鼓悲，急觴爲緩憂心擣。少年努力縱談笑，看我形容已枯槁。坐中薛華善醉歌，歌詞自作風格老。近來海內爲長句，汝與山東李白好。何劉沈謝力未工，才兼鮑照愁絕倒。諸生頗盡新知樂，萬事終傷不自保。氣酣日落西風來，願吹野水添金杯。如澠之酒常快意，亦知窮愁安在哉！忽憶雨時秋井塌，古人白骨生青苔；如何不飲令心哀？」

雨過蘇端：「雞鳴風雨交，久旱雲亦好。杖藜入春泥，無食起我早。諸家憶所歷，一飯跡便掃。蘇侯得數過，歡喜每傾倒。也復可憐人，呼兒具梨棗。濁醪必在眼，盡醉攄懷抱。紅稠屋角花，碧委牆隅草。親賓縱談謔，喧鬧慰衰老。況蒙霈澤垂，糧粒或自保。妻孥隔軍壘，撥棄不擬道。」

送長孫九侍御赴武威判官：「驄馬新鑿蹄，銀鞍被來好。繡衣黃白郎，騎向交河道。問君適萬里，取別何草草！天子憂涼州，嚴程到須早。去秋群胡反，不得無電掃。此行牧遺甿，風俗方再造。族父領元戎，名聲國中老。奪我同官良，飄颻按城堡。使我不能餐，令我惡懷抱。若人才思闊，溟漲浸絕島。樽前失詩流，塞上得國寶。皇天悲送遠，雲雨白浩浩。東郊尚烽火，朝野失枯槁。西極柱亦傾，如何正窮昊。」

遣興三首其三：「豐年孰云遲，甘澤不在早。耕田秋雨足，禾黍已映道。春苗九月交，顏色同日老。勸汝衡門士，勿悲尙枯槁。時來展才力，先後無醜好。但訝鹿皮翁，忘機對芳草。」

遣興五首其三：「陶潛避俗翁，未必能達道。觀其著詩集，頗亦恨枯槁。達生豈是足？默識蓋不早。有子賢與愚，何其掛懷抱？」

乾元中寓居同谷縣作歌七首其七：「男兒生不成名身已老，三年饑走荒山道。長安卿相多少年，富貴應須致身早。山中儒生舊相識，但話夙昔傷懷抱。嗚呼七歌兮悄終曲。仰視皇天白日速。」

奉贈射洪李四丈：「丈人屋上烏，人好烏亦好。人生意氣豁，不在相逢早。南京亂初定，所向色枯槁。遊子無根株，茅齋付秋草。東征下月峽，掛席窮海島。萬里須十金，妻孥未相保。蒼茫風塵際，蹭蹬騏驎老。志士懷感傷，心胸已傾倒。」

園人送瓜：「江間雖炎瘴，瓜熟亦不早。柏公鎮夔國，滯務茲一掃。食新先戰士，共少及溪老。傾筐蒲鴿青，滿眼顏色好。竹竿接嵌竇，引注來鳥道。沈浮亂水玉，愛惜如芝草。落刃嚼冰霜，開懷慰枯槁。許以秋蒂除，仍看小童抱。東陵跡蕪絕，楚漢休征討。園人非故侯，種此何草草！」

上聲：二十哿（古通馬）

哿火笴舸瑳舵柁拕拖沱我娜荷（負荷）可坷左果裹朵鎖瑣墮惰垛妥坐（坐立）裸跛簸頗（稍也）叵禍夥顆砢那脞橢陊邏卵爹哆硪麼峨

憶昔行：「憶昔北尋小有洞，洪河怒濤過輕舸。辛勤不見華蓋君，艮岑青輝慘幺麼。千崖無人萬壑靜，三步回頭五步坐。秋山眼冷魂未歸，仙賞心違淚交墮。弟子誰依白茅屋，盧老獨啓青銅鎖。巾拂香餘搗藥塵，階除灰死燒丹火。懸圃滄洲莽空闊，金節羽衣飄婀娜。落日初霞閃餘映，倏忽東西無不可。松風澗水聲合時，青兕黃熊啼向我。徒然咨嗟撫遺蹟，至今夢想仍猶左。祕訣隱文須內教，晚歲何功使願果？更討衡陽董鍊師，南浮早鼓瀟湘柁。」

上聲：廿一馬（古通哿）

馬下（上下）者野雅瓦寡社寫瀉夏（華夏）冶也鮓把賈（姓氏）假捨赭廈瑕惹若踝姐哆啞且瑪舍喏灑剮

玉華宮：「溪回松風長，蒼鼠竄古瓦。不知何王殿，遺構絕壁下。陰房鬼火青，壞道哀湍瀉。萬籟眞笙竽，秋色正蕭灑。美人爲黃土，況乃粉黛假。當時侍金輿，故物獨石馬。憂來藉草坐，浩歌淚盈把。冉冉征途間，誰是長年者？」

上聲：廿二養（古通講）

養癢痒鞅怏像象橡仰朗獎槳蔣敞昶鶩枉往纇彊強（勉強）穰沆盪惘昉仿兩緉帑讜儻曩丈杖仗響掌黨想蓊榜

牓爽廣享向饗幌晃莽漭繈襁紡長（長幼）攘盎蛶髒（骯髒）網蕩上（上升）壤賞倣罔倘魍魎謊蟒嗓恍怳吭廠慷鏹搶肮獷嚮

樂遊園歌：「樂游古園萃森爽，煙綿碧草萋萋長。公子華筵勢最高，秦川對酒平如掌。長生木瓢示眞率，更調鞍馬狂歡賞。青春波浪芙蓉園，白日雷霆夾城仗。閶闔晴開詄蕩蕩，曲江翠幕排銀榜。拂水低回舞袖翻，緣雲清切歌聲上。卻憶年年人醉時，只今未醉已先忠。數莖白髮那拋得？百罰深杯亦不辭。聖朝亦知賤士醜，一物自荷皇天慈。此身飲罷無歸處，獨立蒼茫自詠詩。」

八哀詩——故著作郎貶台州司戶滎陽鄭公虔：「鶢鶋至魯門，不識鐘鼓饗。孔翠望赤霄，愁入雕籠養。滎陽冠眾儒，早聞名公賞。地崇士大夫，況乃氣精爽。天然生知姿，學立游夏上。神農極闕漏，黃石愧師長。藥纂西極名，兵流指諸掌。貫穿無遺恨，薈蕞何技癢。圭臬星經奧，蟲篆丹青廣。子雲窺未遍，方朔諧太枉。神翰顧不一，體變鍾兼兩。文傳天下口，大字猶在牓。昔獻書畫圖，新詩亦俱往。滄洲動玉陛，寡鶴誤一響。三絕自御題，四方尤所仰。嗜酒益疏放，彈琴視天壤。形骸實土木，親近唯几杖。未曾寄官曹，突兀倚書幌。晚就芸香閣，胡塵昏坱莽。反覆歸聖朝，點染無滌盪。老蒙台州掾，泛泛浙江槳。履穿四明雪，饑拾楢溪橡。空聞紫芝歌，不見杏壇丈。天長眺東南，秋色餘魍魎。

別離慘至今，斑白徒懷曩。春深秦山房，葉墜清渭朗。劇談王侯門，野稅林下鞅。操紙終夕酣，時物集遐想。詞場竟疏闊，平昔濫推獎。百年見存歿，牢落吾安放？蕭條阮咸在，出處同世網。他日訪江樓，含悽述飄蕩！」

上聲：廿三梗（古通軫）

梗影景井嶺領境警請屏餅永騁逞穎頴頃整靜省幸倖頸郢猛炳杏丙打哽綆秉鯁耿璟憬荇獷併皿礦冷靖艋蜢儆悻婧阱猙靚惺涅癭並（合併）眚

遊龍門奉先寺：「已從招提遊，更宿招提境。陰壑生虛籟，月林散清影。天闕象緯逼，雲臥衣裳冷。欲覺聞晨鐘，令人發深省。」

醉時歌：「諸公袞袞登臺省，廣文先生官獨冷。甲第紛紛厭粱肉，廣文先生飯不足。先生有道出羲皇，先生有才過屈宋。德尊一代常坎軻，名垂萬古知何用？杜陵野客人更嗤，被褐短窄鬢如絲。日糴太倉五升米，時赴鄭老同襟期。得錢即相覓，沽酒不復疑，忘形到爾汝，痛飲眞吾師。清夜沈沈動春酌，燈前細雨簷花落。但覺高歌有鬼神，焉知餓死填溝壑？相如逸才親滌器，子雲識字終投閣。先生早賦歸去來，石田茅屋荒蒼苔。儒術於我何有哉？孔丘盜蹠俱塵埃。不須聞此意慘愴，生前相遇且銜杯。」

渼陂西南臺：「高臺面蒼陂，六月風日冷。蒹葭離披去，天水相與永。懷新目似擊，接要心已領。仿象識鮫人，空濛辨魚艇。錯磨終南翠，顛倒白閣影。崷崒增光輝，乘陵惜俄頃。勞生愧嚴鄭，外物慕張邴。世復輕驊騮，吾甘雜鼃黽。知歸俗可忽，取適事莫並。身退豈待官，老來苦便靜。況資菱芡足，庶結茅茨迥。從此具扁舟，彌年逐清景。」

西枝村尋置草堂地夜宿贊公土室二首其二：「天寒鳥以歸，月出山更靜。土室延白光，松門耿疏影。躋攀倦日短，語樂寄夜永。明燃林中薪，暗汲石底井。大師京國舊，德業天機秉。從來支許遊，興趣江湖迥。數奇謫關塞，道廣存箕潁。何知戎馬間，復接塵事屏。幽尋豈一路，遠色有諸嶺。晨光稍曚曨，更越西南頂。」

八哀詩——故右僕射相國張公九齡：「相國生南紀，金璞無留礦。仙鶴下人間，獨立霜毛整。矯然江海思，復與雲路永。寂寞想土階，未遑等箕潁。上君白玉堂，倚君金華省。碣石歲崢嶸，天池日蛙黽。退食吟大庭，何心記榛梗？骨驚畏曩哲，鬒變負人境。雖蒙換蟬冠，右地恧多幸。敢忘二疏歸，痛迫蘇耽井。紫綬映暮年，荊州謝所領。庾公興不淺，黃霸鎮每靜。賓客引調同，諷詠在務屏。詩罷地有餘，篇終語清省。一陽發陰管，淑氣含公鼎。乃知君子心，用才文章境。散帙起翠螭，倚薄巫廬並。綺麗玄暉擁，牋誄任昉騁。自我一家則，未缺隻字警。千秋滄海南，名繫朱鳥影。歸老守故林，戀闕悄延頸。波濤良史筆，蕪絕大庾嶺。向時禮數隔，制作難上請。再讀徐孺碑，猶思理烟艇。」

上聲：廿四迥（古通軫）

迥炯茗挺艇梃鋌町醒溟酩酊脡謦剄並（並行）等鼎頂脛肯濘拯

上聲：廿五有（古獨用）

有酒首手口母後柳友婦斗狗久負厚叟走守綬右否醜受牖偶耦阜九后咎藪吼帚箒垢畝舅紐藕朽臼肘韭剖誘牡缶酉扣嘔笱誚黝蹂取鈕扭鈕扭莠丑苟糗某玖拇姆紂糾嗾赳蚪蔞擻釦綹陡懰培壽授揉溲毆棓抖

前出塞九首其三：「磨刀嗚咽水，水赤刃傷手。欲輕腸斷聲，心緒亂已久。丈夫誓許國，憤惋復何有？功名圖麒麟，戰骨當速朽。」

大雲寺贊公房四首其四：「童兒汲井華，慣捷瓶在手。霑灑不濡地，掃除似無箒。明霞爛複閣，霽霧搴高牖。側塞被徑花，飄颻委墀柳。艱難世事迫，隱遯佳期後。晤語契深心，那能總鉗口？奉辭還杖策，暫別終回首。泱泱泥汙人，狺狺國多狗。既未免羈絆，時來憩奔走。近公如白雪，執熱煩何有？」

述懷：「去年潼關破，妻子隔絕久。今夏草木長，脫身得西走。麻鞋見天子，衣袖露兩肘。朝廷愍生還，親故傷老醜。涕淚授拾遺，流離主恩厚。柴門雖得去，未忍即開口。寄書問三川，不知家在否？比聞同罹禍，殺戮到雞狗。山中漏茅屋，誰復依戶牖。摧頹蒼松根，地冷骨未朽。幾人全性命？盡室豈相偶？嶔岑猛虎場，鬱結迴我首。自寄一封書，今已十月後。反畏消息來，寸心亦何有？漢運初中興，生平老耽酒。沈思歡會處，恐作窮獨叟。」

九成宮：「蒼山八百里，崖斷如杵臼。曾宮憑風迴，岌嶪土囊口。立神扶棟梁，鑿翠開戶牖。其陽產靈芝，其陰宿牛斗。紛披長松倒，揭𡾟怪石走。哀猿啼一聲，客淚迸林藪。荒哉隋家帝，製此今頹朽。向使國不亡，焉爲巨唐有。雖無新增修，尙置官居守。巡非瑤水遠，跡是雕牆後。我行屬時危，仰望嗟嘆久。天王狩太白，駐馬更搔首。」

枯椶：「蜀門多椶櫚，高者十八九。其皮割剝甚，雖眾亦易朽。徒布如雲葉，青青歲寒後。交橫集斧斤，凋喪先蒲柳。傷時苦軍乏，一物官盡取。嗟爾江漢人，生成復何有！有同枯椶木，使我沈歎久。死者即已休，生者何自守？啾啾黃啄雀，側見寒蓬走。念爾形影乾，摧殘沒藜莠。」

遭田父泥飲美嚴中丞：「步屧隨春風，村村自花柳。田翁逼社日，邀我嘗春酒。酒酣誇新尹，畜眼未見有。迴頭指大男，渠是弓弩手。名在飛騎籍，長番歲時久。前日放營農，辛苦救衰朽。差科死則已，誓不舉家走。今年大作社，拾遺能住否。叫婦開大瓶，盆中爲吾取。感此氣揚揚，須知風化首。語多雖雜亂，說尹終在口。朝來偶然出，自卯將及酉。久客惜人情，如何拒鄰叟？高聲索果栗，欲起時被肘。指揮過無禮，未覺村野醜。月出遮我留，仍嗔問升斗。」

相從行贈嚴二別駕：「我行入東川，十步一回首。成都亂罷氣蕭索，浣花草堂亦何有。梓中豪俊大者誰，本州從事知名久。把臂開樽飲我酒，酒酣擊劍蛟龍吼。烏帽拂塵青騾粟，紫衣將炙緋衣走。銅盤燒蠟光照日，夜如何其初促膝。黃昏始扣主人門，誰謂俄頃膠在漆？萬事盡付形骸外，百年未見歡娛畢。神傾意豁眞佳士，久客多憂今愈疾。高視乾坤又可愁，一軀交態同悠悠。垂老遇君未恨晚，似君須向古人求。」

將適吳楚留別章使君留後兼幕府諸公得柳字：「我來入蜀門，歲月亦已久。豈惟長兒童？自覺成老醜。常恐性坦率，失身爲杯酒。近辭痛飲徒，折節萬夫後。昔如縱壑魚，今如喪家狗。既無遊方戀，行止復何有？相逢半新故，取別隨薄厚。不意青草湖，扁舟落吾手。眷眷章梓州，開筵俯高柳。樓前出騎馬，帳下羅賓友。健兒簸紅旗，此樂幾難朽。日車隱崑崙，鳥雀噪戶牖。波濤未足畏，三峽徒雷吼。所憂盜賊多，重見衣冠走。中原消息斷，黃屋今安否？終作適荆蠻，安排用莊叟？隨雲拜東皇，掛席上南斗。有使即寄書，無使長迴首。」

可歎：「天上浮雲似白衣，斯須改變如蒼狗。古往今來共一時，人生萬事無不有。近者抉眼去其夫，河東女兒身姓柳。丈夫正色動引經，酆城客子王季友。群書萬卷常暗誦，孝經一通看在手。貧窮老瘦家賣屐，好事就之爲攜酒。豫章太守高帝孫，引爲賓客敬頗久。聞道三年未曾語，小心恐懼閉其口。太守得之更不疑，人生反覆看亦醜。明月無瑕豈容易？紫氣鬱鬱猶衝斗。時危可仗眞豪俊，二人得置君側否？太守頃者領山南，邦人思之比父母。王生早曾拜顏色，高山之外皆培塿。用爲羲和天爲成，用平水土地爲厚。王也論道阻江湖，李也疑丞曠前後。死爲星辰終不滅，致君堯舜焉肯朽？吾輩碌碌飽飯行，風后力牧長迴首。」

呀鶻行：「病鶻孤飛俗眼醜，每見江邊宿衰柳。清秋落日已側身，過雁歸鴉錯迴首。緊腦雄姿迷所向，疏翮稀毛不可狀。彊神非復阜雕前，俊才早在蒼鷹上。風濤颯颯寒山陰，熊羆欲蟄龍蛇深。念爾此時有一擲，失聲濺血非其心。」

上水遣懷：「我衰太平時，身病戎馬後。蹭蹬多拙爲，安得不皓首？驅馳四海內，童稚日餬口。但遇新少年，少逢舊親友。低顏下色地，故人知善誘。後生血氣豪，舉動見老醜。窮迫挫曩懷，常如中風走。一紀出西蜀，於今向南斗。孤舟亂春華，暮齒依蒲柳。冥冥九疑葬，聖者骨已朽。蹉跎陶唐人，鞭撻日月久。中間屈賈輩，讒毀竟自取。鬱沒二悲魂，蕭條猶在否？崷崒清湘石，逆行雜林藪。篙工密逞巧，氣若酣杯酒。謳歌互激越，回斡明受授。善知應觸類，各藉穎脫手。古來經濟才，何事獨罕有！蒼蒼眾色晚，熊掛玄蛇吼。黃羆在樹顛，正為群虎守。羸骸將何適，履險顏益厚。庶與達者論，吞聲混瑕垢。」

奉贈李八丈判官：「我丈特英特，宗枝神堯後。珊瑚市則無，騄驥人得有。早年見標格，秀氣衝牛斗。事業富清機，官曹貞獨守。頃來樹嘉政，皆已傳眾口。艱難體貴安，冗長吾敢取。區區猶歷試，炯炯更持久。討論實解頤，操割紛應手。篋書積諷諫，宮闕限奔走。入幕未展材，秉鈞孰為偶。所親問淹泊，泛愛惜衰朽。垂白亂南翁，委身希北叟。真成窮轍鮒，或似喪家狗。秋枯洞庭石，風颯長沙柳。高興激荊衡，知音為回首。」

送重表姪王砅評事使南海：「我之曾老姑，爾之高祖母。爾祖未顯時，歸為尚書婦。隋朝大業末，房杜俱交友。長者來在門，荒年自餬口。家貧無供給，客位但箕帚。俄頃羞頗珍，寂寥人散後。入怪鬢髮空，吁嗟為之久。自陳翦髻鬟，市鬻充杯酒。上云天下亂，宜與英俊厚。向竊窺數公，經綸亦俱有。次問最少年，虬髯十八九。子等成大名，皆因此人手。下云風雲合，龍虎一吟吼。願展丈夫雄，得辭兒女醜。秦王時在坐，真氣驚戶牖。及乎貞觀初，尚書踐台斗。夫人常肩輿，上殿稱萬壽。六宮師柔順，法則化妃后。至尊均嫂叔，盛事垂不朽。鳳雛無凡毛，五色非爾曹。往者胡作逆，乾坤沸嗷嗷。吾客左馮翊，爾家同遁逃。爭奪至徒步，塊獨委蓬蒿。逗留熱爾腸，十里卻呼號。自下所騎馬，右持腰間刀。左牽紫遊韁，飛走使我高。苟活到今日，寸心銘佩牢。亂離又聚散，宿昔恨滔滔。水花笑白首，春草隨青袍。廷評近要津，節制收英髦。北驅漢陽傳，南汎上瀧舠。家聲肯墜地，利器當秋毫。番禺親賢領，籌運神功操。大夫出盧宋，寶貝休脂膏。洞主降接武，海胡舶千艘。我欲就丹砂，跋涉覺身勞。安能陷糞土，有志乘鯨鼇。或驂鸞騰天，聊作鶴鳴皋。」

上聲：廿六寑（古通軫）

寑飲（飲食）錦品枕（枕衾）審甚廩衽飪稔稟葚凜懍沈（姓氏）噤瀋諗淰朕荏恁嬸怎

上聲：廿七感（古通銑）

感覽攬欖贍澹（淡）憺啖噉坎慘憯敢頷闇窞黮萏撼毯菼紞糝湛菡罨槧喊揜黲鏨嵌

上聲：廿八琰（古通銑）

琰剡焰斂險儉檢臉染掩點簟貶冉苒陝諂奄漸玷忝崦剡瀲颭芡閃歉慊黶魘儼

上聲：廿九豏（古通銑）

豏檻範減艦犯湛巉斬黯范闞喊歉巉

去聲：一送（古通宋轉絳）

送夢鳳洞眾甕弄貢凍痛棟仲中（擊中）粽諷慟鞚空（空缺）控哢嗹鬨恫贛賵哄湅詷絧淞

去聲：二宋（古通送）

宋重用頌誦統縱（放縱）訟種（種植）綜俸共供從（僕從）縫（縫隙）葑壅雍

去聲：三絳（古通漾轉送）

絳降（升降）巷撞虹洚鬨憧幢艟戇

去聲：四寘（古通未霽卦隊轉泰）

寘置事地意志思（名詞）淚吏賜字義利器位戲至次累（連累）寺瑞智記異致備肆翠騎（名詞）使（使者）試類棄餌媚鼻易（容易）轡墜醉議翅避罰幟熾粹侍誼

帥廁寄睡忌貳萃穗二帔臂嗣吹（名詞）遂恣四驥季刺駟泗識痣誌寐魅邃燧隧檖晬類謚熾織飼食積（積蓄）忮被芰懿悸覬冀曁洎媿愧匱饋蕢簣櫃恚比（近也）庇畀痺詖閟泌秘鷙摯贄躓漬稚遲（待也）祟跂珥衈示伺嗜自眥詈莅痢莉緻輊譬彗肄惴懟縊餧劓啻饎企驪爲（因爲）糒膩施（布施）遺（饋遺）跂薏値跛縋誶屣錘孼陂蹕瑟

送從弟亞赴河西判官：「南風作秋聲，殺氣薄炎熾。盛夏鷹隼擊，時危異人至。令弟草中來，蒼然請論事。詔書引上殿，奮舌動天意。兵法五十家，爾腹爲篋笥。應對如轉丸，疏通略文字。經綸皆新語，足以正神器。宗廟尚爲灰，君臣俱下淚。崆峒地無軸，青海天軒輊。西極最瘡痍，連山暗烽燧。帝曰大布衣，藉卿佐元帥。坐看清流沙，所以子奉使。歸當再前席，適遠非歷試。須存武威郡，爲畫長久利。孤峰石戴驛，快馬金纏轡。黃羊飫不羶，蘆酒多還醉。踴躍常人情，慘澹苦士志。安邊敵何有，反正計始遂。吾聞駕鼓車，不合用騏驥。龍吟迴其頭，夾輔待所致。」

羌村三首其一：「崢嶸赤雲西，日腳下平地。柴門鳥雀噪，歸客千里至。妻孥怪我在，驚定還拭淚。世亂遭飄蕩，生還偶然遂。鄰人滿牆頭，感嘆亦歔欷。夜闌更秉燭，相對如夢寐。」

夢李白二首其二：「浮雲終日行，遊子久不至。三夜頻夢君，情親見君意。告歸常局促，苦道來不易。江湖多風波，舟楫恐失墜。出門搔白首，若負平生志。冠蓋滿京華，斯人獨憔悴。孰云網恢恢，將老身反累。千秋萬歲名，寂寞身後事。」

遣興二首其二：「地用莫如馬，無良復誰記？此日千里鳴，追風可君意。君看渥窪種，態與駑駘異。不雜蹄嚙間，逍遙有能事。」

丈人山：「自爲青城客，不唾青城地。爲愛丈人山，丹梯近幽意。丈人祠前佳氣濃，綠雲擬住最高峰。掃除白髮黃精在，君看他時冰雪容。」

枯柟：「楩柟枯崢嶸，鄉黨皆莫記。不知幾百歲，慘慘無生意。上枝摩蒼天，下根蟠厚地。巨圍雷霆折，萬孔蟲蟻萃。凍雨落流膠。衝風奪嘉氣。白鵠遂不來，天雞爲愁思。猶含棟梁具，無復霄漢志！良工古昔少，識者出涕淚。種榆水中央，成長何容易？截承金露盤，裊裊不自畏。」

雨：「行雲遞崇高，飛雨靄而至。潺潺石間溜，汩汩松上駛。亢陽乘秋熱，百穀皆已棄。皇天德澤降，燋卷有生意。前雨傷卒暴，今雨喜容易。不可無雷霆，間作鼓增氣。佳聲達中宵，所望時一致。清霜九月天，髣髴見滯穗。郊扉及我私，我圃日蒼翠。恨無抱甕力，庶減臨江費。」

前苦寒行二首其二：「去年白帝雪在山，今年白帝雪在地。凍埋蛟龍南浦縮，寒刮肌膚北風利。楚人四時皆麻衣，楚天萬里無晶輝。三足之烏足恐斷，羲和送將何所歸？」

送顧八分文學適洪吉州：「中郎石經後，八分蓋憔悴。顧侯運鑪錘，筆力破餘地。昔在開元中，韓蔡同贔屭。玄宗妙其書，是以數子至。御札早流傳，揄揚非造次。三人並入直，恩澤各不二。顧於韓蔡內，辨眼工小字。分日侍諸王，鉤深法更秘。文學與我遊，蕭疏外聲利。追隨二十載，浩蕩長安醉。高歌卿相宅，文翰飛省寺。視我揚馬間，白首不相棄。驊騮入窮巷，必脫黃金轡。一論朋友難，遲暮敢失墜。古來事反覆，相見橫涕泗。嚮者玉珂人，誰是青雲器？才盡傷形骸，病渴污官位。故舊獨依然，時危話顛躓。我甘多病老，子負憂世志。胡爲困衣食，顏色少稱遂。遠作辛苦行，順從眾多意。舟楫無根蒂，蛟鼉好爲祟。況兼水賊繁，特戒風飆駛。崩騰戎馬際，往往殺長吏。子干東諸侯，勸勉無縱恣。邦以民爲本，魚饑費香餌。請哀瘡痍深，告訴皇華使。使臣精所擇，進德知歷試。惻隱誅求情，固應賢愚異。烈士惡苟得，俊傑思自致。贈子猛虎行，出郊載酸鼻。」

題衡山縣文宣王廟新學堂呈陸宰：「旄頭彗紫微，無復俎豆事。金甲相排蕩，青衿一憔悴。嗚呼已十年，儒服弊於地。征夫不遑息，學者淪素志！我行洞庭野，欻得文翁肆。侁侁胄子行，若舞風雩至。周室宜中興，孔門未應棄。是以資雅才，渙然立新意。衡山雖小邑，首唱恢大義。因見縣尹心，根源舊宮閟。講堂非曩構，大屋加塗塈。下可容萬人，牆隅亦深邃。何必三千徒，始壓戎馬氣。林木在庭戶，密幹疊蒼翠。有井朱夏時，轆轤凍階戺。耳聞讀書聲，殺伐災髣鬏。故國延歸望，衰顏減愁思。南紀改波瀾，西河共風味。采詩倦跋涉，載筆尚可記。高歌激宇宙，凡百慎失墜！」

去聲：五未（古通寘）

未味氣貴費沸尉畏慰蔚魏緯胃渭彙（類也）謂蝟諱卉毅溉既旡衣（動詞）饑憹誹誹痱蜚翡

前苦寒行二首其一：「漢時長安雪一丈，牛馬毛寒縮如蝟。楚江巫峽冰入懷，虎豹哀號又堪記。秦城老翁荊揚客，慣習炎蒸歲絺綌。玄冥祝融氣或交，手持白羽未敢釋。」

去聲：六御（古通遇）

御處（處所）去慮譽（名詞）署據馭曙助絮著（顯著）翥豫箸恕與（參與）遽疏（書疏）庶詛預倨語（告也）踞鋸犢於瘀覷狙嘘

去聲：七遇（古通御）

遇路潞輅賂璐露鷺樹（樹木）度（制度）渡賦布步固痼錮素具數（數量）怒務霧鶩騖附兔故顧雇句墓暮慕募注註駐炷胙胙祚裕誤悟寤晤住戍庫護屨訴蠹妒懼趣

娶鑄絝胯傳付諭喻嫗芋捕哺吐汙（動詞）忤厝措錯醋

鮒仆膊赴酺惡（憎惡）互獳怖煦寓冱酤郚吐鋪（店

鋪）屢嗉塑捂訃屬酗圃戽駙苦婺蛀颶愫溯鍍涸姹

送孔巢父謝病歸游江東兼呈李白：「巢父掉頭不肯住，東將入海隨煙霧。詩卷長流天地間，釣竿欲拂珊瑚樹。深山大澤龍蛇遠，春寒野陰風景暮。蓬萊織女回雲車，指點虛無引歸路。自是君身有仙骨，世人那得知其故？惜君只欲苦死留，富貴何如草頭露？蔡侯靜者意有餘，清夜置酒臨前除。罷琴惆悵月照席，幾歲寄我空中書？南尋禹穴見李白，道甫問訊今何如？」

奉先劉少府新畫山水障歌：「堂上不合生楓樹，怪底江山起煙霧。聞君掃卻赤縣圖，乘興遣畫滄洲趣。畫師亦無數，好手不可遇。對此融心神，知君重毫素。豈但祁岳與鄭虔，筆跡遠過楊契丹。得非元圃裂？無乃瀟湘翻？悄然坐我天姥下，耳邊已是聞清猿。反思前夜風雨急，乃是蒲城鬼神入。元氣淋漓障猶濕，眞宰上訴天應泣。野亭春還雜花遠，魚翁暝踏孤舟立。滄浪水深青且闊，欹岸側島秋毫末。不見湘妃鼓瑟時，至今斑竹臨江活。劉侯天機精，愛畫入骨髓。自有兩兒郎，揮灑亦莫比。大兒聰明到，能添老樹巓崖裏。小兒心孔開，貌得山僧及童子。若耶溪，雲門寺，吾獨胡為在泥滓？青鞋布襪從此始。」

羌村三首其二：「晚歲迫偷生，還家少歡趣。嬌兒不離膝，畏我復卻去。憶昔好追涼，故繞池邊樹。蕭蕭北風勁，撫事煎百慮。賴知禾黍收，已覺糟牀注。如今足斟酌，且用慰遲暮。」

得舍弟消息：「風吹紫荆樹，色與春庭暮。花落辭故枝，風迴返無處。骨肉恩書重，漂泊難相遇。猶有淚成河，經天複東注。」

有懷台州鄭十八司戶虔：「天台隔三江，風浪無晨暮。鄭公縱得歸，老病不識路。昔如水上鷗，今如罝中兔。性命由他人，悲辛但狂顧。山鬼獨一腳，蝮蛇長如樹。呼號傍孤城，歲月誰與度？從來禦魑魅。多爲才名誤。夫子嵇阮流，更被時俗惡。海隅微小吏，眼暗髮垂素。黃帽映青袍，非供折腰具。平生一杯酒，見我故人遇。相望無所成，乾坤莽迴互。」

西枝村尋置草堂地夜宿贊公土室二首其一：「出郭眄細岑，披榛得微路。溪行一流水，曲折方屢渡。贊公湯休徒，好靜心跡素。昨枉霞上作，盛論巖中趣。怡然共攜手，恣意同遠步。捫蘿澀先登，陟巘眩反顧。要求陽岡煖，苦涉陰嶺沍。惆悵老大藤，沈吟屈蟠樹。卜居意未展，杖策迴且暮。層巔餘落日，早蔓已多露。」

青陽峽：「塞外苦厭山，南行道彌惡。岡巒相經亘，雲水氣參錯。林迴峽角來，天窄壁面削。磎西五里石，奮怒向我落。仰看日車側，俯恐坤軸弱。魑魅嘯有風，霜霰浩漠漠。憶昨踰隴阪，高秋視吳嶽。東笑蓮華卑，北知崆峒薄。

超然侔壯觀，已謂殷寥廓。突兀猶趁人，及茲歎冥寞。」

雨：「山雨不作泥，江雲薄爲霧。晴飛半嶺鶴，風亂平沙樹。明滅洲景微，隱見巖姿露。拘悶出門遊，曠絕經目趣。消中日伏枕，臥久塵及屨。豈無平肩輿，莫辨望鄉路。兵戈浩未息，蛇虺反相顧。悠悠邊月破，鬱鬱流年度。針灸阻朋曹，糠粃對童孺。一命須屈色，新知漸成故。窮荒益自卑，飄泊欲誰訴。尪羸愁應接，俄頃恐乖迕。浮俗何萬端，幽人有高步。龐公竟獨往，尚子終罕遇。宿留洞庭秋，天寒瀟湘素。杖策可入舟，送此齒髮暮。」

送高司直尋封閬州：「丹雀銜書來，暮棲何鄉樹？驊騮事天子，辛苦在道路。司直非冗官，荒山甚無趣。借問泛舟人：胡爲入雲霧？與子姻婭間，既親亦有故。萬里長江邊，邂逅一相遇。長卿消渴再，公幹沈緜屢。清談慰老夫，開卷得佳句。時見文章士，欣然淡情素。伏枕聞別離，疇能忍漂寓。良會苦短促，溪行水奔注。熊羆咆空林，游子慎馳騖。西謁巴中侯，艱險如跬步。主人不世才，先帝常特顧。拔爲天軍佐，崇大王法度。淮海生清風，南翁尚思慕。公宮造廣廈，木石乃無數。初聞伐松柏，猶臥天一柱。我病書不成，成字讀亦誤。爲我問故人，勞心練征戍。」

宿花石戍：「午辭空靈岑，夕得花石戍。岸疏開闢水，木雜古今樹。地蒸南風盛，春熱西日暮。四序本平分，氣候何迴互。茫茫天地間，理亂豈恆數？繫舟盤藤輪，策杖古樵路。罷人不在村，野圃泉自注。柴扉雖蕪沒，農器尚牢固。

山東殘逆氣，吳楚守王度。誰能扣君門，下令減征賦。」

詠懷二首其二：「邦危壞法則，聖遠益愁慕。飄飖桂水遊，悵望蒼梧暮。潛魚不銜鉤，走鹿無反顧。皦皦幽曠心，拳拳異平素。衣食相拘閡，朋知限流寓。風濤上春沙，十里浸江樹。逆行少吉日，時節空復度。井灶任塵埃，舟航煩數具。牽纏加老病，瑣細隘俗務。萬古一死生，胡爲足名數。多憂污桃源，拙計泥銅柱。未辭炎瘴毒，擺落跋涉懼。虎狼窺中原，焉得所歷住。葛洪及許靖，避世常此路。賢愚誠等差，自愛各馳騖。羸瘠且如何？魄奪鍼灸屢。擁滯僮僕慵，稽留篙師怒。終當掛帆席，天意難告訴。南爲祝融客，勉強親杖屨。結託老人星，羅浮展衰步。」

去聲：八霽（古通寘）

霽制計勢世麗歲衛濟（渡也）第藝惠慧幣桂滯弟際厲涕契（契約）弊斃帝蔽敝髻銳戾裔袂繫祭隸閉逝綴翳製替砌細稅婿例誓筮蕙偈詣礪勵瘞噬繼胒脆諦系睿毳劑曳蒂睇憩彗睨遞逮薊蚋薜荔唳捩糲泥（拘泥）揭媲嬖睥嚏綈剃殪屜悌儷鍥貰掣蠣羿棣螮蟪薙娣說（遊說）贅憩鱖彘囈謎擠

送樊二十三侍御赴漢中判官：「威弧不能弦，自爾無寧歲。川谷血橫流，豺狼沸相噬。天子從北來，長驅振凋敝。

頓兵岐梁下，卻跨沙漠裔。二京陷未收，四極我得制。蕭索漢水清，緬通淮湖稅。使者紛星散，王綱尚旒綴。南伯從事賢，君行立談際。坐知七曜歷，手畫三軍勢。冰雪淨聰明，雷廷走精銳。幕府輟諫官，朝廷無此例。至尊方旰食，仗爾布嘉惠。補闕暮徵入，柱史晨征憩。正當艱難時，實藉長久計。迴風吹獨樹，白日照執袂。慟哭蒼煙根，山門萬重閉。居人莽牢落，遊子方迢遞。徘徊悲生離，局促老一世。陶唐歌遺民，後漢更列帝。恨無匡復姿，聊欲從此逝。」

漁陽：「漁陽突騎猶精銳，赫赫雍王都節制。猛將飄然恐後時，本朝不入非高計。祿山北築雄武城，舊防敗走歸其營。繫書請問燕耆舊，今日何須十萬兵。」

狂歌行贈四兄：「與兄行年校一歲，賢者是兄愚者弟。兄將富貴等浮雲，弟切功名好權勢。長安秋雨十日泥，我曹鞴馬聽晨雞。公卿朱門未開鎖，我曹已到肩相齊。吾兄穩睡方舒膝，不襪不巾踏曉日。男啼女哭莫我知，身上須繒腹中實。今年思我來嘉州，嘉州酒香花滿樓。樓頭喫酒樓下臥，長歌短詠迭相酬。四時八節還拘禮，女拜弟妻男拜弟。幅巾鞶帶不掛身，頭脂足垢何曾洗。吾兄吾兄巢許倫，一生喜怒常任真。日斜枕肘寢已熟，啾啾唧唧爲何人？」

八哀詩——贈秘書監江夏李公邕：「長嘯宇宙間，高才日凌替。古人不可見，前輩復誰繼？憶惜李公存，詞林有根柢。聲華當健筆，灑落富清製。風流散金石，追琢山嶽銳。情窮造化理，學貫天人際。干謁走其門，碑版照四裔。各滿深望還，森然起凡例。蕭蕭白楊路，洞徹寶珠惠。龍宮塔廟湧，浩劫浮雲衛。宗儒俎豆事，故吏去思計。眄睞已皆虛，跋涉曾不泥。向來映當時，豈獨勸後世！豐屋珊瑚鉤，麒麟織成罽。紫騮隨劍几，義取無虛歲。分宅脫驂間，感激懷未濟。眾歸賙給美，擺落多藏穢。獨步四十年，風聽九皋唳。嗚呼江夏姿，竟掩宣尼袂。往者武后朝，引用多寵嬖。否臧太常議，面折二張勢。衰俗凜生風，排蕩秋旻霽。忠貞負冤恨，宮闕深旒綴。放逐早聯翩，低垂困炎癘。日斜鵩鳥入，魂斷蒼梧帝。榮枯走不暇，星駕無安稅。幾分漢廷竹，夙擁文侯篲。終悲洛陽獄，事近小臣斃。禍階初負謗，易力何深嚌！伊昔臨淄亭，酒酣託末契。重敘東都別，朝陰改軒砌。論文到崔蘇，指盡流水逝。近伏盈川雄，未甘特進麗。是非張相國，相扼一危脆。爭名古豈然？鍵樬欻不閉。例及吾家詩，曠懷掃氛翳。慷慨嗣眞作，咨嗟玉山桂。鍾律儼高懸，鯤鯨噴迢遞。坡陁青州血，蕪沒汶陽瘞。哀贈晚蕭條，恩波延揭厲。子孫存如線，舊客舟凝滯。君臣尚論兵，將帥接燕薊。朗詠六公篇，憂來豁蒙蔽。」

解憂：「減米散同舟，路難思共濟。向來雲濤盤，眾力亦不細。呀坑瞥眼過，飛櫓本無蒂。得失瞬息間，致遠宜恐泥。百慮視安危，分明曩賢計。茲理庶可廣，拳拳期勿替。」

宿鑿石浦：「早宿賓從勞，仲春江山麗。飄風過無時，舟楫敢不繫。迴塘澹暮色，日沒眾星嘒。闕月殊未生，青燈死分翳。窮途多俊異，亂世少恩惠。鄙夫亦放蕩，草草頻年歲。斯文憂患餘，聖哲垂彖繫。」

去聲：九泰（古通寘）

泰會太帶外蓋大旆瀨賴籟蔡害最貝靄藹沛艾丐奈柰繪檜膾澮獪會（會計）儈薈太汰癩霈蜕狽眛

病柏：「有柏生崇岡，童童狀車蓋。偃蹇龍虎姿，主當風雲會。神明依正直，故老多再拜。豈知千年根，中路顏色壞。出非不得地，蟠據亦高大。歲寒忽無憑，日夜柯葉改，丹鳳領九雛，哀鳴翔其外。鴟鴞志意滿，養子穿穴內。客從何鄉來？佇立久吁怪。靜求元精理，浩蕩難倚賴。」

去聲：十卦（古通寘）

卦挂掛懈廨隘賣畫瘥派債怪壞誡戒界介芥械薤拜快邁話敗稗曬噫瘵屆疥玠瀣湃聵憊鎩殺夬噲喝解祭齘蒯蕢眦喟獪砦簣唄寨

去聲：十一隊（古通寘）

隊内塞愛輩佩代退載碎態背穢菜對廢悔誨晦昧礙戴貸

配妹喙潰黛賚呹逮概岱隸肺溉耒慨愾窾塊繢乂碓賽刈
耐悖曖淬焙在（所在）再睞徠靧焠拔誶悔鼐

萬丈潭：「青溪合冥寞，神物有顯晦。龍依積水蟠，窟壓萬丈內。局步凌垠堮，側身下煙靄。前臨洪濤寬，卻立蒼石大。山色一徑盡，岸絕兩壁對。削成根虛無，倒影垂澹瀩。黑知灣寰底，清見光炯碎。孤雲到來深，飛鳥不在外。高蘿成帷幄，寒木壘旌旆。遠川曲通流，嵌竇潛洩瀨。造幽無人境，發興自我輩。告歸遺恨多，將老斯遊最。閉藏脩鱗蟄，出入巨石礙。何當暑天過，快意風雲會。」

信行遠修水筒：「汝性不茹葷，清靜僕夫內。秉心識本源，於事少滯礙。雲端水筩坼，林表山石碎。觸熱藉子修，通流與廚會。往來四十里，荒險崖谷大。日曛驚未餐，貌赤愧相對。浮瓜供老病，裂餅常所愛。於斯答恭謹，足以殊殿最。詎要方士符，何假將軍佩？行諸直如筆，用意崎嶇外。」

去聲：十二震（古通敬徑沁轉問）

震信印進潤陣鎮填刃順慎鬢晉駿閏峻釁振儁雋俊舜吝
恪燼訊允仞軔殯儐迅瞬櫬諄藎殣饉僅覲藺濬浚徇殉賑
晙餕擯認齔認櫬趁蕣縉搢躪廑諄瞬韌汎診

去聲：十三問（古通震）

問聞（名譽）運暈韻訓糞奮忿醞郡分（名分）紊慍焮近（動詞）拉餫餫緼拚攟鄆捃靳

去聲：十四願（古通霰）

願論怨恨萬飯（名詞）獻健寸困頓遜建勸憲蔓券鈍悶遯嫩販愿溷遠（動詞）巽潠漫噴艮綣褪畹堰圈（豬圈）

去聲：十五翰（古通勘）

翰岸漢難（災難）斷亂歎幹觀（樓觀）散畔旦算（名詞）玩爛貫半案按炭汗贊讚漫（浩漫）冠（冠軍）灌爨竄幔粲燦璨換煥喚渙奐悍扞彈（名詞）憚段看判叛腕絆惋鸛鑽縵鍛館旰閈瀚釬銲骭嘆讕蒜鑵泮逭漶矸謾瀾捍罐盥宦婉緞侃

白沙渡：「畏途隨長江，渡口下絕岸。差池上舟楫，窈窕入雲漢。天寒荒野外，日暮中流半。我馬向北嘶，山猿飲相喚。水清石礧礧，沙白灘漫漫。迥然洗愁辛，多病一疏散。高壁抵嶔崟，洪濤越凌亂。臨風獨回首，攬轡復三歎。」

通泉驛南去通泉縣十五里山水作：「溪行衣自溼，亭午氣始散。冬溫蚊蚋集，人遠鳧鴨亂。登頓生曾陰，攲傾出高岸。驛樓衰柳側，縣郭輕烟畔。一川何綺麗，盡日窮壯觀。山色遠寂寞，江光夕滋漫。傷時愧孔父，去國同王粲。我生苦飄蓬，所歷有嗟歎。」

行官張望補稻畦水歸：「東屯大江北，百頃平若案。六月青稻多，千畦碧泉亂。插秧適云已，引溜加溉灌。更僕往方塘，決渠當斷岸。公私各地著，浸潤無天旱。主守問家臣，分明見溪畔。芊芊炯翠羽，剡剡生銀漢。鷗鳥鏡裏來，關山雪邊看。秋菰成黑米，精鑿傳白粲。玉粒足晨炊，紅鮮任霞散。終然添旅食，作苦期壯觀。遺穗及眾多，我倉戒滋蔓。」

舟中苦熱遣懷奉呈陽中丞通簡臺省諸公：「愧爲湖外客，看此戎馬亂。中夜混黎甿，脫身亦奔竄。平生方寸心，反當帳下難。嗚呼殺賢良，不叱白刃散。吾非丈夫特，沒齒埋冰炭。恥以風病辭，胡然泊湘岸。入舟雖苦熱，垢膩可溉灌。痛彼道邊人，形骸改昏旦。中丞連帥職，封內權得按。身當問罪先，縣實諸侯半。士卒既輯睦，啓行促精悍。似聞上游兵，稍逼長沙館。鄰好彼克脩，天機自明斷。南圖卷雲水，北拱戴霄漢。美名光史臣，長策何壯觀。驅馳數公子，咸願同伐叛。聲節哀有餘，夫何激衰懦。偏裨表三上，鹵莽同一貫。始謀誰其間，回首增憤惋。宗英李端公，守職甚昭煥。變通迫脅地，謀畫焉得算？王室不肯微，凶徒略無憚。此流須卒斬，神器資強幹。扣寂豁煩襟，皇天照嗟歎！」

去聲：十六諫（古通陷轉震）

諫鴈雁患澗間（間隔）宦晏慢辦盼豢鷃棧慣贗輚串轘
莧綻幻訕綰骭縵嫚謾汕疝瓣擐篡鏟篆辦孿悉扮

去聲：十七霰（古通願豔轉諫）

霰殿面縣變箭戰扇煽膳傳（傳記）見現硯選院練鍊鏈
燕宴賤電饌薦絹彥掾甸便（便利）眷麵麪線倦羨堰莫
徧遍戀囀轉眩釧蒨倩卞汴弁拚忭嚥片禪（封禪）譴絢諺
緣（衣飾）顫擅援媛瑗佃鈿淀澱繕狷旋漩瑱唁茜濺楝
揀衒炫善（動詞）繾研（磨研）蜆孌輾碾轉（轉動）
卷（書卷）咽念（念書）眄靛鏇綻煎撰餞

病後過王倚飲贈歌：「麟角鳳觜世莫識，煎膠續弦奇自見。尙看王生抱此懷，在于甫也何由羨？且過王生慰疇昔，素知賤子甘貧賤。酷見凍餒不足恥，多病沈年苦無健。王生怪我顏色惡，答云伏枕艱難遍：瘧癘三秋孰可忍？寒熱百日相交戰。頭白眼暗坐有胝，內黃皮皺命如線。惟生哀我未平復，爲我力致美肴膳。遣人向市賒香粳，喚婦出房親自饌。

長安冬葅酸且綠，金城土酥靜如練。」

冬末以事之東都湖城東遇孟雲卿復歸劉顥宅宿宴飲散因爲醉歌：「疾風吹塵暗河縣，行子隔手不相見。湖城城東一開眼，駐馬偶識雲卿面。向非劉顥爲地主，懶迴鞭轡成高宴。劉侯歡我攜客來，置酒張燈促華饌。且將款曲終今夕，休語艱難尚酣戰。照室紅爐促曙光，縈牕素月垂文練。天開地裂長安陌，寒盡春生洛陽殿。豈知驅車復同軌，可惜刻漏隨更箭。人生會合不可常，庭樹雞鳴淚如綫。」

積草嶺：「連風積長陰，白日遞隱見。颼颼林響交，慘慘石狀變。山分積草嶺，路異鳴水縣。旅泊吾道窮，衰年歲時倦。卜居尚百里，休駕投諸彥。邑有佳主人，情如已會面。來書語絕妙，遠客驚深眷。食蕨不願餘，茅茨眼中見。」

水閣朝霽奉簡嚴雲安：「東城抱春岑，江閣鄰石面。崔嵬晨雲白，朝旭射芳甸。雨檻臥花叢，風牀展書卷。鉤簾宿鷺起，丸藥流鶯囀。呼婢取酒壺，續兒誦文選。晚交嚴明府，矧此數相見。」

石硯：「平公今詩伯，秀發吾所羨。奉使三峽中，長嘯得石硯。巨璞禹鑿餘，異狀君獨見。其滑乃波濤，其光或雷電。聯坳各盡墨，多水遞隱現。揮灑容數人，十手可對面。比公頭上冠，貞質未爲賤。當公賦佳句，況得終清宴。公含起草姿，不遠明光殿。致於丹青地，知汝隨顧眄。」

折檻行：「嗚呼房魏不復見，秦王學士時難羨。青衿冑子困泥塗，白馬將軍若雷電。千載少似朱雲人，至今折檻空嶙峋。婁公不語宋公語，尙憶先皇容直臣。」

白馬：「白馬東北來，空鞍貫雙箭。可憐馬上郎，意氣今誰見？近時主將戮，中夜傷於戰。喪亂死多門，嗚呼淚如霰。」

去聲：十八嘯（古通效號）

嘯笑照廟竅妙詔召劭邵要（重要）曜耀調（音調）釣弔叫燎嶠少（老少）徼眺陗峭誚料肖尿剽勦掉鞘糶噭轎朓療潦釂醮銚驃蔦嬥慓繞摽嬈搖（搖動）窱葽鷂誚哨約僄俵俵跳嘹漂鐐廖悄俏鷂票裱

戲韋偃爲雙松圖歌：「天下幾人畫古松，畢宏已老韋偃少。絕筆長風起纖末，滿堂動色嗟神妙！兩株慘裂苔蘚皮，屈鐵交錯迴高枝。白摧朽骨龍虎死，黑入太陰雷雨垂。松根胡僧憩寂寞，龐眉皓首無住著。偏袒右肩露雙腳，葉裏松子僧前落。韋侯韋侯數相見；我有一匹好東絹，重之不減錦繡段。已令拂拭光凌亂，請公放筆爲直幹。」

三韻三篇其三：「烈士惡多門，小人自同調。名利苟可取，殺身傍權要。何當官曹清，爾輩堪一笑。」

次空靈岸：「沄沄逆素浪，落落展清眺。幸有舟楫遲，得盡所歷妙。空靈霞石峻，楓栝隱奔峭。青春猶無私，白日亦偏照。可使營吾居，終焉託長嘯。毒瘴未足憂，兵戈滿邊徼。嚮者留遺恨，恥爲達人誚。迴帆覬賞延，佳處領其要。」

去聲：十九效（古通嘯）

効教（教訓）貌校孝鬧淖豹爆罩踔趠拗窖酵嗃稍樂（好也）傚較鈔礮砲皰敲礉櫂棹覺（寤也）炮（槍炮）泡刨

去聲：二十號（古通嘯）

號（號令）帽報導盜操（操行）譟噪竈灶奧隩告（告訴）誥暴（強暴）好（愛好）到蹈勞（慰勞）傲耗眊耄躁澇漕（水運）造（造就）冒悼纛倒（顛倒）瑁縞懊慥趮燥犒芼鏊靠燠糙瀑

去聲：廿一箇（古通禡）

箇賀个佐作做邏珂軻馱大餓那（語詞）些（楚些）過（過失）和（唱和）挫課唾播簸剉愞懦座坐破臥貨磋髁剁磨（磨磐）糯縛銼惰

屏跡三首其一：「衰顏甘屏跡，幽事供高臥。鳥下竹根行，龜開萍葉過。年荒酒價乏，日併園蔬課。獨酌甘泉歌，歌長擊樽破。」

夜歸：「夜半歸來衝虎過，山黑家中已眠臥。傍見北斗向江低，仰看明星當空大。庭前把燭嗔兩炬，峽口驚猿聞一箇。白頭老罷舞復歌，杖藜不睡誰能那？」

去聲：廿二禡（古通箇）

禡駕夜下（降也）謝榭罷夏（炎夏）暇霸灞嫁赦借籍（憑籍）炙蔗假（休假）化舍（廬舍）價射罵稼架詐亞婭罅跨麝咤怕訝詫姹迓蜡帕柘華（華山）卸貰壩靶鵺炙嗄吒詫侘罅嚇婭啞訝迓華（姓華）樺乍話胯跨垻

戲簡鄭廣文兼呈蘇司業：「廣文到官舍，繫馬堂階下。醉則騎馬歸，頗遭官長罵。才名三十年，坐客寒無氈。賴有蘇司業，時時乞酒錢。」

遣興五首其五：「吾憐孟浩然，短褐即長夜。賦詩何必多，往往凌鮑謝。清江空舊魚。春雨餘甘蔗。每望東南雲，令人幾悲吒。」

去聲：廿三漾（古通絳）

漾上（江上）望相（良相）將（戰將）狀帳浪（波浪）唱讓曠壯放向仗忘暢量（數量）葬匠障謗尚漲餉樣藏（庫藏）舫訪貺養醬嶂抗當（適當）釀亢況髒（內臟）瘴王（神王）纊倦諒亮妄愴宕創刱喪（喪失）悵兩（百兩）壙宕伉忘傍（依傍）碭恙吭颺閬脹廣湯（熱湯）炕（火炕）誑桁鄉徬掠妨搒旺迋防怏償盪盎仰鑲擋儻

題李尊師松樹障子歌：「老夫清晨梳白頭，玄都道士來相訪。握髮呼兒延入戶，手提新畫青松障。障子松林靜杳冥，憑軒忽若無丹青。陰崖卻承霜雪幹，偃蓋反走虯龍形。老夫平生好奇古，對此興與精靈聚。已知仙客意相親，更覺良工心獨苦。松下丈人巾屨同，偶坐似是商山翁。悵望聊歌紫芝曲，時危慘澹來悲風。」

劍門：「惟天有設險，劍門天下壯。連山抱西南，石角皆北向。兩崖崇墉倚，刻畫城郭狀。一夫怒臨關，百萬未可傍。珠玉走中原，岷峨氣悽愴。三皇五帝前，雞犬莫相放。後王尚柔遠，職貢道已喪。至今英雄人，高視見霸王。并吞與割據，極力不相讓。吾將罪真宰，意欲鏟疊嶂。恐此復偶然，臨風默惆悵。」

楊監又出畫鷹十二扇：「近時馮紹正，能畫鷙鳥樣。明公出此圖，無乃傳其狀。殊姿各獨立，清絕心有向。疾禁千里馬，氣敵萬人將。憶昔驪山宮，冬移含元仗。天寒大羽獵，此物神俱王。當時無凡材，百中皆用壯。粉墨形似間，識者一惆悵。干戈少暇日，眞骨老崖嶂。爲君除狡兔，會是翻韝上。」

夜聞觱篥：「夜聞觱篥滄江上，衰年側耳情所嚮。鄰舟一聽多感傷，塞曲三更欻悲壯。積雪飛霜此夜寒，孤燈急管復風湍。君知天地干戈滿，不見江湖行路難。」

次晚洲：「參錯雲石稠，坡陀風濤壯。晚洲適知名，秀色固異狀。檣經垂猿把，身在度鳥上。擺浪散帙妨，危沙折花當。羈離暫愉悅，羸老反惆悵。中原未解兵，吾得終疏放。」

去聲：廿四敬（古通震）

敬命正（正直）令（命令）政性鏡盛（茂盛）行（砥行）聖詠姓慶映病柄鄭勁競淨竟孟迸聘穽諍泳請（延請）倩硬靚檠獍更（變更）橫（蠻橫）榜娉併偵（偵問）阱

乾元中寓居同谷縣作歌七首其二：「長鑱長鑱白木柄，我生托子以爲命。黃獨無苗山雪盛，短衣數挽不掩脛。此時與子空歸來，男呻女吟四壁靜。嗚呼二歌兮歌始放，鄰里爲我色惆悵。」

早發：「有求常百慮，斯文亦吾病。以茲朋故多，窮老驅馳併。早行篙師怠，席掛風不正。昔人戒垂堂，今則奚奔命？濤翻黑蛟躍，日出黃霧映。煩促瘴豈侵，頹倚睡未醒。僕夫問盥櫛，暮顏靦青鏡。隨意嚮葛巾，仰慙林花盛。側聞夜來寇，幸喜囊中淨。艱危作遠客，干請傷直性。薇蕨餓首陽，粟馬資歷聘。賤子欲適從，疑誤此二柄。」

去聲：廿五徑（古通震）

徑定聽勝（勝敗）磬應（答應）乘（名詞）媵贈佞稱（相稱）罄鄧甑脛瑩證孕興（興趣）經（經緯）濘甯寗醒廷錠庭矴飣釘（動詞）暝（夜也）瀅賸剩凭憑凝嶝鐙（鞍鐙）磴凳磴塴逕訂蹬亙（亙古）

江頭五詠麗春：「百草競春華，麗春應最勝。少須顏色好，多漫枝條賸。紛紛桃李枝，處處總能移。如何此貴重，卻怕有人知。」

去聲：廿六宥（古獨用）

宥候堠就授售壽秀宿奏繡富獸鬬漏陋守狩晝寇茂懋舊胄宙袖岫柚覆復（又也）救廄臭齅幼佑祐侑囿豆脰竇

逗溜霤瘤構搆遘媾購透瘦漱瀨癞嗽呪咒鏤貿鷲副詬糅酎究湊謬繆籀疚灸彀畜雊柩驟甃皺縐戊褎鼬晵咮蹂姆漚（動詞）又鬻餾輳逅蔻狃嗾餖瘻後仆踣鍒厚扣綬讀（句讀）輻鏽

九日寄岑參：「出門復入門，雨腳但如舊。所向泥活活，思君令人瘦。沈吟坐西軒，飲食錯昏晝。寸步曲江頭，難為一相就。吁嗟乎蒼生，稼穡不可救。安得誅雲師？疇能補天漏？大明韜日月，曠野號禽獸。君子強逶迤，小人困馳驟。維南有崇山，恐與川浸溜。是節東籬菊，紛披為誰秀？岑生多新詩，性亦嗜醇酎。采采黃金花，何由滿衣袖？」

去聲：廿七沁（古通震）

沁飲（使飲）禁（禁令）任（信任）蔭識浸祲譖鴆枕（動詞）衽賃滲喑揕闖妊噤甚窨

去聲：廿八勘（古通翰）

勘暗濫啗啖擔憾纜瞰琀憺紺闞三（再三）暫荅甗磡澹淡憨鏨艦

去聲：廿九豔（古通霰）

豔劍念驗贍塹塹店占（佔據）欽斂（聚斂）厭瀲焰爓
瀲墊欠槧窆僭釅坫砭饜殮苫敁掞譫痁俺潛恍忝

江頭五詠丁香：「丁香體柔弱，亂結枝猶墊。細葉帶浮毛，疏花披素豔。深栽小齋後，庶使幽人占。晚墮蘭麝中，休懷粉身念。」

去聲：三十陷（古通諫）

陷鑑鑒監汎泛梵帆懺賺蘸闞（犬聲）讒鑱站

入聲：一屋（古通沃轉覺）

屋木竹目服福祿穀熟谷肉族鹿腹菊陸軸逐牧伏宿（住宿）讀（讀書）犢瀆牘櫝黷轂復（恢復）粥肅育六縮哭幅斛戮僕畜蓄叔叔菽獨卜馥沐速祝麓轆鏃蹙築穆睦啄覆鶩麴禿穀扑衄鬻燠澳隩輻瀑漉蔌恧洑鵬竺筑簇蔟暴曝掬箙濮鞫鞠郁蠹複（複雜）簏蓿塾樸蹴煜謖碌婡踘醭毓舳蝠福轆慉踧楸稑夙蹜蝮餗匐鯥鱐倏囿苜毬茯袱髑槲簌菔孰副

三川觀水漲二十韻：「我經華原來，不復見平陸。北上惟土山，連天走窮谷。火雲無時出，飛電常在目。自多窮岫雨，行潦相豗蹙。蓊匌川氣黃，群流會空曲。清晨望高浪，忽謂陰崖踣。恐泥竄蛟龍，登危聚麋鹿。枯查卷拔樹，礧磈共沖塞。聲吹鬼神下，勢閱人代速。不有萬穴歸，何以尊四瀆。及觀泉源漲，反懼江海覆。漂砂圻岸去，漱壑松柏禿。乘陵破山門，迴斡裂地軸。交洛赴洪河，及關豈信宿。應沉數州沒，如聽萬室哭。穢濁殊未清，風濤怒猶蓄。何時通舟車？陰氣不黲黷。浮生有蕩汨，吾道正羈束。人寰難容身，石壁滑側足。雲雷屯不已，艱險路更跼。普天無川梁，欲濟願水縮。因悲中林士，未脫眾魚腹。舉頭向蒼天，安得騎鴻鵠？」

佳人：「絕代有佳人，幽居在空谷。自云良家子，零落依草木。關中昔喪敗，兄弟遭殺戮。官高何足論？不得收骨肉。世情惡衰歇，萬事隨轉燭。夫婿輕薄兒，新人美如玉。合昏尚知時，鴛鴦不獨宿。但見新人笑，那聞舊人哭？在山泉水清，出山泉水濁。侍婢賣珠回，牽蘿補茅屋。摘花不插髮，采柏動盈掬。天寒翠袖薄，日暮倚修竹。」

赤谷西崦人家：「躋險不自安，出郊始清目。溪回日氣暖，徑轉山田熟。鳥雀依茅茨，藩籬帶松菊。如行武陵暮，欲問桃源宿。」

天邊行：「天邊老人歸未得，日暮東臨大江哭。隴右河源不種田，胡騎羌兵入巴蜀。洪濤滔天風拔木，前飛禿鶖後黃鵠。九度附書向洛陽，十年骨肉無消息。」

南池：「崢嶸巴閬間，所向盡山谷。安知有蒼池，萬頃浸坤軸。呀然閬城南，枕帶巴江腹。芰荷入異縣，秔稻共比屋。皇天不無意，美利戒止足。高田失西成，此物頗豐熟。清源多眾魚，遠岸富喬木。獨歎楓香林，春時好顏色。南有漢王祠，終朝走巫祝。歌舞散靈衣，荒哉舊風俗。高皇亦明王，魂魄猶正直。不應空陂上，縹緲親酒肉。淫祀自古昔，非唯一川瀆。干戈浩茫茫，地僻傷極目。平生江海興，遭亂身局促。駐馬問漁舟，躊躇慰羈束。」

三絕句其二：「二十一家同入蜀，惟殘一人出駱谷。自說二女齧臂時，回頭卻向秦雲哭。」

課伐木：「長夏無所爲，客居課奴僕。清晨飯其腹，持斧入白谷。青冥曾巔後，十里斬陰木。人肩四根已，亭午下山麓。尚聞丁丁聲，功課日各足。蒼皮見委積，素節相照燭。藉汝跨小籬，當仗苦虛竹。空荒咆熊羆，乳獸待人肉。不示知禁情，豈惟干戈哭。城中賢府主，處貴如白屋。蕭蕭理體淨，蜂蠆不敢毒。虎穴連里閭，隄防舊風俗。泊舟滄江岸，久客慎所觸。舍西崖嶠壯，雷雨蔚含蓄。牆宇資屢修，衰年怯幽獨。爾曹輕執熱，爲我忍煩促。秋光近青岑，季月當泛菊。報之以微寒，共給酒一斛。」

久雨期王將軍不至：「天雨蕭蕭滯茅屋，空山無以慰幽獨？銳頭將軍來何遲，令我心中苦不足。數將黃霧覓玄雲，時聽嚴風折喬木。泉源泠泠雜猿狖，泥濘漠漠饑鴻鵠。歲暮窮陰耿未已，人生會面難再得！憶爾腰下鐵絲箭，射殺林中雪色鹿。前者坐皮因問毛，知子歷險人馬勞。異獸如飛星宿落，應弦不礙蒼山高。安得突騎只五千，崒然眉骨皆爾曹。走平亂世相催促，一豁明主正鬱陶。恨昔范增碎玉斗，未使吳兵著白袍。昏昏閶闔閉氛祲，十月荊南雷怒號。」

後苦寒行二首其二：「晚來江門失大木，猛風中夜吹白屋。天兵斬斷青海戎，殺氣南行動坤軸。不爾苦寒何太酷？巴東之峽生凌澌。彼蒼迴斡人得知？」

入聲：二沃（古通屋）

沃俗玉足曲粟燭屬錄籙辱獄綠毒局欲束鵠蜀促觸續督贖篤浴酷縟矚躅褥旭蓐慾欲頊梏纛蠋溽跼勖淥告僕囑

哀江頭：「少陵野老吞聲哭，春日潛行曲江曲。江頭宮殿鎖千門，細柳新蒲爲誰綠？憶昔霓旌下南苑，苑中萬物生顏色。昭陽殿裡第一人，同輦隨君侍君側。輦前才人帶弓箭，白馬嚼囓黃金勒。翻身向天仰射雲，一笑正墜雙飛翼。明眸皓齒今何在？血污遊魂歸不得。清渭東流劍閣深，去住彼此無消息。人生有情淚沾臆，江水江花豈終極？黃昏胡騎塵滿城，欲往城南望城北。」

桃竹杖引贈章留後：「江心蟠石生桃竹，蒼波噴浸尺度足。斬根削皮如紫玉，江妃水仙惜不得。梓潼使君開一束，滿堂賓客皆歎息。憐我老病贈兩莖，出入爪甲鏗有聲。老夫復欲東南征，乘濤鼓枻白帝城。路幽必為鬼神奪，拔劍或與蛟龍爭。重為告曰，杖兮杖兮。爾之生也甚正直，慎勿見水踴躍學變化為龍。使我不得爾之扶持，滅跡於君山江上之青峰。噫！風塵澒洞兮豺虎咬人，忽失雙杖兮吾將曷從。」

黃河二首其二：「黃河西岸是吾蜀，欲須供給家無粟。願驅眾庶戴君王，混一車書棄金玉。」

赤霄行：「孔雀未知牛有角，渴飲寒泉逢觝觸。赤霄玄圃任往來，翠尾金花不辭辱。江中淘河嚇飛燕，銜泥卻落羞華屋。皇孫猶曾蓮勺困，衛莊見貶傷其足。老翁慎莫怪少年，葛亮貴和書有篇。丈夫垂名動萬年，記憶細故非高賢。」

客堂：「憶昨離少城，而今異楚蜀。捨舟復深山，窅窕一林麓。棲泊雲安縣，消中內相毒。舊疾廿載來，衰年得無足？死為殊方鬼，頭白免短促。老馬終望雲，南雁意在北。別家長兒女，欲起慙筋力。客堂序節改，具物對羈束。石暄蕨芽紫，渚秀蘆笋綠。巴鶯紛未稀，徼麥早向熟。悠悠日動江，漠漠春辭木。臺郎選才俊，自顧亦已極。前輩聲名人，埋沒何所得！居然綰章紱，受性本幽獨。平生憩息地，必種數竿竹。事業只濁醪，營葺但草屋。上公有記者，累奏資薄祿。主憂豈濟時？身遠彌曠職。循文廟筭正，獻可天衢直。尚想趨朝廷，毫髮裨社稷。形骸今若是，進退委行色。」

寫懷二首其一：「勞生共乾坤，何處異風俗？冉冉自趨競，行行見羈束。無貴賤不悲，無富貧亦足。萬古一骸骨，鄰家遞歌哭。鄙夫到巫峽，三歲如轉燭。全命甘留滯，忘情任榮辱。朝班及暮齒，日給還脫粟。編蓬石城東，采藥山北谷。用心霜雪間，不必條蔓綠。非關故安排，曾是順幽獨。達士如弦直，小人似鉤曲。曲直吾不知，負暄候樵牧。」

暮秋枉裴道州手札率爾遣興寄近呈蘇渙侍御：「久客多枉友朋書，素書一月凡一束。虛名但蒙寒暄問，泛愛不救溝壑辱。齒落未是無心人，舌存恥作窮途哭。道州手札適復至，紙長要自三過讀。盈把那須滄海珠，入懷本倚崑山玉。撥棄潭州百斛酒，蕪沒湘岸千株菊。使我晝立煩兒孫，令我夜坐費燈燭。憶子初尉永嘉去，紅顏白面花映肉。軍符侯印取豈遲，紫燕騄耳行甚速。聖朝尚飛戰鬬塵，濟世宜引英俊人。黎元愁痛會蘇息，夷狄跋扈徒逡巡。授鉞築壇聞意旨，頹綱漏網期彌綸。郭欽上書見大計，劉毅答詔驚群臣。他日更僕語不淺，明公論兵氣益振。傾壺簫管動白髮，儛劍霜雪吹青春。宴筵曾語蘇季子，後來傑出雲孫比。茅齋定王城郭門，藥物楚老漁商市。市北肩輿每聯袂，郭南抱甕亦隱几。無數將軍西第成，早作丞相東山起。鳥雀苦肥秋粟菽，蛟龍欲蟄寒沙水。天下鼓角何時休？陣前部曲終日死。附書與裴因示蘇，此生已媿須人扶。致君堯舜付公等，早據要路思捐軀。」

入聲：三覺（古通藥轉屋）

覺（知覺）角桷捔珏較榷搉嶽樂（音樂）捉朔數（頻數）卓諑啄琢剝爆駁邈瞀貌眊雹撲璞樸墣殼確慤埆觳濁擢櫂濯渥幄握葯搦踔逴犖學齷齪齺鐲喔

姜楚公畫角鷹歌：「楚公畫鷹鷹戴角，殺氣森森到幽朔。觀者徒驚掣臂飛，畫師不是無心學。此鷹寫眞在左綿，卻嗟眞骨遂虛傳。梁間燕雀休驚怕，亦未摶空上九天。」

入聲：四質（古通職緝轉物）

質日筆出室實疾術一乙壹吉秩密率律逸佚失漆栗畢恤卹蜜橘桔溢瑟膝匹述慄黜蹕弼七叱卒（終也）虱蝨悉謐朮軼詰帙戌櫛暱窒必姪蛭泌鎰秫苾蟀嫉唧篥鷸篳騭佾怵鑕帥（動詞）聿桎泆茁紩蹕汨蒺侄蓽昵耋垤捽觱

北征：「皇帝二載秋，閏八月初吉。杜子將北征，蒼茫問家室。維時遭艱虞，朝野少暇日。顧慚恩私被，詔許歸蓬蓽。拜辭詣闕下，怵惕久未出。雖乏諫諍姿，恐君有遺失。君誠中興主，經緯固密勿。東胡反未已，臣甫憤所切。揮涕戀行在，道途猶恍忽。乾坤含瘡痍，憂虞何時畢！靡靡踰阡陌，人煙眇蕭瑟。所遇多被傷，呻吟更流血。回首鳳翔縣，旌旗晚明滅。前登寒山重，屢得飲馬窟。邠郊入地底，涇水中蕩潏。猛虎立我前，蒼崖吼時裂。菊垂今秋花，石戴古車轍。青雲動高興，幽事亦可悅。山果多瑣細，羅生雜橡栗。或紅如丹砂，或黑如點漆。雨露之所濡，甘苦齊結實。緬思桃源內，益嘆身世拙。坡陀望鄜畤，巖谷互出沒。我行已水濱，我僕猶木末。鴟鴞鳴黃桑，野鼠拱亂穴。夜深經戰場，寒月照白骨。潼關百萬師，往者散何卒？遂令半秦民，殘害爲異物。況我墮胡塵，及歸盡華髮。經年至茅屋，妻子衣百結。慟哭松聲迴，悲泉共幽咽。平生所嬌兒，顏色白勝雪。見耶背面啼，垢膩腳不襪。牀前兩小女，補綻才過膝。海圖拆波濤，舊繡移曲折。天吳及紫鳳，顛倒在短褐。老夫情懷惡，數日臥嘔泄。那無囊中帛，救汝寒凜慄？粉黛亦解包，衾裯稍羅列。瘦妻面復光，癡女頭自櫛。學母無不爲，曉妝隨手抹。移時施朱鉛，狼籍畫眉闊。生還對童稚，似欲忘饑渴。問事競挽鬚，誰能即嗔喝？翻思在賊愁，甘受雜亂聒。新婦且慰意，生理焉得說？至尊尚蒙塵，幾日休練卒？仰觀天色改，坐覺妖氛豁。陰風西北來，慘澹隨回紇。其王願助順，其俗善馳突。送兵五千人，驅馬一萬匹。此輩少爲貴，四方服勇決。所用皆鷹騰，破敵過箭疾。聖心頗虛佇，時議氣欲奪。伊洛指掌收，西京不足拔。官軍請深入，蓄銳可俱發。此舉開青徐，旋瞻略恆碣。昊天積霜露，正氣有肅殺。禍轉亡胡歲，勢成擒胡月。胡命其能久？皇綱未宜絕。憶昨狼狽初，事與古先別。奸臣竟菹醢，同惡隨蕩析。不聞夏殷衰，中自誅褒妲。周漢獲再興，宣光果明哲。桓桓陳將軍，仗鉞奮忠烈。微爾人盡非，於今國猶活。淒涼大同殿，寂寞白獸闥。都人望翠華，佳氣向金闕。園陵固有神，灑掃數不缺。煌煌太宗業，樹立甚宏達！」

憶昔二首其二：「憶昔開元全盛日，小邑猶藏萬家室。稻米流脂粟米白，公私倉廩俱豐實。九州道路無豺虎，遠行不勞吉日出。齊紈魯縞車班班，男耕女桑不相失。宮中聖人奏雲門，天下朋友皆膠漆。百餘年間未災變，叔孫禮樂蕭何律。豈聞一絹直萬錢，有田種穀今流血？洛陽宮殿燒焚盡，宗廟新除狐兔穴。傷心不忍問耆舊，復恐初從亂離說。小臣魯鈍無所能，朝廷記識蒙祿秩。周宣中興望我皇，灑淚江漢身衰疾。」

別李秘書始興寺所居：「不見秘書心若失，及見秘書失心疾。安爲動主理固然，我獨覺子神充實。重聞西方止觀經，老身古寺風泠泠。妻兒待米且歸去，明日杖藜來細聽。」

自平：「自平中官呂太一，收珠南海千餘日。近供生犀翡翠稀，復恐征戍干戈密。蠻溪豪族小動搖，世封刺史非時朝。蓬萊殿前諸主將，才如伏波不得驕。」

寫懷二首其二：「夜深坐南軒，明月照我膝。驚風翻河漢，梁棟日已出。群生各一宿，飛動自儔匹。吾亦驅其兒，營營爲私實。天寒行旅稀，歲暮日月疾。榮名忽中人，世亂如蟣蝨。古者三皇前，滿腹志願畢。胡爲有結繩，陷此膠與漆？禍首燧人氏，厲階董狐筆。君看燈燭張，轉使飛蛾密。放神八極外，俯仰俱蕭瑟。終然契真如，得匪金仙術。」

清明：「著處繁華矜是日，長沙千人萬人出。渡頭翠柳豔明眉，爭道朱蹄驕齧膝。此都好遊湘西寺，諸將亦自軍中至。馬援征行在眼前，葛強親近同心事。金鐙下山紅日晚，牙檣捩柁青樓遠。古時喪亂皆可知，人世悲歡暫相遣。弟姪雖存不得書，干戈未息苦離居。逢迎少壯非吾道，況乃今朝是祓除。」

入聲：五物（古通質）

物佛拂屈鬱（馥鬱）乞掘訖吃（口吃）紱黻紼綍弗茀髴祓詘崛勿熨厥仡（勇壯貌）迄汔怫不屹芴岉倔尉蔚第

入聲：六月（古通屑葉陌轉曷）

月骨髮闕越謁沒伐罰卒（士卒）竭窟笏鉞歇發突忽韈襪勃蹶鶻揭筏厥蕨掘閥訥吶歿粵悖兀碣猝樾橛橜羯汩窣咄忽捽凸渤齕蠍滑刖軏劂崒腯孛紇浡暍矻淈核餑搰馱梲抈鱖矹屼誖潫嗢泏堀朏扢愲艴曰訐

悲青阪：「我軍青阪在東門，天寒飲馬太白窟。黃頭奚兒日向西，數騎彎弓敢馳突。山雪河冰野蕭瑟，青是烽煙白人骨。安得附書與我軍，忍待明年莫倉卒？」

畫鶻行：「高堂見生鶻，颯爽動秋骨。初驚無拘攣，何得立突兀！乃知畫師妙，巧刮造化窟。寫此神俊姿，充君眼中物。烏鵲滿樛枝，軒然恐其出。側腦看青霄，寧爲眾禽沒。長翮如刀劍，人寰可超越。乾坤空崢嶸，粉墨且蕭瑟。緬思雲沙際，自有煙霧質。吾今意何傷，顧步獨紆鬱。」

留花門：「北門天驕子，飽肉氣勇決。高秋馬肥健，挾矢射漢月。自古以爲患，詩人厭薄伐。脩德使其來，羈縻固不絕。胡爲傾國至？出入暗金闕。中原有驅除，隱忍用此物。公主歌黃鵠，君王指白日。連雲屯左輔，百里見積雪。長戟鳥休飛，哀笳曙幽咽。田家最恐懼，麥倒桑枝折。沙苑臨清渭，泉香草豐潔。渡河不用船，千騎常撇烈。胡塵踰太行，雜種抵京室。花門既須留，原野轉蕭瑟。」

遣興五首其二：「長陵銳頭兒，出獵待明發。騂弓金爪鏑，白馬蹴微雪。未知所馳逐，但見暮光滅。歸來懸兩狼，門戶有旌節。」

入聲：七曷（古通月）

曷達末闊活缽脱奪褐割沫拔（甄拔）葛闥渴撥豁括聒抹秣遏撻薩掇喝跋獺撮怛剌辣鈸潑輵芨頞剌喝斡捋袜襪鶡鴰糲

鹿頭山：「鹿頭何亭亭？是日慰饑渴。連山西南斷，俯見千里豁。遊子出京華，劍門不可越。及茲險阻盡，始喜原野闊。殊方昔三分，霸氣曾間發。天下今一家，雲端失雙闕。悠然想揚馬，繼起名硉兀。有文令人傷，何處埋爾骨！紆餘脂膏地，慘澹豪俠窟。仗鉞非老臣，宣風豈專達？冀公柱石姿，論道邦國活。斯人亦何幸，公鎮踰歲月。」

七月三日亭午已後較熱退晚加小涼穩睡有詩因論壯年樂事戲呈元二十一曹長：「今茲商用事，餘熱亦已末。衰年旅炎方，生意從此活。亭午減汗流，比鄰耐人聒。晚風爽烏匼，筋力蘇摧折。閉目踰十旬，大江不止渴。退藏恨雨師，健步聞旱魃。園蔬抱金玉，無以供採掇。密雲雖聚散，徂暑終衰歇。前聖慎焚巫，武王親救暍。陰陽相主客，時序遞回斡。灑落唯清秋，昏霾一空闊。蕭蕭紫塞雁，南向欲行列。欻思紅顏日，霜露凍敘闥。胡馬挾雕弓，鳴弦不虛發。長鈚逐狡兔，突羽當滿月。惆悵白頭吟，蕭條游俠窟。臨軒望山閣，縹緲安可越？高人鍊丹砂，未念將朽骨。少壯跡頗疏，歡樂曾倏忽。杖藜風塵際，老醜難翦拂。吾子得神仙，本是池中物。賤夫美一睡，煩促嬰詞筆。」

入聲：八黠（古轉月）

黠札拔（拔擢）猾鶻八察殺剎軋轄刖菝聉戛秸嘎扴揠圿茁矿瞎獺刮錣哳刷滑螛鍛捌紮帕

入聲：九屑（古通月）

屑節雪絕列烈結穴說血舌潔別缺熱決鐵滅折切拙製悅
轍訣泄咽（嗚咽）噎傑別哲徹軼澈鱉設齧劣碣掣譎玦
截竊纈孽綴閱埒訐饕瞥撇臬闑鴂媟鍥耋抉挈冽捩楔蹩
褻瓞絰巇隉揑醊茁竭契鐍讞癤涅頡擷撤跌浙篾揲澈蛭
揭垤孑孼凸閉闋蘗薛紲泬渫啜楬軼桀輟晢迭歠姪惙洌
颲掇啜㔍準（鼻也）棁拮批撬

投簡成華兩縣諸子：「赤縣官曹擁才傑，軟裘快馬當冰雪。長安苦寒誰獨悲？杜陵野老骨欲折。南山豆苗早荒穢，青門瓜地新凍裂。鄉里兒童項領成，朝廷故舊禮數絕。自然棄擲與時異，況乃疏頑臨事拙。饑臥動即向一旬。敝衣何啻聯百結。君不見空牆日色晚，此老無聲淚垂血！」

去矣行：「君不見韝上鷹，一飽即飛掣。焉能作堂上燕，銜泥附炎熱？野人曠蕩無靦顏，豈可久在王侯間？未試囊中餐玉法，明朝且入藍田山。」

自京赴奉先縣詠懷五百字：「杜陵有布衣，老大意轉拙。許身一何愚？竊比稷與契。居然成濩落，白首甘契闊。蓋棺事則已，此志常覬豁。窮年憂黎元，嘆息腸內熱。取笑同學翁，浩歌彌激烈。非無江海志，蕭灑送日月。生逢堯舜君，不忍便永訣。當今廊廟具，構廈豈云缺？葵藿傾太陽，物性固莫奪。顧惟螻蟻輩，但自求其穴。胡為慕大鯨，輒擬偃溟渤？以茲誤生理，獨恥事干謁。兀兀遂至今，忍為塵埃沒。終愧巢與由，未能易其節。沉飲聊自遣，放歌破愁絕。歲暮百草零，疾風高岡裂。天衢陰崢嶸，客子中夜發。霜嚴衣帶斷，指直不得結。凌晨過驪山，御榻在嵽嵲。蚩尤塞寒空，蹴踏崖谷滑。瑤池氣鬱律，羽林相摩戛。君臣留懽娛，樂動殷膠葛。賜浴皆長纓，與宴非短褐。彤庭所分帛，本自寒女出。鞭撻其夫家，聚斂貢城闕。聖人筐篚恩，實欲邦國活。臣如忽至理。君豈棄此物？多士盈朝廷，仁者宜戰慄。況聞內金盤，盡在衛霍室。中堂有神仙，煙霧蒙玉質。煖客貂鼠裘，悲管逐清瑟。勸客駝蹄羹，香橙壓金橘。朱門酒肉臭，路有凍死骨。榮枯咫尺異，惆悵難再述。北轅就涇渭，官渡又改轍。群水從西下，極目高崒兀。疑是崆峒來，恐觸天柱折。河梁幸未坼，枝撐聲窸窣。行旅相攀援，川廣不可越。老妻寄異縣，十口隔風雪。誰能久不顧？庶往共饑渴。入門聞號咷，幼子餓已殁。吾寧舍一哀？里巷亦嗚咽。所愧為人父，無食致夭折。豈知秋禾登，貧窶有蒼卒。生常免租稅，名不隸徵伐。撫跡猶酸辛，平人固騷屑。默思失業徒，因念遠戍卒。憂端齊終南，澒洞不可掇。」

鐵堂峽：「山風吹遊子，縹緲乘險絕。峽形藏堂隍，壁色立積鐵。徑摩穹蒼蟠，石與厚地裂。修纖無垠竹，嵌空太始雪。威遲哀壑底，徒旅慘不悅。水寒長冰橫，我馬骨正折。生涯抵弧矢，盜賊殊未滅。飄蓬踰三年，回首肝肺熱。」

喜雨：「春旱天地昏，日色赤如血。農事都已休，兵戈況騷屑。巴人困軍須，慟哭厚土熱。滄江夜來雨，眞宰罪一雪。穀根小蘇息，沴氣終不滅。何由見寧歲，解我憂思結？崢嶸群山雲，交會未斷絕。安得鞭雷公，滂沱洗吳越。」

後苦寒行二首其一：「南紀巫廬瘴不絕，太古已來無尺雪。蠻夷長老怨苦寒，崑崙天關凍應折。玄猿口噤不能嘯，白鵠翅垂眼流血；安得春泥補地裂。」

入聲：十藥（古通覺）

藥薄惡（善惡）略作樂（逸樂）落閣鶴爵弱約腳雀幕洛壑索郭博錯躍若縛酌託削鐸灼鑿卻絡鵲諾度（測度）萼橐漠鑰着著虐掠獲（收穫）泊搏籥崿鍔藿嚼杓勺酪謔廓綽霍爍鑊莫籜鑠繳諤鄂恪箔攫涸汋礿瀹瘧爚钁鶚龠袝郝髆屩駱粕妁礴拓蠖鎛鰐鱷格昨柝酢臛醵擭蹻斫摸貉艧珞愕怍柞堊笮膊噱瘼箬蒻魄烙葯焯熇噩嫋矍瞙躇芍躩踖踱卻簿顎擴槨

遣興五首其四：「猛虎憑其威，往往遭急縛。雷吼徒咆哮，枝撐已在腳。忽看皮寢處，無復睛閃爍。人有甚於斯，足以勸元惡。」

越王樓歌：「綿州州府何磊落！顯慶年中越王作。孤城西北起高樓，碧瓦朱甍照城郭。樓下長江百丈清，山頭落日半輪明。君王舊跡今人賞，轉見千秋萬古情。」

過郭代公故宅：「豪雋初未遇，其跡或脫略。代公通泉尉，放意何自若！及夫登袞冕，直氣森噴薄。磊落見異人，豈伊常情度？定策神龍後，宮中翕清廓。俄頃辨尊親，指揮存顧託。群公有慚色，王室無削弱。迥出名臣上，丹青照臺閣。我行得遺址，池館皆疏鑿。壯公臨事斷，顧步涕橫落。精魄凜如在，所歷終蕭索。高詠寶劍篇，神交付冥漠。」

西閣曝日：「凜冽倦玄冬，負暄嗜飛閣。羲和流德澤，顓頊愧倚薄。毛髮具自和，肌膚潛沃若。太陽信深仁，衰氣欻有託。欹傾煩注眼，容易收病腳。瀏漓木杪猿，翩躚山顛鶴。朋知苦聚散，哀樂日已作。即事會賦詩，人生忽如昨。古來遭喪亂，賢聖盡蕭索。胡為將暮年，憂世心力弱。」

昔遊：「昔謁華蓋君，深求洞宮腳。玉棺已上天，白日亦寂寞。暮升艮岑頂，巾几猶未卻。弟子四五人，入來淚俱落。余時遊名山，發軔在遠壑。良覿違夙願，含悽向寥廓。林昏罷幽磬，竟夜伏石閣。王喬下天壇，微月映皓鶴。晨溪響虛駃，歸徑行已昨。豈辭青鞋胝，悵望金匕藥。東蒙赴舊隱，尚憶同志樂。伏事董先生，於今獨蕭索。胡為客關塞，道意久衰薄。妻子亦何人？丹砂負前諾。雖悲髮鬢變，未憂筋力弱。杖藜望清秋，有興入廬霍。」

追酬故高蜀州人日見寄：「自枉蜀州人日作，不意清詩久零落。今晨散帙眼忽開，迸淚幽吟事如昨。嗚呼壯士多慷慨！合沓高名動寥廓。歎我悽悽求友篇，感君鬱鬱匡時略。

錦里春光空爛熳，瑤墀侍臣已冥莫。瀟湘水國傍黿鼉，鄠杜秋天失鵰鶚。東西南北更堪論，白首扁舟病獨存。遙拱北辰纏寇盜，欲傾東海洗乾坤。邊塞西蕃最充斥，衣冠南渡多崩奔。鼓瑟至今悲帝子，曳裾何處覓王門？文章曹植波瀾闊，服食劉安德業尊。長笛鄰家亂愁思，昭州詞翰與招魂。」

入聲：十一陌（古通月）

陌石客白澤伯跡迹宅席策碧籍（典籍）格役帛戟壁驛麥額柏魄積（積聚）脈夕液冊尺隙逆畫（動詞）百闢赤易（變易）革脊獲翮屐適幘劇厄蹟隔益柵窄核毄舄擲責坼惜僻癖辟掖腋釋舶拍索擇磔軛摘射（音亦）繹懌斥弈交帟迫疫譯昔瘠赫炙（動詞）謫腊簀碩蹟奭螫藉襞亦鬲擗貘骼躑珀借膈嘖搤躑埸蜴幗摑蹐嶧綌蓆貊擘檗蹠擿鶺拆喀蚱舴扼劃汐摭虢啞（笑聲）嚇刺蠚蟈

白絲行：「繅絲須長不須白，越羅蜀錦金粟尺。象床玉手亂殷紅，萬草千花動凝碧。已悲素質隨時染，裂下鳴機色相射。美人細意熨貼平，裁縫滅盡針線跡。春天衣著爲君舞，蛺蝶飛來黃鸝語。落絮遊絲亦有情，隨風照日宜輕舉。香汗清塵汙顏色，開新合故置何許？君不見才士汲引難，懼棄捐忍羇旅。」

嘆庭前甘菊花：「庭前甘菊移時晚，青蕊重陽不堪摘。

明日蕭條醉盡醒，殘花爛熳開何益？籬邊野外多眾芳，采擷細瑣升中堂。念茲空長大枝葉，結根失所纏風霜。」

白水縣崔少府十九翁高齋三十韻：「客從南縣來，浩蕩無與適。旅食白日長，況當朱炎赫。高齋坐林杪，信宿遊衍闃。清晨陪躋攀，傲睨俯峭壁。崇岡相枕帶，曠野迴咫尺。始知賢主人，贈此遺岑寂。危階根青冥，曾冰生淅瀝。上有無心雲，下有欲落石。泉聲聞復息，動靜隨所激。鳥呼藏其身，有似懼彈射。吏隱適情性，茲焉其窟宅。白水見舅氏，諸翁乃仙伯。杖藜長松下，作尉窮谷僻。為我炊雕胡，逍遙展良覿。坐久風頗怒，晚來山更碧。相對十丈蛟，欻翻盤渦坼。何得空裏雷，殷殷尋地脈。煙氛藹崷崒，魍魎森慘戚。崑崙崆峒顛，回首如不隔。前軒頹反照，巉絕華嶽赤。兵氣漲林巒，川光雜鋒鏑。知是相公軍，鐵馬雲霧積。玉觴淡無味，胡羯豈強敵？長歌激屋梁，淚下流衽席。人生半哀樂，天地有順逆。慨彼萬國夫，休明備征狄。猛將紛塡委，廟謀蓄長策。東郊何時開？帶甲且未釋。欲告清宴罷，難拒幽明迫。三嘆酒食旁，何由似平昔！」

送李校書二十六韻：「代北有豪鷹，生子毛盡赤。渥洼騏驥兒，尤異是龍脊。李舟名父子，清峻流輩伯。人間好少年，不必須白皙。十五富文史，十八足賓客。十九授校書，二十聲輝赫。眾中每一見，使我潛動魄。自恐兩男兒，辛勤養無益。乾元元年春，萬姓始安宅。舟也衣彩衣，告我欲遠適。倚門固有望，斂衽就行役。南登吟白華，已見楚山碧。

藹藹咸陽都，冠蓋日雲積。何時太夫人，常上會親戚？汝翁草明光，天子正前席。歸期豈爛漫，別意終感激。顧我蓬屋資，謬通金閨籍。小來習性懶，晚節慵轉劇。每愁悔吝作，如覺天地窄。羨君齒髮新，行己能夕惕。臨岐意頗切，對酒不能喫。迴身視綠野，慘澹如荒澤。老鴈春忍饑，哀號待枯麥。時哉高飛燕，絢練新羽翮。長雲濕褒斜，漢水饒巨石。無令軒車遲，衰疾悲夙昔！」

戲贈閿鄉秦少府短歌：「去年行宮當太白，朝回君是同舍客。同心不減骨肉親，每語見許文章伯。今日時清兩京道，相逢苦覺人情好。昨夜邀歡樂更無，多才依舊能潦倒。」

立秋後題：「日月不相饒，節序昨夜隔。玄蟬無停號，秋燕已如客。平生獨往願，惆悵年半百。罷官亦由人，何事拘形役？」

兩當縣吳十侍御江上宅：「寒城朝煙淡，山谷落葉赤。陰風千里來，吹汝江上宅。鶡雞號枉渚，日色傍阡陌。借問持斧翁：幾年長沙客？哀哀失木狖，矯矯避弓翮。亦知故鄉樂，未敢思宿昔。昔在鳳翔都，共通金閨籍。天子猶蒙塵，東郊暗長戟。兵家忌間諜，此輩常接跡。臺中領舉劾，君必慎剖析。不忍殺無辜，所以分白黑。上官權許與，失意見遷斥。仲尼甘旅人，向子識損益。朝廷非不知，閉口休嘆息。余時忝諍臣，丹陛實咫尺。相看受狼狽，至死難塞責。行邁心多違，出門無與適。於公負明義，惆悵頭更白。」

發同谷縣：「賢有不黔突，聖有不煖席。況我饑愚人，焉能尙安宅？始來茲山中，休駕喜地僻。奈何迫物累，一歲四行役！忡忡去絕境，杳杳更遠適。停驂龍潭雲，迴首虎崖石。臨歧別數子，握手淚再滴。交情無舊深，窮老多慘慼。平生懶拙意，偶値棲遯跡。去住與願違，仰慚林間翮。」

石櫃閣：「季冬日已長，山晚半天赤。蜀道多早花，江間饒奇石。石櫃曾波上，臨虛蕩高壁。清暉回群鷗，暝色帶遠客。羈棲負幽意，感歎向絕跡。信甘孱懦嬰，不獨凍餒迫。優游謝康樂，放浪陶彭澤。吾衰未自由，謝爾性所適。」

戲題王宰畫山水圖歌：「十日畫一水，五日畫一石。能事不受相促迫，王宰始肯留眞跡。壯哉崑崙方壺圖。掛君高堂之素壁。巴陵洞庭日本東，赤岸水與銀河通，中有雲氣隨飛龍。舟人漁子入浦漵，山木盡亞洪濤風。尤工遠勢古莫比，咫尺應須論萬里。焉得并州快翦刀，翦取吳淞半江水。」

光祿阪行：「山行落日下絕壁，南望千山萬山赤。樹枝有鳥亂鳴時，暝色無人獨歸客。馬驚不憂深谷墜，草動只怕長弓射。安得更似開元中，道路即今多擁隔。」

閬山歌：「閬州城東靈山白，閬州城北玉臺碧。松浮欲盡不盡雲，江動將崩未崩石。那知根無鬼神會，已覺氣與嵩華敵。中原格鬬且未歸，應結茅齋看青壁。」

莫相疑行：「男兒生無所成頭皓白，牙齒欲落眞可惜。

憶獻三賦蓬萊宮，自怪一日聲輝赫。集賢學士如堵牆，觀我落筆中書堂。往時文采動人主，此日饑寒趨路旁。晚將末契託年少，當面輸心背面笑。寄謝悠悠世上兒，不爭好惡莫相疑。」

古柏行：「孔明廟前有古柏，柯如青銅根如石。霜皮溜雨四十圍，黛色參天二千尺。君臣已與時際會，樹木猶爲人愛惜。雲來氣接巫峽長，月出寒通雪山白。憶昨路繞錦亭東，先主武侯同閟宮。崔嵬枝幹郊原古，窈窕丹青戶牖空。落落盤踞雖得地，冥冥孤高多烈風。扶持自是神明力，正直原因造化功。大廈如傾要梁棟，萬牛迴首丘山重。不露文章世已驚，未辭翦伐誰能送？苦心豈免容螻蟻？香葉終經宿鸞鳳。志士幽人莫怨嗟，古來材大難爲用。」

催宗文樹雞柵：「吾衰怯行邁，旅次展崩迫。愈風傳烏雞，秋卵方漫喫。自春生成者，隨母向百翮。驅趁制不禁，喧呼山腰宅。課奴殺青竹，終日憎赤幘。踏藉盤案翻，塞蹊使之隔。牆東有隙地，可以樹高柵。避熱時未歸，問兒所爲跡。織籠曹其內，令入不得擲。稀間可突過，觜爪還污席。我寬螻蟻遭，彼免狐貉厄。應宜各長幼，自此均勍敵。籠柵念有修，近身見損益。明明領處分，一一當剖析。不昧風雨晨，亂離減憂感。其流則凡鳥，其氣心匪石。倚賴窮歲晏，撥煩去冰釋。未似尸鄉翁，拘留蓋阡陌。」

驅豎子摘蒼耳：「江上秋已分，林中瘴猶劇。畦丁告勞苦，無以供日夕。蓬莠獨不焦，野蔬暗泉石。卷耳況療風，童兒且時摘。侵星驅之去，爛熳任遠適。放筐亭午際，洗剝相蒙羃。登牀半生熟，下箸還小益。加點瓜薤間，依稀橘奴跡。亂世誅求急，黎民糠籺窄。飽食復何心，荒哉膏粱客！富家廚肉臭，戰地骸骨白。寄語惡少年，黃金且休擲！」

兩二首其二：「空山中宵陰，微冷先枕席。回風起清曙，萬象萋已碧。落落出岫雲，渾渾倚天石。日假何道行，雨含長江白。連檣荊州船，有士荷戈戟。南防草鎮慘，霑溼赴遠役。群盜下辟山，總戎備強敵。水深雲光廓，鳴艣各有適。漁艇自悠悠，夷歌負樵客。留滯一老翁，書時記朝夕。」

八哀詩——贈司空王公思禮：「司空出東胡，童稚刷勁翮。追隨燕薊兒，穎脫物不隔。服事哥舒翰，意無流沙磧。未甚拔行門，犬戎大充斥。短小精悍姿，屹然強寇敵。貫穿百萬眾，出入由咫尺。馬鞍懸將首，甲外控鳴鏑。洗劍青海水，刻銘天山石。九曲非外蕃，其王轉深壁。飛兔不近駕，鷙鳥資遠擊。曉達兵家流，飽聞春秋癖。胸襟日沈靜，肅肅自有適。潼關初潰散，萬乘猶辟易。偏裨無所施，元帥見手格。太子入朔方，至尊狩梁益。胡馬纏伊洛，中原氣甚逆。肅宗登寶位，塞望勢敦迫。公時徒步至，請罪將厚責。際會清河公，間道傳玉冊。天王拜跪畢，讜議果冰釋。翠華卷飛雪，熊虎亙阡陌。屯兵鳳凰山，帳殿涇渭闢。金城賊咽喉，詔鎮雄所搤。禁暴清無雙，爽氣春淅瀝。巷有從公歌，野多青青麥。及夫哭廟後，復領太原役。恐懼祿位高，悵望王土窄。不得見清時，嗚呼就窀穸。永繫五湖舟，悲甚田橫客。千秋汾間，事與雲水白。昔觀文苑傳，豈述廉藺績。嗟嗟鄧大夫，士卒終倒戟。」

醉爲馬墜諸公攜酒相看：「甫也諸侯老賓客，罷酒酣歌拓金戟。騎馬忽憶少年時，散蹄迸落瞿唐石。白帝城門水雲外，低身直下八千尺。粉堞電轉紫遊韁，東得平岡出天壁。江村野堂爭入眼，垂鞭嚲鞚凌紫陌。向來皓首驚萬人，自倚紅顏能騎射。安知決臆追風足，朱汗驂驔猶噴玉。不虞一蹶終損傷，人生快意多所辱。職當憂戚伏衾枕，況乃遲暮加煩促。朋知來問腆我顏，杖藜強起依僮僕。語盡還成開口笑，提攜別掃清谿曲。酒肉如山又一時，初筵哀絲動豪竹。共指西日不相貸，喧呼且覆杯中淥。何必走馬來爲問？君不見嵇康養生被殺戮！」

鄭典設自施州歸：「吾憐滎陽秀，冒暑初有適。名賢愼出處，不肯妄行役。旅茲殊俗遠，竟以屢空迫。南謁裴施州，氣合無險僻。攀援懸根木，登頓入天石。青山自一川，城郭洗憂慼。聽子話此邦，令我心悅懌。其俗甚純樸，不知有主客。溫溫諸侯門，禮亦如古昔。敕廚倍常羞，杯盤頗狼藉。時雖屬喪亂，事貴賞匹敵。中宵愜宴會，裴鄭非遠戚。群書一萬卷，博涉供務隙。他日辱銀鉤，森疏見矛戟。倒屣喜旋歸，畫地求所歷。乃聞風土質，又重田疇闢。刺史似寇恂，列郡宜競借。北風吹瘴癘，羸老思散策。渚拂蒹葭寒，嶠穿蘿蔦冪。此身仗兒僕，高興潛有激。孟冬方首路，強飯取崖壁。歎爾疲駑駘，汗溝血不赤。終然備外飾，駕馭何所益。我有平肩輿，前途猶準的。翩翩入鳥道，庶脫蹉跌厄。」

入聲：十二錫（古通職緝）

錫壁曆歷櫪擊績勣笛敵滴鏑檄激寂翟覿逖糴析晳溺覓摘狄荻冪鷊戚鏚慼滌的菂喫甓霹瀝靂惕裼踢剔礫櫟轢鬲（鐺鬲）汨（汨羅江）適（從也）嫡闃鬩炎迪覡晰淅蜥覓倜

夜聽許十一誦詩愛而有作：「許生五臺賓，業白出石壁。余亦師粲可，身猶縛禪寂。何階子方便，謬引為匹敵。離索晚相逢，包蒙欣有擊。誦詩渾遊衍，四座皆辟易。應手看捶鉤，清心聽鳴鏑。精微穿溟涬，飛動摧霹靂。陶謝不枝梧，風騷共推激。紫燕自超詣，翠駮誰翦剔？君意人莫知，人間夜寥闃。」

遣興五首其一：「朔風飄胡雁，慘澹帶砂礫。長林何蕭蕭，秋草萋更碧。北里富薰天，高樓夜吹笛。焉知南鄰客，九月猶絺綌。」

題壁上韋偃畫馬歌：「韋侯別我有所適，知我憐君畫無敵。戲拈禿筆掃驊騮，欻見騏驎出東壁。一匹齕草一匹嘶，坐看千里當霜蹄。時危安得眞致此，與人同生亦同死？」

入聲：十三職（古通質）

職國德食（飲食）蝕色力翼墨極息直值得北黑側賊飾賊刻則塞（閉塞）式軾域殖植敕飭棘惑默織匿慝億臆憶薏特勒劾愊昃仄稷識（知識）逼克剋蜮唧即拭弋陟測冒翊抑惻肋亟殛忒緎棫罭閾纆洫踣熄寔嗇穡埴葍蔔匐鯽愊或翌栻

偪側行贈畢曜：「偪側何偪側！我居巷南子巷北。可恨鄰里間，十日不一見顏色。自從官馬送還宮，行路難行澀如棘。我貧無乘非無足，昔者相過今不得。實不是愛微軀，又非關足無力。徒步翻愁官長怒，此心炯炯君應識。曉來急雨春風顛，睡美不聞鐘鼓傳。東家蹇驢許借我，泥滑不敢騎朝天。已令請急會通籍，男兒性命絕可憐。焉能終日心拳拳，憶君誦詩神懍然。辛夷始花亦已落，況我與子非壯年。街頭酒價常苦貴，方外酒徒稀醉眠。徑須相就飲一斗，恰有三百青銅錢。」

夢李白二首其一：「死別已吞聲，生別常惻惻。江南瘴癘地，逐客無消息。故人入我夢，明我長相憶。恐非平生魂，路遠不可測。魂來楓林青，魂返關塞黑。君今在羅網，何以有羽翼？落月滿屋樑，猶疑照顏色。水深波浪闊，無使蛟龍得。」

別贊上人：「百川日東流，客去亦不息。我生苦漂蕩，何時有終極？贊公釋門老，放逐來上國。還爲世塵嬰，頗帶憔悴色。楊枝晨在手，豆子雨已熟。是身如浮雲，安可限南北。異縣逢舊友，初欣寫胸臆。天長關塞寒，歲暮饑凍逼。野風吹征衣，欲別向曛黑。馬嘶思故櫪，歸鳥盡斂翼。古來聚散地，宿昔長荆棘。相看俱衰年，出處各努力！」

戲贈友二首其二：「元年建巳月，官有王司直。馬驚折左臂，骨折面如墨。駑駘漫深泥，何不避雨色。勸君休歎恨，未必不爲福。」

送韋諷上閬州錄事參軍：「國步猶艱難，兵革未衰息。萬方哀嗷嗷，十載供軍食。庶官務割剝，不暇憂反側。誅求何多門，賢者貴爲德。韋生富春秋，洞徹有清識。操持紀綱地，喜見朱絲直。當令豪奪吏，自此無顏色。必若救瘡痍，先應去蝨賊。揮淚臨大江，高天意悽惻。行行樹佳政，慰我深相憶。」

殿中楊監見示張旭草書圖：「斯人已云亡，草聖祕難得。及茲煩見示，滿目一淒惻。悲風生微綃，萬里起古色。鏘鏘鳴玉動，落落群松直。連山蟠其間，溟漲與筆力。有練實先書，臨池眞盡墨。俊拔爲之主，暮年思轉極。未知張王後，誰並百代則？嗚呼東吳精，逸氣感清識！楊公拂篋笥，舒卷忘寢食。念昔揮毫端，不獨觀酒德。」

虎牙行：「秋風欻吸吹南國，天地慘慘無顏色。洞庭揚波江漢迴，虎牙銅柱皆傾側。巫峽陰岑朔漠氣，峰巒窈窕谿谷黑。杜鵑不來猿狖寒，山鬼幽憂雪霜逼。楚老長嗟憶炎瘴，三尺角弓兩斛力。壁立石城橫塞起，金錯旌竿滿雲直。漁陽突騎獵青邱，犬戎鎖甲圍丹極。八荒十年防盜賊，征戍誅求寡妻哭，遠客中宵淚霑臆！」

復陰：「玄冬合沓元陰塞，昨日晚晴今日黑。萬里飛蓬映天過，孤城樹羽揚風直。江濤簸岸黃沙走，雲雪埋山蒼兕吼。君不見夔子之國杜陵翁，牙齒半落左耳聾。」

入聲：十四緝（古通質）

緝輯戢立集邑急入泣濕溼習給十拾什襲及級澀粒楫汁笈蟄笠執隰汲吸唈縶葺褶苙岌翕歙裛浥熠揖潝悒廿挹芨圾

送率府程錄事還鄉：「鄙夫行衰謝，抱病昏忘集。常時往還人，記一不識十。程侯晚相遇，與語才傑立。薰然耳目開，頗覺聰明人。千載得鮑叔，末契有所及。意鍾老柏青，義動修蛇蟄。若人可數見，慰我垂白泣。告別無淹晷，百憂復相襲。內愧突不黔，庶羞以賙給。素絲挈長魚，碧酒隨玉粒。途窮見交態，世梗悲路澀。東風吹春冰，泱漭后土濕。念君惜羽翮，既飽更思戢。莫作翻雲鶻，聞呼向禽急。」

龍門鎮：「細泉兼輕冰，沮洳棧道溼。不辭辛苦行，迫此短景急。石門雲雪隘，古鎮峰巒集。旌竿暮慘澹，風水白刃澀。胡馬屯成皋，防虞此何及！嗟爾遠戍人，山寒夜中泣！」

乾元中寓居同谷縣作歌七首其五：「四山多風溪水急，寒雨颯颯枯樹溼。黃蒿古城雲不開，白狐跳梁黃狐立。我生何為在窮谷？中夜起坐萬感集。嗚呼五歌兮歌正長，魂招不來歸故鄉。」

又觀打魚：「蒼江漁子清晨集，設網提綱萬魚急。能者操舟疾若風，撐突波濤挺叉入。小魚脫漏不可記，半死半生猶戢戢。大魚傷損皆垂頭，屈強泥沙有時立。東津觀魚已再來，主人罷鱠還傾杯。日暮蛟龍改窟穴，山根鱣鮪隨雲雷。干戈兵格鬬尚未已，鳳凰麒麟安在哉？吾徒胡為縱此樂？暴殄天物聖所哀。」

早發射洪縣南途中作：「將老憂貧窶，筋力豈能及？征途乃侵星，得使諸病入。鄙人寡道氣，在困無獨立。俶裝逐徒旅，達曙凌險澀。寒日出霧遲，清江轉山急。僕夫行不進，駑馬若維縶。汀洲稍疏散，風景開怏悒。空慰所尚懷，終非曩遊集。衰顏偶一破，勝事難屢挹。茫然阮籍途，更灑楊朱泣。」

入聲：十五合（古獨用）

合塔答納榻閤雜臘蠟匝闔蛤衲沓榼鴿踏颯搨拓拉遝搭
盍荅唈鞁鈒馺趿溘荅蹋塌咂盒卅褡磕遢邋

入聲：十六葉（古通用）

葉帖貼牒接獵妾蝶疊篋愜涉鬣捷頰楫聶攝躡諜堞協俠
莢曄厭愜魘氎緝睫浹笈懾慴蹀挾鋏屧喋燮褶鑷靨楪熚摺
裛讘魘怗躐擸踕輒捻躞惵衱婕霎蛺囁碟鰈

入聲：十七洽（古獨用）

洽狹峽硤法甲業鄴匣壓鴨乏怯劫脅插鍤歃押狎祫袷帢
翣掐夾恰眨胛呷柙霅霎扱箚閘鉀

八哀詩——故司徒李公光弼：「司徒天寶末，北收晉陽甲。胡騎攻吾城，愁寂意不愜。人安若泰山，薊北斷右脅。朔方氣乃蘇，黎首見帝業。二宮泣西郊，九廟起頹壓。未散河陽卒，思明僞臣妾。復自碣石來，火焚乾坤獵。高視笑祿山，公又大獻捷。異王冊崇勳，小敵信所怯。擁兵鎮河汴，千里初妥帖。青蠅紛營營，風雨秋一葉。內省未入朝，死淚終映睫。大屋去高棟，長城掃遺堞。平生白羽扇，零落蛟龍匣。雅望與英姿，惻愴槐里接。三軍晦光彩，烈士痛稠疊。直筆在史臣，將來洗箱篋。吾思哭孤冢，南紀阻歸楫。扶顛永蕭條，未濟失利涉。疲苶竟何人？灑涕巴東峽。」

附錄：筆劃檢索

韻部索引

1-3劃
所屬韻部

一　入聲四質
乙　入聲四質
丁　下平八庚
丁　下平九青
七　入聲四質
乃　上聲十賄
九　上聲廿五有
了　上聲十七篠
二　去聲四寘
人　上平十一眞
入　入聲十四緝
八　入聲八黠
几　上聲四紙
刀　下平四豪
刁　下平二蕭
力　入聲十三職
匕　上聲四紙
十　入聲十四緝
卜　入聲一屋
乂　去聲十一隊
个　去聲廿一箇
三　下平十三覃
三　去聲廿八勘
下　上聲廿一馬
下　去聲廿二禡
丈　上聲廿二養
上　上聲廿二養
上　去聲廿三漾
丫　下平六麻
丸　上平十四寒
凡　下平十五咸
久　上聲廿五有
么　下平二蕭
也　上聲廿一馬
乞　入聲五物
于　上平七虞
亡　下平七陽
兀　入聲六月
刃　去聲十二震
勺　入聲十藥
千　下平一先
叉　下平六麻
口　上聲廿五有
土　上聲七麌
士　上聲四紙
夕　入聲十一陌
大　去聲九泰
大　去聲廿一箇
女　上聲六語
子　上聲四紙
孑　入聲九屑
寸　去聲十四願
小　上聲十七篠
尸　上平四支
山　上平十五刪
川　下平一先
工　上平一東
己　上聲四紙
已　上聲四紙
巳　上聲四紙
巾　上平十一眞
干　上平十四寒
弋　入聲十三職
弓　上平一東
才　上平十灰

4劃	所屬韻部
丑	上聲廿五有
丐	去聲九泰
不	下平十一尤
不	入聲五物
中	上平一東
中	去聲一送
丰	上平二冬
丹	上平十四寒
之	上平四支
尹	上聲十一軫
予	上平六魚
予	上聲六語
云	上平十二文
井	上聲廿三梗
互	去聲七遇
五	上聲七麌
亢	下平七陽
亢	去聲廿三漾
仁	上平十一眞
什	入聲十四緝
仃	下平九青
仆	去聲七遇
仇	下平十一尤
仍	下平十蒸
今	下平十二侵
介	去聲十卦
仄	入聲十三職
元	上平十三元
允	上聲十一軫
允	去聲十二震
內	去聲十一隊
六	入聲一屋
兮	上平八齊
公	上平一東
冗	上聲二腫
凶	上平二冬
分	上平十二文
分	去聲十三問
切	入聲九屑
刈	去聲十一隊
匀	上平十一眞
勾	下平十一尤
勿	入聲五物
化	去聲廿二禡
匹	入聲四質
午	上聲七麌
升	下平十蒸
卅	入聲十五合
卞	去聲十七霰
厄	入聲十一陌
友	上聲廿五有
及	入聲十四緝
反	上聲十三阮
壬	下平十二侵
天	下平一先
夫	上平七虞
太	去聲九泰
太	去聲九泰
夭	下平二蕭
夭	上聲十七篠
孔	上聲一董
少	上聲十七篠
少	去聲十八嘯
尤	下平十一尤
尺	入聲十一陌
屯	上平十三元
巴	下平六麻

幻	去聲十六諫	氏	上聲四紙	乎	上平七虞
廿	入聲十四緝	水	上聲四紙	以	上聲四紙
弔	去聲十八嘯	火	上聲二十哿	付	去聲七遇
引	上聲十一軫	爪	上聲十八巧	仕	上聲四紙
心	下平十二侵	父	上聲七麌	仗	上聲廿二養
戈	下平五歌	爻	下平三肴	仗	去聲廿三漾
戶	上聲七麌	片	去聲十七霰	代	去聲十一隊
手	上聲廿五有	牙	下平六麻	令	下平八庚
支	上平四支	牛	下平十一尤	令	去聲廿四敬
文	上平十二文	犬	上聲十六銑	仙	下平一先
斗	上聲廿五有	王	下平七陽	仞	去聲十二震
斤	上平十二文	王	去聲廿三漾	充	上平一東
方	下平七陽	夬	去聲十卦	兄	下平八庚
日	入聲四質	旡	去聲五未	冉	上聲廿八琰
曰	入聲六月			冊	入聲十一陌
月	入聲六月	**5劃　所屬韻部**		冬	上平二冬
木	入聲一屋	丙	上聲廿三梗	凹	下平三肴
欠	去聲廿九豔	世	去聲八霽	出	入聲四質
止	上聲四紙	且	上聲廿一馬	凸	入聲六月
毋	上平七虞	丘	下平十一尤	凸	入聲九屑
比	上聲四紙	主	上聲七麌	刊	上平十四寒
比	去聲四寘	乍	去聲廿二禡	加	下平六麻
毛	下平四豪	乏	入聲十七洽	功	上平一東

包　下平三肴
匆　上平一東
北　入聲十三職
匝　入聲十五合
半　去聲十五翰
卉　上聲五尾
卉　去聲五未
占　下平十四鹽
占　去聲廿九豔
卯　上聲十八巧
卮　上平四支
去　上聲六語
去　去聲六御
可　上聲二十哿
古　上聲七麌
右　上聲廿五有
召　去聲十八嘯
叮　下平九青
叨　下平四豪
司　上平四支
叵　上聲二十哿
叫　去聲十八嘯
只　上聲四紙
史　上聲四紙
叱　入聲四質
台　上平十灰
句　去聲七遇
四　去聲四寘
囚　下平十一尤
外　去聲九泰
央　下平七陽
失　入聲四質
奴　上平七虞
孕　去聲廿五徑
尼　上平四支
巨　上聲六語
巧　上聲十八巧
左　上聲二十哿
市　上聲四紙
布　去聲七遇
平　下平八庚
弁　去聲十七霰
弘　下平十蒸
弗　入聲五物
必　入聲四質
打　上聲廿三梗
扑　入聲一屋
斥　入聲十一陌
旦　去聲十五翰
朮　入聲四質
本　上聲十三阮
未　去聲五未
末　入聲七曷
札　入聲八黠
正　下平八庚
正　去聲廿四敬
母　上聲七麌
母　上聲廿五有
民　上平十一眞
氐　上平八齊
永　上聲廿三梗
汁　入聲十四緝
汀　下平九青
犯　上聲廿九豏
玉　入聲二沃
瓜　下平六麻
瓦　上聲廿一馬
甘　下平十三覃
生　下平八庚

用　去聲二宋
田　下平一先
由　下平十一尤
甲　入聲十七洽
申　上平十一眞
白　入聲十一陌
皮　上平四支
皿　上聲廿三梗
目　入聲一屋
矛　下平十一尤
矢　上聲四紙
石　入聲十一陌
示　去聲四寘
禾　下平五歌
穴　入聲九屑
立　入聲十四緝
仡　入聲五物
宄　上聲四紙
尻　下平四豪
丞　下平十蒸
亙　去聲廿五徑

6劃　所屬韻部

交　下平三肴
亦　入聲十一陌
仿　上聲廿二養
伉　去聲廿三漾
伊　上平四支
伍　上聲七麌
伐　入聲六月
休　下平十一尤
伏　入聲一屋
仲　去聲一送
件　上聲十六銑
任　下平十二侵
任　去聲廿七沁
仰　上聲廿二養
仰　去聲廿三漾
企　上聲四紙
企　去聲四寘
光　下平七陽
兇　上平二冬
兆　上聲十七篠
先　下平一先
全　下平一先
共　去聲二宋
再　去聲十一隊
冰　下平十蒸
列　入聲九屑
刑　下平九青
刎　上聲十二吻
刖　入聲六月
刖　入聲八黠
劣　入聲九屑
匈　上平二冬
匡　下平七陽
匠　去聲廿三漾
印　去聲十二震
危　上平四支
吉　入聲四質
吏　去聲四寘
同　上平一東
吐　上聲七麌
吐　去聲七遇
吐　去聲七遇
吁　上平七虞
向　上聲廿二養

向　去聲廿三漾
名　下平八庚
合　入聲十五合
吃　入聲五物
后　上聲廿五有
吒　下平六麻
吒　去聲廿二禡
因　上平十一眞
回　上平十灰
地　去聲四寘
在　上聲十賄
在　去聲十一隊
圭　上平八齊
圯　上聲四紙
夙　入聲一屋
多　下平五歌
夷　上平四支
妄　去聲廿三漾
妃　上平五微
好　上聲十九皓
好　去聲二十號
如　上平六魚
妁　入聲十樂

字　去聲四寘
存　上平十三元
宇　上聲七麌
守　上聲廿五有
守　去聲廿六宥
宅　入聲十一陌
安　上平十四寒
寺　去聲四寘
尖　下平十四鹽
屹　入聲五物
州　下平十一尤
帆　下平十五咸
帆　去聲三十陷
并　下平八庚
年　下平一先
式　入聲十三職
弛　上聲四紙
忙　下平七陽
戎　上平一東
戌　入聲四質
戍　去聲七遇
成　下平八庚
扣　上聲廿五有

扛　上平三江
收　下平十一尤
早　上聲十九皓
旨　上聲四紙
旬　上平十一眞
旭　入聲二沃
曲　入聲二沃
曳　去聲八霽
有　上聲廿五有
朽　上聲廿五有
朱　上平七虞
朵　上聲二十哿
次　去聲四寘
此　上聲四紙
死　上聲四紙
汝　上聲六語
汗　上平十四寒
汗　去聲十五翰
汙　上平七虞
汙　去聲七遇
江　上平三江
池　上平四支
汐　入聲十一陌

汕　上聲十五潸
汕　去聲十六諫
汎　去聲十二震
汎　去聲三十陷
灰　上平十灰
牟　下平十一尤
牝　上聲十一軫
百　入聲十一陌
竹　入聲一屋
米　上聲八薺
缶　上聲七麌
缶　上聲廿五有
羊　下平七陽
羽　上聲七麌
老　上聲十九皓
考　上聲十九皓
耒　去聲十一隊
耳　上聲四紙
聿　入聲四質
肉　入聲一屋
肋　入聲十三職
肌　上平四支
臣　上平十一眞

自　去聲四寘
至　去聲四寘
臼　上聲廿五有
舌　入聲九屑
舛　上聲十六銑
舟　下平十一尤
艮　去聲十四願
色　入聲十三職
艾　去聲九泰
血　入聲九屑
行　下平七陽
行　下平八庚
行　去聲廿四敬
衣　上平五微
衣　去聲五未
西　上平八齊
阡　下平一先
仵　上聲七麌
沍　去聲七遇
屼　入聲六月
汋　入聲十藥
扞　去聲十五翰
扢　入聲六月

机　上聲四紙
汔　入聲五物
汋　入聲十藥
玎　下平九青
邙　下平七陽
邗　上平十四寒
邛　上平二冬

7劃　所屬韻部

串　去聲十六諫
亨　下平八庚
位　去聲四寘
住　去聲七遇
佇　上聲六語
佗　下平五歌
佞　去聲廿五徑
伴　上聲十四旱
伴　上聲十四旱
佛　入聲五物
何　下平五歌
估　上聲七麌
佐　去聲廿一箇
伺　去聲四寘

伸	上平十一眞	刨	下平三肴	告	去聲二十號
佃	下平一先	刨	去聲十九效	告	入聲二沃
佃	去聲十七霰	劫	入聲十七洽	吹	上平四支
似	上聲四紙	助	去聲六御	吹	去聲四寘
但	上聲十四旱	努	上聲七麌	吻	上聲十二吻
作	去聲廿一箇	劬	上平七虞	吸	入聲十四緝
作	入聲十藥	匣	入聲十七洽	吮	上聲十一軫
你	上聲四紙	即	入聲十三職	吮	上聲十六銑
伯	入聲十一陌	卵	上聲十四旱	吠	去聲十一隊
低	上平八齊	卵	上聲二十哿	吼	上聲廿五有
伶	下平九青	吝	去聲十二震	呀	下平六麻
余	上平六魚	吭	下平七陽	含	下平十三覃
佚	入聲四質	吭	上聲廿二養	吟	下平十二侵
克	入聲十三職	吭	去聲廿三漾	听	上聲十二吻
免	上聲十六銑	呑	上平十三元	吶	入聲六月
兵	下平八庚	吾	上平七虞	困	去聲十四願
冶	上聲廿一馬	否	上聲四紙	坊	下平七陽
冷	上聲廿三梗	否	上聲七麌	坊	下平七陽
別	入聲九屑	否	上聲廿五有	坑	下平八庚
別	入聲九屑	吳	上平七虞	址	上聲四紙
判	去聲十五翰	呈	下平八庚	均	上平十一眞
利	去聲四寘	呂	上聲六語	坎	上聲廿七感
刪	上平十五刪	君	上平十二文	圿	入聲八黠

圾　入聲十四緝
坐　上聲二十哿
坐　去聲廿一箇
圻　上平五微
壯　去聲廿三漾
夾　入聲十七洽
妝　下平七陽
妒　去聲七遇
妨　下平七陽
妨　下平七陽
妨　去聲廿三漾
妣　上聲四紙
妙　去聲十八嘯
妖　下平二蕭
妍　下平一先
妤　上平六魚
妤　上平六魚
妓　上聲四紙
妊　下平十二侵
妊　去聲廿七沁
妥　上聲二十哿
孝　去聲十九效
孚　上平七虞
孛　入聲六月
完　上平十四寒
宋　去聲二宋
宏　下平八庚
局　入聲二沃
尿　去聲十八嘯
尾　上聲五尾
岐　上平四支
岑　下平十二侵
岌　入聲十四緝
巫　上平七虞
希　上平五微
序　上聲六語
庇　去聲四寘
床　下平七陽
廷　下平九青
廷　去聲廿五徑
弄　去聲一送
弟　上聲八薺
弟　去聲八霽
彤　上平二冬
形　下平九青
役　入聲十一陌
忘　下平七陽
忘　去聲廿三漾
忘　去聲廿三漾
忌　去聲四寘
志　去聲四寘
忍　上聲十一軫
忱　下平十二侵
快　去聲十卦
忪　上平二冬
戒　去聲十卦
我　上聲二十哿
抄　下平三肴
抗　去聲廿三漾
抖　上聲廿五有
技　上聲四紙
扶　上平七虞
抉　入聲九屑
扭　上聲廿五有
扭　上聲廿五有
把　上聲廿一馬
扼　入聲十一陌
批　上平八齊
批　入聲九屑

折　入聲九屑
扮　去聲十六諫
投　下平十一尤
抓　下平六麻
抑　入聲十三職
抆　上聲十二吻
抆　去聲十三問
改　上聲十賄
攻　上平一東
攸　下平十一尤
旱　上聲十四旱
更　下平八庚
更　去聲廿四敬
束　入聲二沃
李　上聲四紙
杏　上聲廿三梗
材　上平十灰
村　上平十三元
杜　上聲七虞
杖　上聲廿二養
杞　上聲四紙
杉　下平十五咸
杆　下平十四寒

杠　上平三江
杓　下平二蕭
杓　入聲十藥
步　去聲七遇
每　上聲十賄
求　下平十一尤
汞　上聲一董
沙　下平六麻
沁　去聲廿七沁
沈　下平十二侵
沈　上聲廿六寢
沉　下平十二侵
沅　上平十三元
沛　去聲九泰
汪　下平七陽
決　入聲九屑
沐　入聲一屋
汰　去聲九泰
沌　上聲十三阮
汩　入聲四質
汩　入聲六月
汩　入聲十二錫
沖　上平一東

沖　上平二冬
沒　入聲六月
沃　入聲二沃
汲　入聲十四緝
汾　上平十二文
汴　去聲十七霰
沆　上聲廿二養
汶　上平十二文
沂　上平五微
灶　去聲二十號
灼　入聲十藥
災　上平十灰
牢　下平四豪
牡　上聲七麌
牡　上聲廿五有
狄　入聲十二錫
狂　下平七陽
玖　上聲廿五有
甬　上聲二腫
甫　上聲七麌
男　下平十三覃
甸　去聲十七霰
皀　上聲十九皓

矣　上聲四紙
矸　去聲廿五徑
私　上平四支
秀　去聲廿六宥
秃　入聲一屋
系　去聲八霽
罕　上聲十四旱
肖　去聲十八嘯
肓　下平七陽
肝　上平十四寒
肘　上聲廿五有
肚　上聲七麌
育　入聲一屋
良　下平七陽
芒　下平七陽
芋　上平七虞
芋　去聲七遇
芍　入聲十藥
見　去聲十七霰
角　入聲三覺
言　上平十三元
谷　入聲一屋
豕　上聲四紙
貝　去聲九泰
赤　入聲十一陌
走　上聲廿五有
足　入聲二沃
身　上平十一眞
車　上平六魚
車　下平六麻
辛　上平十一眞
辰　上平十一眞
迂　上平七虞
迅　去聲十二震
迄　入聲五物
巡　上平十一眞
邑　入聲十四緝
邢　下平九青
邪　下平六麻
邦　上平三江
那　下平五歌
那　上聲二十哿
那　去聲廿一箇
酉　上聲廿五有
里　上聲四紙
防　下平七陽
防　下平七陽
防　去聲廿三漾
阮　上聲十三阮
阱　上聲廿三梗
阱　去聲廿四敬
阪　上聲十三阮
阪　上聲十五潸
阬　下平八庚
佘　下平六麻
劭　去聲十八嘯
吪　下平五歌
坋　上聲十二吻
尨　上平三江
岉　入聲五物
忒　入聲十三職
忭　去聲十七霰
忮　去聲四寘
忡　上平一東
忤　去聲七遇
匈　上平二冬
抔　下平十一尤
扱　入聲十七洽
抈　入聲六月

扴　入聲八黠
晘　去聲十五翰
沄　上平十二文
沚　上聲四紙
玕　上平十四寒
町　下平九青
町　上聲廿四迥
疔　下平九青
芎　上平一東
芊　下平一先
豸　上聲四紙

8劃　所屬韻部

並　上聲廿三梗
並　上聲廿四迥
乖　上平九佳
乳　上聲七麌
事　去聲四寘
些　下平六麻
些　去聲廿一箇
亞　去聲廿二禡
享　上聲廿二養
京　下平八庚
佯　下平七陽
依　上平五微
侍　去聲四寘
佳　上平九佳
使　上聲四紙
使　去聲四寘
供　上平二冬
供　去聲二宋
例　去聲八霽
來　上平十灰
侃　上聲十四旱
侃　去聲十五翰
併　上聲廿三梗
併　去聲廿四敬
侈　上聲四紙
佩　去聲十一隊
佻　下平二蕭
佻　上聲十七篠
佾　入聲四質
侏　上平七虞
凭　去聲廿五徑
兔　去聲七遇
兒　上平四支
兕　上聲四紙
兩　上聲廿二養
兩　去聲廿三漾
具　去聲七遇
典　上聲十六銑
冽　入聲九屑
函　下平十三覃
函　下平十五咸
刻　入聲十三職
券　去聲十四願
刷　入聲八黠
刺　去聲四寘
刺　入聲七曷
刺　入聲七曷
刺　入聲十一陌
到　去聲二十號
刮　入聲八黠
制　去聲八霽
剁　去聲廿一箇
劾　入聲十三職
剎　入聲八黠
卒　入聲四質
卒　入聲六月

協　入聲十六葉
卓　入聲三覺
卑　上平四支
卦　去聲十卦
卷　下平一先
卷　上聲十六銑
卷　去聲十七霰
卸　去聲廿二禡
卹　入聲四質
取　上聲七麌
取　上聲廿五有
叔　入聲一屋
受　上聲廿五有
味　去聲五未
呵　下平五歌
咀　上平六魚
咀　上聲六語
呻　上平十一眞
呷　入聲十七洽
咄　入聲六月
咆　下平三肴
呼　上平七虞
呼　上平七虞

呱　上平七虞
呱　下平六麻
呶　下平三肴
和　下平五歌
和　去聲廿一箇
咚　上平二冬
周　下平十一尤
命　去聲廿四敬
咎　上聲廿五有
固　去聲七遇
坷　上聲二十哿
坪　下平八庚
坡　下平五歌
坦　上聲十四旱
坤　上平十三元
坼　入聲十一陌
夜　去聲廿二禡
奉　上聲二腫
奇　上平四支
奈　去聲九泰
奄　上聲廿八琰
奔　上平十三元
妾　入聲十六葉

妻　上平八齊
委　上聲四紙
妹　去聲十一隊
姑　上平七虞
姆　上聲廿五有
姐　上聲廿一馬
姍　上平十四寒
始　上聲四紙
姓　去聲廿四敬
姊　上聲四紙
孟　去聲廿四敬
孤　上平七虞
季　去聲四寘
宗　上平二冬
定　去聲廿五徑
官　上平十四寒
宜　上平四支
宙　去聲廿六宥
宛　上平十三元
宛　上聲十三阮
尚　去聲廿三漾
屈　入聲五物
居　上平六魚

屆　去聲十卦
岷　上平十一眞
岡　下平七陽
岸　去聲十五翰
岩　下平十五咸
岫　去聲廿六宥
岱　去聲十一隊
帚　上聲廿五有
帖　入聲十六葉
帖　入聲十六葉
帕　去聲廿二禡
帕　入聲八黠
帛　入聲十一陌
帑　上平七虞
帑　上聲廿二養
幸　上聲廿三梗
庚　下平八庚
店　去聲廿九豔
府　上聲七麌
底　上聲四紙
底　上聲八薺
庖　下平三肴
延　下平一先

弦　下平一先
弧　上平七虞
弩　上聲七麌
往　上聲廿二養
征　下平八庚
彼　上聲四紙
忝　上聲廿八琰
忝　去聲廿九豔
忠　上平一東
忽　入聲六月
念　去聲十七霰
念　去聲廿九豔
忿　上聲十二吻
忿　去聲十三問
怏　下平七陽
怏　上聲廿二養
怏　去聲廿三漾
怯　入聲十七洽
怵　入聲四質
怖　去聲七遇
怪　去聲十卦
怕　去聲廿二禡
怡　上平四支

性　去聲廿四敬
怫　入聲五物
怛　入聲七曷
或　入聲十三職
房　下平七陽
房　下平七陽
戾　去聲八霽
所　上聲六語
承　下平十蒸
拉　入聲十五合
拕　下平五歌
拕　上聲二十哿
拌　上平十四寒
拄　上聲七麌
拂　入聲五物
抹　入聲七曷
拒　上聲六語
招　下平二蕭
披　上平四支
拓　入聲十藥
拓　入聲十五合
拔　去聲十一隊
拔　入聲七曷

拔　入聲八黠
拋　下平三肴
拈　下平十四鹽
抽　下平十一尤
押　入聲十七洽
拐　上聲九蟹
拙　入聲九屑
拇　上聲廿五有
拍　入聲十一陌
抵　上聲四紙
抵　上聲八薺
拚　上平十四寒
拚　去聲十三問
拚　去聲十七霰
抱　上聲十九皓
拘　上平七虞
拖　下平五歌
拖　上聲二十哿
拗　上聲十八巧
拗　去聲十九效
拆　入聲十一陌
放　去聲廿三漾
斧　上聲七麌
於　上平六魚
旺　去聲廿三漾
昔　入聲十一陌
易　去聲四寘
易　入聲十一陌
昌　下平七陽
昆　上平十三元
昂　下平七陽
明　下平八庚
昏　上平十三元
昕　上平十二文
昊　上聲十九皓
昇　下平十蒸
服　入聲一屋
朋　下平十蒸
杭　下平七陽
枕　上聲廿六寢
枕　去聲廿七沁
東　上平一東
果　上聲二十哿
杳　上聲十七篠
杷　下平六麻
枝　上平四支
林　下平十二侵
杯　上平十灰
板　上聲十五潸
枉　上聲廿二養
松　上平二冬
析　入聲十二錫
杵　上聲六語
枚　上平十灰
枬　下平十三覃
杼　上聲六語
杪　上聲十七篠
杲　上聲十九皓
牀　下平七陽
欣　上平十二文
欣　上平十二文
武　上聲七麌
歧　上平四支
歿　入聲六月
氓　下平八庚
氛　上平十二文
泣　入聲十四緝
注　去聲七遇
泳　去聲廿四敬

沱　下平五歌
沱　上聲二十哿
泌　去聲四寘
泌　入聲四質
泥　上平八齊
泥　去聲八霽
河　下平五歌
沽　上平七虞
沾　下平十四鹽
沼　上聲十七篠
波　下平五歌
沫　入聲七曷
法　入聲十七洽
泓　下平八庚
沸　去聲五未
泄　入聲九屑
油　下平十一尤
況　去聲廿三漾
沮　上平六魚
沮　上聲六語
泗　去聲四寘
泅　下平十一尤
泱　下平七陽
泱　下平七陽
沿　下平一先
治　上平四支
泡　下平三肴
泡　去聲十九效
泛　去聲三十陷
泊　入聲十藥
泯　上平十一眞
泯　上聲十一軫
泠　下平九青
炕　去聲廿三漾
炎　下平十四鹽
炊　上平四支
炙　去聲廿二禡
炙　去聲廿二禡
炙　入聲十一陌
爬　下平六麻
爭　下平八庚
版　上聲十五潸
牧　入聲一屋
物　入聲五物
狀　去聲廿三漾
狎　入聲十七洽
狙　上平六魚
狙　去聲六御
狗　上聲廿五有
狐　上平七虞
疝　上平十五刪
疝　去聲十六諫
的　入聲十二錫
盂　上平七虞
盲　下平八庚
直　入聲十三職
知　上平四支
社　上聲廿一馬
祀　上聲四紙
秉　上聲廿三梗
秈　下平一先
空　上平一東
空　去聲一送
穹　上平一東
竺　入聲一屋
糾　下平十一尤
糾　上聲廿五有
罔　上聲廿二養
羌　下平七陽

者　上聲廿一馬
肺　去聲十一隊
肥　上平五微
肢　上平四支
肱　下平十蒸
股　上聲七麌
肫　上平十一眞
肩　下平一先
肴　下平三肴
肪　下平七陽
肯　上聲廿四迥
臥　去聲廿一箇
臾　上平七虞
舍　上聲廿一馬
舍　去聲廿二禡
芳　下平七陽
芝　上平四支
芙　上平七虞
芭　下平六麻
芽　下平六麻
芟　下平十五咸
芹　上平十二文
芹　上平十二文
花　下平六麻
芬　上平十二文
芥　去聲十卦
芸　上平十二文
芰　去聲四寘
芷　上聲四紙
虎　上聲七麌
虱　入聲四質
初　上平六魚
表　上聲十七篠
軋　入聲八黠
迎　下平八庚
返　上聲十三阮
近　上聲十二吻
近　去聲十三問
邵　去聲十八嘯
邸　上聲八薺
邱　下平十一尤
采　上聲十賄
金　下平十二侵
長　下平七陽
長　上聲廿二養
門　上平十三元
阜　上聲廿五有
陀　下平五歌
阿　下平五歌
阻　上聲六語
附　去聲七遇
陂　上平四支
陂　下平五歌
陂　去聲四寘
雨　上聲七麌
青　下平九青
非　上平五微
侘　去聲廿二禡
佼　上聲十八巧
侄　入聲四質
侔　下平十一尤
刳　上平七虞
咂　入聲十五合
呦　下平十一尤
咍　上平十灰
困　上平十一眞
囹　下平九青
坯　上平十灰
坫　去聲廿九豔

坰　下平九青
坻　上平四支
坻　上聲八薺
坳　下平三肴
孥　上平七虞
孥　上聲七麌
宕　去聲廿三漾
宕　去聲廿三漾
岪　入聲五物
岧　下平二蕭
帔　去聲四寘
帙　入聲四質
徂　上平六魚
怦　下平八庚
怙　上聲七麌
怳　上聲廿二養
怍　入聲十藥
戽　去聲七遇
拊　上聲七麌
拊　上聲七麌
昉　上聲廿二養
昃　入聲十三職
沓　入聲十五合

泬　入聲九屑
泫　上聲十六銑
泮　去聲十五翰
泔　下平十三覃
泆　入聲四質
泏　入聲六月
玩　去聲十五翰
玫　上平十灰
玞　上平七虞
玦　入聲九屑
玠　去聲十卦
畀　去聲四寘
矸　去聲十五翰
矼　上平三江
矹　入聲六月
矻　入聲六月
礿　入聲十藥
肮　上聲廿二養
芚　上平十三元
芼　下平四豪
芼　上聲十九皓
芼　去聲二十號
芴　入聲五物

芨　入聲十四緝
芡　上聲廿八琰
芩　下平十二侵
虯　下平十一尤
迋　去聲廿三漾
迓　去聲廿二禡
迓　去聲廿二禡
邯　上平十四寒
邯　下平十三覃

9劃　所屬韻部

亟　入聲十三職
叠　上聲十二吻
亭　下平九青
亮　去聲廿三漾
信　去聲十二震
侵　下平十二侵
侯　下平十一尤
便　下平一先
便　去聲十七霰
俠　入聲十六葉
俑　上聲二腫
俏　去聲十八嘯

保	上聲十九晧	勉	上聲十六銑	囿	入聲一屋
促	入聲二沃	勃	入聲六月	垂	上平四支
侶	上聲六語	勁	去聲廿四敬	型	下平九青
俘	上平七虞	匍	上平七虞	垠	上平十一眞
俟	上聲四紙	南	下平十三覃	垠	上平十三元
俊	去聲十二震	卻	入聲十藥	垣	上平十三元
俗	入聲二沃	厚	上聲廿五有	垢	上聲廿五有
侮	上聲七麌	叛	去聲十五翰	城	下平八庚
俄	下平五歌	咬	下平三肴	垓	上平十灰
俎	上聲六語	咬	上聲十八巧	奕	入聲十一陌
俞	上平七虞	咤	去聲廿二禡	契	去聲八霽
兗	上聲十六銑	哀	上平十灰	契	入聲九屑
冒	去聲二十號	哉	上平十灰	奏	去聲廿六宥
冒	入聲十三職	咸	下平十五咸	奎	上平八齊
冠	上平十四寒	哇	上平九佳	奐	去聲十五翰
冠	去聲十五翰	哂	上聲十一軫	姜	下平七陽
剃	去聲八霽	咽	下平一先	姿	上平四支
削	入聲十藥	咽	去聲十七霰	姣	下平三肴
前	下平一先	咽	入聲九屑	姣	上聲十八巧
剋	入聲十三職	品	上聲廿六寢	姹	去聲七遇
則	入聲十三職	哄	去聲一送	姹	去聲廿二禡
剏	去聲廿三漾	咫	上聲四紙	姨	上平四支
勇	上聲二腫	咻	下平十一尤	娃	上平九佳

娃　下平六麻
姹　上聲七麌
姪　入聲四質
姪　入聲九屑
姚　下平二蕭
姦　上平十五刪
威　上平五微
姻　上平十一眞
孩　上平十灰
宣　下平一先
宦　去聲十六諫
室　入聲四質
客　入聲十一陌
宥　去聲廿六宥
封　上平二冬
屏　下平九青
屏　上聲廿三梗
屍　上平四支
屋　入聲一屋
峙　上聲四紙
峒　上平一東
巷　去聲三絳
帝　去聲八霽
帥　去聲四寘
帥　入聲四質
帟　入聲十一陌
幽　下平十一尤
庠　下平七陽
度　去聲七遇
度　入聲十藥
建　去聲十四願
弈　入聲十一陌
弭　上聲四紙
彥　去聲十七霰
待　上聲十賄
徊　上平十灰
律　入聲四質
徇　去聲十二震
後　上聲廿五有
徉　下平七陽
怒　上聲七麌
怒　去聲七遇
思　上平四支
思　去聲四寘
怠　上聲十賄
怱　上平一東
急　入聲十四緝
怎　上聲廿六寢
怨　去聲十四願
恍　上聲廿二養
恍　去聲廿九豔
恰　入聲十七洽
恨　去聲十四願
恢　上平十灰
恃　上聲四紙
恃　上聲四紙
恬　下平十四鹽
恫　去聲一送
恪　入聲十藥
恤　入聲四質
扁　下平一先
扁　上聲十六銑
拜　去聲十卦
按　去聲十五翰
拭　入聲十三職
持　上平四支
拮　入聲九屑
指　上聲四紙
拱　上聲二腫

拷	上聲十九皓	曷	入聲七曷	殆	上聲十賄
拯	上聲廿四迥	染	上聲廿八琰	段	去聲十五翰
括	入聲七曷	柱	上聲七麌	毒	入聲二沃
拾	入聲十四緝	柔	下平十一尤	泉	下平一先
拴	下平一先	某	上聲七麌	洋	下平七陽
挑	下平二蕭	某	上聲廿五有	洲	下平十一尤
挑	上聲十七篠	柬	上聲十五潸	洪	上平一東
挂	去聲十卦	架	去聲廿二禡	流	下平十一尤
政	去聲廿四敬	枯	上平七虞	津	上平十一眞
故	去聲七遇	柵	入聲十一陌	洌	入聲九屑
斫	入聲十藥	柯	下平五歌	洞	去聲一送
施	上平四支	柄	去聲廿四敬	洗	上聲八薺
施	去聲四寘	柑	下平十三覃	活	入聲七曷
旆	去聲九泰	柚	去聲廿六宥	洽	入聲十七洽
既	去聲五未	查	下平六麻	派	去聲十卦
春	上平十一眞	柏	入聲十一陌	洶	上平二冬
昭	下平二蕭	柞	入聲十藥	洛	入聲十藥
映	去聲廿四敬	柳	上聲廿五有	洮	下平四豪
昧	去聲九泰	枰	下平八庚	洵	上平十一眞
昧	去聲十一隊	柙	入聲十七洽	洎	去聲四寘
是	上聲四紙	柢	上聲八薺	洫	入聲十三職
星	下平九青	柝	入聲十藥	浜	下平八庚
昨	入聲十藥	殃	下平七陽	炫	去聲十七霰

爲	上平四支	界	去聲十卦	砂	下平六麻
爲	去聲四寘	眣	上聲十六銑	研	下平一先
炳	上聲廿三梗	畋	下平一先	研	去聲十七霰
炬	上聲六語	疫	入聲十一陌	砌	去聲八霽
炯	上聲廿四迥	疤	下平六麻	祉	上聲四紙
炭	去聲十五翰	疥	去聲十卦	祈	上平五微
炮	下平三肴	疣	下平十一尤	禹	上聲七麌
炮	去聲十九效	癸	上聲四紙	禺	上平七虞
爰	上平十三元	皆	上平九佳	秔	下平八庚
牲	下平八庚	皇	下平七陽	科	下平五歌
牯	上聲七麌	盈	下平八庚	秒	上聲十七篠
牴	上聲八薺	盆	上平十三元	秋	下平十一尤
狩	去聲廿六宥	盅	上平一東	穿	下平一先
狡	上聲十八巧	省	上聲廿三梗	突	入聲六月
珏	入聲三覺	相	下平七陽	穽	去聲廿四敬
玷	上聲廿八琰	相	去聲廿三漾	竿	上平十四寒
珊	上平十四寒	眉	上平四支	竽	上平七虞
玲	下平九青	看	上平十四寒	紂	上聲廿五有
珍	上平十一眞	看	去聲十五翰	紅	上平一東
珀	入聲十一陌	盾	上聲十一軫	紀	上聲四紙
甚	上聲廿六寢	盼	去聲十六諫	紉	上平十一眞
甚	去聲廿七沁	眇	上聲十七篠	紇	入聲六月
畏	去聲五未	矜	下平十蒸	約	去聲十八嘯

約	入聲十藥	苛	下平五歌	虹	去聲三絳
紆	上平七虞	苦	上聲七麌	虺	上平十灰
缸	上平三江	苦	去聲七遇	虺	上聲五尾
美	上聲四紙	茄	下平五歌	衍	上聲十六銑
羿	去聲八霽	茄	下平六麻	衫	下平十五咸
耄	去聲二十號	若	上聲廿一馬	要	下平二蕭
耐	去聲十一隊	若	入聲十藥	要	去聲十八嘯
耶	下平六麻	茂	去聲廿六宥	計	去聲八霽
胖	上平十四寒	苒	上聲廿八琰	訂	去聲廿五徑
胥	上平六魚	苗	下平二蕭	訃	去聲七遇
胚	上平十灰	英	下平八庚	貞	下平八庚
胃	去聲五未	茁	入聲四質	負	上聲廿五有
胄	去聲廿六宥	茁	入聲八黠	赴	去聲七遇
背	去聲十一隊	茁	入聲九屑	赳	上聲廿五有
胡	上平七虞	苜	入聲一屋	軍	上平十二文
胛	入聲十七洽	苔	上平十灰	軌	上聲四紙
胎	上平十灰	苑	上聲十三阮	述	入聲四質
胞	下平三肴	苞	下平三肴	迦	下平五歌
致	去聲四寘	苓	下平九青	迦	下平六麻
苧	上聲六語	苟	上聲廿五有	迢	下平二蕭
范	上聲廿九豏	茆	上聲十八巧	迪	入聲十二錫
茅	下平三肴	虐	入聲十藥	迥	上聲廿四迥
苣	上聲六語	虹	上平一東	迭	入聲九屑

迫　入聲十一陌
迺　上聲四紙
郊　下平三肴
郎　下平七陽
郁　入聲一屋
酋　下平十一尤
酊　上聲廿四迥
重　上平二冬
重　上聲二腫
重　去聲二宋
限　上聲十五濟
陋　去聲廿六宥
陌　入聲十一陌
降　上平三江
降　去聲三絳
面　去聲十七霰
革　入聲十一陌
韋　上平五微
韭　上聲廿五有
音　下平十二侵
風　上平一東
飛　上平五微
食　去聲四寘

食　入聲十三職
首　上聲廿五有
香　下平七陽
俜　下平九青
俛　上聲十六銑
剄　上聲廿四迥
剉　去聲廿一箇
哆　上聲二十哿
哆　上聲廿一馬
垤　入聲四質
垤　入聲九屑
垛　上聲二十哿
姮　下平十蒸
姝　上平七虞
峐　上平十灰
峋　上平十一眞
帢　入聲十七洽
庥　下平十一尤
恂　上平十一眞
扃　下平九青
昶　上聲廿二養
昵　上聲八薺
昵　入聲四質

昴　上聲十八巧
柁　上聲二十哿
柘　去聲廿二禡
枷　下平六痲
柖　下平二蕭
枳　上聲四紙
枹　上平七虞
枹　下平十一尤
柰　去聲九泰
殂　上平七虞
殄　上聲十六銑
泚　上聲四紙
洄　上平十灰
洙　上平七虞
洚　去聲三絳
洑　入聲一屋
炷　去聲七遇
珂　下平五歌
珂　去聲廿一箇
珈　下平六痲
眈　下平十三覃
眄　上聲十六銑
眄　去聲十七霰

眊　去聲二十號
眊　入聲三覺
砒　上平八齊
砎　入聲八黠
秕　上聲四紙
紈　上平十四寒
胠　上平六魚
朏　入聲六月
胙　去聲七遇
胙　去聲七遇
朐　上平七虞
胗　上聲十一軫
苙　入聲十四緝
苾　入聲四質
茇　入聲七曷
茀　入聲五物
苕　下平二蕭
苫　下平十四鹽
苫　去聲廿九豔
苴　上平六魚
苡　上聲四紙
苻　上平七虞
陔　上平十灰
陊　上聲二十哿
恒　下平十蒸

10劃
所屬韻部

乘　下平十蒸
乘　去聲廿五徑
倌　上平十四寒
倍　上聲十賄
倣　上聲廿二養
俯　上聲七麌
倦　去聲十七霰
俸　去聲二宋
倩　去聲十七霰
倩　去聲廿四敬
倖　上聲廿三梗
值　去聲四寘
值　入聲十三職
借　去聲廿二禡
借　入聲十一陌
倚　上聲四紙
倒　上聲十九皓
倒　去聲二十號
俺　去聲廿九豔
倀　下平七陽
倔　入聲五物
倨　去聲六御
俱　上平七虞
倡　下平七陽
候　去聲廿六宥
倘　上聲廿二養
俳　上平九佳
修　下平十一尤
倭　下平五歌
倪　上平八齊
俾　上聲四紙
倫　上平十一眞
倉　下平七陽
兼　下平十四鹽
冤　上平十三元
冥　下平九青
冢　上聲二腫
凍　去聲一送
凍　去聲一送
凌　下平十蒸
凋　下平二蕭

剖	上聲七麌	唉	上平十灰	娓	上聲五尾
剖	上聲廿五有	哮	下平三肴	姬	上平四支
剜	上平十四寒	哪	下平五歌	娠	上平十一眞
剔	入聲十二錫	哦	下平五歌	娣	上聲八薺
剛	下平七陽	唧	入聲四質	娣	去聲八霽
剝	入聲三覺	唧	入聲十三職	娩	上聲十三阮
剗	上聲十五潸	唇	上平十一眞	娩	上聲十六銑
匪	上聲五尾	哽	上聲廿三梗	娥	下平五歌
卿	下平八庚	圃	上聲七麌	娉	下平九青
原	上平十三元	圃	去聲七遇	娉	去聲廿四敬
厝	去聲七遇	圄	上聲六語	孫	上平十三元
叟	下平十一尤	埋	上平九佳	宰	上聲十賄
叟	上聲廿五有	埃	上平十灰	害	去聲九泰
哨	去聲十八嘯	夏	上聲廿一馬	家	下平六麻
唐	下平七陽	夏	去聲廿二禡	宴	上聲十六銑
唁	去聲十七霰	套	上聲十九皓	宴	去聲十七霰
哥	下平五歌	奘	下平七陽	宮	上平一東
哲	入聲九屑	奚	上平八齊	宵	下平二蕭
唆	下平五歌	娑	下平五歌	容	上平二冬
哺	去聲七遇	娘	下平七陽	宸	上平十一眞
哭	入聲一屋	娜	上聲二十哿	射	去聲廿二禡
員	上平十二文	娟	下平一先	射	入聲十一陌
員	下平一先	娛	上平七虞	屑	入聲九屑

展 上聲十六銑
屐 入聲十一陌
峭 去聲十八嘯
峽 入聲十七洽
峻 去聲十二震
峨 下平五歌
峨 上聲二十哿
峩 下平五歌
峰 上平二冬
島 上聲十九皓
峴 上聲十六銑
差 上平四支
差 上平九佳
差 下平六麻
席 入聲十一陌
師 上平四支
庫 去聲七遇
庭 下平九青
庭 去聲廿五徑
座 去聲廿一箇
弱 入聲十藥
徒 上平七虞
徑 去聲廿五徑

徐 上平六魚
恙 去聲廿三漾
恣 去聲四寘
恥 上聲四紙
恥 入聲八黠
恐 上聲二腫
恕 去聲六御
恩 上平十三元
息 入聲十三職
恪 去聲十二震
悄 上聲十七篠
悄 去聲十八嘯
悟 去聲七遇
悚 上聲二腫
悍 上聲十四旱
悍 去聲十五翰
悔 上聲十賄
悔 去聲十一隊
悔 去聲十一隊
悌 上聲八薺
悌 去聲八霽
悅 入聲九屑
悖 去聲十一隊

悖 入聲六月
扇 下平一先
扇 去聲十七霰
拳 下平一先
挈 入聲九屑
拿 下平六麻
挱 下平五歌
捎 下平三肴
挾 入聲十六葉
振 上平十一眞
振 去聲十二震
捕 去聲七遇
捂 去聲七遇
捆 上聲十三阮
捏 入聲九屑
捉 入聲三覺
挺 上聲廿四迥
捐 下平一先
挪 下平五歌
挫 去聲廿一箇
捍 去聲十五翰
捌 入聲八黠
效 去聲十九效

料	去聲十八嘯	桑	下平七陽	涓	下平二蕭
旁	下平七陽	栽	上平十灰	涇	下平九青
旅	上聲六語	柴	上平九佳	浦	上聲七麌
時	上平四支	桐	上平一東	浸	去聲廿七沁
晉	去聲十二震	桀	入聲九屑	海	上聲十賄
晏	去聲十六諫	格	入聲十藥	浙	入聲九屑
晃	上聲廿二養	格	入聲十一陌	涓	下平一先
晁	上聲十七篠	桃	下平四豪	涉	入聲十六葉
書	上平六魚	株	上平七虞	浮	下平十一尤
朔	入聲三覺	桅	上平十灰	浚	去聲十二震
朕	上聲廿六寢	桁	下平七陽	浴	入聲二沃
朗	上聲廿二養	桁	去聲廿三漾	浩	上聲十九皓
校	去聲十九效	殊	上平七虞	涌	上聲二腫
核	入聲六月	殉	去聲十二震	浹	入聲十六葉
核	入聲十一陌	殷	上平十二文	涅	入聲九屑
案	去聲十五翰	殷	上平十五刪	浥	入聲十四緝
桓	上平十四寒	氣	去聲五未	涔	下平十二侵
根	上平十三元	氤	上平十一眞	烘	上平一東
桂	去聲八霽	泰	去聲九泰	烙	入聲十藥
桔	入聲四質	浪	下平七陽	烟	下平一先
栩	上聲七麌	浪	去聲廿三漾	烈	入聲九屑
梳	上平六魚	涕	上聲八薺	烏	上平七虞
栗	入聲四質	涕	去聲八霽	爹	下平六麻

爹　上聲二十哿
特　入聲十三職
狼　下平七陽
狹　入聲十七洽
狽　去聲九泰
狸　上平四支
狷　下平一先
狷　上聲十六銑
狷　去聲十七霰
班　上平十五刪
琉　下平十一尤
珠　上平七虞
珞　入聲十藥
畔　去聲十五翰
畝　上聲七麌
畝　上聲廿五有
畜　入聲一屋
畚　上聲十三阮
留　下平十一尤
疾　入聲四質
病　去聲廿四敬
症　下平十蒸
疲　上平四支

疽　上平六魚
疹　上聲十一軫
痂　下平六麻
皋　下平四豪
皰　去聲十九效
益　入聲十一陌
盍　入聲十五合
盎　上聲廿二養
盎　去聲廿三漾
盌　上聲十四旱
眩　去聲十七霰
眞　上平十一眞
眠　下平一先
眨　入聲十七洽
矩　上聲七麌
砰　下平八庚
砧　下平十二侵
破　去聲廿一箇
砥　上聲四紙
砭　下平十四鹽
砭　去聲廿九豔
砲　去聲十九效
祠　上平四支

祟　去聲四寘
祖　上聲七麌
神　上平十一眞
祝　入聲一屋
祗　上平四支
祚　去聲七遇
秣　入聲七曷
秧　下平七陽
租　上平七虞
秦　上平十一眞
秩　入聲四質
秘　去聲四寘
窄　入聲十一陌
窈　上聲十七篠
站　去聲三十陷
笆　下平六麻
笑　去聲十八嘯
粉　上聲十二吻
紡　上聲廿二養
紗　下平六麻
紋　上平十二文
紊　去聲十三問
素　去聲七遇

索　入聲十藥
索　入聲十一陌
純　上平十一眞
紐　上聲廿五有
級　入聲十四緝
紜　上平十二文
納　入聲十五合
紙　上聲四紙
紛　上平十二文
缺　入聲九屑
罟　上聲七麌
羔　下平四豪
翅　去聲四寘
翁　上平一東
耘　上平十二文
耕　下平八庚
耙　下平六麻
耗　去聲二十號
耽　下平十三覃
耿　上聲廿三梗
脂　上平四支
脅　入聲十七洽
脃　去聲八霽

胭　下平一先
脆　去聲八霽
胸　上平二冬
脈　入聲十一陌
能　下平十蒸
脊　入聲十一陌
胼　下平一先
胯　下平六麻
胯　去聲七遇
胯　去聲廿二禡
臬　入聲九屑
舀　上聲十七篠
航　下平七陽
舫　去聲廿三漾
般　上平十四寒
般　上平十五刪
芻　上平七虞
茫　下平七陽
荒　下平七陽
荔　去聲八霽
荊　下平八庚
茸　上平二冬
茸　上聲二腫

草　上聲十九皓
茵　上平十一眞
茴　上平十灰
荏　上聲廿六寢
茲　上平四支
茹　上平六魚
茹　上聲六語
茶　下平六麻
茗　上聲廿四迥
荀　上平十一眞
茱　上平七虞
茨　上平四支
荃　下平一先
虔　下平一先
蚊　上平十二文
蚪　上聲廿五有
蚓　上聲十一軫
蚤　上聲十九皓
蚌　上聲三講
蚣　上平二冬
衰　上平四支
衷　上平一東
袁　上平十三元

袂	去聲八霽	軔	去聲十二震	釜	上聲七麌
衽	上聲廿六寢	軏	入聲六月	閃	上聲廿八琰
衽	去聲廿七沁	辱	入聲二沃	院	去聲十七霰
袜	入聲七曷	送	去聲一送	陣	去聲十二震
記	去聲四寘	逆	入聲十一陌	陡	上聲廿五有
訐	入聲六月	迷	上平八齊	陛	上聲八薺
訐	入聲九屑	退	去聲十一隊	陜	上聲廿八琰
討	上聲十九晧	迴	上平十灰	除	上平六魚
訕	上平十五刪	逃	下平四豪	徑	下平九青
訕	去聲十六諫	追	上平四支	飢	上平四支
訊	去聲十二震	追	上平十灰	馬	上聲廿一馬
託	入聲十藥	迸	去聲廿四敬	骨	入聲六月
訓	去聲十三問	邕	上平二冬	高	下平四豪
訖	入聲五物	郡	去聲十三問	鬲	入聲十一陌
訏	上平七虞	郝	入聲十藥	鬲	入聲十二錫
豈	上聲五尾	郢	上聲廿三梗	鬼	上聲五尾
豺	上平九佳	酒	上聲廿五有	俵	去聲十八嘯
豹	去聲十九效	配	去聲十一隊	俵	去聲十八嘯
財	上平十灰	酌	入聲十藥	倜	入聲十二錫
貢	去聲一送	釘	下平九青	凄	上平八齊
起	上聲四紙	釘	去聲廿五徑	剡	上聲廿八琰
躬	上平一東	針	下平十二侵	剟	入聲九屑
軒	上平十三元	釗	下平二蕭	哢	去聲一送

哿 上聲二十哿
唄 去聲十卦
唈 入聲十四緝
唈 入聲十五合
埒 入聲九屑
埆 入聲三覺
恚 去聲四寘
悪 入聲一屋
恁 上聲廿六寑
悒 入聲十四緝
悃 上聲十三阮
悛 下平一先
悜 上聲廿三梗
扆 上聲五尾
捅 上聲一董
捃 去聲十三問
挹 入聲十四緝
捋 入聲七曷
挼 下平五歌
捔 入聲三覺
旃 下平一先
旄 下平四豪
栲 上聲十九皓
栳 上聲十九皓
栻 入聲十三職
栖 上平八齊
桎 入聲四質
浡 入聲六月
烜 上聲十三阮
烝 下平十蒸
牷 下平一先
狻 上平十四寒
珙 上聲二腫
珥 去聲四寘
瓞 入聲九屑
瓴 下平九青
畛 上聲十一軫
痁 去聲廿九豔
眕 上聲十一軫
眚 上聲廿三梗
砢 上聲二十哿
祛 上平六魚
祜 上聲七麌
祓 入聲五物
秫 入聲四質
秬 上聲六語
窆 去聲廿九豔
窅 上聲十七篠
笏 入聲六月
笈 入聲十四緝
笈 入聲十六葉
紞 上聲廿七感
紝 下平十二侵
紘 下平八庚
紓 上平六魚
羖 上聲七麌
朓 去聲十八嘯
茭 下平三肴
荄 上平九佳
荄 上平十灰
荑 上平八齊
茜 去聲十七霰
茯 入聲一屋
荇 上聲廿三梗
荅 入聲十五合
蚨 上平七虞
蚍 上聲四紙
蚋 去聲八霽
蚕 下平十三覃

岀　入聲一屋
衲　入聲十五合
袚　入聲十六葉
衿　下平十二侵
衾　下平十二侵
豇　上平三江
豻　上平十五刪
迹　入聲十一陌
逄　上平三江
郛　上平七虞
郤　入聲十藥
陗　去聲十八嘯
陟　入聲十三職
隼　上聲十一軫
飣　去聲廿五徑
鬯　去聲廿三漾

11劃
所屬韻部

乾　上平十四寒
乾　下平一先
停　下平九青
假　上聲廿一馬
假　去聲廿二禡
偃　上聲十三阮
做　去聲廿一箇
偉　上聲五尾
健　去聲十四願
偶　上聲廿五有
偎　上平十灰
偕　上平九佳
偵　下平八庚
偵　去聲廿四敬
側　入聲十三職
偷　下平十一尤
偏　下平一先
倏　入聲一屋
兜　下平十一尤
冕　上聲十六銑
凰　下平七陽
剪　上聲十六銑
副　入聲一屋
勒　入聲十三職
務　去聲七遇
勘　去聲廿八勘
動　上聲一董
匐　入聲一屋
匐　入聲十三職
匏　下平三肴
匙　上平四支
匿　入聲十三職
區　上平七虞
匾　上聲十六銑
參　下平十二侵
參　下平十二侵
參　下平十三覃
曼　去聲十四願
商　下平七陽
啄　入聲一屋
啄　入聲三覺
啞　下平六麻
啞　上聲廿一馬
啞　去聲廿二禡
啞　入聲十一陌
唱　去聲廿三漾
啖　上聲廿七感
啖　去聲廿八勘
問　去聲十三問
啕　下平四豪

售　下平十一尤
售　去聲廿六宥
啜　入聲九屑
唳　去聲八霽
啁　下平十一尤
啗　去聲廿八勘
哳　入聲八黠
圈　上平十三元
圈　去聲十四願
國　入聲十三職
圉　上聲六語
域　入聲十三職
堅　下平一先
堊　入聲十藥
堆　上平十灰
基　上平四支
堂　下平七陽
堵　上聲七麌
執　入聲十四緝
培　上平十灰
培　上聲廿五有
奢　下平六麻
娶　去聲七遇

婁　下平十一尤
婉　上聲十三阮
婉　去聲十五翰
婦　上聲廿五有
婪　下平十三覃
婢　上聲四紙
婚　上平十三元
婆　下平五歌
娽　入聲一屋
孰　入聲一屋
寇　去聲廿六宥
寅　上平十一眞
寄　去聲四寘
寂　入聲十二錫
宿　去聲廿六宥
宿　入聲一屋
密　入聲四質
尉　去聲五未
尉　入聲五物
專　下平一先
將　下平七陽
將　去聲廿三漾
屠　上平七虞

屜　去聲八霽
崇　上平一東
崆　上平一東
崛　入聲五物
崖　上平九佳
崢　下平八庚
崑　上平十三元
崩　下平十蒸
崔　上平十灰
崙　上平十三元
崤　下平三肴
巢　下平三肴
常　下平七陽
帶　去聲九泰
帳　去聲廿三漾
帷　上平四支
康　下平七陽
庸　上平二冬
庶　去聲六御
庵　下平十三覃
庾　上聲七麌
張　下平七陽
強　下平七陽

強　上聲廿二養
彗　去聲四寘
彗　去聲八霽
彬　上平十一眞
彩　上聲十賄
彫　下平二蕭
得　入聲十三職
徙　上聲四紙
從　上平二冬
從　去聲二宋
徘　上平十灰
御　去聲六御
徠　上平十灰
徠　去聲十一隊
患　上平十五刪
患　去聲十六諫
悉　入聲四質
悠　下平十一尤
惋　去聲十五翰
悽　上平八齊
情　下平八庚
悻　上聲廿三梗
悵　下平七陽

悵　去聲廿三漾
惜　入聲十一陌
悼　去聲二十號
惘　上聲廿二養
惕　入聲十二錫
惆　下平十一尤
悸　去聲四寘
惚　入聲六月
惇　上平十三元
戚　入聲十二錫
戛　入聲八黠
扈　上聲七麌
掠　去聲廿三漾
掠　入聲十藥
控　去聲一送
掖　入聲十一陌
探　下平十三覃
接　入聲十六葉
捷　入聲十六葉
捧　上聲二腫
掘　入聲五物
掘　入聲六月
措　去聲七遇

掩　上聲廿八琰
掉　上聲十七篠
掉　去聲十八嘯
掃　上聲十九皓
掛　去聲十卦
捫　上平十三元
推　上平十灰
掄　上平十一眞
掄　上平十三元
授　上聲廿五有
授　去聲廿六宥
掬　入聲一屋
排　上平九佳
掏　下平四豪
掀　上平十三元
捻　入聲十六葉
捩　去聲八霽
捩　入聲九屑
捨　上聲廿一馬
敝　去聲八霽
敖　下平四豪
救　去聲廿六宥
教　下平三肴

教　去聲十九效
敗　去聲十卦
啓　上聲八薺
敏　上聲十一軫
敘　上聲六語
敕　入聲十三職
斜　下平六麻
斛　入聲一屋
斬　上聲廿九豏
族　入聲一屋
旋　下平一先
旋　去聲十七霰
旌　下平八庚
旎　上聲四紙
晝　去聲廿六宥
晚　上聲十三阮
晤　去聲七遇
晨　上平十一眞
晦　去聲十一隊
晞　上平五微
晞　上平五微
曹　下平四豪
望　下平七陽
望　去聲廿三漾
梁　下平七陽
梯　上平八齊
梢　下平三肴
梓　上聲四紙
梵　去聲三十陷
桶　上聲一董
梱　上聲十三阮
梧　上平七虞
梗　下平八庚
梗　上聲廿三梗
械　去聲十卦
梃　上聲廿四迥
棄　去聲四寘
梭　下平五歌
梆　上平三江
梅　上平十灰
條　下平二蕭
梨　上平八齊
梟　下平二蕭
欲　入聲二沃
欲　入聲二沃
殺　去聲十卦
殺　入聲八黠
毫　下平四豪
毬　下平十一尤
涎　下平一先
涼　下平七陽
淳　上平十一眞
淙　上平二冬
淙　上平三江
液　入聲十一陌
淡　上聲廿七感
淡　去聲廿八勘
淤　上平六魚
淤　上平六魚
淤　去聲六御
添　下平十四鹽
淺　上聲十六銑
清　下平八庚
淋　下平十二侵
涯　上平四支
涯　上平九佳
涯　下平六麻
淑　入聲一屋
淞　上平二冬

淞　去聲一送
淹　下平十四鹽
涸　去聲七遇
涸　入聲十藥
混　上聲十三阮
淵　下平一先
淅　入聲十二錫
淒　上平八齊
渚　上聲六語
涵　下平十三覃
淚　去聲四寘
淫　下平十二侵
淘　下平四豪
淪　上平十一眞
深　下平十二侵
淮　上平九佳
淨　去聲廿四敬
淆　下平三肴
淬　去聲十一隊
烹　下平八庚
焉　下平一先
烽　上平二冬
爽　上聲廿二養
牽　下平一先
犁　上平八齊
猜　上平十灰
猛　上聲廿三梗
猖　下平七陽
猙　下平八庚
猙　上聲廿三梗
率　入聲四質
琅　下平七陽
球　下平十一尤
理　上聲四紙
現　去聲十七霰
瓠　上平七虞
瓠　去聲七遇
瓶　下平九青
甜　下平十四鹽
產　上聲十五潸
略　入聲十藥
畦　上平八齊
畢　入聲四質
異　去聲四寘
疏　上平六魚
疏　去聲六御
痕　上平十三元
疵　上平四支
痊　下平一先
皎　上聲十七篠
盔　上平十灰
盒　入聲十五合
盛　下平八庚
盛　去聲廿四敬
眷　去聲十七霰
著　入聲十藥
眦　去聲十卦
眾　去聲一送
眼　上聲十五潸
眸　下平十一尤
眺　去聲十八嘯
硫　下平十一尤
硃　上平七虞
硎　下平九青
祥　下平七陽
票　去聲十八嘯
祭　去聲八霽
祭　去聲十卦
移　上平四支

窒 入聲四質
窕 上聲十七篠
笠 入聲十四緝
笛 入聲十二錫
第 去聲八霽
符 上平七虞
笙 下平八庚
笞 上平四支
笮 入聲十藥
粒 入聲十四緝
粗 上平七虞
粕 入聲十藥
絆 去聲十五翰
絃 下平一先
統 去聲二宋
紮 入聲八黠
紹 上聲十七篠
紼 入聲五物
細 去聲八霽
紳 上平十一眞
組 上聲七麌
累 上聲四紙
累 去聲四寘
終 上平一東
紲 入聲九屑
紱 入聲五物
缽 入聲七曷
羞 下平十一尤
羚 下平九青
翌 入聲十三職
翎 下平九青
習 入聲十四緝
耜 上聲四紙
聊 下平二蕭
聆 下平九青
脯 上聲七麌
脣 上平十一眞
脫 入聲七曷
脩 下平十一尤
脤 上聲十一軫
舂 上平二冬
舵 上聲二十哿
舷 下平一先
舶 入聲十一陌
船 下平一先
莎 下平五歌
莞 上聲十五潸
莘 上平十一眞
莢 入聲十六葉
莖 下平八庚
莽 上聲七麌
莽 上聲廿二養
莫 入聲十藥
莒 上聲六語
莊 下平七陽
莓 上平十灰
莉 去聲四寘
莠 上聲廿五有
荷 下平五歌
荷 上聲二十哿
荻 入聲十二錫
荼 上平七虞
莟 去聲廿八勘
莧 去聲十六諫
處 上聲六語
處 去聲六御
彪 下平十一尤
蛇 下平六麻
蛀 去聲七遇

蚶	下平十三覃	設	入聲九屑	逞	上聲廿三梗
蛄	上平七虞	訟	去聲二宋	造	上聲十九皓
蛆	上平六魚	訛	下平五歌	造	去聲二十號
蚱	入聲十一陌	豉	去聲四寘	逢	上平二冬
蚯	下平十一尤	豚	上平十三元	逖	入聲十二錫
蛉	下平九青	販	去聲十四願	途	上平七虞
術	入聲四質	責	入聲十一陌	部	上聲七麌
衮	上聲十三阮	貫	去聲十五翰	郭	入聲十藥
袈	下平六麻	貨	去聲廿一箇	都	上平七虞
被	上聲四紙	貪	下平十三覃	酗	去聲七遇
被	去聲四寘	貧	上平十一眞	野	上聲廿一馬
袒	上聲十四旱	赧	上聲十五濟	釵	上平九佳
袖	去聲廿六宥	赦	去聲廿二禡	釦	上聲廿五有
袍	下平四豪	趾	上聲四紙	釣	去聲十八嘯
覓	入聲十二錫	趺	上平七虞	釧	去聲十七霰
規	上平四支	軟	上聲十六銑	釭	上平三江
訪	去聲廿三漾	逍	下平二蕭	閉	去聲八霽
訝	去聲廿二禡	通	上平一東	閉	入聲九屑
訝	去聲廿二禡	連	下平一先	陪	上平十灰
訩	上平二冬	速	入聲一屋	陵	下平十蒸
訣	入聲九屑	逝	去聲八霽	陳	上平十一眞
訥	入聲六月	逐	入聲一屋	陸	入聲一屋
許	上聲六語	逕	去聲廿五徑	陰	下平十二侵

陶	下平四豪	埧	去聲廿二禡	掇	入聲七曷
陷	去聲三十陷	婕	入聲十六葉	掇	入聲九屑
陬	下平十一尤	婧	上聲廿三梗	掐	入聲十七洽
雀	入聲十藥	婭	去聲廿二禡	据	上平六魚
雪	入聲九屑	婭	去聲廿二禡	晡	上平七虞
章	下平七陽	寀	上聲十賄	桴	上平七虞
竟	去聲廿四敬	崚	下平十蒸	棁	入聲六月
頂	上聲廿四迥	崍	上平十灰	棁	入聲九屑
頃	上聲廿三梗	崦	下平十四鹽	梏	入聲二沃
魚	上平六魚	崦	上聲廿八琰	桷	入聲三覺
鳥	上聲十七篠	崒	入聲六月	欷	上平五微
鹵	上聲七麌	悾	上平一東	殍	上聲十七篠
鹿	入聲一屋	悰	上平二冬	淀	去聲十七霰
麥	入聲十一陌	惔	下平十三覃	淩	下平十蒸
麻	下平六麻	惙	入聲九屑	淈	入聲六月
偈	去聲八霽	悱	上聲五尾	淖	去聲十九效
剮	上聲廿一馬	惛	上平十三元	淥	入聲二沃
勖	入聲二沃	掊	下平十一尤	淴	入聲六月
匭	上聲四紙	掊	上聲廿五有	淰	上聲廿六寢
埴	入聲十三職	捽	入聲四質	猝	入聲六月
堀	入聲六月	捽	入聲六月	猊	上平八齊
埭	去聲十一隊	掞	去聲廿九豔	琀	去聲廿八勘
埸	入聲十一陌	掎	上聲四紙	痒	上聲廿二養

眹　上聲十一軫
眯　上聲八薺
眥　去聲四寘
眥　去聲十卦
祧　下平二蕭
祫　入聲十七洽
秸　入聲八黠
笻　上平二冬
笴　上聲二十哿
笥　去聲四寘
笳　下平六麻
笱　上聲廿五有
粘　下平十四鹽
紵　上聲六語
紺　去聲廿八勘
紩　入聲四質
紿　上聲十賄
羝　上平八齊
翊　入聲十三職
聃　下平十三覃
脘　上聲十四旱
脛　上聲廿四迥
脛　去聲廿五徑
脞　上聲二十哿
脡　上聲廿四迥
舸　上聲二十哿
舳　入聲一屋
舴　入聲十一陌
艴　入聲六月
莩　上平七虞
莪　下平五歌
衕　去聲十七霰
袢　上平十三元
袪　上平六魚
訧　下平十一尤
跂　上聲四紙
跂　去聲四寘
跛　入聲十五合
逋　上平七虞
逑　下平十一尤
逡　上平十一真
郴　下平十二侵
釬　去聲十五翰
閈　去聲十五翰

12劃
所屬韻部

傍　下平七陽
傍　去聲廿三漾
傅　去聲七遇
備　去聲四寘
傑　入聲九屑
傀　上平十灰
傀　上聲四紙
傖　下平八庚
傘　上聲十四旱
傚　去聲十九效
最　去聲九泰
凱　上聲十賄
割　入聲七曷
創　下平七陽
創　下平七陽
創　去聲廿三漾
剩　去聲廿五徑
勞　下平四豪
勞　去聲二十號
勝　下平十蒸

勝　去聲廿五徑
博　入聲十藥
厥　入聲五物
厥　入聲六月
啻　去聲四寘
喀　入聲十一陌
喧　上平十三元
啼　上平八齊
喊　上聲廿七感
喊　上聲廿九豏
喝　去聲十卦
喝　入聲七曷
喝　入聲七曷
喘　上聲十六銑
喜　上聲四紙
喪　下平七陽
喪　去聲廿三漾
喔　入聲三覺
喋　入聲十六葉
喃　下平十五咸
單　上平十四寒
單　下平一先
喟　去聲十卦

唾　去聲廿一箇
喚　去聲十五翰
喻　去聲七遇
喬　下平二蕭
啾　下平十一尤
喉　下平十一尤
喫　入聲十二錫
喙　去聲十一隊
圍　上平五微
堯　下平二蕭
堪　下平十三覃
堦　上平九佳
場　下平七陽
堤　上平八齊
堰　上聲十三阮
堰　去聲十四願
堰　去聲十七霰
報　去聲二十號
堡　上聲十九皓
堠　去聲廿六宥
壹　入聲四質
壺　上平七虞
奠　去聲十七霰

婷　下平九青
媚　去聲四寘
婿　去聲八霽
媒　上平十灰
媛　上平十三元
媛　去聲十七霰
媧　上平九佳
孳　去聲四寘
孱　上平十五刪
寒　上平十四寒
富　去聲廿六宥
寓　上聲七麌
寓　去聲七遇
寐　去聲四寘
尊　上平十三元
尋　下平十二侵
就　去聲廿六宥
嵌　下平十五咸
嵌　上聲廿七感
嵐　下平十三覃
嵇　上平八齊
巽　去聲十四願
幅　入聲一屋

幅	入聲十三職	愜	入聲十六葉	揆	上聲四紙
帽	去聲二十號	惺	下平九青	插	入聲十七洽
幃	上平五微	惺	上聲廿三梗	揣	上聲四紙
幾	上平五微	愕	入聲十藥	握	入聲三覺
幾	上聲五尾	惰	上聲二十哿	揖	入聲十四緝
廊	下平七陽	惰	去聲廿一箇	提	上平八齊
廁	去聲四寘	惻	入聲十三職	揭	去聲八霽
廂	下平七陽	惴	去聲四寘	揭	入聲六月
弼	入聲四質	慨	去聲十一隊	揭	入聲九屑
彭	下平八庚	惱	上聲十九皓	揾	上聲十二吻
復	去聲廿六宥	惶	下平七陽	揮	上平五微
復	入聲一屋	愉	上平七虞	捶	上聲四紙
循	上平十一眞	戟	入聲十一陌	援	上平十三元
徨	下平七陽	扉	上平五微	援	去聲十七霰
徧	去聲十七霰	掣	去聲八霽	換	去聲十五翰
惑	入聲十三職	掣	入聲九屑	揚	下平七陽
惡	去聲七遇	掌	上聲廿二養	敞	上聲廿二養
惡	入聲十藥	描	下平二蕭	敦	上平十三元
悲	上平四支	揀	上聲十五潸	敢	上聲廿七感
悶	去聲十四願	揀	去聲十七霰	散	上聲十四旱
惠	去聲八霽	揩	上平九佳	散	去聲十五翰
愞	去聲廿一箇	揉	下平十一尤	斑	上平十五刪
愜	入聲十六葉	揉	上聲廿五有	斐	上聲五尾

斯　上平四支
普　上聲七麌
晰　入聲十二錫
晴　下平八庚
晶　下平八庚
景　上聲廿三梗
暑　上聲六語
智　去聲四寘
晷　上聲四紙
曾　下平十蒸
替　去聲八霽
期　上平四支
朝　下平二蕭
棺　上平十四寒
棕　上平一東
椀　上聲十四旱
棠　下平七陽
棘　入聲十三職
棗　上聲十九皓
棟　去聲一送
森　下平十二侵
棧　上聲十五潸
棧　上聲十六銑

棧　去聲十六諫
棹　去聲十九效
棒　上聲三講
棲　上平八齊
棣　去聲八霽
棋　上平四支
植　入聲十三職
椒　下平二蕭
椎　上平四支
棉　下平一先
棚　下平八庚
楮　上聲六語
款　上聲十四旱
欺　上平四支
欽　下平十二侵
殘　上平十四寒
殖　入聲十三職
殼　入聲三覺
毯　上聲廿七感
港　上聲三講
游　下平十一尤
渡　去聲七遇
湧　上聲二腫

渠　上平六魚
渥　入聲三覺
渣　下平六麻
減　上聲廿九豏
湛　上聲廿七感
湛　上聲廿九豏
湘　下平七陽
渤　入聲六月
湖　上平七虞
湮　上平十一眞
湮　下平一先
渭　去聲五未
渦　下平五歌
湯　下平七陽
湯　去聲廿三漾
渴　入聲七曷
湍　上平十四寒
渺　上聲十七篠
測　入聲十三職
湃　去聲十卦
渝　上平七虞
渾　上平十三元
渾　上聲十三阮

滋	上平四支	猨	上平十三元	短	上聲十四旱
溉	去聲五未	猴	下平十一尤	硝	下平二蕭
溉	去聲十一隊	琳	下平十二侵	硝	下平二蕭
渙	去聲十五翰	琢	入聲三覺	硬	去聲廿四敬
湄	上平四支	琥	上聲七虞	硯	去聲十七霰
湲	上平十三元	琶	下平六麻	稉	下平八庚
湲	上平十五刪	琴	下平十二侵	稍	去聲十九效
湩	去聲一送	琯	上聲十四旱	稈	上聲十四旱
焙	去聲十一隊	琛	下平十二侵	程	下平八庚
焚	上平十二文	琨	上平十三元	稅	去聲八霽
焦	下平二蕭	甥	下平八庚	稀	上平五微
焰	上聲廿八琰	畫	去聲十卦	窨	上聲十一軫
焰	去聲廿九豔	畫	入聲十一陌	窗	上平三江
無	上平七虞	番	上平十三元	窖	去聲十九效
然	下平一先	痢	去聲四寘	童	上平一東
煮	上聲六語	痛	去聲一送	竣	上平十一眞
焜	上聲十三阮	痣	去聲四寘	等	上聲廿四迥
牌	上平九佳	痞	上聲四紙	策	入聲十一陌
犀	上平八齊	登	下平十蒸	筆	入聲四質
猶	下平十一尤	發	入聲六月	筐	下平七陽
猥	上聲十賄	皓	上聲十九皓	筒	上平一東
猥	上聲十賄	皴	上平十一眞	答	入聲十五合
猩	下平八庚	盜	去聲二十號	筍	上聲十一軫

筋　上平十二文
筏　入聲六月
筑　入聲一屋
粟　入聲二沃
粥　入聲一屋
絞　上聲十八巧
結　入聲九屑
絨　上平一東
絕　入聲九屑
紫　上聲四紙
絮　去聲六御
絲　上平四支
絡　入聲十藥
給　入聲十四緝
絢　去聲十七霰
絰　入聲九屑
絳　去聲三絳
善　上聲十六銑
善　去聲十七霰
翔　下平七陽
翕　入聲十四緝
耋　入聲四質
耋　入聲九屑

聒　入聲七曷
肅　入聲一屋
腕　去聲十五翰
腔　上平三江
腋　入聲十一陌
腑　上聲七麌
腎　上聲十一軫
脹　去聲廿三漾
腆　上聲十六銑
脾　上平四支
腓　上平五微
腴　上平七虞
舒　上平六魚
舜　去聲十二震
萃　去聲四寘
萍　下平九青
菅　上平十五刪
萋　上平八齊
菁　下平八庚
華　下平六麻
華　去聲廿二禡
菱　下平十蒸
著　去聲六御

著　入聲十藥
萊　上平十灰
菰　上平七虞
萌　下平八庚
菌　上平十一眞
菌　上聲十一軫
菽　入聲一屋
菲　上平五微
菲　上聲五尾
菊　入聲一屋
萸　上平七虞
萎　上平四支
萄　下平四豪
菜　去聲十一隊
萇　下平七陽
菔　入聲一屋
菔　入聲十三職
菟　上平七虞
茝　上聲十賄
虛　上平六魚
蛟　下平三肴
蛙　上平九佳
蛙　下平六麻

蛭	入聲四質	診	去聲十二震	跚	上平十四寒
蛭	入聲九屑	訶	下平五歌	跑	下平三肴
蛛	上平七虞	詖	去聲四寘	跌	入聲九屑
蛤	入聲十五合	象	上聲廿二養	跛	上聲二十哿
街	上平九佳	貂	下平二蕭	跛	去聲四寘
裁	上平十灰	貯	上聲六語	軻	下平五歌
裂	入聲九屑	貼	入聲十六葉	軻	去聲廿一箇
袱	入聲一屋	貳	去聲四寘	軸	入聲一屋
覃	下平十三覃	貽	上平四支	軼	入聲四質
視	上聲四紙	賁	上平十二文	軼	入聲九屑
註	去聲七遇	賁	上平十三元	軼	入聲九屑
詠	去聲廿四敬	費	去聲五未	辜	上平七虞
評	下平八庚	賀	去聲廿一箇	逮	去聲八霽
詞	上平四支	貴	去聲五未	逮	去聲十一隊
詁	上聲七麌	買	上聲九蟹	逸	入聲四質
詔	去聲十八嘯	貶	上聲廿八琰	進	去聲十二震
詛	上聲六語	貸	去聲十一隊	鄂	入聲十藥
詛	去聲六御	越	入聲六月	郵	下平十一尤
詐	去聲廿二禡	超	下平二蕭	鄉	下平七陽
詆	上平八齊	趁	去聲十二震	酣	下平十三覃
詆	上聲八薺	跎	下平五歌	酥	上平七虞
訴	去聲七遇	距	上聲六語	量	下平七陽
診	上聲十一軫	跋	入聲七曷	量	去聲廿三漾

鈔　下平三肴
鈔　去聲十九效
鈕　上聲廿五有
鈕　上聲廿五有
鈞　上平十一眞
鈍　去聲十四願
鈐　下平十四鹽
鈇　上平七虞
鈑　上聲十五潸
閔　上聲十一軫
閏　去聲十二震
開　上平十灰
閑　上平十五刪
間　上平十五刪
間　去聲十六諫
閒　上平十五刪
閎　下平八庚
隊　去聲十一隊
階　上平九佳
陽　下平七陽
隅　上平七虞
隆　上平一東
隍　下平七陽
陲　上平四支
隄　上平八齊
雁　去聲十六諫
雅　上聲廿一馬
雄　上平一東
集　入聲十四緝
雇　上聲七麌
雇　去聲七遇
雯　上平十二文
雲　上平十二文
韌　去聲十二震
項　上聲三講
順　去聲十二震
須　上平七虞
飧　上平十三元
飪　上聲廿六寢
飯　上聲十三阮
飯　去聲十四願
飩　上平十三元
飲　上聲廿六寢
飲　去聲廿七沁
飭　入聲十三職
馮　上平一東
馮　下平十蒸
馭　去聲六御
黃　下平七陽
黍　上聲六語
黑　入聲十三職
喑　下平十二侵
喑　去聲廿七沁
喈　上平九佳
喏　上聲廿一馬
喁　上平二冬
喁　上平七虞
堙　上平十一眞
堞　入聲十六葉
媟　入聲九屑
婺　去聲七遇
媞　上平八齊
媮　下平十一尤
寔　入聲十三職
崿　入聲十藥
嵎　上平七虞
幄　入聲三覺
彘　去聲八霽
悹　去聲十五翰

愔　下平十二侵
惲　上聲十二吻
愊　入聲十三職
惵　入聲十六葉
惼　上聲十六銑
愐　上聲十六銑
揠　入聲八黠
揕　去聲廿七沁
揲　入聲九屑
揵　上聲十三阮
掾　去聲十七霰
揜　上聲廿七感
揄　上平七虞
旒　下平十一尤
棱　下平十蒸
椏　下平六麻
棫　入聲十三職
棼　上平十二文
棨　上聲八薺
毳　去聲八霽
毱　入聲一屋
淼　上聲十七篠
渫　入聲九屑

湫　下平十一尤
焠　去聲十一隊
焯　入聲十藥
焮　去聲十三問
焱　入聲十二錫
牋　下平一先
猒　下平十四鹽
猢　上平七虞
猱　下平四豪
琮　上平二冬
琬　上聲十三阮
琰　上聲廿八琰
琖　上聲十五潸
琚　上平六魚
琲　上聲十賄
甯　去聲廿五徑
畯　去聲十二震
畬　上平六魚
疎　上平六魚
睇　去聲八霽
睅　上聲十五潸
硤　入聲十七洽
硪　上聲二十哿

祲　下平十二侵
祲　去聲廿七沁
竦　上聲二腫
筊　下平三肴
筊　上聲十八巧
筌　下平一先
絧　去聲一送
缿　上聲三講
腊　入聲十一陌
腇　上聲十賄
舄　入聲十一陌
菹　上平六魚
菀　上聲十三阮
菼　上聲廿七感
菫　上聲十二吻
萁　上平四支
菝　入聲八黠
菘　上平一東
菡　上聲廿七感
萏　上聲廿七感
菂　入聲十二錫
蛩　上平二冬
衈　去聲四寘

袷　入聲十七洽
覙　下平十四鹽
觚　上平七虞
詘　入聲五物
詈　去聲四寘
貺　去聲廿三漾
貰　去聲八霽
貰　去聲廿二禡
跏　下平六麻
軺　下平二蕭
軹　上聲四紙
軶　入聲十一陌
軫　上聲十一軫
逭　去聲十五翰
逴　入聲三覺
鄆　去聲十三問
酡　下平五歌
酤　上平七虞
酤　上聲七麌
酤　去聲七遇
酢　入聲十藥
鈒　入聲十五合
隈　上平十灰
隉　入聲九屑
雰　上平十二文
粧　下平七陽
䩻　上平九佳

13劃
所屬韻部

亂　去聲十五翰
傭　上平二冬
債　去聲十卦
傲　去聲二十號
傳　下平一先
傳　去聲十七霰
僅　去聲十二震
傾　下平八庚
催　上平十灰
傷　下平七陽
剿　上聲十七篠
剽　下平二蕭
剽　去聲十八嘯
募　去聲七遇
勤　上平十二文
勢　去聲八霽
勣　入聲十二錫
勦　去聲十八嘯
匯　上聲十賄
嗟　下平六麻
嗓　上聲廿二養
嗜　去聲四寘
嗇　入聲十三職
嗣　去聲四寘
嗚　上平七虞
嗡　上平一東
嗥　下平四豪
嗉　去聲七遇
園　上平十三元
圓　下平一先
塞　去聲十一隊
塞　入聲十三職
塑　去聲七遇
塘　下平七陽
塗　上平七虞
塚　上聲二腫
塔　入聲十五合
塡　上平十一眞
塡　下平一先

塡　去聲十二震
塌　入聲十五合
塊　上聲十賄
塊　去聲十一隊
塢　上聲七麌
塋　下平八庚
奧　去聲二十號
嫁　去聲廿二禡
嫉　入聲四質
嫌　下平十四鹽
媼　上聲十九皓
嫂　上聲十九皓
媿　去聲八霽
嵩　上平一東
嵯　下平五歌
幌　上聲廿二養
幹　去聲十五翰
廉　下平十四鹽
廈　上聲廿一馬
彙　去聲五未
徬　去聲廿三漾
微　上平五微
愚　上平七虞
意　去聲四寘
慈　上平四支
感　上聲廿七感
想　上聲廿二養
愛　去聲十一隊
惹　上聲廿一馬
愁　下平十一尤
愈　上聲七麌
愼　去聲十二震
慌　下平七陽
慄　入聲四質
慍　去聲十三問
愾　去聲五未
愾　去聲十一隊
愴　下平七陽
愴　去聲廿三漾
愧　去聲四寘
愍　上聲十一軫
愆　下平一先
愷　上聲十賄
戡　下平十三覃
戢　入聲十四緝
搓　下平五歌
搭　入聲十五合
搏　入聲十藥
搜　下平十一尤
搔　下平四豪
損　上聲十三阮
搶　下平七陽
搶　上聲廿二養
搖　下平二蕭
搖　去聲十八嘯
搗　上聲十九皓
敬　去聲廿四敬
斟　下平十二侵
新　上平十一眞
暗　去聲廿八勘
暉　上平五微
暇　去聲廿二禡
暈　去聲十三問
暖　上聲十四旱
暄　上平十三元
暘　下平七陽
暍　入聲六月
會　去聲九泰
會　去聲九泰

榔　下平七陽
業　入聲十七洽
楚　上聲六語
楷　上平九佳
楷　上聲九蟹
楠　下平十三覃
楔　入聲九屑
極　入聲十三職
椰　下平六麻
概　去聲十一隊
楊　下平七陽
楫　入聲十四緝
楫　入聲十六葉
楞　下平十蒸
楓　上平一東
楹　下平八庚
榆　上平七虞
楝　去聲十七霰
楣　上平四支
歇　入聲六月
歲　去聲八霽
毀　上聲四紙
殿　去聲十七霰
毓　入聲一屋
溢　入聲四質
溯　去聲七遇
滓　上聲四紙
溶　上平二冬
滂　下平七陽
源　上平十三元
溝　下平十一尤
滇　下平一先
滅　入聲九屑
溘　入聲十五合
溼　入聲十四緝
溺　入聲十二錫
溫　上平十三元
滑　入聲六月
滑　入聲八黠
準　上聲十一軫
準　入聲九屑
滄　下平七陽
滔　下平四豪
溪　上平八齊
煎　下平一先
煎　去聲十七霰
煙　下平一先
煩　上平十三元
煤　上平十灰
照　去聲十八嘯
煜　入聲一屋
煬　下平七陽
煦　上聲七麌
煦　去聲七遇
煌　下平七陽
煥　去聲十五翰
煨　上平十灰
煖　上聲十四旱
爺　下平六麻
牒　入聲十六葉
猷　下平十一尤
猿　上平十三元
猾　入聲八黠
瑨　上平十一眞
瑚　上平七虞
瑕　下平六麻
瑟　去聲四寘
瑟　入聲四質
瑞　去聲四寘

瑁	去聲二十號	碎	去聲十一隊	綺	去聲七遇
瑙	上聲十九皓	碗	上聲十四旱	經	下平九青
瑛	下平八庚	碌	入聲一屋	經	去聲廿五徑
瑜	上平七虞	碑	上平四支	絹	去聲十七霰
當	下平七陽	碓	去聲十一隊	絛	下平四豪
當	去聲廿三漾	祿	入聲一屋	置	去聲四寘
瘀	去聲六御	禁	下平十二侵	罩	去聲十九效
痰	下平十三覃	禁	去聲廿七沁	罪	上聲十賄
痱	上平五微	萬	去聲十四願	署	去聲六御
痱	去聲五未	禽	下平十二侵	義	去聲四寘
痺	去聲四寘	稚	去聲四寘	羨	去聲十七霰
盞	上聲十五潸	稠	下平十一尤	群	上平十二文
盟	下平八庚	稔	上聲廿六寢	聖	去聲廿四敬
睛	下平八庚	稟	去聲廿六寢	聘	去聲廿四敬
睫	入聲十六葉	窟	入聲六月	肆	去聲四寘
睦	入聲一屋	窠	下平五歌	肄	去聲四寘
睞	去聲十一隊	節	入聲九屑	腰	下平二蕭
督	入聲二沃	筠	上平十一眞	腸	下平七陽
睹	上聲七麌	筮	去聲八霽	腥	下平九青
睥	去聲八霽	筧	上聲十六銑	腮	上平十灰
睨	上聲八薺	粱	下平七陽	腳	入聲十藥
睨	去聲八霽	粳	下平八庚	腫	上聲二腫
矮	上聲九蟹	粵	入聲六月	腹	入聲一屋

腦　上聲十九皓
舅　上聲廿五有
艇　上聲廿四迥
蒂　去聲八霽
葷　上平十二文
落　入聲十藥
萱　上平十三元
葵　上平四支
葦　上聲五尾
葫　上平七虞
葉　入聲十六葉
葬　去聲廿三漾
葛　入聲七曷
萼　入聲十藥
韮　去聲十卦
葡　上平七虞
董　上聲一董
葩　下平六麻
葭　下平六麻
葆　上聲十九皓
葢　入聲十五合
虞　上平七虞
虜　上聲七麌
號　下平四豪
號　去聲二十號
蛹　上聲二腫
蜓　下平九青
蜓　上聲十六銑
蜀　入聲二沃
蛾　下平五歌
蛻　去聲九泰
蜂　上平二冬
蜃　上聲十一軫
蜆　上聲十六銑
蜆　去聲十七霰
衙　下平六麻
裟　下平六麻
裔　去聲八霽
裙　上平十二文
補　上聲七麌
裘　下平十一尤
裝　下平七陽
裡　上聲四紙
裊　上聲十七篠
裕　去聲七遇
解　上聲九蟹
解　去聲十卦
詫　去聲廿二禡
詫　去聲廿二禡
該　上平十灰
詳　下平七陽
試　去聲四寘
詩　上平四支
詰　入聲四質
誇　下平六麻
詼　上平十灰
詣　去聲八霽
誠　下平八庚
話　去聲十卦
話　去聲廿二禡
誅　上平七虞
詭　上聲四紙
詢　上平十一眞
詾　上聲二腫
詮　下平一先
詹　下平十四鹽
訾　上聲四紙
豢　去聲十六諫
貊　入聲十一陌

貉　入聲十藥
賊　入聲十三職
賊　入聲十三職
資　上平四支
賈　上聲七麌
賈　上聲廿一馬
賄　上聲十賄
貲　上平四支
賃　去聲廿七沁
賂　去聲七遇
跡　入聲十一陌
跟　上平十三元
跨　去聲廿二禡
跨　去聲廿二禡
路　去聲七遇
跳　下平二蕭
跳　去聲十八嘯
跪　上聲四紙
較　去聲十九效
較　入聲三覺
載　上聲十賄
載　去聲十一隊
軾　入聲十三職
輊　去聲四寘
辟　入聲十一陌
農　上平二冬
運　去聲十三問
遊　下平十一尤
道　上聲十九皓
遂　去聲四寘
達　入聲七曷
逼　入聲十三職
違　上平五微
遐　下平六麻
遇　去聲七遇
遏　入聲七曷
過　下平五歌
過　去聲廿一箇
遍　去聲十七霰
遑　下平七陽
逾　上平七虞
鄒　下平十一尤
酬　下平十一尤
酪　入聲十藥
酩　上聲廿四迥
鉗　下平十四鹽
鉞　入聲七曷
鉀　入聲十七洽
鉛　下平一先
鉋　下平三肴
鉤　下平十一尤
鈴　下平九青
鈿　下平一先
鈿　去聲十七霰
閘　入聲十七洽
隘　去聲十卦
隔　入聲十一陌
隕　上聲十一軫
雍　上平二冬
雍　去聲二宋
雋　上聲十六銑
雋　去聲十二震
雉　上聲四紙
雷　上平十灰
電　去聲十七霰
雹　入聲三覺
零　下平九青
靖　上聲廿三梗
靴　下平五歌

靶	去聲廿二禡	僉	下平十四鹽	搦	入聲三覺
預	去聲六御	嗃	去聲十九效	搰	入聲六月
頑	上平十五刪	嗔	上平十一眞	搨	入聲十五合
頓	去聲十四願	嗄	去聲廿二禡	搊	下平十一尤
項	入聲二沃	嗢	入聲六月	媥	上平十五刪
頒	上平十五刪	塍	下平十蒸	椿	上平十一眞
頌	去聲二宋	嫋	上聲十七篠	楪	入聲十六葉
飼	去聲四寘	嫋	入聲十藥	椹	下平十二侵
飽	上聲十八巧	媵	去聲廿五徑	楂	下平六痲
飾	入聲十三職	媿	去聲四寘	楗	上聲十三阮
馳	上平四支	寘	去聲四寘	楬	入聲九屑
馱	下平五歌	嵬	上平十灰	椳	上平十灰
馱	去聲廿一箇	嵬	上聲十賄	椽	下平一先
馴	上平十一眞	嵹	下平四豪	棰	上聲四紙
髡	上平十三元	徭	下平二蕭	楸	下平十一尤
鳩	下平十一尤	慉	入聲一屋	楯	上聲十一軫
麂	上聲四紙	慊	上聲廿八琰	歆	下平十二侵
鼎	上聲廿四迥	愫	去聲七遇	歃	入聲十七洽
鼓	上聲七虞	愲	入聲六月	殛	入聲十三職
鼠	上聲六語	搒	去聲廿三漾	溟	下平九青
僄	去聲十八嘯	搉	入聲三覺	溟	上聲廿四迥
僂	下平十一尤	搤	入聲十一陌	溽	入聲二沃
僂	上聲七虞	搢	去聲十二震	滁	上平六魚

溷　去聲十四願
溲　上聲廿五有
煇　上平五微
[illegible]　去聲廿九豔
煒　上聲五尾
焭　下平八庚
犍　下平一先
瑋　上聲五尾
瑗　去聲十七霰
甌　下平十一尤
甌　上聲廿五有
畹　上聲十三阮
畹　去聲十四願
畷　入聲九屑
痾　下平五歌
痼　去聲七遇
晢　入聲九屑
晢　入聲十二錫
睟　去聲四寘
稑　入聲一屋
稗　去聲十卦
窣　入聲六月
窞　上聲廿七感

筩　上平一東
筲　下平三肴
筥　上聲六語
粲　去聲十五翰
綆　上聲廿三梗
綍　入聲五物
綃　下平二蕭
綌　入聲十一陌
罭　入聲十三職
羣　上平十二文
腯　入聲六月
艄　下平三肴
葑　上平二冬
葑　去聲二宋
葽　去聲十八嘯
葚　上聲廿六寑
葳　上平五微
葺　入聲十四緝
葒　上平一東
葯　入聲三覺
葯　入聲十藥
蛺　入聲十六葉
蛸　下平三肴

蜉　下平十一尤
蜍　上平六魚
裛　入聲十四緝
裛　入聲十六葉
觥　下平八庚
觜　上聲四紙
詡　上聲七麌
詷　去聲一送
誄　上聲四紙
貆　上平十三元
貅　下平十一尤
跣　上聲十六銑
跧　上平十五刪
跫　上平二冬
軿　下平一先
軿　下平九青
輅　去聲七遇
輈　下平十一尤
遒　下平十一尤
鉦　下平八庚
鉞　入聲六月
閟　去聲四寘
隗　上平十灰

隖　上聲七麌
酧　下平十一尤
靳　去聲十三問
靷　上聲十一軫
靸　入聲十五合
頏　下平七陽
頎　上平五微
骭　去聲十五翰
骭　去聲十六諫
鳧　上平七虞
黽　上聲十一軫
裹　上聲四紙

14劃

所屬韻部

僧　下平十蒸
僮　上平一東
僥　下平二蕭
僭　去聲廿九豔
僚　下平二蕭
僚　上聲十七篠
僕　入聲一屋
僕　入聲二沃
像　上聲廿二養
僑　下平二蕭
兢　下平十蒸
凳　去聲廿五徑
劃　下平六麻
劃　入聲十一陌
劂　入聲六月
匱　去聲四寘
厭　去聲廿九豔
厭　入聲十六葉
嗾　上聲廿五有
嘗　下平七陽
嘔　下平十一尤
嘔　上聲廿五有
嘆　去聲十五翰
嘉　下平六麻
嘎　入聲八黠
嗷　下平四豪
嘖　入聲十一陌
嘈　下平四豪
嘅　去聲十一隊
團　上平十四寒
圖　上平七虞
塵　上平十一眞
塾　入聲一屋
境　上聲廿三梗
墓　去聲七遇
墊　去聲廿九豔
塹　去聲廿九豔
墅　上聲六語
壽　上聲廿五有
壽　去聲廿六宥
夥　上聲九蟹
夥　上聲二十哿
夢　去聲一送
夤　上平十一眞
奪　入聲七曷
奩　下平十四鹽
嫡　入聲十二錫
嫩　去聲十四願
嫗　去聲七遇
嫖　下平二蕭
嫣　下平一先
寧　下平八庚
寧　下平九青
寧　去聲廿五徑

寡　上聲廿一馬
寥　下平二蕭
實　入聲四質
寨　去聲十卦
寢　上聲廿六寢
寤　去聲七遇
察　入聲八黠
對　去聲十一隊
屢　去聲七遇
嶇　上平七虞
幣　去聲八霽
幕　入聲十藥
幗　入聲十一陌
幔　去聲十五翰
廓　入聲十藥
廖　去聲十八嘯
弊　去聲八霽
彰　下平七陽
徹　入聲九屑
愿　去聲十四願
態　去聲十一隊
慷　下平七陽
慷　上聲廿二養

慢　去聲十六諫
慣　去聲十六諫
慟　去聲一送
慚　下平十二覃
慘　上聲廿七感
慵　上平二冬
截　入聲九屑
撇　入聲九屑
摘　入聲十一陌
摘　入聲十二錫
撤　入聲九屑
摸　入聲十藥
摟　下平十一尤
摺　入聲十六葉
摑　入聲十一陌
摧　上平十灰
搴　下平一先
摭　入聲十一陌
摻　下平十二侵
摻　下平十五咸
敲　下平三肴
敲　去聲十九效
斡　入聲七曷

旗　上平四支
旖　上聲四紙
暢　去聲廿三漾
暨　去聲四寘
暝　下平九青
暝　去聲廿五徑
榜　上聲廿二養
榜　去聲廿四敬
榕　上平二冬
槁　上聲十九皓
榮　下平八庚
榛　上平十一眞
榷　入聲三覺
榻　入聲十五合
榴　下平十一尤
槐　上平九佳
槐　上平十灰
槍　下平七陽
榭　去聲廿二禡
槃　上平十四寒
歉　上聲廿八琰
歉　上聲廿九豏
歌　下平五歌

歌	下平五歌	漫	去聲十五翰	疑	上平四支
氳	上平十二文	澈	入聲九屑	瘧	入聲十藥
漳	下平七陽	澈	入聲九屑	瘋	上平一東
演	上聲十六銑	滬	上聲七麌	盡	上聲十一軫
滴	入聲十二錫	漁	上平六魚	監	下平十五咸
漩	去聲十七霰	滲	上聲廿七沁	監	去聲三十陷
漾	去聲廿三漾	滌	入聲十二錫	睽	上平八齊
漠	入聲十藥	滷	上聲七麌	睿	去聲八霽
漬	去聲四寘	熙	上平四支	睡	去聲四寘
漏	去聲廿六宥	煽	去聲十七霰	碟	入聲十六葉
漂	下平二蕭	熊	上平一東	碧	入聲十一陌
漂	去聲十八嘯	熄	入聲十三職	碩	入聲十一陌
漢	去聲十五翰	熒	下平九青	碣	入聲六月
滿	上聲十四旱	爾	上聲四紙	碣	入聲九屑
滯	去聲八霽	犒	去聲二十號	福	入聲一屋
漆	入聲四質	犖	入聲三覺	福	入聲一屋
漸	下平十四鹽	獄	入聲二沃	禍	上聲二十哿
漸	上聲廿八琰	獐	下平七陽	種	上聲二腫
漲	去聲廿三漾	瑤	下平二蕭	種	去聲二宋
漣	下平一先	瑣	上聲二十哿	稱	下平十蒸
漕	下平四豪	瑪	上聲廿一馬	稱	去聲廿五徑
漕	去聲二十號	瑰	上平十灰	窪	下平六麻
漫	上平十四寒	甄	上平十一眞	窩	下平五歌

竭　入聲六月
竭　入聲九屑
端　上平十四寒
管　上聲十四旱
箕　上平四支
箋　下平一先
箒　上聲廿五有
筵　下平一先
算　上聲十四旱
算　去聲十五翰
箝　下平十四鹽
箔　入聲十藥
箏　下平八庚
箸　去聲六御
箇　去聲廿一箇
粹　去聲四寘
粽　去聲一送
精　下平八庚
綻　去聲十六諫
綻　去聲十七霰
綰　上聲十五潸
綰　去聲十六諫
綜　去聲二宋

綽　入聲十藥
綾　下平十蒸
綠　入聲二沃
緊　上聲十一軫
綴　去聲八霽
綴　入聲九屑
網　上聲廿二養
綱　下平七陽
綺　上聲四紙
綢　下平十一尤
綿　下平一先
綸　上平十一眞
綸　上平十五刪
維　上平四支
緒　上聲六語
緇　上平四支
綬　上聲廿五有
罰　入聲六月
罱　上聲廿七感
翠　去聲四寘
翡　去聲五未
翟　入聲十二錫
聞　上平十二文

聞　去聲十三問
聚　上聲七麌
肇　上聲十七篠
腐　上聲七麌
膏　下平四豪
膈　入聲十一陌
膊　入聲十藥
腿　上聲十賄
臧　下平七陽
臺　上平十灰
與　上平六魚
與　上聲六語
與　去聲六御
舞　上聲七麌
艋　上聲廿三梗
蓉　上平二冬
蒿　下平四豪
蓆　入聲十一陌
蓄　入聲一屋
蒙　上平一東
蒞　去聲四寘
蒲　上平七虞
蒜　去聲十五翰

蓋　去聲九泰
蒸　下平十蒸
蓀　上平十三元
蓓　上聲十賄
蒐　下平十一尤
蒼　下平七陽
蓑　下平五歌
蓊　上聲一董
蓊　上聲一董
蒓　上平十一眞
蜿　上平十三元
蜿　上聲十三阮
蜜　入聲四質
蜻　下平九青
蜢　上聲廿三梗
蜥　入聲十二錫
蜴　入聲十一陌
蜽　上聲廿二養
蝕　入聲十三職
蜩　下平二蕭
裳　下平七陽
裴　上平十灰
裹　上聲二十哿
裸　上聲二十哿
製　去聲八霽
褚　上聲六語
誦　去聲二宋
誌　去聲四寘
語　上聲六語
語　去聲六御
誣　上平七虞
認　去聲十二震
認　去聲十二震
誡　去聲十卦
誓　去聲八霽
誤　去聲七遇
說　去聲八霽
說　入聲九屑
誥　去聲二十號
誨　去聲十一隊
誘　上聲廿五有
誑　去聲廿三漾
誚　去聲十八嘯
誚　去聲十八嘯
豪　下平四豪
貌　去聲十九效
貌　入聲三覺
賓　上平十一眞
賑　上聲十一軫
賑　去聲十二震
賒　下平六麻
赫　入聲十一陌
趙　上聲十七篠
踢　入聲二沃
輔　上聲七麌
輒　入聲十六葉
輕　下平八庚
辣　入聲七曷
遠　上聲十三阮
遠　去聲十四願
遜　去聲十四願
遣　上聲十六銑
遙　下平二蕭
遞　上聲八薺
遞　去聲八霽
遢　入聲十五合
遝　入聲十五合
遛　下平十一尤
鄙　上聲四紙

酵	去聲十九效	鞅	上聲廿二養	堋	去聲廿五徑
酸	上平十四寒	韶	下平二蕭	嫚	去聲十六諫
酷	入聲二沃	頗	下平五歌	屣	上聲四紙
酴	上平七虞	頗	上聲二十哿	屣	去聲四寘
鉸	上聲十八巧	領	上聲廿三梗	嶂	去聲廿三漾
銀	上平十一眞	颯	入聲十五合	嵯	上聲十五潸
銅	上平一東	餅	上聲廿三梗	幘	入聲十一陌
銘	下平九青	餌	上聲四寘	廑	去聲十二震
銖	上平七虞	餉	上聲廿三漾	慳	上平十五刪
銓	下平一先	駁	入聲三覺	慓	去聲十八嘯
銜	下平十五咸	骰	下平十一尤	慴	入聲十六葉
銑	上聲十六銑	髦	下平四豪	慥	去聲二十號
閨	上平八齊	魁	上平十灰	摶	上平十四寒
閩	上平十一眞	魂	上平十三元	摳	下平十一尤
閣	入聲十藥	鳴	下平八庚	摳	下平十一尤
閥	入聲六月	鳶	下平一先	摽	上聲十七篠
閤	入聲十五合	鳳	去聲一送	摽	去聲十八嘯
隙	入聲十一陌	麼	下平五歌	槎	下平六麻
障	去聲廿三漾	麼	上聲二十哿	榼	入聲十五合
際	去聲八霽	鼻	去聲四寘	榧	上聲五尾
雌	上平四支	齊	上平八齊	殞	上聲十一軫
需	上平七虞	塅	上聲廿一馬	滎	下平九青
鞅	下平七陽	墉	上平二冬	滸	上聲六語

漉	入聲一屋	箙	入聲一屋	蜮	入聲十三職
漚	下平十一尤	鄰	上平十一眞	蜡	去聲廿二禡
漚	下平十一尤	綣	上聲十三阮	蜒	下平一先
漶	去聲十五翰	綣	去聲十四願	蜚	去聲五未
漥	上平七虞	緀	上平八齊	裱	去聲十八嘯
漭	上聲廿二養	緎	入聲十三職	裾	上平六魚
漵	上聲六語	緋	上平五微	裼	入聲十二錫
熇	入聲十藥	綹	上聲廿五有	覡	入聲十二錫
熅	上平十二文	緉	上聲廿二養	觫	入聲一屋
熏	上平十二文	翣	入聲十七洽	誖	入聲六月
膀	上聲廿二養	翥	去聲六御	踉	下平七陽
獍	去聲廿四敬	蒺	入聲四質	踊	上聲二腫
瑳	上聲二十哿	蒹	下平十四鹽	踆	上平十一眞
瑱	去聲十七霰	蓁	上平十一眞	酺	上平七虞
瘖	下平十二侵	蓍	上平四支	酺	去聲七遇
瞀	入聲三覺	蒱	上平七虞	酲	下平八庚
碪	下平十二侵	蓐	入聲二沃	銚	下平二蕭
碭	去聲廿三漾	蒻	入聲十藥	銚	去聲十八嘯
禋	上平十一眞	蒯	去聲十卦	鍼	下平十二侵
窨	去聲廿七沁	蒨	去聲十七霰	颭	上聲廿八琰
窬	上平七虞	蓰	上聲四紙	駃	入聲六月
箘	上聲十一軫	蔌	入聲一屋	馺	入聲十五合
箚	入聲十七洽	蜣	下平七陽		

15劃

所屬韻部

億　入聲十三職
儀　上平四支
僻　入聲十一陌
僵　下平七陽
價　去聲廿二禡
儂　上平二冬
儈　去聲九泰
儉　上聲廿八琰
儁　去聲十二震
凜　上聲廿六寢
劇　入聲十一陌
劉　下平十一尤
劍　去聲廿九豔
勰　入聲十六葉
厲　去聲八霽
嘮　下平四豪
嘹　下平二蕭
嘹　去聲十八嘯
嘲　下平三肴
嘩　下平六麻
噓　上平六魚
噓　去聲六御
噎　入聲九屑
噴　上平十三元
噴　去聲十四願
嘶　上平八齊
嘯　去聲十八嘯
嘸　下平二蕭
墀　上平四支
墟　上平六魚
增　下平十蒸
墳　上平十二文
墳　上聲十二吻
墜　去聲四寘
墮　上聲二十哿
墩　上平十三元
墦　上平十三元
奭　入聲十一陌
嬉　上平四支
嫻　上平十五刪
嬋　下平一先
嫵　上聲七麌
嬌　下平二蕭
嬈　下平二蕭
嬈　上聲十七篠
嬈　去聲十八嘯
寮　下平二蕭
寬　上平十四寒
審　上聲廿六寢
寫　上聲廿一馬
層　下平十蒸
履　上聲四紙
嶝　去聲廿五徑
嶔　下平十二侵
幢　上平三江
幢　去聲三絳
幟　去聲四寘
幡　上平十三元
廢　去聲十一隊
廚　上平七虞
廟　去聲十八嘯
廣　上聲廿二養
廣　去聲廿二漾
廠　上聲廿二養
彈　上平十四寒
彈　去聲十五翰

影　上聲廿三梗
德　入聲十三職
徵　下平十蒸
徵　上聲四紙
慶　下平七陽
慶　去聲廿四敬
慧　去聲八霽
慮　去聲六御
慝　入聲十三職
慕　去聲七遇
憂　下平十一尤
慼　入聲十二錫
慰　去聲五未
慫　上聲二腫
慾　入聲二沃
慤　入聲三覺
憇　去聲八霽
憧　去聲三絳
憐　下平一先
憫　上聲十一軫
憎　下平十蒸
憬　上聲廿三梗
憚　去聲十五翰
憒　上聲十二吻
憔　下平二蕭
戮　入聲一屋
摩　下平五歌
摯　去聲四寘
摹　上平七虞
撞　上平三江
撞　去聲三絳
撲　入聲三覺
撈　下平四豪
撐　下平八庚
撰　上聲十五潸
撰　去聲十七霰
撥　入聲七曷
撓　下平四豪
撓　上聲十八巧
撕　上平八齊
撩　下平二蕭
撮　入聲七曷
播　去聲廿一箇
撫　上聲七麌
撚　上聲十六銑
撙　上聲十三阮
敵　入聲十二錫
敷　上平七虞
數　上聲七麌
數　去聲七遇
數　入聲三覺
暮　去聲七遇
暫　去聲廿八勘
暴　去聲二十號
暴　入聲一屋
暱　入聲四質
樣　去聲廿三漾
樟　下平七陽
槨　入聲十藥
樁　上平三江
樞　上平七虞
標　下平二蕭
槽　下平四豪
模　上平七虞
樓　下平十一尤
樊　上平十三元
槳　上聲廿二養
樂　去聲十九效
樂　入聲三覺

樂　入聲十藥
樅　上平三江
歐　下平十一尤
歎　上平十四寒
歎　去聲十五翰
殤　下平七陽
毅　去聲五未
毆　上聲廿五有
漿　下平七陽
潼　上平一東
澄　下平十蒸
潑　入聲七曷
潦　上聲十九皓
潦　去聲十八嘯
潔　入聲九屑
澆　下平二蕭
潭　下平十三覃
潛　下平十四鹽
潛　去聲廿九豔
潸　上平十五刪
潸　上聲十五潸
潮　下平二蕭
澎　下平八庚
潺　上平十五刪
潰　去聲十一隊
潤　去聲十二震
澗　去聲十六諫
潘　上平十四寒
滕　下平十蒸
潯　下平十二侵
潠　去聲十四願
熟　入聲一屋
熬　下平四豪
熱　入聲九屑
熨　入聲五物
牖　上聲廿五有
犛　下平四豪
獎　上聲廿二養
瑩　下平八庚
瑩　去聲廿五徑
璋　下平七陽
璀　上聲十賄
甎　下平一先
畿　上平五微
瘠　入聲十一陌
瘤　下平十一尤
瘡　下平七陽
瘢　上平十四寒
盤　上平十四寒
瞎　入聲八黠
瞑　下平九青
瞋　上平十一眞
磋　下平五歌
磋　去聲廿一箇
確　入聲三覺
磊　上聲十賄
碾　上聲十六銑
碾　去聲十七霰
磕　入聲十五合
磐　上平十四寒
稿　上聲十九皓
稼　去聲廿二禡
穀　入聲一屋
稽　上平八齊
稷　入聲十三職
稻　上聲十九皓
窯　下平二蕭
窰　下平二蕭
窮　上平一東

箭　去聲十七霰
箱　下平七陽
範　上聲廿九豏
箴　下平十二侵
篆　上聲十六銑
篆　去聲十六諫
篇　下平一先
篁　下平七陽
篌　下平十一尤
糊　上平七虞
締　上平八齊
締　去聲八霽
練　去聲十七霰
緯　去聲五未
緻　去聲四寘
緘　下平十五咸
緬　上聲十六銑
緝　入聲十四緝
編　下平一先
緣　下平一先
緣　去聲十七霰
線　去聲十七霰
緞　去聲十五翰

緩　上聲十四旱
緲　上聲十七篠
緜　下平一先
罵　去聲廿二禡
罷　上聲九蟹
罷　去聲廿二禡
羯　入聲六月
翩　下平一先
耦　上聲廿五有
膜　上平七虞
膝　入聲四質
膠　下平三肴
膚　上平七虞
蔗　去聲廿二禡
蔽　去聲八霽
蔚　去聲五未
蔚　入聲五物
蓮　下平一先
蔬　上平六魚
蔭　去聲廿七沁
蔓　去聲十四願
蔣　上聲廿二養
蔡　去聲九泰

蔔　入聲十三職
蓬　上平一東
蔥　上平一東
蓿　入聲一屋
螂　下平七陽
蝴　上平七虞
蝶　入聲十六葉
蝠　入聲一屋
蝦　下平六麻
蝸　上平九佳
蝨　入聲四質
蝗　下平七陽
蝌　下平五歌
衛　去聲八霽
衝　上平二冬
褐　入聲七曷
複　入聲一屋
褒　下平四豪
褓　上聲十九皓
褊　上聲十六銑
誼　去聲四寘
諒　去聲廿三漾
談　下平十三覃

諄　上平十一眞
諄　去聲十二震
諄　去聲十二震
誕　上聲十四旱
請　上聲廿三梗
請　去聲廿四敬
諸　上平六魚
課　去聲廿一箇
諂　上聲廿八琰
調　下平二蕭
調　去聲十八嘯
誰　上平四支
論　上平十三元
論　去聲十四願
諍　去聲廿四敬
誶　去聲四寘
誶　去聲十一隊
誹　上平五微
誹　上聲五尾
誹　去聲五未
誹　去聲五未
諛　上平七虞
豎　上聲七麌

豬　上平六魚
賞　上聲廿二養
賦　去聲七遇
賤　去聲十七霰
賭　上聲七麌
賢　下平一先
賣　去聲十卦
賜　去聲四寘
質　入聲四質
賡　下平八庚
赭　上聲廿一馬
趣　去聲七遇
踐　上聲十六銑
踝　上聲廿一馬
踢　入聲十二錫
踏　入聲十五合
踞　去聲六御
輝　上平五微
輟　入聲九屑
輩　去聲十一隊
輦　上聲十六銑
輪　上平十一眞
輥　上聲十三阮

適　入聲十一陌
適　入聲十二錫
遮　下平六麻
遨　下平四豪
遭　下平四豪
遷　下平一先
鄰　上平十一眞
鄭　去聲廿四敬
鄧　去聲廿五徑
鄱　下平五歌
醇　上平十一眞
醉　去聲四寘
醋　去聲七遇
醃　下平十四鹽
銷　下平二蕭
鋪　上平七虞
鋪　去聲七遇
鋤　上平六魚
銳　去聲八霽
銼　去聲廿一箇
鋒　上平二冬
銲　去聲十五翰
閭　上平六魚

閱	入聲九屑	髮	入聲六月	嶢	下平二蕭
霄	下平二蕭	髯	下平十四鹽	嶠	去聲十八嘯
霆	下平九青	鬧	去聲十九效	廛	下平一先
震	去聲十二震	魅	去聲四寘	廡	上聲七麌
靠	去聲二十號	魄	入聲十藥	憃	上平三江
鞍	上平十四寒	魄	入聲十一陌	憯	上聲廿七感
鞋	上平九佳	魯	上聲七麌	撟	上聲十七篠
鞏	上聲二腫	鴆	去聲廿七沁	暵	上聲十四旱
頡	入聲九屑	鴉	下平六麻	樗	上平六魚
養	上聲廿二養	麩	上平七虞	橶	入聲一屋
養	去聲廿三漾	麩	上平七虞	樺	上聲十二吻
餓	去聲廿一箇	麾	上平四支	槲	入聲一屋
餒	上聲十賄	黎	上平八齊	槧	上聲廿七感
餘	上平六魚	墨	入聲十三職	槧	去聲廿九豔
駝	下平五歌	齒	上聲四紙	殣	去聲十二震
駐	去聲七遇	儆	上聲廿三梗	潁	上聲廿三梗
駟	去聲四寘	儇	下平一先	澇	下平四豪
駛	上聲四紙	嘵	下平二蕭	澇	上聲十九皓
駑	上平七虞	噉	上聲廿七感	澇	去聲二十號
駕	去聲廿二禡	墣	入聲三覺	濆	上平十二文
駒	上平七虞	屧	入聲十六葉	澌	上平四支
駙	去聲七遇	嶙	上平十一眞	澌	上平四支
骷	上平七虞	嶒	下平十蒸	澌	上平八齊

瀇　下平七陽
瀓　下平十蒸
瀹　入聲十四緝
熠　入聲十四緝
牕　上平三江
獒　下平四豪
獠　下平二蕭
獠　上聲十八巧
璉　下平一先
瑽　上平三江
瘥　下平五歌
瘥　去聲十卦
瘞　去聲八霽
皛　上聲十七篠
磔　入聲十一陌
磈　上聲十賄
禡　去聲廿二禡
箷　上平四支
篋　入聲十六葉
箬　入聲十藥
糈　上平六魚
糈　上聲六語
緗　下平七陽

緗　下平七陽
緡　上平十一眞
緺　上平九佳
翬　上平五微
聧　上平八齊
蔟　入聲一屋
蔫　下平一先
蕁　上平十一眞
蓼　上聲十七篠
蓽　入聲四質
蔦　上聲十七篠
蔦　去聲十八嘯
虢　入聲十一陌
蝣　下平十一尤
蝘　上聲十三阮
蝡　上聲十六銑
蝟　去聲五未
蝮　入聲一屋
褌　上平十三元
諏　上平七虞
諏　下平十一尤
諑　入聲三覺
諗　上聲廿六寢

賙　下平十一尤
賫　去聲十一隊
趠　去聲十九效
踣　入聲十三職
踕　入聲十六葉
踖　入聲十藥
踧　入聲一屋
踔　去聲十九效
踔　入聲三覺
踘　入聲一屋
輚　去聲十六諫
輗　上平八齊
遯　上聲十三阮
遯　去聲十四願
鄲　上平十四寒
醅　上平十灰
醆　上聲十五潸
醊　入聲九屑
鋏　入聲十六葉
鋩　下平七陽
鋌　上聲廿四迥
閬　去聲廿三漾
闇　上聲十三阮

隤　上平十灰
霅　入聲十七洽
霈　去聲九泰
靚　上聲廿三梗
靚　去聲廿四敬
鞌　上平十四寒
頞　入聲七曷
頮　上聲十賄
颲　入聲九屑
餑　入聲六月
餔　上平七虞
餗　入聲一屋
餕　去聲十二震
駘　上平十灰
駘　上聲十賄
髫　下平二蕭
髴　入聲五物
魴　下平七陽
鴂　入聲九屑
鴇　上聲十九皓
鴈　去聲十六諫
鼐　去聲十一隊
嫺　上平十五刪

16劃
所屬韻部

儒　上平七虞
儔　下平十一尤
儐　去聲十二震
儕　上平九佳
冀　去聲四寘
冪　入聲十二錫
凝　下平十蒸
凝　去聲廿五徑
劑　去聲八霽
劓　去聲四寘
勳　上平十二文
噫　去聲十卦
噩　入聲十藥
噤　上聲廿六寢
噤　去聲廿七沁
噪　去聲二十號
器　去聲四寘
噱　入聲十藥
噬　去聲八霽
壁　入聲十二錫
墾　上聲十三阮
壇　上平十四寒
壇　下平十三覃
壅　上平二冬
壅　去聲二宋
奮　去聲十三問
嬴　下平八庚
學　入聲三覺
寰　上平十五刪
導　去聲二十號
彊　上聲廿二養
憲　去聲十四願
憑　下平十蒸
憑　去聲廿五徑
憩　去聲八霽
憊　去聲十卦
懍　上聲廿六寢
憶　入聲十三職
憾　去聲廿八勘
懊　上聲十九皓
懊　去聲二十號
懈　去聲十卦
戰　去聲十七霰

擅	去聲十七霰	橫	下平八庚	激	入聲十二錫
擁	上聲二腫	橫	去聲廿四敬	澹	上聲廿七感
擋	去聲廿三漾	檿	入聲六月	澹	去聲廿八勘
撻	入聲七曷	橘	入聲四質	熾	去聲四寘
撼	上聲廿七感	樹	上聲七麌	熾	去聲四寘
據	去聲六御	樹	去聲七遇	燒	下平二蕭
擇	入聲十一陌	橢	上聲二十哿	燈	下平十蒸
操	下平四豪	橡	上聲廿二養	燕	下平一先
操	去聲二十號	橋	下平二蕭	燕	去聲十七霰
擒	下平十二侵	橇	入聲九屑	燎	上聲十七篠
擔	下平十三覃	樵	下平二蕭	燎	去聲十八嘯
擔	去聲廿八勘	機	上平五微	燃	下平一先
撾	下平六麻	橈	下平二蕭	燄	上聲廿八琰
整	上聲廿三梗	歙	入聲十四緝	獨	入聲一屋
曆	入聲十二錫	歷	入聲十二錫	璜	下平七陽
曉	上聲十七篠	氅	上聲廿二養	璣	上平五微
曄	入聲十六葉	澱	去聲十七霰	璘	上平十一眞
曇	下平十三覃	澡	上聲十九皓	璟	上聲廿三梗
樽	上平十三元	濃	上平二冬	璞	入聲三覺
樸	入聲一屋	澤	入聲十一陌	瓢	下平二蕭
樸	入聲三覺	濁	入聲三覺	甌	下平十一尤
樺	去聲廿二禡	澧	上聲八薺	甍	下平八庚
橙	下平八庚	澳	入聲一屋	瘴	去聲廿三漾

瘑　下平五歌
盧　上平七虞
盥　上聲十四旱
盥　去聲十五翰
瞠　下平八庚
瞞　上平十四寒
瞥　入聲九屑
磨　下平五歌
磨　去聲廿一箇
磚　下平一先
磬　去聲廿五徑
磧　入聲十一陌
禦　上聲六語
積　去聲四寘
積　入聲十一陌
穎　上聲廿三梗
穆　入聲一屋
窺　上平四支
篙　下平四豪
築　入聲一屋
篤　入聲二沃
篡　去聲十六諫
篦　上平八齊

糕　下平四豪
糖　下平七陽
縊　去聲四寘
縑　下平十四鹽
縈　下平八庚
縛　去聲廿一箇
縛　入聲十藥
縣　下平一先
縣　去聲十七霰
縞　上聲十九皓
縞　去聲二十號
縝　上聲十一軫
縉　去聲十二震
翰　上平十四寒
翰　去聲十五翰
翱　下平四豪
翮　入聲十一陌
膳　上聲十六銑
膳　去聲十七霰
膩　去聲四寘
膨　下平八庚
臻　上平十一眞
興　下平十蒸

興　去聲廿五徑
艘　下平四豪
艙　下平七陽
蕊　上聲四紙
蕙　去聲八霽
蕨　入聲六月
蕩　上聲廿二養
蕃　上平十三元
蕉　下平二蕭
蕭　下平二蕭
蕪　上平七虞
螃　下平七陽
螟　下平九青
螢　下平九青
融　上平一東
衡　下平八庚
褪　去聲十四願
褥　入聲二沃
褫　上聲四紙
褡　入聲十五合
親　上平十一眞
諦　去聲八霽
諺　去聲十七霰

諫	去聲十六諫	輯	入聲十四緝	錫	入聲十二錫
諱	去聲五未	輸	上平七虞	錄	入聲二沃
謀	下平十一尤	辨	上聲十六銑	錚	下平八庚
諜	入聲十六葉	辦	去聲十六諫	錐	上平四支
諧	上平九佳	辦	去聲十六諫	錦	上聲廿六寢
諾	入聲十藥	遵	上平十一眞	錮	去聲七遇
謁	入聲六月	選	上聲十六銑	閻	下平十四鹽
謂	去聲五未	選	去聲十七霰	隧	去聲四寘
諷	去聲一送	遲	上平四支	隨	上平四支
諭	去聲七遇	遲	去聲四寘	險	上聲廿八琰
諳	下平十三覃	遼	下平二蕭	雕	下平二蕭
諼	上平十三元	遺	上平四支	霎	入聲十六葉
豫	去聲六御	遺	去聲四寘	霎	入聲十七洽
貓	下平二蕭	鄴	入聲十七洽	霑	下平十四鹽
賴	去聲九泰	醒	下平九青	霖	下平十二侵
蹄	上平八齊	醒	上聲廿四迥	霍	入聲十藥
踱	入聲十藥	醒	去聲廿五徑	霓	上平八齊
踴	上聲二腫	錠	去聲廿五徑	霓	入聲十二錫
蹂	下平十一尤	鋸	去聲六御	霏	上平五微
蹂	上聲廿五有	錯	去聲七遇	靛	去聲十七霰
踵	上聲二腫	錯	入聲十藥	靜	上聲廿三梗
輻	入聲一屋	錢	下平一先	靦	上聲十六銑
輭	上聲十六銑	鋼	下平七陽	鞘	下平三肴

鞘　下平三肴
鞘　去聲十八嘯
頰　入聲十六葉
頸　上聲廿三梗
頻　上平十一眞
頷　下平十三覃
頷　上聲廿七感
頭　下平十一尤
頹　上平十灰
頤　上平四支
餐　上平十四寒
館　上聲十四旱
館　去聲十五翰
餞　上聲十六銑
餞　去聲十七霰
駭　上聲九蟹
駢　下平一先
駱　入聲十藥
骸　上平九佳
骼　入聲十一陌
髻　去聲八霽
髭　上平四支
鬨　去聲一送
鬨　去聲三絳
鮑　上聲十八巧
鴣　上平七虞
鴦　下平七陽
鴨　入聲十七洽
鴛　上平十三元
默　入聲十三職
黔　下平十二侵
黔　下平十四鹽
龍　上平二冬
龜　上平四支
噰　上平二冬
噭　去聲十八嘯
噲　去聲十卦
圜　上平十五刪
嬙　下平七陽
嬙　下平七陽
嬖　去聲八霽
嶧　入聲十一陌
廩　上聲廿六寢
廨　去聲十卦
徼　去聲十八嘯
憨　下平十三覃
憨　下平十三覃
憨　去聲廿八勘
懆　上聲十九皓
懌　入聲十一陌
憺　上聲廿七感
憺　去聲廿八勘
擗　入聲十一陌
擐　上平十五刪
擐　去聲十六諫
暾　上平十三元
曏　去聲廿三漾
樾　入聲六月
橛　入聲六月
橐　入聲十藥
殪　去聲八霽
殫　上平十四寒
殫　上平十四寒
澣　上聲十四旱
潞　去聲七遇
澮　去聲九泰
燁　入聲十六葉
燔　上平十三元
獪　去聲九泰

獪　去聲十卦
璠　上平十三元
瘳　下平十一尤
瘼　入聲十藥
瘵　去聲十卦
瞢　上平一東
瞢　下平十蒸
瞙　入聲十藥
磦　上聲十賄
磡　去聲廿八勘
窶　上聲七麌
窱　上聲十七篠
窱　去聲十八嘯
篝　下平十一尤
篥　入聲四質
篚　上聲五尾
糒　去聲四寘
糗　上聲廿五有
縟　入聲二沃
縠　入聲一屋
緼　上平十二文
緼　上平十三元
緼　上聲十二吻
緼　去聲十三問
縋　去聲四寘
罃　下平八庚
罼　入聲四質
耩　上聲三講
膰　上平十三元
藘　上平六魚
蕤　上平四支
蕢　去聲四寘
蕢　去聲十卦
蕑　上平十五刪
蕣　去聲十二震
薌　下平七陽
螘　上聲四紙
螘　上聲五尾
褰　下平一先
鷸　入聲四質
諝　上平六魚
諝　上聲六語
謔　入聲十藥
諤　入聲十藥
諟　上聲四紙
諡　去聲四寘
賵　去聲一送
赬　下平八庚
蹀　入聲十六葉
踽　上聲七麌
踰　上平七虞
輵　入聲七曷
遶　上聲十七篠
醐　上平七虞
醑　上聲六語
醍　上平八齊
醍　上聲八薺
錟　下平十三覃
錣　入聲八黠
闍　上平七虞
閾　入聲十三職
閹　下平十四鹽
閶　下平七陽
閽　上平十三元
隩　去聲二十號
隩　入聲一屋
餧　去聲四寘
骹　下平三肴
鮎　下平十四鹽

鮓　上聲廿一馬
鮒　去聲七遇
鮐　上平十灰
鴞　下平二蕭
麈　上聲七麌
麪　去聲十七霰

17劃
所屬韻部

優　下平十一尤
償　下平七陽
償　去聲廿三漾
儡　上平十灰
儡　上聲十賄
儲　上平六魚
勵　去聲八霽
嚀　下平九青
嚅　上平七虞
嚇　去聲廿二禡
嚇　入聲十一陌
嚏　去聲八霽
壕　下平四豪
壓　入聲十七洽
壑　入聲十藥
壍　去聲廿九豔
嬰　下平八庚
嬪　上平十一眞
孺　上平七虞
孺　去聲七遇
屨　去聲七遇
嶼　上聲六語
嶺　上聲廿三梗
嶽　入聲三覺
嶸　下平八庚
幫　下平七陽
彌　上平四支
徽　上平五微.
應　下平十蒸
應　去聲廿五徑
懂　上聲一董
懦　去聲廿一箇
懢　去聲廿八勘
懇　上聲十三阮
懋　去聲廿六宥
戲　去聲四寘
戴　去聲十一隊
擎　下平八庚
擊　入聲十二錫
擘　入聲十一陌
擠　上平八齊
擠　去聲八霽
擡　上平十灰
擬　上聲四紙
擢　入聲三覺
斂　上聲廿八琰
斂　去聲廿九豔
斃　去聲八霽
曙　去聲六御
曖　去聲十一隊
檀　上平十四寒
檄　入聲十二錫
檢　上聲廿八琰
檜　去聲九泰
櫛　入聲四質
檣　下平七陽
檗　入聲十一陌
檐　下平十四鹽
檠　下平八庚
檠　去聲廿四敬

殮	去聲廿九豔	燭	入聲二沃	瞭	上聲十七篠
氈	下平一先	燬	上聲四紙	矯	上聲十七篠
濘	上聲廿四迥	燠	上聲十九皓	磷	上平十一眞
濘	去聲廿五徑	燠	去聲二十號	磴	去聲廿五徑
濱	上平十一眞	燠	入聲一屋	磴	去聲廿五徑
濟	上聲八薺	爵	入聲十藥	磯	上平五微
濟	去聲八霽	牆	下平七陽	礁	下平二蕭
濠	下平四豪	獰	下平八庚	禪	下平一先
濛	上平一東	獲	入聲十藥	禪	下平一先
濤	下平四豪	獲	入聲十一陌	禪	去聲十七霰
濫	去聲廿八勘	環	上平十五刪	穗	去聲四寘
濯	入聲三覺	璨	去聲十五翰	窿	上平一東
澀	入聲十四緝	癆	下平四豪	簇	入聲一屋
濬	去聲十二震	療	去聲十八嘯	簍	上聲七麌
濡	上平七虞	盪	上聲廿二養	簍	上聲廿五有
濕	入聲十四緝	盪	去聲廿三漾	篾	入聲九屑
濮	入聲一屋	曈	上平一東	蓬	上平一東
燧	去聲四寘	瞪	下平八庚	簌	入聲一屋
營	下平八庚	瞪	下平八庚	篠	上聲十七篠
燮	入聲十六葉	瞰	去聲廿八勘	糠	下平七陽
燦	去聲十五翰	瞬	去聲十二震	糜	上平四支
燥	上聲十九皓	瞬	去聲十二震	糞	去聲十三問
燥	去聲二十號	瞭	下平二蕭	糟	下平四豪

糙　去聲二十號
糝　上聲廿七感
縮　入聲一屋
績　入聲十二錫
繆　下平十一尤
縷　上聲七麌
繃　下平八庚
縫　上平二冬
縫　去聲二宋
總　上聲一董
縱　上平二冬
縱　去聲二宋
繅　下平四豪
繁　上平十三元
縹　上聲十七篠
繈　上聲廿二養
縵　去聲十五翰
縵　去聲十六諫
罄　去聲廿五徑
翳　去聲八霽
翼　入聲十三職
聲　下平八庚
聰　上平一東
聯　下平一先
聳　上聲二腫
臆　入聲十三職
膺　下平十蒸
臂　去聲四寘
臀　上平十三元
膿　上平二冬
膽　上聲廿七感
臉　上聲廿八琰
膾　去聲九泰
臨　下平十二侵
舉　上聲六語
艱　上平十五刪
薪　上平十一眞
薄　入聲十藥
蕾　上聲十賄
薜　去聲八霽
薑　下平七陽
薔　下平七陽
薛　入聲九屑
薇　上平五微
薨　下平十蒸
薊　去聲八霽
虧　上平四支
蟀　入聲四質
螳　下平七陽
蟒　上聲廿二養
蟆　下平六麻
螫　入聲十一陌
螻　下平十一尤
螺　下平五歌
蟈　入聲十一陌
蟁　上平十二文
褻　入聲九屑
褶　入聲十四緝
褶　入聲十六葉
襄　下平七陽
襄　下平七陽
褸　上聲七麌
襉　去聲十六諫
覬　去聲四寘
謎　去聲八霽
謗　去聲廿三漾
謙　下平十四鹽
講　上聲三講
謊　上聲廿二養

謠 下平二蕭
謝 去聲廿二禡
謄 下平十蒸
謐 入聲四質
豁 入聲七曷
谿 上平八齊
豳 上平十一眞
賺 去聲三十陷
賽 去聲十一隊
賸 去聲廿五徑
賻 去聲七遇
趨 上平七虞
蹉 下平五歌
蹋 入聲十五合
蹈 去聲二十號
蹊 上平八齊
蹏 上平八齊
轄 入聲八黠
轄 入聲八黠
輾 上聲十六銑
輾 去聲十七霰
轂 入聲一屋
轅 上平十三元
輿 上平六魚
避 去聲四寘
遽 去聲六御
還 上平十五刪
還 下平一先
邁 去聲十卦
邀 下平二蕭
醞 去聲十三問
醜 上聲廿五有
鍍 去聲七遇
鍵 上聲十六銑
鍊 去聲十七霰
鍥 去聲八霽
鍥 入聲九屑
鍋 下平五歌
錘 去聲四寘
鍾 上平二冬
鍛 去聲十五翰
鍔 入聲十藥
闊 入聲七曷
闋 入聲九屑
闌 上平十四寒
闈 上平五微
隱 上聲十二吻
隸 去聲八霽
霜 下平七陽
霞 下平六麻
鞠 入聲一屋
韓 上平十四寒
顆 上聲二十哿
颶 去聲七遇
騁 上聲廿三梗
駿 去聲十二震
鮮 下平一先
鮮 上聲十六銑
鮫 下平三肴
鮪 上聲四紙
鮭 上平九佳
鴻 上平一東
鴿 入聲十五合
黏 下平十四鹽
點 上聲廿八琰
黜 入聲四質
黝 上聲廿五有
黛 去聲十一隊
鼾 上平十四寒

齋　上平九佳
嶹　下平十一尤
擯　去聲十二震
擣　上聲十九皓
檉　下平八庚
檎　下平十二侵
歛　去聲廿九豔
璫　下平七陽
璐　去聲七遇
甑　去聲廿五徑
瘝　上平十五刪
癉　上平十四寒
皤　下平五歌
矰　下平十蒸
窾　上聲十四旱
簏　入聲一屋
簀　入聲十一陌
篳　入聲四質
縶　入聲十四緝
罅　去聲廿二禡
罅　去聲廿二禡
罾　下平十蒸
膻　下平一先
臊　下平四豪
薏　去聲四寘
薏　入聲十三職
薠　上平十三元
蕷　去聲六御
薙　去聲八霽
薈　去聲九泰
螮　去聲八霽
螯　下平四豪
蟄　入聲十四緝
螽　上平一東
襁　上聲廿二養
觳　入聲三覺
謖　入聲一屋
謅　下平十一尤
謇　上聲十六銑
豏　上聲廿九豏
蹐　入聲十一陌
蹌　下平七陽
蹇　上平十三元
蹇　上聲十三阮
蹇　上聲十六銑
邅　下平一先
邅　上聲十六銑
醢　上聲十賄
鍤　入聲十七洽
鍇　上聲九蟹
鍪　下平十一尤
闇　上聲廿七感
闉　上平十一真
闃　入聲十二錫
隰　入聲十四緝
鞚　去聲一送
顇　去聲四寘
餫　去聲十三問
餫　去聲十三問
餬　上平七虞
餳　下平八庚
餱　下平十一尤
駸　下平十二侵
魈　下平二蕭
鵁　下平三肴
黻　入聲五物
黿　上平十三元
齔　上聲十二吻
齔　去聲十二震

龠　入聲十藥

18劃

所屬韻部

叢　上平一東
嚮　上聲廿二養
壙　去聲廿三漾
壘　上聲四紙
嬸　上聲廿六寢
彝　上平四支
懣　上聲十四旱
擴　入聲十藥
擲　入聲十一陌
擾　上聲十七篠
擺　上聲九蟹
擻　上聲廿五有
擷　入聲九屑
斷　上聲十四旱
斷　去聲十五翰
曜　去聲十八嘯
朦　上平一東
檳　上平十一真
櫃　去聲四寘
檻　上聲廿九豏
櫂　去聲十九效
櫂　入聲三覺
歟　上平六魚
歸　上平五微
殯　去聲十二震
瀉　上聲廿一馬
瀋　上聲廿六寢
瀆　入聲一屋
濺　下平一先
濺　去聲十七霰
瀑　去聲二十號
瀑　入聲一屋
瀏　下平十一尤
燼　去聲十二震
獷　上聲廿二養
獷　上聲廿三梗
獵　入聲十六葉
璧　入聲十一陌
璿　下平一先
甕　去聲一送
癖　入聲十一陌
瞽　上聲七麌
瞿　上平七虞
瞻　下平十四鹽
礎　上聲六語
禮　上聲八薺
穡　入聲十三職
穢　去聲十一隊
穠　上平二冬
竄　去聲十五翰
竅　去聲十八嘯
竈　去聲二十號
簫　下平二蕭
簧　下平七陽
簪　下平十二侵
簪　下平十三覃
簞　上平十四寒
簣　去聲四寘
簣　去聲十卦
簡　上聲十五濟
糧　下平七陽
織　去聲四寘
織　入聲十三職
繕　去聲十七霰
繞　上聲十七篠

繞	去聲十八嘯	蟲	上平一東	醫	上平四支
繚	下平二蕭	蟠	上平十四寒	醬	去聲廿三漾
繚	上聲十七篠	覆	去聲廿六宥	釐	上平四支
繡	去聲廿六宥	覆	入聲一屋	鎔	上平二冬
繒	下平十蒸	覲	去聲十二震	鎖	上聲二十哿
繙	上平十三元	觴	下平七陽	鎮	去聲十二震
翹	下平二蕭	謨	上平七虞	鎬	上聲十九皓
翻	上平十三元	謹	上聲十二吻	鎰	入聲四質
職	入聲十三職	謫	入聲十一陌	鎗	下平八庚
聶	入聲十六葉	豐	上平一東	闔	入聲十五合
臍	上平八齊	贅	去聲八霽	闖	去聲廿七沁
臏	上聲十一軫	蹙	入聲一屋	闐	下平一先
舊	去聲廿六宥	蹣	上平十四寒	闕	入聲六月
藏	下平七陽	蹤	上平二冬	離	上平四支
藏	去聲廿三漾	蹕	去聲四寘	雜	入聲十五合
薩	入聲七曷	蹕	入聲四質	雙	上平三江
藍	下平十三覃	軀	上平七虞	雛	上平七虞
藐	上聲十七篠	轉	上聲十六銑	雞	上平八齊
藉	入聲十一陌	轉	去聲十七霰	鞭	下平一先
薰	上平十二文	轍	入聲九屑	額	入聲十一陌
薺	上聲八薺	邇	上聲四紙	顏	上平十五刪
薦	去聲十七霰	邃	去聲四寘	題	上平八齊
蟬	下平一先	邈	入聲三覺	顎	入聲十藥

字	韻
巔	下平一先
颺	下平七陽
颺	去聲廿三漾
餮	入聲九屑
馥	入聲一屋
騎	上平四支
騎	去聲四寘
髁	下平五歌
髁	去聲廿一箇
鬆	上平二冬
魏	去聲五未
魎	上聲廿二養
魍	上聲廿二養
鯊	下平六麻
鯉	上聲四紙
鯽	入聲十一陌
鯽	入聲十三職
鯀	上聲十三阮
鵑	下平一先
鵝	下平五歌
鵠	入聲二沃
黠	入聲八黠
屩	入聲十藥
幮	上平七虞
懟	去聲四寘
懰	上聲廿五有
擿	入聲十一陌
攄	上平六魚
擸	入聲十六葉
旛	上平十三元
曚	上平一東
曛	上平十二文
瀅	去聲廿五徑
燹	上聲十六銑
璵	上平六魚
甑	去聲廿八勘
甓	入聲十二錫
癤	入聲九屑
曒	上聲十七篠
礉	去聲十九效
穟	去聲四寘
簟	上聲廿八琰
簦	下平十蒸
繖	上聲十四旱
繢	去聲十一隊
鐇	上平十三元
聵	去聲十卦
臒	上平七虞
艟	去聲三絳
藎	去聲十二震
蟫	下平十二侵
蟫	下平十二覃
蟪	去聲八霽
蟣	上聲五尾
謳	下平十一尤
謾	上平十四寒
謾	去聲十五翰
謾	去聲十六諫
謦	上聲廿四迥
貘	入聲十一陌
賾	入聲十一陌
贄	去聲四寘
蹜	入聲一屋
蹠	入聲十一陌
蹩	入聲九屑
轆	入聲一屋
轆	入聲一屋
醯	上平八齊
醢	上聲十賄

醪　下平四豪
鎛　入聲十藥
闑　入聲九屑
鞮　上平八齊
鞠　入聲一屋
韙　上聲五尾
顋　上平十灰
餻　下平四豪
餼　去聲五未
騑　上平五微
髀　上聲四紙
髀　上聲八薺
鬈　下平一先
鬩　入聲十二錫
鯁　上聲廿三梗
鵜　上平八齊
麌　上聲七麌
齕　入聲六月
龎　上平三江

19劃

所屬韻部

嚥　去聲十七霰
壞　去聲十卦
壟　上聲二腫
寵　上聲二腫
龐　上平三江
廬　上平六魚
懲　下平十蒸
懷　上平九佳
懶　上聲十四旱
攀　上平十五刪
攏　上聲一董
曠　去聲廿三漾
曝　入聲一屋
櫝　入聲一屋
櫚　上平六魚
櫓　上聲七麌
瀛　下平八庚
瀟　下平二蕭
瀨　去聲九泰
瀚　去聲十五翰
瀝　入聲十二錫
瀕　上平十一真
瀘　上平七虞
爆　去聲十九效
爆　入聲三覺
爍　入聲十藥
牘　入聲一屋
犢　入聲一屋
獸　去聲廿六宥
獺　入聲七曷
獺　入聲八黠
璽　上聲四紙
瓊　下平八庚
瓈　上平八齊
瓣　去聲十六諫
疇　下平十一尤
疆　下平七陽
癡　上平四支
矇　上平一東
矇　上聲一董
礙　去聲十一隊
禱　上聲十九皓
穩　上聲十三阮
簾　下平十四鹽
簿　上聲七麌
簿　入聲十藥
簸　上聲二十哿

簸　去聲廿一箇
簽　下平十四鹽
簷　下平十四鹽
繫　去聲八霽
繭　上聲十六銑
繹　入聲十一陌
繩　下平十蒸
繪　去聲九泰
羅　下平五歌
繳　上聲十七篠
繳　入聲十藥
繮　下平七陽
羶　下平一先
羹　下平八庚
臘　入聲十五合
舚　去聲廿九豔
藩　上平十三元
藝　去聲八霽
藪　上聲廿五有
藕　上聲廿五有
藤　下平十蒸
藥　入聲十藥
蟻　上聲四紙

蠅　下平十蒸
蠍　入聲六月
蟹　上聲九蟹
蟾　下平十四鹽
襠　下平七陽
襟　下平十二侵
襖　上聲十九皓
襞　入聲十一陌
譁　下平六麻
譜　上聲七麌
識　去聲四寘
識　入聲十三職
證　去聲廿五徑
譚　下平十三覃
譎　入聲九屑
譏　上平五微
譙　下平二蕭
贈　去聲廿五徑
贊　去聲十五翰
蹲　上平十三元
躇　上平六魚
躇　入聲十藥
蹶　入聲六月

蹬　去聲廿五徑
蹺　下平二蕭
蹴　入聲一屋
轔　上平十一真
轎　去聲十八嘯
辭　上平四支
邊　下平一先
邋　入聲十五合
醮　去聲十八嘯
鏡　去聲廿四敬
鏑　入聲十二錫
鏟　上聲十五潸
鏟　去聲十六諫
鏃　入聲一屋
鏈　去聲十七霰
鏝　上平十四寒
鏖　下平四豪
鏘　下平七陽
鏗　下平八庚
鏨　上聲廿七感
鏨　去聲廿八勘
關　上平十五刪
隴　上聲二腫

難　上平十四寒
難　去聲十五翰
霪　下平十二侵
霧　去聲七遇
靡　上聲四紙
韜　下平四豪
韻　去聲十三問
類　去聲四寘
願　去聲十四願
顛　下平一先
颼　下平十一尤
饅　上平十四寒
饉　去聲十二震
鶩　去聲七遇
鯨　下平八庚
鯖　下平八庚
鶉　上平十一眞
鵡　上聲七麌
鵲　入聲十藥
鵬　下平十蒸
麗　去聲八霽
麓　入聲一屋
麴　入聲一屋

劖　下平十五咸
嚬　上平十一眞
壚　上平七虞
嬾　上聲十四旱
幰　上聲十三阮
櫟　入聲十二錫
歠　入聲九屑
瀧　上平一東
瀧　上平三江
瀣　去聲十卦
罌　下平八庚
羆　上平四支
艤　上聲四紙
藜　上平八齊
蠳　下平八庚
蠲　入聲二沃
襜　下平十四鹽
覈　入聲十一陌
覷　去聲六御
譊　下平三肴
譖　去聲廿七沁
譔　上聲十五濟
譎　上聲十七篠

蹯　上平十三元
蹻　入聲十藥
轓　上平十三元
醰　下平十三覃
醭　入聲一屋
鏞　上平二冬
鏃　去聲十七霰
鏚　入聲十二錫
鏹　上聲廿二養
鎩　去聲十卦
鎩　入聲八黠
鏦　上平二冬
鏦　上平三江
韞　上聲十二吻
顙　上聲廿二養
騧　上平九佳
鯤　上平十三元
鯢　上平八齊
鯗　上聲廿二養
鵷　上平十三元
鶊　下平八庚
鶡　入聲七曷
鵩　入聲一屋

鵾　上平十三元
鯆　上聲七麌
齗　上平十一眞
齘　去聲十卦

20劃

所屬韻部

勸　去聲十四願
嚨　上平一東
嚶　下平八庚
嚴　下平十四鹽
嚼　入聲十藥
壤　上聲廿二養
孀　下平七陽
孽　入聲九屑
孼　入聲九屑
寶　上聲十九皓
巉　下平十五咸
巉　上聲廿九豏
巉　上聲廿九豏
懸　下平一先
懺　去聲三十陷
攘　下平七陽
攘　上聲廿二養
攔　上平十四寒
攙　下平十五咸
朧　上平一東
瀾　上平十四寒
瀾　去聲十五翰
瀰　上聲四紙
瀰　上聲八薺
瀲　上聲廿八琰
瀲　去聲廿九豔
爐　上平七虞
獻　去聲十四願
瓏　上平一東
癢　上聲廿二養
矑　上平七虞
礦　上聲廿三梗
礪　去聲八霽
礬　上平十三元
礫　入聲十二錫
競　去聲廿四敬
籌　下平十一尤
籃　下平十三覃
籍　去聲廿二禡
籍　入聲十一陌
糯　去聲廿二箇
辮　上聲十六銑
繽　上平十一眞
繼　去聲八霽
纂　上聲十四旱
罌　下平八庚
耀　去聲十八嘯
臚　上平六魚
艦　上聲廿九豏
藻　上聲十九皓
藹　去聲九泰
藺　去聲十二震
蘆　上平七虞
蘋　上平十一眞
蘋　下平八庚
蘇　上平七虞
蘊　上聲十二吻
襤　下平十三覃
覺　去聲十九效
覺　入聲三覺
觸　入聲二沃
議　去聲四寘

譬　去聲四寘
警　上聲廿三梗
譯　入聲十一陌
譟　去聲二十號
贏　下平八庚
贍　去聲廿九豔
躁　去聲二十號
躅　入聲二沃
醴　上聲八薺
釋　入聲十一陌
鐘　上平二冬
鐃　下平三肴
闡　上聲十六銑
霰　去聲十七霰
飄　下平二蕭
饒　下平二蕭
饑　上平五微
馨　下平九青
騫　下平一先
騰　下平十蒸
騷　下平四豪
鰓　上平十灰
鹹　下平十五咸
麵　去聲十七霰
黨　上聲廿二養
齡　下平九青
攖　下平八庚
旟　上平六魚
櫳　上平一東
櫪　入聲十二錫
櫨　上平七虞
瀹　入聲十藥
爛　去聲廿九豔
矍　入聲十藥
繾　去聲十七霰
臛　入聲十藥
艧　入聲十藥
蘢　上平二冬
藿　入聲十藥
擭　入聲十藥
蘅　下平八庚
蠓　上聲一董
蠖　入聲十藥
襦　上平七虞
趮　去聲二十號
轘　去聲十六諫
醵　上平六魚
醵　入聲十藥
醲　上平二冬
鐐　去聲十八嘯
鐙　去聲廿五徑
鐍　入聲九屑
闞　上聲廿九豏
闞　去聲廿八勘
闞　去聲三十陷
饎　去聲四寘
饌　去聲十七霰
饋　去聲四寘
騶　下平十一尤
騮　下平十一尤
騭　入聲四質
髆　入聲十藥
鰈　入聲十六葉
鯿　下平一先
鶡　入聲七曷
鶚　入聲十藥
鴉　下平六麻
鶩　去聲七遇
鶩　入聲一屋

黥　下平八庚
黧　上平八齊
齠　下平二蕭

21劃
所屬韻部

儷　去聲八霽
囁　入聲十六葉
囀　去聲十七霰
嚚　上平十一真
囂　下平二蕭
夔　上平四支
屬　去聲七遇
屬　入聲二沃
巍　上平五微
懼　去聲七遇
懾　入聲十六葉
攝　入聲十六葉
攜　上平八齊
孄　上平十五刪
曩　上聲廿二養
櫻　下平八庚
欄　上平十四寒
櫺　下平九青
殲　下平十四鹽
灌　去聲十五翰
爛　去聲十五翰
瓔　下平八庚
癩　去聲九泰
纏　下平一先
續　入聲二添
羼　上聲十五潸
蘭　上平十四寒
蘚　上聲十六銑
蘗　入聲九屑
蠣　去聲八霽
蠢　上聲十一軫
蠡　上平八齊
蠡　上聲八薺
蠟　入聲十五合
襪　入聲六月
襪　入聲七曷
覽　上聲廿七感
譴　去聲十七霰
護　去聲七遇
譽　上平六魚
譽　去聲六御
贓　下平七陽
躊　下平十一尤
躍　入聲十藥
躋　上平八齊
躋　上平八齊
轟　下平八庚
辯　上聲十六銑
醺　上平十二文
鐮　下平十四鹽
鐵　入聲九屑
鐺　下平七陽
鐸　入聲十藥
鐲　入聲三覺
鐫　下平一先
闢　入聲十一陌
霸　去聲廿二禡
霹　入聲十二錫
露　去聲七遇
響　上聲廿二養
顧　去聲七遇
顥　上聲十九皓
饗　上聲廿二養

驅　上平七虞
驃　去聲十八嘯
驀　入聲十一陌
騾　下平五歌
髏　下平十一尤
魔　下平五歌
鰥　上平十五刪
鶯　下平八庚
鶴　入聲十藥
鷂　下平二蕭
鷂　去聲十八嘯
麝　去聲廿二禡
黯　上聲廿九豏
鼙　上平八齊
齧　入聲九屑
懽　上平十四寒
灉　上平二冬
爝　去聲十八嘯
爚　入聲十藥
獾　上平十四寒
礱　上平一東
糲　去聲八霽
糲　入聲七曷
纊　去聲廿三漾
纈　入聲九屑
纆　入聲十三職
罍　上平十灰
蘧　上平六魚
蘩　上平十三元
巀　入聲九屑
鐶　上平十五刪
闥　入聲七曷
闤　上平十五刪
飆　下平二蕭
驄　上平一東
驂　下平十三覃
鬘　上平十五刪
鶼　下平十四鹽
鷁　入聲十二錫
鷃　去聲十六諫
鶻　入聲六月
鶻　入聲八黠
鶺　入聲十一陌
鶱　上平十三元
黮　上聲廿七感
齎　上平八齊
儼　上聲廿八琰
儻　上聲廿二養
儻　去聲廿三漾
囈　去聲八霽
囊　下平七陽
孿　去聲十六諫
巔　下平一先
巒　上平十四寒
彎　上平十五刪
懿　去聲四寘
攤　上平十四寒
權　下平一先
歡　上平十四寒
歡　下平一先
灑　上聲九蟹
灑　上聲廿一馬
灘　上平十四寒
瓤　下平七陽
疊　入聲十六葉
癬　上聲十六銑
礮　去聲十九效
籠　上平一東
籠　上聲一董

籟　去聲九泰
聾　上平一東
聽　下平九青
聽　去聲廿五徑
襲　入聲十四緝
襯　去聲十二震
襯　去聲十二震
讀　入聲一屋
贖　入聲二沃
贗　去聲十六諫
躑　入聲十一陌
躓　去聲四寘
轡　去聲四寘
鑄　去聲七遇
鑑　去聲三十陷
鑒　去聲三十陷
霽　去聲八霽
霾　上平九佳
靧　去聲十一隊
韁　下平七陽
韡　下平五歌
顫　上聲十六銑
顫　去聲十七霰
饕　下平四豪
驕　下平二蕭
驍　下平二蕭
髒　去聲廿三漾
鬚　上平七虞
鱉　入聲九屑
鰐　入聲十藥
鰻　上平十四寒
鷓　去聲廿二禡
鷗　下平十一尤
鼕　上聲十八巧

22劃

所屬韻部

孌　上聲十六銑
孌　去聲十七霰
攟　去聲十三問
攢　上平十四寒
欗　上平八齊
氍　上平七虞
癭　上聲廿三梗
礴　入聲十藥
穰　下平七陽
穰　上聲廿二養
籜　入聲十藥
籙　入聲二沃
糴　入聲十二錫
臞　上平七虞
艫　上平七虞
覿　入聲十二錫
躕　上平七虞
躔　下平一先
躚　下平一先
躐　入聲十六葉
轢　入聲十二錫
鑊　入聲十藥
饔　上平二冬
鬻　入聲一屋
鷙　去聲四寘
麞　下平七陽
齬　上平六魚
齬　上聲六語
齪　入聲三覺
龕　下平十三覃

23劃

所屬韻部

巖　下平十五咸
戀　去聲十七霰
攣　下平一先
攫　入聲十藥
攪　上聲十八巧
曬　去聲四寘
曬　去聲十卦
瓚　上聲十四旱
竊　入聲九屑
籤　下平十四鹽
籥　入聲十藥
纓　下平八庚
纖　下平十四鹽
蘸　去聲三十陷
蘿　下平五歌
蠱　上聲七麌
變　上聲十六銑
變　去聲十七霰
邐　上聲四紙
邏　下平五歌
邏　上聲二十哿
邏　去聲廿一箇
鑣　下平二蕭
鑠　入聲十藥
靨　入聲十六葉
顯　上聲十六銑
饜　去聲廿九豔
驚　下平八庚
驛　入聲十一陌
驗　去聲廿九豔
髓　上聲四紙
體　上聲八薺
髑　入聲一屋
鱔　上聲十六銑
鱗　上平十一眞
鱖　去聲八霽
鱖　入聲六月
麟　上平十一眞
巘　上聲十三阮
欒　上平十四寒
癰　上平二冬
蠲　下平一先
讎　下平十一尤
轤　上平七虞
鑕　入聲四質
鬟　上平十五刪
鱐　入聲一屋
鷮　下平二蕭
鷮　去聲十八嘯
鷸　入聲四質
鷦　下平二蕭
鷴　上平十五刪
黲　上聲廿七感
鷖　上平八齊
齏　上平八齊
齪　入聲三覺

24劃

所屬韻部

囑　入聲二沃
壩　去聲廿二禡
攬　上聲廿七感
灞　去聲廿二禡
韈　入聲六月
癲　下平一先
矗　入聲一屋

罐　去聲十五翰
羈　上平四支
蠶　下平十三覃
蠹　去聲七遇
衢　上平七虞
讓　去聲廿三漾
讒　下平十五咸
讒　去聲三十陷
讖　去聲廿七沁
讕　上平十四寒
讕　去聲十五翰
贛　去聲一送
躞　入聲十六葉
釀　去聲廿三漾
釂　去聲十八嘯
鑪　上平七虞
靂　入聲十二錫
靈　下平九青
靄　去聲九泰
顰　上平十一眞
鬢　去聲十二震
鬬　去聲廿六宥
魘　上聲廿八琰
魘　入聲十六葉
鱣　下平一先
鷹　下平十蒸
鷺　去聲七遇
鹽　下平十四鹽
鼇　下平四豪
齷　入聲三覺

25劃

所屬韻部

廳　下平九青
欖　上聲廿七感
灣　上平十五刪
籬　上平四支
籮　下平五歌
蠻　上平十五刪
觀　上平十四寒
觀　去聲十五翰
躡　入聲十六葉
釁　去聲十二震
鑲　下平七陽
鑰　入聲十藥
顱　上平七虞
饞　下平十五咸
鬣　入聲十六葉
鸎　下平八庚

26劃

所屬韻部

矚　入聲二沃
邅　下平一先
糶　去聲十八嘯
纜　去聲廿八勘
纘　上聲十四旱
纛　去聲二十號
纛　入聲二沃
欒　上聲十六銑
黧　上平八齊
讘　入聲十六葉
讚　去聲十五翰
鑷　入聲十六葉
鑱　下平十五咸
鑱　去聲三十陷
钃　上平八齊
鑵　去聲十五翰
韉　下平一先

饟　去聲廿三漾
驢　上平六魚
驥　去聲四寘
黶　上聲廿八琰
鼉　下平五歌

27劃
所屬韻部

讜　上聲廿二養
氎　入聲十六葉
躪　去聲十二震
釅　去聲廿九豔
鑽　上平十四寒
鑽　去聲十五翰
鑾　上平十四寒
鑼　下平五歌
鱷　入聲十藥
鱸　上平七虞
黷　入聲一屋
讞　上聲十六銑
讞　入聲九屑
躩　入聲十藥
驤　下平七陽
驦　下平七陽
鸕　上平七虞
豔　去聲廿九豔
鑿　去聲二十號
鑿　入聲十藥
鸚　下平八庚
戇　去聲三絳
欞　下平九青
钁　入聲十藥
鬮　下平十一尤
爨　去聲十五翰
驪　上平四支
驪　上平八齊
鬱　入聲五物
鸛　去聲十五翰
鸞　上平十四寒
鸝　上平八齊
灩　去聲廿九豔
麤　上平七虞

文化生活叢書·詩文叢集 1301028

平水詩韻簡編及杜詩鏡銓

合 編 者 徐世澤 許清雲 薛雅文
責任編輯 吳家嘉
特約校稿 林秋芬

發 行 人 陳滿銘
總 經 理 梁錦興
總 編 輯 陳滿銘
副總編輯 張晏瑞
編 輯 所 萬卷樓圖書(股)公司
排 版 游淑萍
印 刷 百通科技(股)公司
封面設計 斐類設計工作室

發 行 萬卷樓圖書(股)公司
臺北市羅斯福路二段 41 號 6 樓之 3
電話 (02)23216565
傳真 (02)23218698
電郵 SERVICE@WANJUAN.COM.TW
大陸經銷
廈門外圖臺灣書店有限公司
電郵 JKB188@188.COM
香港經銷
香港聯合書刊物流有限公司
電話 (852)21502100
傳真 (852)23560735

ISBN 978-957-739-990-8

2016 年 5 月初版二刷
2016 年 2 月初版
定價：新臺幣 520 元

如何購買本書：

1. 劃撥購書，請透過以下帳號
   帳號：15624015
   戶名：萬卷樓圖書股份有限公司
2. 轉帳購書，請透過以下帳戶
   合作金庫銀行 古亭分行
   戶名：萬卷樓圖書股份有限公司
   帳號：0877717092596
3. 網路購書，請透過萬卷樓網站
   網址 WWW.WANJUAN.COM.TW

大量購書，請直接聯繫，將有專人為您服務。(02)23216565 分機 10

如有缺頁、破損或裝訂錯誤，請寄回更換

國家圖書館出版品預行編目資料

平水詩韻簡編及杜詩鏡銓 / 徐世澤, 許清雲, 薛雅文合編. -- 初版. -- 臺北市 : 萬卷樓, 2016.02
面 ; 公分. -- (文化生活叢書. 詩文叢集)
ISBN 978-957-739-990-8(平裝)
1.中國詩 2.詩韻 3.詩評

821.3 105002418